METTRE AU MONDE

Ancien grand reporter à *Libération* puis à *Actuel*, Patrice Van Eersel est rédacteur en chef de la revue *Nouvelles clés* et éditeur. Il a publié plusieurs ouvrages et dirige la collection « Essais clés » aux éditions Albin Michel.

Paru dans Le Livre de Poche :

LE CERCLE DES ANCIENS
LE CINQUIÈME RÊVE
RÉAPPRIVOISER LA MORT
LA SOURCE BLANCHE
LA SOURCE NOIRE

PATRICE VAN EERSEL

Mettre au monde

Enquête sur les mystères
de la naissance

ALBIN MICHEL

ISBN 978-2-253-12827-4 – 1re publication LGF

À Do et Mi,
mères de mes enfants
Till, Tom, Paul et Marie,
sans qui ce livre n'existerait pas.

À toutes les femmes qui ont été,
sont ou seront enceintes,
tunnels d'amour entre les mondes.

PREMIÈRE PARTIE

Musiques

« Un début de janvier, si j'ai bien su compter
Reste de fête ou bien vœux très appuyés
De Ruth ou de Moïshé, lequel a eu l'idée ?
Qu'importe si j'ai gagné la course, et parmi des milliers.
Nous avons tous été vainqueurs, même le dernier des derniers
Une fois au moins les meilleurs, nous sommes nés !
Au creux de nos mères qu'il fait bon mûrir
Et puis j'ai vu de la lumière, alors je suis sorti
Et j'ai dit : bonne idée ! »

Jean-Jacques GOLDMAN

1

Plénitude

Enfanter en chantant

Une femme est accroupie, en chemise de nuit échancrée, dans la pénombre d'une petite chambre éclairée par quatre bougies. Elle a les pieds bien à plat, en chaussettes, sur un parquet de bois clair. Les yeux fermés, elle chante. Ou plutôt psalmodie. Des voyelles. Qui lui sortent du fond du ventre. De temps en temps elle s'arrête, ouvre les yeux, les referme, change un tout petit peu de position. On la sent intégralement absorbée par ce qu'elle fait, le visage penché, tantôt vers le ciel, tantôt vers la terre, ouvrant la bouche le plus qu'elle peut :

Aaaaaaaaaaaaa...

Ooaaouuuuuuu...

Iiiiiiiiiiiaaaaaaa…

Parfois, sa voix devient presque rauque. Elle retrousse les babines, montre ses dents. Et les sons se font plus ronds, plus aboyants :

Oouuaaouh !

Ooouuuiiih !

Aaoouuiiih !

À d'autres moments, elle chantonne d'une voix beaucoup plus douce et ses voyelles ébauchent des mélodies qui rappellent des litanies très anciennes. Elle sourit. Il lui arrive même de rire, et sa voix part à la recherche de combinaisons fantaisistes, comme pour explorer des univers que nous ne voyons pas.

Puis nous voyons : toujours accroupie, elle pousse le bassin en avant, ce qui la redresse, et son gros ventre bombe alors sous sa chemise, entre ses genoux écartés. Cette femme est en train d'accoucher.

La délivrance se fera dans ses mains et dans celles du père de l'enfant, sous la surveillance discrète d'une sage-femme amie, qui n'aura pas à intervenir une seule fois. Le petit ne criera pas longtemps, aussitôt collé contre la poitrine de sa mère, euphorique, et toujours accroupie.

Plus tard, elle confiera les prières qu'elle disait, derrière ses yeux fermés, tandis qu'elle vocalisait : « Mon enfant, ma merveille, n'aie pas peur ! Suis-moi. Va dans le sens de la vague ! »

Ou bien : « Sois fort, mon esprit ! Protège-moi du doute et de la peur. »

Ou encore : « Oui, mon corps, ami fidèle, insuffle-moi les sons qui te font vibrer et t'ouvrir. »

Ces paroles seront répétées, dans plusieurs langues, par des voix de femmes venues du monde entier. Ce seront les seules paroles d'un court-métrage, qui résumera en quinze minutes un accouchement de trois heures. Et des années de quête. Celle de Magali Dieux qui, en guise de générique à son film *Naître enchantée*, écrira :

« Au terme de la grossesse, le ventre nourricier a terminé son œuvre, l'enfant peut quitter le nid. Arrive alors la contraction, de plus en plus intense. C'est le crescendo de sa puissance extraordinaire qui permet au corps, à l'enfant et à la mère d'accomplir ce passage et d'accompagner l'ouverture du col. Si nous réalisons que la contraction nous guide sur le chemin de la Vie, alors elle devient une amie intime, sacrée, divine. Dès le quatrième mois, une préparation spécifique à partir de la vibration sonore aide à traverser la douleur naturellement lors de l'enfantement. Cet accouchement n'est pas un modèle à suivre, mais un chemin possible. »

Pour elle, ce chemin a commencé de la façon la plus improbable. C'était sa première grossesse et elle arrivait à terme. Grâce à des aiguilles d'acupuncture, les contractions s'étaient vite régularisées et il était temps de rejoindre la maternité. Son compagnon s'est mis au volant et ils ont foncé. Mais voilà qu'ils se font prendre dans le plus gros bouchon automobile de l'année dans Paris. Toutes les voitures à l'arrêt. Et elle qui sent les contractions s'intensifier ! Un début de stress la prend. D'autant qu'avec eux, dans la voiture, il y a la fille de son compagnon, âgée de six ans, que Magali a peur de traumatiser. Alors, elle cherche comment transformer les hurlements qu'elle a envie de pousser en quelque chose d'acceptable pour une gamine. Et elle se met à chanter. À vocaliser. Et aussitôt, la tension tombe. Les sons sont si forts que parfois la petite se bouche les oreilles, mais en riant. Et Magali se rend compte qu'elle a spontanément trouvé comment traverser la peur, la douleur et le stress. Finalement, le trafic est si dense qu'ils sont obligés de renoncer à la maternité et retournent chez eux où, dès leur arrivée, le petit Marius vient au monde. Sans faire la moindre déchirure à sa mère.

La méthode se confirmera avec l'arrivée d'un second enfant, une petite Angèle, pour laquelle Magali chantera dès le premier mois. Puis elle enfantera encore trois autres fois.

Depuis, elle est devenue une artiste du son qui fait accoucher et naître. Du son qui permet de traverser la douleur et de la transformer en force. C'est un art raffiné. Une architecture précise relie la colonne vibrante de notre appareil phonatoire et nos fonctions vitales. Les sons graves (et le relâchement de la mâchoire inférieure) ouvrent le col de l'utérus. Mais ils peuvent tellement détendre le corps que l'énergie s'endort. Les sons aigus risquent toujours de partir en hystérie, mais ils donnent une énergie folle. Les graves assurent la base, les aigus intensifient le tonus. Bien sûr, chaque personne résonne avec un son spécifique. L'objectif est de trouver la combinaison d'harmoniques graves et d'harmoniques aigus qui vous correspond le mieux. « L'essentiel, dit Magali Dieux aux futures mères, est d'expérimenter le plus de sons et le plus de positions possible, tout au long de votre grossesse, dans le mouvement et dans le mental, pour que le jour J vous soyez prête à toutes les improvisations. »

Au départ, elle est comédienne. Et championne de parapente. Une sacrée femme, habitée d'une énergie impressionnante et d'une curiosité pour tout à chaque instant. Une baroudeuse artiste, qui ne connaît pas de demi-mesure et fait tout à fond, avec passion et sans concession pour elle-même. Aujourd'hui, elle est aussi professeur de chant, journaliste et coach en entreprise.

Sans oublier les femmes enceintes, donc, qu'elle prépare physiquement et psychiquement à mettre au monde leur enfant. Cette individualiste, qui aime les épreuves sportives solitaires, s'est mise à travailler en équipe. Elle a découvert que de nombreuses femmes travaillaient dans le même sens qu'elle, et qu'il était possible de marier le son à la sophrologie, à l'haptonomie, au yoga, à la natation… Magali Dieux a appelé sa propre technique haptophonie.

À une époque où, en France, les neuf dixièmes des naissances se passent sous anesthésie, totalement contrôlées par la médecine, Magali fait partie des pionnières des voies futures. Celles qui révèlent les formidables pouvoirs cachés de l'être humain. Qui peuvent s'éveiller, si vous le désirez et si vous y travaillez.

Des voies enthousiasmantes qui exigent beaucoup de celles et ceux qui les ouvrent. Magali a perdu ses deux premiers enfants très jeunes. Elle a dû faire un énorme travail sur elle-même pour s'arracher au chagrin et à la culpabilité. Et se dire que Marius et Angèle étaient passés par elle précisément pour lui enseigner une façon sublime d'enfanter, qu'elle s'applique maintenant à transmettre aux femmes qui ont envie de chanter.

2

Limite

Naître sous perfusion musicale

Il est deux heures cinq du matin quand l'alerte sonne à l'étage d'obstétrique de l'hôpital V. Il ne faut pas plus de trois minutes au Dr Wilrek, médecin-pédiatre, et à Hugues Egmont, l'interne de service, pour se préparer, rassembler leur matériel et se rendre à toute vitesse en salle d'accouchement. La parturiente est déjà endormie, le gynécologue chirurgical et l'anesthésiste à son chevet. C'est une jolie jeune femme brune de vingt-quatre ans, d'origine asiatique, institutrice de son métier. Le rapport médical dit que sa grossesse s'est déroulée sans problème jusqu'à la fin du second trimestre ; mais à vingt-sept semaines d'aménorrhée, tous les symptômes d'une toxémie gravidique se sont brusquement déclarés. La jeune femme a été immédiatement hospitalisée, et les médecins ont tout fait pour réduire l'hypertension artérielle maligne, avec un certain succès. À présent, quatre longues heures se sont écoulées, et si l'on veut que l'enfant ait la moindre chance de survie, il ne faut pas attendre une seconde de plus pour pratiquer une césarienne – écho-Doppler et enregistrement des bruits du cœur ne laissent en effet aucun doute : le fœtus se trouve en état de souffrance aiguë. La mère elle-même avait commencé à s'agiter, prise de mouvements convulsifs spectaculaires que seule l'anesthésie a calmés.

L'obstétricien entame son opération à deux heures treize. Gestes courts et précis. Zébrure écarlate très clean. En moins de six minutes, le minuscule nouveau-né est extrait de la matrice de sa mère. Il ne bouge pas, ne profère pas un cri. Après avoir coupé son cordon d'un geste sobre, le chirurgien le présente au pédiatre qui, sans attendre, procède à son auscultation, énoncée d'une voix calme et nette que l'interne note : « Rythme cardiaque : 130. Un début de mouvement respiratoire. La peau est rose. Une grimace. Le tonus : hypotonique. Apgar initial à… 7. Bon, il est vivant. Maintenant, ne perdons pas de temps. »

Tandis que l'obstétricien entreprend de recoudre la mère endormie, le pédiatre, lui, a déjà changé de pièce, l'enfant tenu dans un tissu stérile. Toujours suivi de Hugues, l'interne, et assisté à présent d'une infirmière, le médecin pose le bébé sur une balance – on dirait presque un pèse-lettres. Hugues lit le poids : « 743 grammes. » Il en a le souffle coupé. Ce n'est pas la première fois que le futur médecin se retrouve dans cette situation. Mais il ne parvient toujours pas à s'y faire – au point qu'il se demande s'il a bien choisi sa voie de futur patron (on peut toujours rêver !) en entamant son internat en pédiatrie. Chaque fois, le choc émotionnel est trop fort. Ces bébés ressemblent trop à des jouets, ou plutôt à des projets infiniment fragiles, qu'un rien pourrait gommer…

Ce n'est pas que les grands prématurés soient laids, bien au contraire : leurs yeux ébahis, leurs membres longilignes, bien dessinés, obéissent même à une esthétique fascinante, mais 743 grammes, c'est quand même vertigineux. « J'ai pensé à des limbes sous perf », a écrit le jeune homme à sa femme. La première fois, il a trouvé ça à peine soutenable.

Il y a vingt ans, un aussi petit bébé n'aurait eu strictement aucune chance de survie. Aujourd'hui, rien n'est garanti, mais la tentative est devenue jouable. Avancée fantastique : avant 1970, en France, 80 % des nouveau-nés de moins de 1 200 grammes mouraient ; après 1980, 80 % survivent. On a littéralement inversé la balance ! Depuis le milieu des années 1980, les prouesses techniques ont atteint un niveau vertigineux – on a même vu des records, conduits par des pédiatres « de course », descendre à 500 grammes ! De tels enfants ont désormais des chances de pouvoir vivre sur terre, parmi les humains. Dans quel état physique et mental ? La chose est moins évidente. Plus l'enfant rescapé est petit, plus le risque augmente de le voir devenir à jamais handicapé « lourd ». Les équipes médicales le savent bien, mais la décision de ne pas « prolonger » un nouveau-né est très difficile à prendre. Poussés par un mélange de compassion et de goût de la performance technique, la plupart des pédiatres « néonatologues » préfèrent mettre en branle le gros arsenal de l'« acharnement » – mot injustement sauvage pour désigner une opération hautement (trop ?) civilisée.

Sans tarder, le médecin, assisté par l'interne et l'infirmière, placent une sonde gastrique dans la gorge du minuscule bout d'humanité, puis ils branchent l'extrémité de son intubation nasotrachéale sur un respirateur à haute fréquence – le problème numéro un, pour les grands prématurés, c'est la détresse respiratoire : le tissu de leurs poumons n'est pas achevé. Puis l'infirmière met l'enfant sous monitorage cardiorespiratoire, avant de lui enfoncer sous la peau du crâne (ce crâne presque transparent… chaque fois, c'est la manipulation qui impressionne le plus Hugues) une perfusion dans sa veine céphalique : c'est par là que le tout-petit va bientôt pouvoir recevoir sa première tétée sous cloche.

D'un bout à l'autre, l'opération aura duré trente-cinq minutes. Il est deux heures quarante quand la porte de l'ascenseur s'ouvre et que l'équipe entourant la couveuse sur roulettes pénètre dans le service de réanimation néonatale.

Un univers de science-fiction : réparties dans quatre salles, cinquante et une couveuses, sur lesquelles veillent, vingt-quatre heures sur vingt-quatre, vingt infirmières et quatre pédiatres. Dans chaque couveuse, un grand prématuré, c'est-à-dire un fœtus *ex utero*, pesant entre 700 et 1 600 grammes et relié au monde par un impressionnant réseau de fils et de cathéters, dans le chuintement rythmé permanent des respirateurs artificiels et du bip-bip des monitors. Évidemment, dans ce contexte, il est impensable que les mères puissent se saisir de leurs bébés et les tenir collés contre leur peau – ce qui leur ferait pourtant le plus grand bien, mais la chose n'est techniquement pas pensable.

En retournant à la salle de garde, Hugues Egmont se demande quelle réforme du protocole pourrait permettre malgré tout ce « peau à peau ». Il faut dire que sa propre femme attend un enfant, depuis une semaine à peine, et que le jeune homme en est tout retourné.

La prématurité peut être accidentelle (jadis c'était la seule catégorie connue) – maladie, choc, chute –, ou bien volontaire, c'est-à-dire organisée par la médecine technicienne désireuse, par exemple en cas de maladie, d'épargner la vie de la mère et de l'enfant. Mais la prématurité est désormais aussi, de plus en plus souvent, involontairement provoquée par les progrès médicaux eux-mêmes. Ainsi, la proportion de grands prématurés est-elle en plein essor, à mesure que se multiplient les procréations médicalement assistées, avec fécondation *in vitro* de l'ovule, que l'on réimplante ensuite dans l'utérus de la femme.

Pendant les premières heures, l'état du bébé de 743 grammes reste satisfaisant. Mais quand le jour se lève, le monitoring sonne brusquement l'alerte. Revenus à la hâte au service de réanimation néonatale, le Dr Wilrek et Hugues, l'interne, constatent une brusque chute de tension. Pris dans ses tubulures et ses fils électriques, le petit est trop pâle. Pourtant, ni sa situation pulmonaire ni son état neurologique ne semblent s'être détériorés. Après avoir prescrit à l'infirmière de garde de rajouter un cocktail à base de vanille (qui améliore les capacités respiratoires) dans la perfusion du bébé, le pédiatre et son jeune collègue finissent par quitter la salle de réanimation avec une indéfinissable sensation de manque. Leur garde se termine. L'équipe du matin arrive. Sur la main courante, le Dr Wilrek écrit : « À 6 h 15, cet enfant semble avoir peu de désir de vivre. »

Comme si leurs sentiments humains avaient besoin de compenser l'excès de la technique et de ses risques de froideur, et même s'ils abandonnent rarement une tentative de ranimer un grand prématuré – du moins dans les heures qui suivent la naissance –, les néonatologues sont peu à peu amenés à aiguiser leur écoute subjective. Rentrant chez lui par le métro, le Dr Wilrek ne peut s'empêcher de repenser au bébé de 743 grammes né cette nuit. Pourquoi a-t-il eu l'impression qu'il ne voulait plus vivre ? Au début de sa carrière, le pédiatre n'aurait jamais osé écrire une phrase aussi peu « scientifique ». Mais la pratique lui a montré que la réalité palpite de bien d'autres manières que celles que reconnaît la science. Des manières pourtant décisives. Le désir ou la volonté de vivre est un critère décisif. Mais très difficile à comprendre, et surtout à mesurer, chez un être de 743 grammes. Et pourtant, c'est ainsi : au fil des années, le médecin a fini par acquérir une sorte de sixième sens à ce sujet. Très souvent, il « sent » si le bébé veut survivre ou pas, et la suite lui prouve le plus souvent que son intuition était bonne. Mais cette approche-là est très difficile, sinon impossible, à partager avec les confrères. Trop psy – quasiment mystique ! Avec certaines infirmières, à la rigueur, une complicité plus ou moins tacite a pu s'établir sur ce terrain…

La survie d'un être dépend certes d'une infinité de critères, physiologiques ou pas. Notamment de l'histoire du nouveau-né, de sa relation à sa mère et à son père. Le père du petit de cette nuit ? Pas vu. La mère ? Elle doit être réveillée à présent et demande forcément des nouvelles de son bébé. Mais elle ne pourra pas l'approcher, peut-être avant plusieurs jours… Trop délicat. Le pourra-t-elle un jour ?

Le soir, quand le pédiatre reprend sa garde, le bébé de 743 grammes est toujours en vie. Mais en réanimation intense. Et l'impression de son non-désir de vivre s'avère encore plus forte. Vers vingt-deux heures, le médecin et Hugues, l'interne, passent voir la maman. Ils trouvent une femme totalement déprimée.

« Baby blues », pense le médecin, sans insister.

Mais le lendemain soir, la situation du bébé de 743 grammes, qui n'en pèse plus à présent que 700, s'est réellement aggravée. On craint des séquelles irréversibles dans le système nerveux et les reins.

Cette fois, le pédiatre s'attarde plus longtemps auprès de la mère, à qui il pose quelques questions. L'histoire qu'elle raconte est tout à fait déprimante. Le père de l'enfant est parti sans laisser d'adresse, au cinquième mois de grossesse. D'une façon générale, l'existence de la jeune femme ressemble à un terrain vague. Quasiment pris de malaise, l'interne, qui est là aussi, tente de la dérider en lui lançant avec un grand sourire : « Quand même, il y a bien des moments de bonheur dans la vie, non ? Vous allez voir, il va s'en sortir, votre bébé ! » L'intéressée répond par une grimace en secouant la tête : non, elle n'a jamais connu le moindre bonheur. Son enfant ? À quoi bon naître dans la vallée des larmes ? Qu'on lui fiche la paix !

Le Dr Wilrek, qui s'apprêtait à sortir en se disant, découragé, que le non-désir de vivre de cet enfant n'était décidément pas étonnant, est soudain intrigué. Il revient sur ses pas et, à la surprise de Hugues, repose la question d'un ton particulièrement doux, comme s'il voulait se convaincre lui-même :

« Mais si madame, voyons, tout être humain a forcément traversé, à un moment ou à un autre, des expériences heureuses. C'est obligé… Réfléchissez. Par exemple, quand vous avez attendu cet enfant, vous n'imaginiez pas le sourire qu'il vous ferait un jour ? Et son père… »

La jeune femme a un léger mouvement de la tête, comme pour faire « non », mais elle ne dit rien. Du fond de son lit, elle lui jette un regard noir, visiblement très agacée. Le jeune médecin réalise qu'il va trop loin. Quel idiot, c'est tout lui ! Jouer les psy ne s'improvise pas. Au lieu de la soutenir, ses questions ont, au contraire, enfoncé cette malheureuse. Wilrek a bien lu un jour un texte où Françoise Dolto disait qu'il y a toujours, « enfoui quelque part », de l'amour dans une procréation – même si c'est un viol ! La psy voulait dire que, sous la pulsion, même chez la brute, il y a forcément une soif, une faim, un besoin, un appel à l'amour. OK, de là à supposer quoi que ce soit à propos de l'homme avec qui cette femme a fait un enfant…

Mais voilà qu'il sent un flottement. La femme, dans son lit, a changé de visage. Et dans un état à demi absent, elle lui dit :

« En fait, *j'ai* un bon souvenir. Je veux dire, avec lui, mon bébé. Et même avec son père. Ça remonte au début, quand j'ai appris que je l'attendais. J'étais folle, je ne réalisais pas. J'avais l'impression qu'on était déjà trois, que ça allait bien se passer. On dansait tous les jours, dans nos vingt mètres carrés. Ça n'a duré que quelques semaines. Après, il est parti sans prévenir et tout s'est écroulé. Je crois que je ne danserai plus jamais ! Rien que d'entendre cette musique dans ma tête, j'ai envie de mourir.

– Ah bon ? Quelle musique ? demande Wilrek.

– Cette chanson qu'on écoutait.

– Une chanson particulière ?

– Je ne sais pas pourquoi, c'est toujours le même morceau qui me tourne dans la tête. J'aimerais bien que vous me donniez des cachets pour que ça s'arrête.

– Quel morceau ?

– Oh rien, un truc de Johnny Hallyday.

– Ah tiens ? »

L'étonnement du médecin fait presque sursauter l'interne, qui se tient à côté de lui.

« Quel morceau de Johnny Hallyday ? »

À son tour, la jeune femme est surprise. Elle esquisse une moue, quel intérêt, tout ça ?

« C'était *Quelque chose de Tennessee.* »

Sous l'air ébahi de son interne, le Dr Wilrek fredonne aussi sec d'une voix de tête :

Cette force qui nous pousse vers l'infini
Y a peu d'amour avec tellement d'envie
Si peu d'amour avec tellement de bruit
Quelque chose en nous de Tennessee

« Vous connaissez ça ?! s'esclaffe Hugues.

– Ne le dites pas aux autres, j'ai tout Johnny Hallyday dans ma bagnole, grimace le pédiatre, qui poursuit en regardant la jeune mère : Vous voyez que vous en avez, des bons souvenirs, madame ! Et vous l'avez écoutée souvent, cette chanson ?

– Ça, c'est sûr. Jusqu'au début de mon quatrième

mois de grossesse, je crois que je l'ai écoutée tous les jours. »

Suit un moment de silence. Puis le médecin et l'étudiant quittent la chambre.

« Vous savez à quoi je pense ? demande le pédiatre à l'interne dans le couloir.

– Que le bébé de cette dame est mal barré ?

– Mais pensez plus positif, Egmont ! Vous ne voyez pas quelle information étonnante elle vient de nous donner ?

– Que son type l'avait quittée sans prévenir ?

– Mais non ! Qu'elle a *écouté une musique*, associée dans son esprit à des moments de bonheur, d'accord ?

– Où voulez-vous en venir ?

– Egmont, il va vraiment falloir vous élargir les oreillettes ! »

Là-dessus, le Dr Wilrek disparaît... pour revenir six minutes plus tard avec un CD de Johnny Hallyday à la main : celui où figure *Quelque chose de Tennessee*. Puis, sous les yeux incrédules de son interne et de deux infirmières, il prend le vieux magnéto de la salle de garde et va l'installer à côté de la couveuse du bébé de 700 grammes. Avec du sparadrap chirurgical, il scotche ensuite les deux enceintes contre le cockpit, glisse son CD dans l'appareil et met en route la chanson numéro quatre.

Il est vingt et une heures trente-huit, quand, à l'étage d'obstétrique de l'hôpital V, l'une des cinquante et une couveuses se trouve arrosée par la voix rauque de celui que ses amis appellent « la bête ». Le volume est modéré, mais les basses passent bien. L'opération est répétée toutes les heures, jusqu'au lendemain, par les deux équipes de jour et de nuit, exceptionnellement bien disposées à l'égard d'une expérience excentrique, pour ne pas dire loufoque.

L'état du bébé de 700 grammes, stationnaire pendant la nuit, connaîtra une étonnante amélioration à partir du milieu de la matinée.

Vingt-quatre heures plus tard, il sera définitivement sauvé.

Sans séquelles.

Légèrement romancée, cette histoire est rigoureusement vraie.

Merci Johnny.

3

Serviteur

La fascinante mélodie de l'enfantement

Quant à moi, c'est ainsi : chaque fois que je vois passer une femme enceinte dans la rue, je me chante une mélodie dans la tête pour les bénir secrètement, elle et l'enfant qu'elle porte dans son ventre. C'est devenu un rite. Un mantra. Un talisman. Un investissement aussi : les femmes abritent l'avenir du monde dans leurs entrailles, non ?

Depuis quand suis-je ainsi fasciné par la grossesse et l'enfantement ? Au moins depuis aussi longtemps que je le suis du sexe des femmes, entrée sublime qui les rend possiblement hospitalières, hospitalièrement concaves, naturellement riches d'un univers intérieur, quand nous ne sommes, nous les hommes, que convexes, jetés entiers hors de nous-mêmes, bien obligés de nous inventer des mondes imaginaires pour remplacer cette incroyable caverne génératrice de vie qu'elles abritent au centre d'elles. Et voyageurs infiniment chanceux de pouvoir y être chaleureusement accueillis, en marge, de temps à autre…

Je dois l'avouer d'emblée, je ne suis qu'un animal. D'aussi loin que je me souvienne, j'ai toujours connu le désir dru de m'approcher des femelles et l'érotisme de leur *appel* ne s'est jamais totalement séparé, en moi, du désir de les féconder. Oui, en cela je réponds clair et net au déterminisme archaïque de ma biologie. Est-ce en dépit de toute culture ? Les gros ventres enceints de futurs petits humains ont commencé à me tarabuster bien avant que j'atteigne l'âge de procréer. Nous avions dix ou douze ans et certains copains me disaient, à l'âge des premières confidences métamorphiques, en vacances, sous la tente, ou tard sur la plage, combien étranges et inquiétantes leur apparaissaient les intimités féminines, associées dans leurs jeunes esprits mâles à des cavernes inquiétantes, emplies d'humeurs, de sécrétions gluantes et troubles, d'un grouillement viscéral qui ne pouvait que dés-érotiser la femme idéale, lisse et immaculée, de leurs rêves. Je ne partageais pas leurs craintes. J'avais connu, plus jeune encore, les folles sarabandes du sexe enfantin – l'ombre des abris proches des piscines marocaines, abritées de lianes de Floride, de figuiers, de mimosas et de lauriers-roses, aidait magiquement aux assemblages les plus délicieux, dans la senteur de l'anis sauvage et de l'eau endormie des ruisseaux. Quant au ventre effrayant de la gigantesque Mère originelle, ce ventre dont Philippe Sollers écrit dans *Femmes*[1] qu'il fallut s'en libérer pour que naisse la civilisation, cette matrice toute-puissante... tout cela ne m'effleurait pas.

---

1. *Femmes*, Philippe Sollers, Gallimard, 1983, Folio, 1985.

Et, magique, l'engouement se poursuivit à mesure que nous grandissions. D'autant que je connaissais l'incroyable fruit de ces fleurs fascinantes. Aîné d'une fratrie de six, j'avais vu grandir une sœur et quatre frères et les bébés m'étaient très tôt devenus une source de rire intarissable. Plus tard, à vingt ans tout juste passés, ma première épouse, à mesure que son ventre s'arrondissait, n'en devint que plus désirable et troublante. J'étais un *mammifère* – un porteur de mamelles. Et comme c'était l'autre – la femelle – qui portait la matrice et les seins qui nous définissent tous, je ne pouvais, éternellement, qu'être son serviteur.

Les mâles, eux, réfléchissaient et discutaient savamment la question. Pour le meilleur – les sciences nées de leurs discussions ne font pas que du mal, diable non, mes sœurs ! – et pour le pire – je reste confondu par l'horreur machiste qui, dans son impuissance, a métamorphosé la force féminine de l'enfantement en « impureté » misogyne. Et quand les Lumières sont arrivées, les hommes en ont profité pour étendre leur empire scientifique déjà immense et jeter leur dévolu sur le royaume entier de la naissance, jadis territoire strictement féminin (ce qui était quand même la moindre des choses). On sait que les matrones ont quasiment disparu de la planète. Même quand la mère du Premier ministre de France était de la corporation[1], les sages-femmes elles-mêmes devaient se battre pied à pied pour conserver ne serait-ce que le droit de continuer d'exister : encore le font-elles désormais exclusivement sous la

1. Allusion à Lionel Jospin, Premier ministre de 1997 à 2002.

houlette de gynécologues accoucheurs, en majorité des mâles, eux-mêmes dirigés et guidés par des professeurs masculins.

Que nous explique-t-on ? Juste équilibre des choses et des sexes ? Peut-être. Qui suis-je moi-même sinon un homme s'intéressant passionnément à une expérience féminine qu'il ne vivra jamais ?

Bien des femmes, évidemment, sont aussi fascinées que nous par l'incroyable processus. Enfanter ! Et même celles qui vous jettent, avec un grand sourire : « J'ai vécu mes six accouchements tranquille : comme une vache ! – et je recommencerais bien des dizaines de fois encore », avouent ne pas savoir au juste comment elles ont pu intégrer à leur représentation du monde une histoire aussi dingue sans devenir folles. ENGENDRER quelqu'un d'autre. Se dédoubler. Mettre bas. S'assumer vivipare… Ou plutôt si : elles savent. Elles ont *aimé* ce processus en elle, cette petite chose d'abord virtuelle, qui s'est mise peu à peu à bouger. Elles l'ont immédiatement adorée. Bien forcées, direz-vous[1]. Nous sommes habités par des forces qui nous dépassent largement. L'amour, certes, est une façon de dire que nous nous savons autre *chose* qu'objets. Le fœtus qui bouge dans le ventre de la femme enceinte est un être, pas une

1. Ou bien, dans d'assez rares cas, elles ont détesté. Mais cela revient peut-être au même, concernant le mystère de l'intégration psychique… Quant aux malheureuses qui ne se sont rendu compte de rien, telle cette jeune femme venue consulter un médecin pour des « brûlures d'estomac » et qui accouche peu après d'un pauvre vermisseau, leurs expériences révèlent, *a contrario*, de quelles façons stupéfiantes peuvent se manifester le déni et le refus d'intégration.

machine. Et son étrangeté n'en fait pas un *alien*, bien au contraire – alors qu'il y aurait de quoi !

OK, c'est d'amour qu'il s'agit. Dans tous les sens du terme. Du plus rudimentaire, qui fait que le petit *aime* téter le sein de sa mère (au cœur de lui-même, il ne s'en délivrera jamais), au plus altruiste, qui le fera éventuellement se sacrifier pour elle – « Parce que c'est ma mère… » – et vice versa – « Parce que c'est mon enfant ! » –, en passant par toute la gamme des adjectifs, gourmand, goulu, complice, dévorant, vorace, cannibale, convoitant, confondant, convolant, confusionnel, compatissant, osmotique, sublimé, mystique, consolant, compatissant, extatique, divinisé…

Quel désir peut pousser un journaliste à vouloir sans cesse revenir enquêter sur le ventre des femmes ? Depuis le milieu du XXe siècle, des milliers de livres ont été écrits sur le désir d'enfant, sur la grossesse, sur l'accouchement, sur les débuts du petit humain. Mille méthodes de préparation à la naissance ont vu le jour et les moyens les plus sophistiqués des sciences médicales ont été mis à la disposition du fantastique processus que des centaines de manuels expliquent très bien. À la bonne heure, me dira-t-on, avant de me demander : « Et toi, Tintin reporter, qu'as-tu donc à ajouter à cette impressionnante bibliothèque ? »

Deux ou trois mobiles m'ont poussé dans l'écriture de ce livre, au début des années 1980.

Le premier est tout simplement l'envie de raconter les fabuleuses histoires d'accouchement auxquelles des années de reportage dans le monde m'ont offert d'assister. Accouchements en tout genre : l'humaine « nature » est si élastique, que vous trouvez, par exemple, dans la même société et à la même époque, des femmes qui trouvent tout à fait « normal » d'accoucher automatiquement par césarienne, anesthésiées à 100 %, au centre d'un impressionnant dispositif technologique, pour ne surtout jamais distendre les tissus de leur jeune vagin (comment oublier l'échange surréaliste à ce sujet avec les responsables de la fédération des obstétriciens du Pernambouc, au Brésil, quand ces derniers acceptèrent de recevoir en grande pompe notre association, Aquanatal, qui cherchait un site idéal pour sa maternité océanique[1] ?). À l'extrême opposé de l'éventail, d'autres femmes jugeraient « anormal » de ne pas mettre au monde leur enfant toutes seules, ou à la rigueur entourées d'amis plongeurs apnéistes, en pleine mer, dans une eau où elles n'ont même plus pied, entourées de dauphins sauvages. Entre ces deux limites – chacune assez allumée, je l'avoue –, la grande majorité des femmes, que ces exploits auraient plutôt tendance à exaspérer, assument du mieux qu'elles peuvent leur fantastique destin matriciel, assistées ou pas de médecins, de sages-femmes, de matrones et de leurs compagnons ou maris.

Ce tout dernier point constitue la deuxième raison de mon envie d'écrire sur l'enfantement. Entre la génération de mon père et la mienne, entre la première et la seconde moitié du XXe siècle, un tel renversement s'est produit quant au rôle de l'homme dans cette histoire que j'éprouve le besoin de tenter sinon un bilan, du moins une diagonale à travers le terrain, même partielle et partiale.

---

1. Nous y reviendrons dans le chapitre « Rêves de maternités delphiniennes », p. 272.

On dit, certes, que dans certaines tribus pygmées, ou amazoniennes, ou calabraises, la femme accouche en silence, cachée dans la forêt, tandis que le mari, bien visible sur sa couche au milieu du village, mime le travail de délivrance en hurlant des douleurs simulées[1]. Ou que chez les habitants du Yucatán, depuis la nuit des temps, l'homme assiste son épouse accouchante en lui soufflant sans discontinuer sur le sommet du crâne pendant les contractions. Mais ces coutumes-là sont l'exception ou remontent trop loin en arrière. Dans la plupart des cultures historiques, l'homme reste en dehors de l'espace-temps de l'accouchement, son intrusion ne pouvant que menacer le si mystérieux et difficile passage.

Pendant l'hiver 1999-2000, les journaux britanniques firent sensation en annonçant que les dernières recherches de la médecine obstétricale signalaient un besoin urgent de faire déguerpir les hommes des salles de naissance, où leur récente intrusion aurait en réalité causé plus de tort que de bien. En fait, l'origine de cette information n'était autre qu'une déclaration, légèrement exagérée par la presse d'outre-Manche, du médecin français Michel Odent qui, toujours à l'avant-garde après quarante ans de carrière, venait de reconnaître que, « dans certains cas », la présence du père de l'enfant en train de naître gênait, en effet, la mère dans son effort millénaire. « Dans certains cas seulement », insistait-il. La presse avait extrapolé. Car la plupart du temps, la présence de l'homme demeure désormais encouragée et

1. Les anthropologues appellent cette simulation/confiscation la couvade.

bénéfique, et cette nouveauté, inouïe dans l'histoire, mérite qu'on s'y arrête un instant.

En réalité, l'intrusion des mâles modernes dans l'espace de l'enfantement n'a pas commencé par la timide entrée des pères dans les « salles de travail », mais par celle, longtemps interdite, courageuse et rusée, puis de plus en plus envahissante, et même finalement tonitruante et assourdissante, des médecins – qui, de ce point de vue, ont en quelque sorte remplacé les prêtres.

Les hommes et l'accouchement !

Honte sur moi : j'écrivais mes premiers articles sur la naissance vers 1980 et je n'avais pas encore lu *Pour une naissance sans violence*[1], le pourtant si fameux cri de révolte du médecin-accoucheur Frédérick Leboyer, découvrant, cinquante ans après Otto Rank[2], mais dans le travail même de la maternité, la souffrance incomprise du nouveau-né. Et je ne connaissais pas davantage Michel Odent. Ni Bernard This. Ni René Depelseneer. Ni Jean-Pierre Relier. Ni Denis Brousse. Ni Herman Ponette. Ni Alexandre Minkowski. Ni Fernand Lamaze. Ni Berry Brazelton. Ni René Frydman. Ni… Incroyable : rien que des mâles ! L'inverse de ce que j'avais rencontré à l'autre extrémité de la vie.

La grande redécouverte de l'art d'accompagner les mourants est clairement menée par des femmes, de la pratique clinique au travail psychologique et médical le plus théorique, d'Elisabeth Kübler-Ross à Marie de Hennezel, de Cicely Saunders à Michèle Salamagne.

---

1. Le Seuil, 1975-2006.
2. Dissident freudien des premières heures, auteur du *Traumatisme de la naissance*, Payot, 2006.

Après des millénaires conduit par des sages-femmes et des matrones, l'accompagnement des naissants, lui, revient aux hommes. Au départ, j'ignore pourquoi. Je constate. Des réponses me viendront, de temps en temps, au cours de mes vingt ans d'enquête – par exemple de la part du Pr Jean-Pierre Relier (successeur du célèbre Alexandre Minkowski au service de néonatologie de la maternité de Port-Royal), ou de Nicole Andrieu et Valérie Supper-Huyard, deux sages-femmes alsaciennes, qui m'éclaireront notamment sur la relation complexe, à ce sujet, entre féminisme et modernité…

Je me suis moi-même plongé en tant qu'homme dans toutes ces recherches et, chaque fois, j'ai traversé un miroir. Le ventre de la femme est un univers. On y naît au moment de la conception. On y meurt à l'heure de l'accouchement. Ceux qui ont pour métier d'assister à la métamorphose qui survient lors de ce passage d'un univers à un autre se trouvent placés, qu'ils le veuillent ou non, dans la fonction jadis occupée par les chamanes ou les prêtres. Enchantement. Éveil. Initiation. Souffrance. Jouissance. Vie. Mort. Pouvoir de la présence, de la sollicitude. Toutes ces questions se sont trouvées à nouveau mises sur la place publique du fait de la brûlante interrogation d'accoucheurs mâles, contemplant, fascinés, le processus de création femelle – non sans désir de le contrôler. L'histoire de l'accouchement dans le monde moderne montre de quelle façon les choses se sont passées. La thérapie, peu à peu, a pris le pas sur la religion dans tous nos rapports à la vie et à la mort – sans que les médecins s'en rendent toujours compte et sans qu'ils acceptent généralement d'en assumer les conséquences spirituelles – pour le meilleur et pour le pire.

Il y a une autre motivation à cette enquête sur trois décennies. C'est la joie incommensurable que m'ont donnée mes enfants. Cela ne s'est jamais démenti, des bambins qui vous font hurler de rire, aux géants surprenants qui pourraient vous porter sur leurs épaules. Bon sang, comment aurais-je pu vivre sans ces shoots d'amour quotidiens ? Sans l'élan fantastique de ces minuscules personnes qui se ruent sur vous tous les soirs en hurlant de joie : « Papa !!! » ? Et vous, là, euphorique, quelle qu'ait été auparavant votre journée, qui vous demandez au nom de quoi vous avez droit à ça ? Risque d'overdose ? Jamais, même si, une fois ces petits sevrés, ce fut chaque fois exclusivement moi qui me réveillais à leur appel la nuit ! Car la magie du processus tient au fait qu'en même temps, nous connaissons là, ou pouvons connaître sans difficulté majeure, l'une des très rares occasions, pour des individus moyens, de vivre ce que les sages appellent « l'amour inconditionnel ». Ce truc impossible. Ce « je t'aime et parce que je t'aime, vis ta vie, fais ce que tu veux, je serai toujours là pour te soutenir, et même si tu as envie de t'enfuir aux antipodes, fais-le ! ». Cette forme d'amour, il est sans cesse question de la vivre avec nos partenaires amoureux ; mais ça ne marche généralement pas, ou de façon trop partielle. Avec les enfants, c'est possible. J'admire infiniment les hommes et les femmes qui ont réussi à expérimenter l'amour profond autrement, c'est-à-dire sans la puissante *formation continue* que constitue le fait de vivre avec des enfants.

Les autres raisons qui me poussent à écrire ce livre ?

Chemin faisant, je suis tombé sur un certain nombre d'énormes paradoxes. Vive les paradoxes ! Loin de nous abattre, ils nous donnent du cœur au ventre face à l'Inconnu. Ainsi en va-t-il du paradoxe de la douleur et de l'anesthésie, dont il peut être utile et drôle de raconter certains chassés-croisés. Utile aussi de parler du tandem « naturel-artificiel », qui nous fait parfois nous embrouiller quand certains estiment, par exemple, « tout à fait naturel » d'accoucher dans la mer – alors qu'il s'agit d'une démarche éminemment culturelle. Ou quand, au contraire, nous dénonçons comme « totalement artificielle » une procréation médicalement assistée qui, en tout état de cause, ne pourra jamais désobéir aux lois fondamentales de l'univers… sous peine de mort ! Il est vrai qu'en matière d'assistances médicales à l'enfantement, notre époque pousse aux extrêmes de manière quelque peu hallucinante. Et l'idée d'un *utérus totalement artificiel* est reçue, dans l'avant-garde de nos mœurs urbaines, comme une entreprise « passionnante »… Même si son accomplissement nous ferait en quelque sorte sortir du camp des mammifères, pour rejoindre… quoi ? Celui des « technandroïdes », des « génifères » ou tout simplement des « néovipares » ?

Autre paradoxe, incontestablement plus grave et incontournable, celui du couplage naissance-mort, qui n'est pas seulement symbolique et que bien des femmes vivent physiquement au moment de donner naissance, ou de la refuser, dans un jeu de résonance et de mise en abyme vertigineux. Quant à l'avortement, attention, il est, à notre époque, le sphinx pour qui s'avance en ces territoires !

Tout de même, nous, habitants des pays riches du

début du troisième millénaire, sommes de sacrés chanceux ! La plupart d'entre nous donnent naissance au nombre d'enfants qu'ils et elles désirent (soit 2 enfants en moyenne par femme française, en 2005, record européen de la natalité, proche du chiffre de 2,1 enfants, qui représente le renouvellement des générations), et nous disposons ensuite de quoi les nourrir et leur permettre de grandir humainement avec une espérance de vie de quasiment cent ans (l'horizon absolu d'un humain à 100 % serein s'établissant à cent quarante ans, à en croire le biologiste Joël de Rosnay, dans le frappant *Une vie en plus*[1]) ! Il n'empêche : dans le vaste mouvement de prise en charge du début de la vie par le complexe médico-scientifique, un facteur crucial a eu tendance à s'évaporer : le sens du sacré, du rituel, de la fête transcendante, de la dimension cosmique à laquelle la procréation nous convie. Même des médecins comme René Frydman, génies de la naissance médicalement assistée, se sont rendu compte du vide dramatique que la surmédicalisation de l'enfantement creusait ainsi dans l'existence humaine, et cherchent à combler ce vide du mieux qu'ils peuvent. Ce n'est sans doute pas un hasard si, de tous les professionnels de la naissance que mes enquêtes m'ont fait rencontrer, le plus ardent (je dirais presque le plus fiévreux) à retrouver la dimension philosophique et religieuse du commencement de la vie est le professeur Jean-Pierre Relier, qui était devenu, à la fin des années 1970, l'un des champions du monde de la réanimation des nouveau-nés prématurés, dont les plus petits

1. Avec Jean-Louis Servan-Schreiber, François de Closets et Dominique Simonnet, Le Seuil, 2005.

pesaient parfois cinq cents grammes ! Une histoire hypertechnologique qui, poussée au-delà d'un certain seuil, vous fait basculer dans un vertige métaphysique.

Là, nous nous trouvons confrontés aux limites de l'humain. Et au mystère du destin de chaque personne – à commencer par celui de savoir d'où cette « personne » émerge et à partir de quand il peut être dit qu'elle existe, qu'elle est incarnée. Là – dernier mobile de cette exploration, un peu provocatrice vue sous cet angle – nous guette la pression, parfois étouffante, du politiquement (ou spirituellement) correct, dont heureusement fœtus et embryons se fichent pas mal.

Et vous ?

Une seule chose est sûre : jusqu'à nouvel ordre, c'est d'un ventre de femme que nous sommes tous sortis.

C'est là aussi, sans nul doute, qu'a pris forme la mutation qui, d'un archéo-grand-cousin-de-singe, a fait un jour un humain, ou un projet d'humain. Est-ce de là aussi que nous pourrions voir émerger – un autre jour ? – un phylum nouveau, un nouveau mutant, un *Homo sapiens ludens pacificus*, qui rendrait notre engeance enfin viable, ou, comme on dit depuis la Conférence de Rio de 1992, « écologiquement soutenable » ?

Mais bien avant de pouvoir répondre à des questions irritantes – parce qu'elles nous placent face aux contradictions de nos certitudes en sciences naturelles et de nos convictions en éthique –, et pour mettre en application ma plus ancienne passion, je trouvai donc une femme et nous fîmes un enfant.

DEUXIÈME PARTIE

Guerre et paix

Ce titre semble signaler un point de vue masculin.
Erreur ! Ici, la bataille, ce sont des femmes qui la mènent.
Avec quelle patience, constance, grandeur d'âme !
De leurs millénaires échauffourées, tous nous sommes nés.

1

De la violence innée de l'accouchement

La cabane de paille et le grand méchant loup

Mille fois déjà, j'avais rêvé de faire un enfant à une femme, et cette fois ça y était ! Do avait dix-huit ans, moi vingt-trois. Nous bondissions de joie et, très vite, dans notre minuscule studio mansardé, nous nous apprêtâmes à l'arrivée de la nouvelle merveille du monde. Je construisis un berceau en rembourrant une caisse en bois ; elle s'équipa en salopettes grand calibre et nous attendîmes. Jour après jour, je guettai le ventre de ma femme, le touchant, le palpant, l'écoutant de toute ma capacité d'attention en plaquant une oreille contre sa peau qui, lentement, se tendait avec une sensualité grandissante. Pour moi, c'était Noël tous les jours ! Pour elle aussi, je crois, une fois passées les premières nausées… du moins me semble-t-il (trente-cinq plus tard, étrangement, elle ne s'en souvient plus).

Nous habitions le cœur du vieux Paris. On nous conseilla la clinique des Métallurgistes, dites « des Bluets ». L'une des maternités mythiques de la « nouvelle manière d'accoucher » de l'époque, juste après 68.

Nous n'y connaissions rien – je n'ai entendu parler de l'aquatique maternité de Pithiviers et de celle, libertaire, des Lilas que bien des années plus tard. Les Bluets, eux, étaient d'obédience cégétiste, au meilleur sens de ce que nous imaginions alors comme le nectar de l'avant-garde en provenance (vu d'aujourd'hui, cela peut paraître étrange) d'Union soviétique.

L'inventeur de la méthode, le Dr Nicolaiev de l'ancienne Leningrad, était un élève de Pavlov. La mémoire collective n'a gardé de ce dernier que le souvenir assez dur des expériences qu'il mena sur des chiens – prouvant par exemple que le bruit d'une cloche, stimulus sensoriel, une fois associé dans la conscience d'un animal (ou d'un humain) au souvenir d'un bon repas, déclenchait automatiquement un processus physiologique, en l'occurrence une sécrétion de salive, même en l'absence de repas. En fait, les articulations psychosomatiques ainsi révélées constituaient les premières pièces de l'immense puzzle « neuro-endocrino-immuno-psychologique » que la médecine du début du XXIe siècle est encore loin d'avoir compris et qui indique incontestablement une voie royale pour les arts médicaux de l'avenir. Il faut le dire aussi, avec sa façon de montrer que tout psychisme – et toute immunologie, domaine ouvert par des Russes « blancs », à l'Institut Pasteur, dans les années 1920 – est forcément programmé par certains stimulus acquis – donc par une certaine culture –, la philosophie pavlovienne s'inscrivait idéalement dans les schémas « scientifiques » des Soviétiques, légitimant en particulier une « rééducation rationnelle » des psychismes dévoyés par les cultures archaïques, réactionnaires ou bourgeoises. Mise en rapport avec l'accouchement, cette approche allait néanmoins susciter une méthode véritablement progressiste, mise en application, donc, par le Dr Nicolaiev.

L'idée principale de ce dernier est que la plupart des femmes sont psychiquement polluées par des siècles de culture misogyne et doloriste, qui leur ont mis dans la tête l'idée négative d'un accouchement nécessairement tragique et douloureux. Pour reprogrammer de façon positive les systèmes psychosomatiques des futures parturientes, Nicolaiev invente la méthode psychoprophylactique – plus familièrement appelée « accouchement sans douleur » –, bientôt reprise et perfectionnée par le médecin communiste français Ferdinand Lamaze, notamment par association d'un autocontrôle de l'activité respiratoire et d'un accueil chaleureux et tendre des femmes enceintes. Le personnel des maternités, écrivait Ferdinand Lamaze, doit être « aimable, calme, prudent dans ses propos, digne dans son attitude, présent à tout moment, charitable et fraternel ».

Cela correspondait merveilleusement à un certain credo : le meilleur de la médecine du prolétariat en marche vers la libération de la condition féminine se devait de venir d'URSS – et même pour des gauchistes « antistaliniens » comme nous. Je me rappelle clairement qu'en entrant pour la première fois dans cette clinique du XIe arrondissement, nous eûmes la sensation, Do et moi, de bénéficier d'une science éminemment éclairée. Nous ne savions pas que les choses s'étaient quelque peu rigidifiées, depuis l'époque héroïque des premiers accoucheurs lamaziens – robustement représentés au cinéma par Jean Gabin qui, dans *Le Cas du docteur Laurent*, jouait un jeune obstétricien d'avant-garde, désireux d'aider les femmes d'une petite ville de province à s'émanciper en prenant leur propre accouchement en main, et contre lequel tous les affreux corbeaux de l'Ordre des médecins se liguaient... heureusement en vain.

Une vingtaine d'années s'était écoulée depuis ces temps de pionniers. On était en 1973 et nous ignorions tout. On commença donc par nous montrer un film[1], genre « éducation sexuelle scandinave ». Un choc. La femme était belle et blonde, mais d'entrer si brusquement dans sa vie sexuelle la plus intime, la retrouver si vite les jambes médicalement écartées, son ventre énorme, son sexe grand ouvert, entourée de toutes sortes de gens en blouse, voir l'effort apparemment monstrueux qu'elle était obligée de fournir pour laisser passer cet enfant qui, à l'évidence, était bien trop gros pour pouvoir le faire sans tout casser, nous laissa pâles et sans voix. Nous sortîmes de cette projection avec l'impression d'avoir visionné un film destiné à aguerrir les commandos de l'armée. Malentendu. On nous prenait trop à froid, alors que nous étions encore de jeunes amoureux roucoulants. Il fallut beaucoup de doigté à la sage-femme qui nous accueillit ensuite (nous et la demi-douzaine de couples « primipares » présents ce jour-là) pour apaiser l'anxiété que ce film sur la « méthode sans douleur » avait éveillée en nous.

La méthode elle-même consistait essentiellement à apprendre à la future maman à contrôler : 1) sa respiration (en alternant le souffle lent et paisible de la houle par temps calme et celui, haletant, du petit chien en

1. *Helga* de Bender, 1967.

pleine course) ; 2) les mouvements musculaires du périnée. Ah, le périnée, ce hamac de nos entrailles ! Ses nécessaires musculation et assouplissement donnaient deux séries d'exercices que le mari, ou le compagnon, était cordialement invité à pratiquer en même temps que la future mère de son enfant. Pour l'un de ces exercices, la présence de l'autre était même chaudement recommandée puisqu'il fallait que quelqu'un plaque fermement deux doigts sur la vulve de la femme enceinte, plus précisément sur l'espace séparant son vagin de son anus, pendant qu'allongée bras ballants et yeux fermés, celle-ci cherchait à concentrer son attention sur les mouvements alternatifs de contraction et de relâchement de cette partie – souvent mal connue, quoi qu'on pense – de son corps. Cela nous valut d'épiques séances de fou rire. Et tous les jours, nous respirions à l'unisson, comme des baleines ou comme des petits chiens. Généralement, l'érotisme de la situation finissait par l'emporter et nous abandonnions l'exercice pour des pratiques plus créatrices.

Euphoriques, nous étions aussi très hésitants. Do, tout juste bachelière, ne savait pas encore quelle profession embrasser. À tout hasard, elle avait commencé des études de psychologie, mais ne semblait guère convaincue et allait bientôt se tourner vers l'histoire. De mon côté, je travaillais alors à *Libération*, ou plutôt au lent et laborieux travail d'accouchement de ce futur quotidien hors norme, qui n'en finissait pas de chercher sa voie vers le jour. Les « numéros zéro » se succédaient à un rythme poussif, au milieu du grand capharnaüm contre-culturel que drainaient alors les « maos », dans un état de crise permanente, dont nous ne savions jamais s'il s'agissait d'une comédie passagère ou d'une maladie mortelle…

Dans un possible jeu de résonance avec ces difficiles gestations professionnelles, notre enfant refusa de naître à l'heure dite. Un jour passa, puis deux, puis trois. Une semaine. Puis deux… Les médecins, alarmés, décidèrent de provoquer l'accouchement. L'enfant, disaient-ils, risquait de se noyer dans son propre liquide amniotique. On fit une piqûre à base d'ocytocine à Do. Et le grand jeu se mit en branle…

L'arrivée du grand méchant loup

D'abord, le malaise ne fut que léger. J'étais assis à hauteur de la tête de la jeune *parturiente* (ce mot que j'avais découvert dans *La Peau* de Malaparte, me fascinait), à son côté gauche, une bombe d'eau de La Bourboule. Elle avait soif. Très soif. De plus en plus soif. Mais on lui avait interdit de boire. Sans penser tricher, je lui aspergeais continuellement la bouche d'eau vaporisée, qu'elle lapait comme une malheureuse au pilori dans le désert. Puis les contractions forcirent et lui firent mal dans le dos. Elle s'assit. Je la massais. Nous pensions encore – pauvres innocents – être parés contre le gros temps.

Ensuite les choses changèrent très vite.

Le souvenir qui m'en reste est celui-ci : nous étions tel le premier des trois petits cochons, celui qui s'est construit une maison de paille et s'imagine à l'abri du grand méchant loup. En quelques secondes, ce dernier surgit. Son souffle – porté par des contractions d'autant plus formidables que les accoucheurs avaient injecté à ma femme une dose très forte de leur substance accélératrice – dévasta en un clin d'œil tout notre paysage physique et mental. Un clin d'œil et pfuit ! envolée la belle préparation, gommées les savantes recommandations, évanoui l'espoir insensé d'un « accouchement sans douleur » ! Pendant quelques minutes encore, je tentai de ramener ma douce mie à notre base de départ : la concentration sur les muscles de son périnée, la respiration du petit chien, celle de la baleine… « Allons, mon amour, courage, rappelle-toi, comptons ensemble, veux-tu, un, deux, trois… » Mais je compris vite que c'était peine perdue. Entraînée par un torrent inconnu, d'une violence incommensurable, elle vibrait à présent de douleur et mes maigres efforts devinrent dérisoires. Je tentais de lui masser derechef le dos, les épaules, les jambes. Cela ne servait visiblement à rien. Bientôt, comme au chevet d'une grande malade, je dus me contenter de lui tenir la main et de respirer le plus calmement possible moi-même, pour éviter (au moins ça) de lui communiquer ma propre angoisse – j'ignorais encore à quel point celle des proches peut métamorphoser, même une belle naissance, en désastre.

Rétrospectivement, je me rends compte que ce fut un accouchement plutôt rapide – une demi-douzaine d'heures en tout. Dans l'instant, il nous parut interminable, laissant ma femme tour à tour exténuée, désespérée ou torturée.

Et le pire était à venir, puisque l'enfant, à peine sorti, fut emporté d'urgence dans une salle attenante et placé illico sous une tente à oxygène. Bien qu'accompagnée d'un immense soulagement – car la pauvre créature bougeait, s'avérant à l'évidence vivante –, sa première apparition m'effraya : gris, blanc et vert, parce que couvert d'un je-ne-sais-quoi très douteux (sans doute son jus amniotique avait-il dû commencer à rancir), le bébé avait une mine épouvantable. Nous nous embrassâmes néanmoins éperdument.

Mais le soulagement ne dura pas. Je voulus prendre l'enfant, le toucher. Impossible, il était déjà derrière une vitre, sous le contrôle d'une puéricultrice dont le pauvre sourire ne me laissait guère de doute : cet enfant allait mal.

C'était un garçon, cela s'était vu tout de suite – les nouveau-nés ont toujours un sexe disproportionné. Sa mère, elle, par une sorte de miracle – ou plutôt mue par un instinct très sûr – souriait aux anges à présent, comme inconsciente du danger terrible qui planait, ou que je croyais voir planer au-dessus de notre enfant. Cette jeune lionne au cœur ardent avait donné toutes ses forces dans la bataille. À présent, elle était KO et se serait endormie tout de suite si l'on n'avait dû la torturer encore un peu pour la délivrer du placenta (« le sac tyrolien du petit », nous avait dit l'obstétricien), puis pour la recoudre, car au dernier moment, au comble de la tension fantastique de la sortie du bébé, il avait fallu (comme souvent, allais-je apprendre) donner un coup de bistouri pour agrandir la voie « proprement »…

Finalement, elle s'endormit pour de bon, et commença pour moi une longue veille. Le nez plaqué contre la vitre de la chambre stérile, j'essayais d'apercevoir le petit Till au visage à présent grisâtre, qui reposait dans une couveuse toujours branchée sur sa pompe à oxygène. Le plus terrible, quand l'infirmière venait le prendre un instant dans ses bras pour lui donner un peu à boire (et sans doute des antibiotiques), était de le sentir sans tonus, la tête tombant de faiblesse. J'ignorais que c'était en fait un résistant, seulement épuisé par un début de noyade. Au bout de quelques heures, j'abandonnai et, ayant rejoint un copain de circonstances, je me soûlai très conformistement la gueule dans les bistrots du XIe arrondissement.

À l'aube, j'écrivis à mon fils ces quelques pauvres lignes :

Tu es blanc de peau, ou est-ce gris ?
J'ai peur de ce lacis d'amertume, au rendez-vous de tes lèvres de lune
Tu as refusé l'eau sucrée que t'offrait cette fille outrageusement maquillée
Enfant des étoiles nouvelles, tu pleures et tu craches par petites touffes tout ce venin, qu'injecte, jour après jour, l'ignorance des hommes
Ah, si tu savais comme je t'aime !

Je les lui offre, aujourd'hui que, par un étonnant effet boomerang, ce jeune homme est lui-même devenu médecin, plus précisément psychiatre, et père de famille. Les connaissances médicales ont, je l'avoue, fait des percées inimaginables, notamment dans l'exploration moléculaire, et dans les liaisons de ce labyrinthe avec les méandres de notre psyché. Chacun de nous est un univers qui pulse – ou est pulsé par – une étonnante symphonie neuro-immuno-endocrino-psycho-… spirituelle. L'enfantement se situe quelque part dans ce jeu hypercomplexe d'interactions qui nous font devenir humains.

À partir de quand devient-on un humain ? D'où s'extrait notre humanité ? De quoi celle-ci est-elle faite ? À l'époque, je ne me posais pas encore ces sortes de questions. En revanche, qu'il faille médicalement assister le passage de l'enfantement me paraissait d'autant plus légitime et nécessaire que, sans le concours très volontariste de la médecine, il me semblait bien que notre bébé n'aurait pas survécu.

Dans des genres chaque fois différents, les naissances de mes trois autres enfants n'allaient pas franchement me dévier de cette conviction.

Encore que…

Trois naissances, trois batailles enfiévrées

Si elles furent toutes attendues avec jubilation, les naissances de mes autres enfants – tous trois de Mi, avec qui je vis depuis 1977 – eurent chacune son lot de difficultés violentes.

La naissance de Tom fut un « siège ». L'enfant, se présentant fesses en avant, eut grand mal à se frayer un passage jusqu'à l'air libre. Sa mère, une dure à cuire, ne broncha pas durant la grosse dizaine d'heures que dura son « travail » forcené – me ménageant ainsi, à moi, un accompagnement nettement plus serein que celui que j'avais vécu sept ans plus tôt. Mais j'étais tout simplement aveugle : je compris par la suite que sa douleur avait été si vive et si insupportable, sa solitude si abyssale et si inéluctable qu'elle s'était sentie comme marquée au fer rouge et qu'un indélébile sentiment de révolte s'était gravé en elle. Révolte contre cette condition de bête. Rage contre le silence plus ou moins consensuel qui continuait donc à entourer l'accouchement, tant du côté des médecins que de celui des femmes expérimentées. Poing levé contre toute une omerta ignoble.

Par chance, la vitalité de Mi était telle qu'une heure à peine après son accouchement, nous buvions du champagne en riant et qu'elle-même, semblant avoir tout oublié (refoulé ?) à une vitesse déconcertante, déambulait, hilare, dans les couloirs de la maternité – en l'occurrence celle des Lilas, où régnait une ambiance sympathiquement libertaire et tolérante.

Quant à l'enfant, à nouveau un garçon, il avait à son tour commencé par me gratifier d'une vision d'épouvante, ne laissant d'abord voir de lui, dépassant du corps de sa mère, que ses testicules, que je mis un bon moment à identifier, croyant qu'il s'agissait d'une sorte de goitre innommable, un kyste si monstrueux que le médecin-accoucheur et la sage-femme n'osaient rien me dire, attendant sans doute que je comprenne par moi-même que nous avions engendré un extraterrestre.

Fantasmes… alors que je n'avais qu'à être fier comme un coq, de ma femme et de son enfant. Finalement, celui-ci se portait bien – à ceci près que, ses hanches ayant été trop comprimées par sa naissance inversée, il nous fallut ensuite, pendant des mois, le langer d'une façon spéciale, les fémurs géométriquement ouverts à 180 degrés.

Malgré l'expérience cuisante de son premier accouchement, il ne fut pas question pour Mi, lorsqu'elle se trouva enceinte d'un deuxième enfant, de réclamer un régime différent de celui qu'elle avait connu la première fois. D'abord, parce qu'elle n'avait jamais été du genre à se plaindre. Ensuite, parce qu'en dépit de son caractère rebelle, l'idée de s'inscrire dans une pratique féminine millénaire satisfaisait en elle un besoin profond. Pulsion partiellement inconsciente ? En tout cas, l'idée de se pencher sur ces questions avec une bonne volonté militante la rebutait tout bonnement. Mes suggestions (assez floues) de préparation « New Age » à l'accouchement – yoga, rêve éveillé dirigé, gymnastique aquatique et que sais-je encore ? – lui firent tout de suite hausser les épaules : enfanter n'était-il pas le geste le plus ancien et le plus naturel du monde ? Discute-t-on des heures pour savoir comment on va mâcher son repas ou boire son café ? Elle continua donc à vivre comme si de rien n'était, c'est-à-dire qu'elle travailla avec son acharnement habituel et ne songea même pas à arrêter de fumer. Moyennant quoi, son deuxième enfant fut aussi beau, aussi « couillu » et encore plus tonique que le premier.

Mais cette fois, ce fut contre le personnel médical qu'elle eut à se battre, davantage que contre la douleur. La sage-femme (de nouveau à la clinique des Métallurgistes) voulait à tout prix l'obliger à rester allongée sur le lit, alors qu'elle se sentait plus à l'aise à quatre pattes par terre. Surpris par la rapidité extrême de cet accouchement (et coincé dans un embouteillage, avec ma belle-mère dans la voiture), j'étais malheureusement absent à cet instant précis et Mi dut se battre seule – se battre pour de bon, littéralement : à coups de poing ! – pour tenter de demeurer dans la posture que son instinct lui inspirait. Ce fut peine perdue. Avec une violence à peine masquée par un paternalisme (ou dans ce cas un maternalisme) supposé expert, l'équipe obstétricale finit par la contraindre à remonter sur le lit d'accouchement.

Heureusement, le bébé – Paul est le plus costaud de mes garçons – ne mit que quatre heures pour venir au monde, laissant finalement à sa mère une impression de facilité presque grisante. Décidément, enfanter était une tâche de plus en plus aisée à partir du deuxième…, se disait-elle.

Si bien que, pour la naissance de son troisième enfant – enfin une fille ! –, ma femme se sentit assez sûre d'elle pour accoucher à la maison. Elle se disait que cela me ferait plaisir… je trouvais cela beau et anticonformiste. Mais, dans son cas, c'était aussi une grande illusion. Comme un beau rêve qui soudain vire au cauchemar…

L'affaire était encadrée par deux sages-femmes écologistes. En France, celles qui acceptent d'accompagner les accouchements à domicile étaient et sont toujours très rares. Très courageuses aussi, osant résister à l'énorme pression sécuritaire ambiante. Les nôtres avaient une excellente réputation. Elles n'acceptèrent d'accompagner ma femme, déjà enceinte depuis plus de six mois, qu'en raison de ma bonne réputation. Les pauvres allaient déchanter – et durent me maudire : elles devaient penser que, branché comme je l'étais sur le « nouveau paradigme », je devais avoir pour compagne une yogi de compétition ! Très vite, elles furent dépassées par le raz-de-marée de souffrance qui, contre toute attente, submergea soudain ma pauvre Mi. C'est que, plus vite encore, s'était annoncée, à quelques signes dans le corps et dans l'esprit de celle-ci, une perspective effrayante : l'épreuve allait être pire que la première fois. Pire que tout. Ce qui la pétrifia rapidement de terreur.

Tordue de douleur pendant des heures, quelque part entre la vie et la mort, avec le sentiment d'être « enterrée vivante », Mi ne dut son salut – du moins nous conta-t-elle les choses ainsi après – qu'à la présence de sa propre mère qui, sortant brusquement de sa place d'observatrice neutre (elle campait dans le living-room), prit les choses en main à mi-parcours et lui donna en quelque sorte l'autorisation du lâcher-prise : qu'elle laisse donc libre cours à son torrent de peur, de souffrance et de rage, en criant, en hurlant, gesticulant et adoptant des postures extrêmes – les plus aptes, ou les moins inaptes, à desserrer un tant soit peu l'inconcevable étau qui la broyait.

Debout derrière elle – qui se tendait parfois en arc au-dessus de sa couche, comme dans une transe, et que nous tentions de retenir à deux –, je faisais de mon mieux…

Évidemment, je n'en menais pas large, me demandant avec angoisse dans quel état la petite allait finir par sortir de cette partie de catch, craignant à chaque instant le pire pour la santé physique et mentale de la mère et de son enfant.

Par le plus extraordinaire des « miracles », la petite fille finit par jaillir – à deux heures du matin, au bout d'environ six heures de bataille –, fraîche comme une grenouille de rivière, les yeux grands ouverts (alors que les trois garçons les avaient gardés fermés pendant une éternité, tels des boxeurs au visage groggy) et son regard se planta aussitôt dans le mien, puis dans celui de sa mère et dans celui de sa grand-mère (mais celle-ci m'assure que c'est dans le sien que Marie regarda d'abord), avec un calme qui nous impressionna énormément – et qui ne s'est jamais relâché depuis.

Les deux malheureuses sages-femmes, rabrouées de bout en bout et dépassées par une situation qu'elles n'avaient vu venir, assurèrent la fin du « service » – l'expulsion du placenta, qui les éclaboussa de sang ! – puis elles s'en allèrent, plutôt furieuses, refusant même de sabler avec nous le champagne de la victoire.

Ce qui les avait le plus choquées durant cette nuit de fièvre fut d'entendre la parturiente au comble de la souffrance soudain réclamer avec véhémence : « Une piqûre ! Mais faites-moi donc une piqûre ! », alors qu'il était manifestement trop tard pour songer à un quelconque transfert en clinique (sinon en catastrophe, et l'on aurait alors sans doute refusé de pratiquer une anesthésie péridurale de dernière minute). Pour ces praticiennes vivement orientées vers des formes naturelles d'accouchement, que l'on puisse réclamer une péridurale n'était de toute façon pas recevable : cela ne faisait tout bonnement pas partie de la règle du jeu.

Des marginales naturalistes. Prônant une attitude désormais minoritaire dans notre pays.

Peut-être aussi des avant-gardistes. Rappelons que la grossesse n'est pas une maladie.

Il arrive qu'à force de défendre un point de vue apparemment ancien et traditionnel, on se retrouve à la petite pointe du progrès. Voyez l'agriculture biologique, que les « progressistes » des années 1960 ou 1970 considéraient comme réactionnaire – j'en ai essuyé, des insultes pour « pétainisme », quand je tentais d'expliquer à mes profs parisiens sortis de l'INRA, de l'INA et de l'ENA les travaux de mon père, éleveur de chèvres « biodynamique » dès les années 1960 !

Mais *sorry*, je m'égare : sur le coup, en cette belle et terrible nuit de juillet qui vit naître notre fille, je songeai quant à moi : « Vive la procréation médicalement assistée ! »

Que les douleurs de l'accouchement puissent être atténuées, voire supprimées par une injection d'anesthésiant entre les vertèbres, quelques centimètres au-dessous de la moelle épinière, m'apparaissait décidément comme un haut fait de civilisation. Je n'ignorais pourtant pas les multiples reproches que l'on pouvait adresser à cet endormissement du corps de la femme au moment où celui-ci jouait son plus grand rôle. Son rôle – n'hésitons pas – cosmique.

2

Vive la naissance médicalement assistée !

Ô divine péridurale...

« Ils en ont parlé ! » Il y a un peu plus d'un siècle, cette phrase légendait deux dessins de Caran d'Ache, parus dans *Le Figaro* et devenus fameux dans tout l'Hexagone. Sur le premier, une belle et grande famille dîne, oncles, cousines, petits-enfants trinquant joyeusement. Sur le second, la scène s'est transformée en horrifique pugilat général. Explication : entre les deux, ils ont parlé de l'affaire Dreyfus, *le* sujet qui divisait la France en deux et fâchait les meilleurs amis. À notre époque, surtout si plusieurs générations sont rassemblées autour de la table, vous pouvez vous amuser à provoquer une aussi belle bagarre (j'avoue honteusement l'avoir fait), en demandant, la bouche enfarinée : « Au fait, vous êtes pour ou contre la péridurale ? » Peu de sujets soulèvent autant de passion dans la vie intime de nos contemporains et, surtout, bien sûr, de nos contemporaines.

Les plus promptes à se révolter sont les « progressistes ». Les yeux leur sortent de la tête quand elles apprennent qu'il existe encore des gens supposés normaux, des citoyens recensés et disposant du droit de vote, qui s'opposent à ce qui pourrait certainement prétendre à la médaille d'or des plus belles conquêtes médicales de tous les temps – le progrès inouï que, dans le secret de leur cœur, les femmes attendaient, sans y croire, depuis toujours. Pour les « progressistes », une résistance contre la péridurale ne peut relever que d'un état d'esprit rétrograde, soit religieux intégriste, soit psychologiquement bloqué dans l'inconscient des femmes mûres autour d'un besoin de vengeance : « J'y suis passée, elles y passeront aussi ! »

Dans l'autre camp, les réactions des opposantes pourraient se répartir en deux types. Les premières auraient tendance à hausser les épaules, notamment quand elles « y sont passées » elles-mêmes, en effet. Pas forcément avec une idée maligne, mais un peu comme des guerrières burinées, ayant connu le combat et se demandant ce que deviendrait une humanité féminine craignant l'épreuve numéro un qui, depuis toujours, scelle son initiation – quelque chose de largement aussi fort (sinon beaucoup plus) que les épreuves dont s'enorgueillissent les mâles. Une épreuve décisive, que les hommes ne connaîtront jamais et qui serait le signe indélébile des femmes.

L'autre type d'opposition à l'anesthésie péridurale est plus sensible, naturaliste, écologique… Mais écoutons plutôt deux témoignages de femmes pas franchement d'accord entre elles. Une pour, une contre. La première s'appelle Marie-Louise et a les joues en feu rien qu'à évoquer le souvenir de ce qu'elle a dû traverser…

« Je ne comprends pas que l'on puisse ne serait-ce que se poser la question ! Quand je pense à ce que j'ai pu souffrir, pour donner le jour à ma fille. Quand je pense à la révolte qui m'a embrasée à l'idée que personne, ni ma mère, ni mes amies, ni mes profs, ni les médecins, ni les pouvoirs publics, ni les psy ne m'avaient prévenue de l'enfer qu'un accouchement pouvait représenter. Quand je pense au sentiment de trahison qui m'a envahie, tandis que je me voyais mourir, lapidée sous les coups de ces contractions infernales. Quand je pense aux sentiments monstrueux que la douleur et la rage m'ont fait éprouver à l'égard de ma pauvre enfant, pas même née, tandis que je traversais cette épreuve inimaginable. Quand je pense au visage impitoyable de la sage-femme, me toisant de ses quatre-vingts kilos et sifflant : “Allons, ma petite, ça suffit ! Vous n'êtes quand même pas la première femme qui accouche, vous savez !” – et le médecin, ce lâche, qui a juste passé sa tête par la porte : “Vous allez nous faire un beau bébé”, avant de vite repartir – je l'aurais tué ! Quand je pense à la phrase biblique “Tu enfanteras dans la douleur”, que je porte gravée au fer rouge dans les entrailles, et que des générations de femmes serviles ont stupidement répétée. Quand je pense à tout ce que cette souffrance a ensuite détruit entre mon mari et moi, notamment notre vie sexuelle, jamais vraiment remise depuis. Enfin quand je pense qu'il existait déjà, à l'époque, une méthode moderne pour ne pas souffrir, mais qu'on ne m'avait rien dit. Quand je pense à tout cela… et que j'apprends que certains grands esprits s'opposent farouchement, pour des raisons “écologiques” ou “spirituelles”, à l'utilisation de la péridurale, je hurle : “Au fou !” Je m'étrangle, j'ai envie de mordre. Le monde est-il donc définitivement dérangé ? »

La seconde femme s'appelle Mikaéla. Elle est plus calme. Il faut dire qu'elle appartient à une petite minorité privilégiée… mais ne concluons pas trop vite et écoutons-la jusqu'au bout :

« Je fais partie de ces “chanceuses” qui ont accouché avec un grand bonheur. Les naissances de mes deux garçons furent quasiment des orgasmes. Au départ, les contractions étaient impressionnantes, comme des vagues de plus en plus fortes, qui auraient certes pu briser mon embarcation. Il s'agissait de savoir les prendre et j'ai su. Plus tard, j'ai appris que 10 % environ des femmes accouchaient comme moi, sans souffrir, et qu'à l'autre bout, 10 % connaissaient le martyre, tandis que la majorité s'étalait entre ces deux extrêmes. Une courbe de Gauss de la douleur, où je vous souhaite de vous trouver tout au bout de la rive gauche ! J'aimerais cependant analyser un peu cette “chance” dont j'ai si “miraculeusement” bénéficié : je pense que j'y suis pour quelque chose.

À vingt ans, j'ai renoncé à une carrière scientifique prometteuse, pour me consacrer le plus possible à la réconciliation avec la Terre, qui est aussi notre mère. J'habite parfois encore en ville, mais j'ai fait de longs séjours dans des tribus amérindiennes et, depuis, je ne peux passer plus de vingt-quatre heures sans aller jardiner, bêcher, sentir l'odeur de la terre – et je me suis battue pour pouvoir le faire où que je vive, même en ville. Nous vivons plutôt modestement, essayant de mettre le plus possible en pratique nos idées écologiques.

Je crois que les humains modernes vont très mal, qu'ils sont très malades, très handicapés, complètement coupés de la nature et de leur corps – et ils ne s'en rendent pas compte ! C'est une maladie collective mortelle. La médecine moderne peut être admirable, mais sa place dans la vie de nos contemporains est devenue aliénante : ils sont intoxiqués, à la fois assistés comme des handicapés et en permanente insatisfaction. Et que réclament-ils/elles de plus ? D'être a-nes-thé-siés. Ben voyons ! Comme ça, plus de problème.

Je crois que les femmes ont un rôle important à jouer pour nous sortir des impasses où nous nous débattons. Mais à condition qu'elles restent vivantes : gaillardes ! Non, accoucher n'est pas une maladie. Oui, enfanter est une affaire grave : ça peut même être l'affaire la plus grave de la vie d'une femme. Il faut y consacrer le meilleur de soi. Mes deux grossesses ont été deux longues fêtes sacrées – il n'était pas question de gâcher ça en allant travailler en ville dans n'importe quelles conditions. Je suis restée dans notre cabane, au vert. Nous n'étions déjà pas riches. Nous nous y sommes faits. »

Face à ces deux logiques, que peut ajouter un homme ? Comment pourrait-il oser mettre son grain de sel dans la discussion ? L'affaire est bigrement emmêlée. Alors, je joue mon joker et fais appel à une *mamma* incontestée. Que disait Françoise Dolto de cette épineuse question ? Voilà ce qu'elle confiait à la journaliste Hélène Cardin, au Dr Marie-Thérèse Moisson-Tardieu et au Pr Michel Tournaire, auteurs de *La Péridurale*[1] :

« Je comprends très bien qu'on évite la souffrance. Les femmes n'ont pas besoin de souffrir dans leur chair. Je ne vois pas ce qu'il y a de maternel à gueuler pour mettre au monde un enfant. D'ailleurs qui peut juger pour les femmes ? Personne.

Le seul danger pour la femme qui a accouché sous péridurale, c'est qu'elle soit agressée par les autres femmes, qui lui diront : “Toi, tu n'as pas souffert. Tu ne sais pas ce que

1. Balland, 2006.

c'est d'être mère." Il faut prévoir des réactions de jalousie. C'est idiot tout ça, mais ça existe, alors il faut prévenir les femmes.

Non seulement la souffrance ne sert en rien la future mère, mais si elle a trop souffert, elle ne peut même plus investir son enfant. Or, l'important c'est que l'être humain soit un être de relation dès qu'il est né.

Toutefois, les femmes oublient ces douleurs, car il faut savoir que l'accouchement échappe à toute logique. C'est un état magique et c'est un instant archaïque. Le corps se divise en deux sans mourir. Et tout de suite, la mère et l'enfant ont besoin l'un de l'autre. Pour se consoler. Elle d'avoir perdu son œuf, lui son placenta. Et c'est cela, la fameuse douleur de "Tu enfanteras dans la douleur". C'est la séparation. C'est l'angoisse de la division du corps, ce n'est pas l'accouchement et ses contractions. "Tu enfanteras dans la douleur" a un sens beaucoup plus général. L'enfant petit à petit va prendre son autonomie. C'est à la succession de ces séparations que faisait allusion la malédiction divine. »

Subtile Françoise Dolto ! Si on la lit bien, elle dédramatise le furieux débat des deux côtés. Ouverte à la modernité technicisée, elle n'oublie pas que nous sommes enracinés dans une mystérieuse et éternelle mère Nature… ni que l'humain, être de relation avant toute chose, y occupe une place absolument spécifique.

Cela dit, à l'heure d'écrire ces lignes, le match pourrait être considéré comme clos. Avec un score écrasant de 9 contre 1 en faveur des partisans de la piqûre anesthésiante. Aujourd'hui, près de 90 % des Françaises accouchent sous péridurale – contre 4 % en 1981. Vertigineuse progression. En un quart de siècle, nous avons rattrapé les plus modernes des Américaines. C'est le record du monde absolu. Nulle part ailleurs sur la planète on n'approche ce chiffre, même dans les pays riches. Nous ne parlons d'ailleurs ici *que* des pays riches : qui dit anesthésie dit anesthésiste et équipement *ad hoc*. Or cette profession est rare, et coûteux sont les produits et appareils utilisés – ce qui exclut d'emblée les trois quarts de l'humanité et pose, nous le verrons, un problème à moyen terme même chez nous.

En attendant, qu'est-ce que les Françaises ont donc de si spécial ? Elles qui, très vivantes, détiennent par ailleurs le record européen de fécondité [1], elles préfèrent accoucher sous anesthésie. Ce n'est pas le cas ailleurs, loin de là. Prenez un pays comme la Hollande, considéré comme raisonnablement moderne en général : seulement 15 % des femmes y accouchent en faisant appel à la « péri » (chiffres 2005). À quoi attribuer ce décalage ? Imaginerait-on que, d'un côté de la frontière, les dentistes continuent à arracher les dents à vif, ou les chirurgiens à couper des jambes ou des doigts en donnant à leurs patients un bout de bois à mordre et un bon coup de gnole, tandis que, dans le pays voisin, à développement équivalent, on utiliserait les techniques anesthésiques que nous connaissons aujourd'hui ? Quelle est donc cette énigme ?

1. Quelques taux de natalité, en 2006 : Allemagne : 8,25 ‰, Japon : 9,37 ‰, France : 13,11 ‰, Chine : 13,25 ‰, États-Unis : 14,14 ‰, Pakistan : 29,74 ‰, Nigeria : 50,73 ‰.

Connaissez-vous l'« échelle de la douleur » ?

Pour les partisans de la péridurale, l'explication principale tient tristement à l'inertie des mentalités, surtout sur une question aussi anciennement incrustée de non-dits et de tabous, imbibée de fatalisme et de soumission. Or, les Françaises ont souvent été et sont encore de nos jours des pionnières, des avant-gardistes, des amazones, des briseuses d'interdits, ouvrant la voie à toutes les femmes du monde. Nous verrons, plus loin, comment des sages-femmes, très libres elles-mêmes, analysent, depuis la frontière, cette avancée féministe typiquement française (p. 207). Une chose est sûre : les arguments médicaux de nos avant-gardistes sont abrupts et, disons-le, très impressionnants.

Il existe toutes sortes d'échelles de la douleur. Celle-ci fait entrer en jeu tellement de facteurs ! – physiques bien sûr, mais aussi psychologiques, affectifs, culturels, spirituels… En pleine action trépidante (au cours d'un match ou d'un combat), vous pouvez ne même pas sentir un coup qui, à froid, vous ferait hurler. L'état de votre moral compte énormément : le déprimé encaissera plus difficilement les coups que l'euphorique. Pionnière des soins palliatifs dès les années 1950, la Britannique Cicely Saunders nous a appris, avec finesse, que la douleur physique s'intégrait en réalité à un tout, qu'elle a baptisé « souffrance globale », où joue un rôle ce qui donne un sens à votre vie… ou n'en donne pas. Certaines femmes sur qui l'anesthésie péridurale n'a pas fonctionné – ça existe, nous allons le voir –, disent qu'elles ont tenu le coup en s'accrochant à leur foi religieuse qui, par définition, transcende les aléas matériels de notre condition.

Il n'empêche : quelle que soit l'échelle de la douleur que vous utilisez, et même dans les cultures « premières », infiniment plus proches de la nature que nous (même si la coutume y veut qu'on n'émette pas un son en enfantant, ce qui a pu tromper plus d'un ethnologue), eh bien, la douleur *moyenne* de l'accouchement tourne aux niveaux les plus élevés qu'un humain puisse supporter avant de s'évanouir. Par exemple sur l'échelle de Melzack (université McGill de Montréal), c'est plus fort que la sciatique, plus fort que la rage de dents, plus fort que la fracture… Seul l'arrachement d'un doigt se situe un peu plus haut. Mais cet arrachement ne s'étale pas sur des heures !

Si l'on se fie à ces échelles (et pourquoi s'en méfier ?), la question est entendue. Vive l'anesthésie péridurale ! Et l'on se gratte le crâne : par quels chemins terribles la lignée humaine est-elle arrivée jusqu'à nous ? Comment ont-elles supporté ça jusqu'ici ? D'habitude, la nature est mieux faite ! Les autres femelles mammifères ne souffrent pas, si ? Réponse pas simple : il semblerait que les guenons ressentent des douleurs intenses, mais en silence, pour éviter d'être repérées par leurs prédateurs à un moment critique. Les rates et les lapines, elles, mettent bas sans problème et l'on a trouvé pourquoi : en fin de grossesse, leur organisme délivre une énorme quantité d'endorphines et autres neurotransmetteurs cousins de la morphine. Les veinardes : une péridurale interne et naturelle !

Ce phénomène n'a malheureusement pas été retrouvé chez la femme. Ce qui est d'autant plus fâcheux que notre espèce comporte une caractéristique merveilleuse et terrible : nous avons d'énormes têtes. Qui nous ouvrent à l'intelligence consciente, mais qui ont aussi grand mal à passer par le sexe de notre mère. D'autant plus que celle-ci est bipède et qu'elle a donc, pour éviter que ses organes et son bébé ne tombent par terre, une matrice, un col de l'utérus et un périnée hypermusclés et solidement arrimés. Barrières que le nouveau-né, ou plutôt le presque-né, doit franchir, au prix d'une épreuve colossale, si puissante que beaucoup de psychanalystes, d'Otto Rank à Stanislas Grof, estiment qu'elle nous marque plus que tout le reste, à jamais.

La paléo-anthropologie nous a appris comment, au fil de l'évolution, jouant très serré, « au ras de la corde », au prix de beaucoup de femmes mortes en couches, les humanités successives se sont adaptées au dilemme « gros cerveau/vagin étroit » : en mettant au monde des bébés de plus en plus prématurés. Sinon, notre espèce se serait éteinte, par hécatombe de mères, déchirées par les crânes de plus en plus gros de leur progéniture. À notre ère, un petit humain de neuf mois naît en fait à mi-terme : il mettra encore au moins autant de temps pour marcher, alors que les autres mammifères le font en quelques jours au plus. Mais du coup, une nouvelle boucle évolutive a pu surgir dans le cosmos[1]. En nais-

---

1. Sommes-nous entrés dans une nouvelle accélération de la boucle évolutive ? Le nombre des prématurés est, en effet, en pleine augmentation. Il se pourrait que ce soit seulement un signe de fatigue : beaucoup de cas dans les populations fragilisées, notamment chez les immigrées, mais aussi après fécondation *in vitro* et procréation médicalement assistée. Nous verrons plus tard les questions cruciales que pose la grande prématurité, avec le Pr Jean-Pierre Relier, qui

sant prématurés, les petits humains en plein modelage s'ouvraient, comme jamais aucune espèce avant eux, à l'influence d'une force étrange : la culture. Aujourd'hui, les recherches en épigénétique et en neurologie cognitive montrent à quel point nature et culture, inné et acquis, gènes et apprentissages sont imbriqués en nous de manière inextricable. Nous sommes véritablement des « corps-esprits », comparables à aucun autre être que nous connaissions. Et si nous sommes évidemment soumis aux lois du contexte où nous sommes apparus – les dérèglements climatiques ne le montrent que trop –, nous sommes également capables de modifier sciemment et intelligemment ce contexte, par l'art, la science, la technique…

L'une de ces modifications géniales qu'apporte la culture, disent les partisans de la péridurale, consiste à gommer la douleur de l'accouchement. Et ils vous décrivent les effets extrêmement bénéfiques que cela a déjà produits : services de maternité sereins, relations harmonieuses et gaies entre mères et bébés, retombées positives sur les couples, sexualité mieux préservée…

Mais là, l'observateur vaguement attentif marque un arrêt. Que la douleur insupportable ait été vaincue, c'est évident. Que les services de maternité aient gagné en tranquillité, aussi. La suite laisse un peu plus perplexe. J'ai parlé avec de nombreuses femmes ayant accouché sous péridurale et, si la plupart n'envisageaient en aucun

---

remplaça Alexandre Minkowski à la maternité pilote de Port-Royal, où l'on a systématiquement réussi, depuis plus de vingt ans, à maintenir en vie des nouveau-nés prématurés de moins de un kilo – records : au-dessous de 500 grammes (p. 419).

cas de s'y prendre autrement lors d'une autre maternité, un drôle de sentiment se dégageait souvent de leurs propos. Était-ce la culpabilité, plus ou moins consciente, dont parlait Françoise Dolto, évoquant l'agressivité et la jalousie dont les autres femmes risquaient de faire preuve à l'égard de celles qui n'avaient pas souffert ? Peut-être. Mais il y avait, à l'évidence, autre chose, de difficile à définir.

Ici, plutôt que d'aligner maintenant la liste des arguments médicaux anti-péridurale, je préfère vous donner la réaction d'une praticienne expérimentée et raisonnable : Catherine Dolto, fille de Françoise et médecin de son métier. Un tout petit fragment d'entretien : nous retrouverons Catherine Dolto, beaucoup plus longuement, dans le chapitre consacré à l'haptonomie (p. 161).

Le point de vue d'une praticienne de bonne réputation

« *90 % d'accouchements sous péridurale en France ! Quand on sait que certaines femmes n'y ont pas droit, par exemple quand elles souffrent de problèmes cardiaques, on peut dire qu'on a fait le plein ! Qu'en pensez-vous ?*

Catherine Dolto : Que ça va forcément changer, qu'on le déplore ou pas, du fait des restrictions budgétaires dans les hôpitaux, et à cause de la pénurie grandissante d'anesthésistes. Mais ce que j'ai envie de dire d'abord, c'est quand même que la péridurale est un outil magnifique. Rappelons que ça n'a pas été inventé pour les femmes enceintes : en chirurgie, ça a représenté un progrès extraordinaire. Et pour certains accouchements, c'est génial, parce qu'il y a des cas où, sinon, ça se termine dans l'horreur. C'est quand même mieux qu'une césarienne ! Je pense qu'il faut donc répondre très prudemment, et surtout pas avec des “jamais”ou des “toujours”.

Il ne faut pas diaboliser la péridurale. Par contre, comme beaucoup d'outils, elle est mal utilisée. Elle devrait servir à des femmes que l'on a préparées, et avec qui l'on a tout fait, en amont, pour qu'elles aient le moins mal possible, mais qui, pour une raison ou pour une autre – et elles sont multiples –, n'y n'arrivent pas et se retrouvent dans des situations d'épuisement où tout devient ingérable pour elles. Où elles ne sont plus présentes pour leur enfant. Ça demande de l'énergie, d'être présent, c'est un acte. Quand on ne peut plus, qu'on est KO de douleur et de fatigue, je trouve ça bien de pouvoir faire une péridurale. Ce serait vraiment bête et méchant de se l'interdire.

Pourquoi n'êtes-vous pas favorable à la péridurale telle qu'elle est généralement pratiquée ?

Ce qui est à dénoncer, c'est la péridurale prescrite *a priori* et à tout le monde, celle qui est destinée à “effacer l'accouchement”. Ça, c'est très dommageable. Il y a des femmes qui font des décompensations massives et se retrouvent en service psychiatrique. Certes, aujourd'hui, on pratique des péridurales moins fortes, mais il y a quand même des signes inquiétants, comme cette étude canadienne qui montre qu'avec les péridurales ambulatoires, les enfants tètent moins bien. Mais reprenons dans l'ordre... Pourquoi ne faut-il pas pratiquer la péridurale à tour de bras ? D'abord, parce que ce n'est pas de l'eau de rose qu'on injecte dans le sang de la femme, donc dans celui de l'enfant ! Il n'est pas anodin de commencer sa vie avec des morphiniques. Passer la première épreuve de son existence avec des drogues dans le sang, il n'est pas interdit de penser que ça peut avoir un rapport avec le processus de la toxicomanie, plus tard. C'est encore une question. On n'a pas la réponse. Mais il faut se la poser. Nous, les humains, nous passons notre temps à reprendre nos vieux plis. Dès que ça va mal, ou quand se présente une situation nouvelle, donc inquiétante, notamment à l'adolescence, nous nous replions sur la façon dont nous avons réagi la première fois. Que se passe-t-il si, la première fois, en naissant, vous avez été drogué ? Il se trouve que la toxicomanie et l'alcoolisme sont en hausse chez les jeunes des générations où l'on a commencé à pratiquer beaucoup de péridurales. Il faut s'interroger et enquêter.

Un autre problème, c'est que ça ramollit les muscles de la mère. Donc il y a davantage de têtes qui ne fléchissent pas correctement au moment du passage, ce qui peut entraîner plus de manœuvres techniques et donc donner plus d'épisiotomies et plus d'utilisation des spatules, des ventouses, des forceps, etc., toutes choses qui, elles non plus, ne sont pas anodines.

Pour toutes ces raisons, si l'on peut se passer de péridurale, c'est mieux. Mais si c'est la condition *sine qua non* pour éliminer un obstacle vraiment traumatisant, pour la mère comme pour l'enfant, eh bien, vive la péridurale ! Par exemple, quand l'accouchement est provoqué ou accéléré, avec injection d'ocytocine, la péridurale devient indispensable. Parce que, alors, les contractions ne viennent plus du dedans, de la physiologie de la mère et de l'enfant, elles sont imposées, comme venues de l'extérieur et ça peut être très violent, beaucoup plus difficile à contrôler. La femme ne les sent pas venir et a beaucoup de mal à les accompagner. Aucune femme ne réagit de la même manière à chaque molécule. Donc, qui dit “déclenchement” dit presque automatiquement “péridurale”. Sinon, cela peut devenir inhumain.

J'en conclus que vous êtes très réservée aussi sur le déclenchement. Y a-t-il une autre raison majeure, selon vous, pour limiter le plus possible l'usage de la péridurale ?

Il est quasiment certain que les perceptions de l'enfant, dans sa relation à sa mère, s'en trouvent modifiées. Comment au juste ? Nous n'en savons encore rien. Mais en cas de péridurale, il faut assurément que les parents soient beaucoup plus “avec l'enfant”, de l'extérieur, pour compenser. Or, que voit-on souvent ? Juste le contraire : un relâchement général de l'attention. Dès qu'il y a une péridurale se produit une espèce de banalisation. “Alors, qu'est-ce que tu as vu au cinéma ?” demande la sage-femme à la puéricultrice, tandis que la femme qui accouche se demande, un peu perdue, ce qui se passe. C'est idiot, mais c'est comme si, tant que la femme souffre, quelque chose de sacré demeure. Si l'on efface sinon la souffrance, du moins l'énorme effort que fournit la femme en train de mettre au monde un enfant… beaucoup de professionnels en viendraient presque à oublier que l'enfant et ses parents vivent là un moment dont l'influence sera déterminante sur leur avenir.

Moi, ce qui m'intéresse, c'est la trajectoire du sujet. Je pense qu'il n'est pas respecté si tout se banalise autour de lui pendant qu'il naît. Parce que naître, on ne le fait qu'une fois dans sa vie. C'est le moment fondateur. Ça suppose un peu de respect pour celui qui fait ça. L'acte de naître, cette poussée qui vient du sacrum, c'est d'une puissance extraordinaire ! C'est fantastique ce que vit l'enfant qui naît. Il est essentiel de préserver un émerveillement autour de tout cela. »

Entre Oui et Non, l'entrée en scène de Peut-être

Non, décidément, l'affaire n'est pas simple. Dommage. Ce serait tellement commode ! À l'évidence, l'issue optimale exige une mobilisation de tout ce qu'un être humain possède de plus puissant et de plus noble au fond de lui. De la générosité, de l'intelligence, du courage, de la grâce, du lâcher-prise… En prenons-nous le chemin ? En fait, la péridurale forme comme un pic particulièrement visible dans un ensemble beaucoup plus vaste de comportements qui ont tendance à médicaliser de plus en plus notre existence. Pour le meilleur, bien des fois. Mais très souvent aussi au risque de faire de nous des êtres manipulés, dépendants et, surtout, n'utilisant qu'une maigre partie de leurs potentiels, l'essentiel demeurant endormi. Pour nous en tenir à l'enfantement, bien au-delà de l'anesthésie, nous voyons de plus en plus d'accouchements médicalement programmés de A à Z : « Madame, prenez votre agenda, vous accoucherez mardi prochain, à neuf heures trente. » On sait ce que cela signifie. Sous couvert de confort (en fait surtout pour les soignants et leurs plannings), on impose à la physiologie de la mère et à celle de son enfant un diktat très peu subtil, disons même ultraviolent. À l'heure où l'humanité commence tout juste à réaliser à quel point elle s'est collectivement comportée en prédatrice aveugle vis-à-vis de la planète, le corps de la femme mérite-t-il cette colonisation à la hussarde ? Ce serait ignorer les raffinements incroyables que la psycho-neuro-immuno-endocrinologie, ou la chronobiologie, ou les sciences neurocognitives découvrent, en ce moment même, en étudiant les jeux du vivant, notamment dans l'interaction hypercomplexe de ces deux sujets libres et indépendants, bien que contenus l'un dans l'autre : la mère et le fœtus !

Sans parler de ce que nous apporte, de plus en plus à mesure que nous acceptons de nous ouvrir, la rencontre avec d'autres cultures, souvent bien plus anciennes – c'est-à-dire ayant fait leurs preuves sur le long terme, ce dont nous savons aujourd'hui que c'est justement notre point très faible. Ainsi les yogis, pour prendre un exemple consensuel simple, nous apprennent-ils qu'il existe bien des façons d'utiliser son corps et son esprit, dont nous n'avons aucune idée en Occident, et qui permettent, entre autres, de décupler la concentration, la relaxation, le lâcher-prise et… le rapport à la douleur. Tout se passe comme si nous étions des oiseaux ignorant qu'ils peuvent voler et se contentant de marcher – tout heureux que de grands savants leur apprennent à s'accrocher à de belles bulles techno, pour s'élever très momentanément au-dessus du sol.

Pour autant, n'étant ni yogi ni homme volant, j'arrête là cette envolée et fais deux constatations pour clore ce chapitre :

La première est qu'il serait intolérable, monstrueux, sadique, d'empêcher volontairement l'accès des femmes au « miracle » de l'anesthésie du bas de leur corps pendant l'accouchement. Adressons une ode sincère au génie médical des médecins qui ont mis au point la chose – il y a plus d'un siècle. Quel homme moderne accepterait de souffrir de la sorte pour pouvoir simplement accomplir sa fonction de mâle ? Comme si les rituels sioux de la danse du Soleil, où l'on est suspendu en l'air retenu par des hameçons en os fichés dans les muscles du poitrail, restaient, non seulement imposés à tout futur père, mais uniquement de façon officieuse, dans le secret étouffant de petites chambres de torture, d'où rien ne sortirait, car tout serait censé « très bien s'y passer », ainsi que le suggérait l'expression ancienne de « mal joli », par laquelle on désignait les souffrances de la parturiente. Comme aimait le rappeler Gitta Mallasz, la survivante des *Dialogues avec l'Ange* : « La souffrance est inutile à l'être humain. Seul l'animal a besoin d'elle, elle est son ange gardien[1]. »

---

1. *Dialogues avec l'Ange*, Aubier-Flammarion, 1976 et 1990, dont j'ai raconté l'histoire dans *La Source blanche*, Le Livre de Poche, 1998.

La seconde constatation est qu'évidemment, dans la réalité, les choses sont beaucoup plus inattendues, riches et paradoxales que cela. Mais avant de vous parler de ce que, avec son autorisation, j'ai appelé le « paradoxe de Frydman » (du nom de l'un des tout premiers médecins à avoir introduit la péridurale en France, dans les années 1970), laissez-moi vous présenter Muriel. Elle a traversé toutes ces expériences de part en part.

Une façon de s'apercevoir que, dans un affrontement en duel, la solution vient souvent d'un troisième terme, extérieur à l'enjeu. *Oui* et *Non* veulent se bouffer le nez. Alors arrive, sourire en coin, *Peut-être*…

3

La fragilité d'une baroudeuse

De la péridurale aux matrones primordiales

Dans mon parcours d'homme tentant de comprendre quelque chose à la plus féminine – et à la plus mystérieuse – des créations, la rencontre avec Muriel Bonnet del Valle fut décisive. Habitée à la fois par une insatiable curiosité et par une fraîcheur d'âme proche parfois de l'innocence absolue, Muriel a éprouvé le besoin d'analyser le plus explicitement possible la façon dont elle avait enfanté la première fois. Long et complexe processus, particulièrement typique de l'Occident de la fin du XXe siècle. À cheval entre un accueil chaleureux des techniques médicales les plus en pointe et la redécouverte du savoir multimillénaire des matrones primordiales, son histoire a le mérite de ne l'avoir fermée à rien, tout en la poussant à refuser, quand elle le jugea nécessaire, la pression sociale et le conformisme majoritaire.

Près d'un quart de siècle plus tard, elle a raconté son étonnant itinéraire dans un livre très touchant, *La Naissance, un voyage – ou l'accouchement à travers les peuples*[1], mi-carnet de route illustré de photos jamais vues, mi-vade-mecum pour parturiente postmoderne, un vrai bouquin primitif-futuriste, qui figurera dans les bibliothèques de nos arrière-petits-enfants !

Une rebelle-née… bien qu'elle ait d'abord avancé avec un grand manque de confiance en elle-même. Issue de la grande bourgeoisie, elle refusa d'emblée les règles de sa classe et se retrouva artiste photographe. Éprise d'un jeune cinéaste-ethnologue, elle le suivit dans un long repérage africain, de Dakar à Niamey, alors même qu'elle venait de se découvrir enceinte. Conseillé par l'ethnologue Jean Rouch, le couple vécut parmi les populations – qui les accueillirent de plus en plus chaleureusement à mesure que s'affirmait la grossesse de la grande jeune femme blanche. Pendant des mois, ils bourlinguèrent sur les pistes, filmant, photographiant, mais surtout s'imprégnant des us et coutumes des peuples traditionnels qu'ils découvraient.

Déjà, la plupart des ingrédients du destin de Muriel sont présents. La connaissance suggérée des plantes – abortives ou de fertilité, facilitant l'accouchement ou la montée du lait. Ou bien la pratique de l'« humidification sonore du fœtus » : par les sons aigus de la voix de la mère pour le haut du corps du futur bébé, par les sons graves de la voix du père pour le bas de son corps. Et puis, par-dessus tout, le sens profond du sacré à chaque instant de la vie quotidienne, manifesté par le biais de rituels qui jalonnent l'enfantement, de l'époque de la conception à l'heure de l'accouchement… – avec aussi des aspects d'une violence inac-

1. L'Harmattan, 2000.

ceptable, par exemple quand il est question de mutiler le clitoris des petites filles – ce qui valut aux deux voyageurs européens d'interminables palabres avec les plus jeunes des adultes africains qui les accueillaient.

Pourtant, quand ils rentrent à Paris et que l'heure de son propre accouchement approche, Muriel est soudain prise de doute. Dans une ritournelle infernale, lui reviennent en tête les images de la naissance d'un poulain, à laquelle elle a assisté, lors d'une nuit fébrile dans les écuries familiales, quand elle était enfant. Et un mystère l'obsède : comment un bébé de plusieurs kilos pourrait-il passer à travers son sexe sans la tuer ? Elle a beau s'informer, tenter de se raisonner, comprendre mentalement, son corps se cabre : c'est impossible ! Elle commence à paniquer.

Peut-elle compter sur une aide de sa mère ? Non. Contactée, celle-ci ne peut qu'admettre s'être elle-même cabrée devant l'obstacle : quand elle a dû accoucher de Muriel, un quart de siècle plus tôt, en 1950, elle s'est fait endormir au chloroforme !

Un soutien de son compagnon ? Non. C'est un Latin traditionnel, issu d'une famille nombreuse et sourd à toute sollicitude de « nouveau père ».

Mais voilà qu'une divine surprise surgit un soir, lors d'un dîner chez des amis bien branchés. C'est une technique qui vient des États-Unis. Une injection puissamment anesthésiante dans l'espace péridural, dans la colonne vertébrale, pratiquée au-dessous de la deuxième vertèbre lombaire, endort tout le bas du corps pendant l'entière durée de l'accouchement. On connaissait la technique depuis longtemps, pour toutes sortes d'opérations chirurgicales, mais on vient tout juste de la mettre au point de façon suffisamment fine pour ne pas risquer de nuire au nouveau-né. C'est du dernier cri. Un immense progrès dans l'histoire de la féminité. Muriel respire : elle ne sentira rien.

L'homme qui va pratiquer cette méthode sur la jeune femme est un tout jeune et très sympathique professeur de médecine : René Frydman, de l'hôpital Béclère, à Clamart, déjà célèbre à l'époque pour la recherche qu'il mène avec le Pr Jacques Testart dans le but d'obtenir la première fécondation *in vitro* de France (elle débouchera quatre ans plus tard, en 1982, sur la naissance réussie de la petite Amandine).

Bref, Muriel passe brusquement des profondeurs du néolithique au sommet de la modernité. Elle va bénéficier d'un accouchement de science-fiction – du moins pour l'époque : vingt-cinq ans plus tard, dans un mouvement d'accélération sans précédent dans l'histoire, près de 90 % des femmes françaises accoucheront de cette façon.

Et tout se passe comme prévu : au jour dit, à l'heure dite, une perfusion d'ocytocine de synthèse, semblable à l'hormone qui déclenche les contractions de l'utérus, met brusquement en branle le prodigieux processus. Douleurs suraiguës… heureusement aussitôt gommées par l'anesthésiant qu'on injecte sans tarder dans la colonne de la parturiente affolée.

Muriel assiste alors, muette et stupéfaite, à son propre accouchement.

Mission réussie – bien que la jeune maman s'avère si passive qu'il faudra donner un petit coup de bistouri dans le périnée (épisiotomie) et user des forceps pour dégager le bébé (un garçon) qui, lambinant en route, risquait d'étouffer. Elle me racontera qu'au moment ultime, l'ambiance prit le tour d'une hilarité incontrôlable, dans un joyeux bazar. Un accouchement relax. À la Charlot.

La suite pourrait se passer de commentaire. Muriel se retrouve chez elle, à Montmartre. Assez seule, il faut dire, son Latino assumant mal la paternité. Une existence un peu triste, erratique, mais sans problèmes vitaux particuliers. Sauf que bientôt, la jeune femme sent une déprime catastrophique lui fondre dessus. Le baby blues classique, mais multiplié par cent.

Quand le baby blues se termine en clinique psychiatrique

Ça commence par une crise de paranoïa. Muriel se sent menacée (précisons qu'un attentat à la bombe, dans une rue de Paris, tout près de chez elle, l'a sérieusement ébranlée). Pendant le week-end, elle fuit une maison de campagne qu'elle croit devenue « hostile », s'égare, son nouveau-né dans les bras, sous la pluie, en rase campagne. C'est finalement son père, le grand bourgeois avec qui elle n'a plus de contact, qui la récupère et la ramène chez elle. Mais la crise redémarre quelques jours plus tard, en pire. Muriel voit des diables partout et pleure sans arrêt, prostrée, couchée en position fœtale. Son discours devient incohérent. C'est la première fois qu'une chose pareille se produit dans sa vie. Et cette fois, sa famille la place dans un service psychiatrique.

Diagnostic : « Délire de schizophrénie paranoïde. »

Le mal se caractérise par une perte du contact vital

avec la réalité, un repli dans le monde intérieur, qui devient le théâtre de scénarios chaotiques. Selon le psychiatre qui examine la jeune femme, il faut rechercher dans son enfance les causes profondes de son état, mais le déclenchement de celui-ci serait inséparable de la « dépression post-partum », autrement dit du baby blues classique, surtout chez les jeunes accouchées, mais amplifié ici de manière pathologique.

Les anxiolytiques à hautes doses ne suffisent cependant pas à calmer le délire. Certains jours, Muriel a pourtant l'impression de pouvoir jouer de celui-ci de manière positive, en « surfant » sur le dérèglement de tous ses sens, qui lui font voir la réalité d'une façon incroyablement belle, illuminée, féerique. Mais l'enchantement retombe vite. Elle serait incapable de s'occuper de son bébé. Aux médicaments, les médecins décident alors d'ajouter une cure de sommeil. Avant de s'endormir, Muriel songe à ce que lui ont dit les Africains de la façon dont on traitait la folie dans les cultures traditionnelles… Sa folie, à elle, n'est pourtant que passagère. Elle en est persuadée et réussit finalement à en convaincre les médecins, et à sortir du monde psychiatrique au bout de quelques semaines « seulement ».

Maintenant, elle a une idée fixe : comprendre ce qui lui est arrivé. À mesure que revient sa vitalité et qu'elle peut à nouveau s'occuper de son bébé, une conviction grandit en elle : le déclencheur de l'affreuse mésaventure a été l'anesthésie péridurale. Contemplant, pendant des heures, son enfant sagement endormi, elle s'interroge sur les raisons qui lui ont fait tant craindre un accouchement « naturel » et la facilité déconcertante avec laquelle, revenant pourtant d'une Afrique traditionnelle belle et saine malgré la pauvreté, où les accouchements se pratiquent comme depuis des millénaires, elle a si vite cédé à la tentation de laisser la médecine mettre son corps en léthargie. Tout le processus, se dit-elle, a été guidé par la peur. Une terrible peur de souffrir…

Comment gérons-nous nos peurs ?

Muriel veut savoir.

Elle commence à se procurer toutes sortes d'ouvrages sur l'accouchement.

Un jour, elle lit que la variabilité du seuil de tolérance à la douleur varie selon les cultures et les classes sociales : les femmes de la bourgeoisie seraient plus douillettes que celles du peuple, et celles des cultures traditionnelles moins que celles des pays industriels. Cela semble logique, mais est-ce exact ?

Une autre lecture la frappe. Le livre s'appelle *L'Irrésistible Désir de naissance*, il est signé du Dr René Frydman[1]. Le jeune et sympathique obstétricien qui a aidé la jeune femme à accoucher « comme dans un roman de science-fiction », y écrit notamment : « Sur un terrain [psychique] fragile, la technique de la péridurale peut accentuer le sentiment de dissociation de l'être. » Et plus tard, elle lira *Le Mystère des mères*, de Catherine Bergeret-Amselek[2], où cette psychanalyste passionnée par l'enfantement expliquera par le menu pourquoi « devenir mère est un séisme », toujours susceptible de faire vaciller l'identité de la femme, en favorisant en elle le réveil des chocs anciens, susceptible de lui révé-

1. PUF, 1986.
2. Desclée de Brouwer, 1996-2005.

ler, dans un immense sentiment de solitude, qu'elle est un « terrain fragile ».

Or, Muriel le sait désormais : c'est incontestablement son cas. Que faire de cette découverte ?

Cette interrogation ne fait qu'accroître son désir de savoir. Elle plonge maintenant corps et âme dans l'histoire universelle de l'enfantement. Plus tard, quand elle décidera de devenir infirmière, puis sage-femme, ce sera une option facultative où elle sera incollable !

Un vrai travail de fouilles.

Retour sur l'histoire de l'obstétrique moderne

Muriel apprend ainsi que l'obstétrique occidentale est née au XVIIe siècle, quand les hommes médecins ont commencé à intervenir dans l'accouchement, repoussant inexorablement les matrones archaïques vers l'oubli et faisant des « sages-femmes » leurs subalternes.

Dès l'Antiquité, pourtant, des hommes (Platon par exemple, ou le « gynécologue » Soranos d'Éphèse, un siècle avant Jésus-Christ) s'étaient intéressés à la naissance, mais seulement à titre de conseillers. Il ne leur serait jamais venu à l'idée de se substituer aux femmes de l'art.

En fait, le reflux féminin et la poussée masculine ont commencé au Moyen Âge, quand, sous couvert de lutte contre la sorcellerie, l'Église a condamné au bûcher d'innombrables matrones. Comme souvent, les religieux ont, en quelque sorte, préparé l'arrivée des médecins, et d'abord des chirurgiens-barbiers de la Renaissance, en tête desquels l'illustre Ambroise Paré, le premier Occidental à avoir pratiqué des césariennes sur des parturientes vivantes.

Mais la prise de contrôle de la naissance par les médecins fut d'abord très lente. Parce qu'il s'agissait d'hommes. Or, longtemps, les hommes restèrent carrément interdits de séjour dans les salles de « travail ». Même quand ils auraient pu s'y rendre utiles : Muriel découvre l'histoire d'un praticien allemand qui, en 1552, s'était déguisé en femme pour aider à un accouchement difficile : les autorités le condamnèrent à mort !

En France, c'est Louis XIV qui crée officiellement la profession d'accoucheur, en octroyant ses lettres de noblesse au Dr Julien Clément, qui vient de faire naître son petit-fils, le duc de Bourgogne – cette naissance passionne le roi à un tel point qu'il demande à y assister, caché derrière un rideau ! Médecins-accoucheurs et obstétriciens demeurent cependant marginaux. Accoucher à l'hôpital reste un phénomène rarissime. Dans les campagnes, les sages-femmes (corporation officielle depuis 1580) et souvent encore les matrones (c'est-à-dire les guérisseuses) règnent en quasi-exclusivité. Il faut dire qu'à l'époque les hôpitaux n'observent aucune règle d'hygiène et qu'y mettre au monde un enfant s'avère facilement mortel – sans doute bien davantage que dans une humble chaumière ! Il faut donc attendre Pasteur et les débuts de l'aseptisation, à la fin du XIXe siècle, pour que la médecine puisse véritablement se mettre au travail sur le début de la vie.

Alors, en moins d'un siècle, toute cette partie de l'aventure humaine va basculer d'un accompagnement féminin à un accompagnement (et à un contrôle) masculin. Et c'est évidemment un choc énorme et très étrange, puisque les hommes n'accouchent pas. Que peuvent-ils comprendre, par exemple, à la douleur de l'enfantement ?

Particulièrement concernée et intriguée, Muriel creuse cette question. Elle découvre qu'en 1934 un médecin de campagne britannique, le Dr Read, appelé au chevet d'une patiente qui s'apprêtait à accoucher, découvrit celle-ci dans une maison tout juste éclairée par une bougie, en train de mettre au monde son enfant avec calme et même avec un grand sourire. Quand, ensuite, le médecin demanda pourquoi elle n'avait pas souffert, la femme étonnée répondit : « Pourquoi ? J'aurais dû souffrir ? » Bouleversé, le Dr Read énonça par la suite le début d'une théorie, selon laquelle l'accouchement naturel ne devrait pas être douloureux, aucune loi scientifique ne justifiant cette souffrance. « Pendant l'accouchement, devait-il écrire, il n'y a pas de fonctions physiologiques du corps humain qui puissent être cause de douleur, tant que celui-ci se trouve en bonne santé. »

Read ne pouvait pas connaître l'existence des endorphines, ces neurotransmetteurs dont la présence, jusque dans le placenta, prouve que le corps sécrète ses propres analgésiques. Mais il avait compris que les douleurs utérines insupportables que connaissent de nombreuses parturientes sont provoquées par leurs peurs. Ces dernières engendrent, en effet, des réflexes de défense, qui se traduisent par des tensions neuromusculaires anormales de l'utérus. Read énonça donc : « Peur = tension = douleur. » Autrement dit, dans le processus de l'accouchement, les facteurs émotionnels et subjectifs compteraient au moins autant que les données purement physiologiques. Mais personne ne l'entendit, surtout pas ses confrères.

À la même époque, pourtant, partant de prémisses similaires et reprenant les travaux de Pavlov, le Dr Nicolaiev, de Leningrad, mettait au point la fameuse méthode psycho-prophylactique de l'accouchement sans douleur que nous avons déjà rencontrée.

Lentement, Muriel Bonnet del Valle réalise l'immensité de ce qu'on ne lui a pas appris. Qu'il s'agisse de son corps de femme destinée à enfanter ou de sa culture d'Occidentale ouverte à la modernité, on ne lui a rien dit, ou si peu, qui aurait pu lui permettre d'agir de façon responsable. Aucune initiation ne lui a été offerte, ni par ses parents, ni par l'école, ni par ses instructeurs sportifs ou artistiques, ni par les médias qu'elle a regardés, entendus ou lus. Du coup, plus tard, tout s'est passé comme si, tablant sur sa peur ignorante, le « système médical » n'avait eu aucun mal à la canaliser, tel un pion, vers la méthode la plus confortable, mais aussi la plus endormante, et peut-être la plus infantilisante – et certes pas la moins rentable pour la machine économique.

La rencontre avec Frédérick Leboyer

La « malédiction » transgénéalogique choque Muriel plus que tout. Le fait que sa mère ait paniqué avant d'accoucher d'elle a certainement joué un rôle crucial dans sa propre mésaventure. Pourquoi diable sa mère avait-elle insisté pour qu'on la chloroforme ? Plus que jamais, Muriel veut rompre la chaîne des déterminismes inconscients. Elle poursuit donc sa recherche, sans forcément savoir où celle-ci va la mener. Et c'est ainsi qu'elle va entendre parler de Frédérick Leboyer.

À l'époque, l'auteur de *Pour une naissance sans violence*[1] est encore le jeune gynécologue-accoucheur par qui le scandale éclate. Après s'être, pendant plusieurs années, comporté comme tous ses confrères – interventionniste et technologique en toute bonne conscience –, Leboyer raconte comment, déjà influencé sans doute par la sagesse de l'Inde, il s'est rendu compte de l'énormité monstrueuse d'une « vérité » enseignée par toutes les facultés de médecine du monde et qu'il avait jusqu'alors intégrée sans problème : ni le fœtus ni le nouveau-né ne ressentiraient la moindre douleur ou émotion ; ce ne serait qu'au bout de plusieurs semaines, voire de plusieurs mois, que le bébé commencerait à habiter ses sens au point d'avoir conscience de ce qui lui arrive. Moyennant quoi, il ne faudrait tenir aucun compte des émotions apparentes exprimées par un nouveau-né, par exemple en train de hurler : ce ne seraient là que des sortes de simulations, purement physiologiques, d'un organisme s'apprêtant à bientôt psychiquement s'incarner. (J'ai su, plus tard, par le Pr Jean-Pierre Relier, qu'on a ainsi, jusque très récemment, opéré des centaines de milliers de bébés malades sans les anesthésier ; ce qui est d'ailleurs toujours le cas des opérations du fœtus *in utero* – ce dernier s'avérant très difficile à « endormir », il est vrai.)

Depuis la fin des années 1970, la révolte de Frédérick Leboyer est devenue mondialement célèbre. On se

1. *Op. cit.*

rappelle comment démarre son livre-manifeste : par quatre photos noir et blanc. Les trois premières photos montrent un bébé encore attaché par son cordon ombilical, en train de hurler de façon visiblement déchirante, comme en proie à une terreur et à une douleur incommensurables ; sur la quatrième photo, le même bébé, toujours aussi épouvanté, est tenu par les pieds, tête en bas, par un accoucheur hilare, devant la mère et le père, ravis de la « vitalité » de leur progéniture et to-ta-le-ment inconscients de la scène d'horreur qui est en train de se dérouler sous leurs yeux. Cette quatrième photo, l'accoucheur rebelle l'a intitulée *La Sainte Famille*. Et, au dos de son livre, il a écrit :

Quand les enfants viennent au monde
ils hurlent
au lieu de simplement
respirer.

Dans ces cris de nouveau-nés
qu'y a-t-il ?

Se pourrait-il que
naître
soit douloureux pour
l'enfant
autant qu'accoucher l'était, jadis,
pour la mère ?

Cette souffrance
qu'est, pour le bébé,
la naissance,
qui s'en soucie ?

Ne peut-on la lui éviter ?

On a pu, par la suite, reprocher à Frédérick Leboyer de passer bien rapidement sur le sort de la mère, dont les douleurs sont censées remonter à « jadis » (or, avec lui, il n'était certes pas question d'anesthésie péridurale !), et de finalement rejoindre une tradition qui se souciait davantage de la progéniture que de la matrice. Mais c'est lui faire un mauvais procès. Muriel, qui n'ignore pourtant pas ce qu'il peut en coûter à une mère d'enfanter, ne s'y trompe pas : cet homme-là, pense-t-elle, est dans le vrai. Elle dévore *Pour une naissance sans violence* avec jubilation. Ça y est ! Pour la première fois depuis le début de sa quête, elle a l'impression de trouver du solide. Une base saine à partir de laquelle elle peut commencer à songer bâtir quelque chose. Et, comme par hasard, il s'agit d'une vision et d'une pratique inspirées par une culture ancienne, traditionnelle.

Concrètement, la « méthode Leboyer » repose sur cinq points qui concernent largement autant la mère que son enfant :

1) L'accouchement doit se dérouler dans la pénombre, pour protéger l'intimité sacrée de l'événement – et les yeux du nourrisson, habitués à neuf mois de nuit utérine ;

2) Même précaution pour l'ouïe : le nouveau-né doit être accueilli par le moins de bruits inutiles possible, par la voix de ses parents et par une musique douce ;

3) Le nouvel arrivant ne doit surtout pas être retiré à sa mère, mais déposé sur son ventre, de peau à peau, et caressé avec amour ;

4) Le cordon ombilical ne doit pas être coupé avec précipitation ; il faut d'abord attendre que le bébé ait

retrouvé son calme et se soit mis à respirer normalement (ce point-là est peut-être le plus difficile à faire accepter par les confrères) ;

5) Enfin, tout comme dans l'accouchement sans douleur de Nicolaiev et Lamaze, la présence du père est recommandée, et c'est à lui que revient le rôle, symboliquement fort, de couper le cordon.

L'enthousiasme de Muriel ne connaît plus de bornes. Elle veut absolument rencontrer cet homme ! Ce qu'elle réussit à faire (elle découvre qu'il habite comme elle à Montmartre) par l'entremise d'une sage-femme de la clinique des Lilas.

C'est un de ces après-midi qui comptent dans le parcours d'une vie. Frédérick Leboyer explique à Muriel qu'il comprend les erreurs du médecin ignorant, mais pas celles de celui qui, informé, persiste dans l'ancienne attitude erronée. « Ils ont des yeux, dit-il, mais ils ne voient pas ! » Pour lui, c'est le psychanalyste Otto Rank qui, dans *Le Traumatisme de la naissance*[1], a vu juste le premier, dans les années 1920 : de même que tout plaisir humain ne sera jamais qu'un éternel retour au plaisir primitif de la fusion utérine, de même toute souffrance – et par là toute violence – ne fera jamais que ramener éternellement le sujet à cette première et intolérable souffrance de la naissance : le traumatisme de base sur lequel il n'est pas exagéré de fonder l'essentiel de l'angoisse humaine.

Bien des années plus tard, se rappelant cette rencontre et les jours suivants, Muriel écrira : « Je bois ses paroles. À paroles de vie, source de vie. Ma

1. *Op. cit.*

mémoire cellulaire remonte en bulles à la surface de ma conscience, sous forme de rêve éveillé. » Elle a l'impression de retourner au-delà de sa naissance. De retrouver des myriades d'autres incarnations. De voyager à travers des expériences d'une beauté et d'une richesse inoubliables. Quelques très anciennes frayeurs commencent à se dénouer en elle. Et un projet de vie singulier se dessine dans son esprit…

Une sorte de tâche qui serait la sienne sur cette terre.

Quand elle en a parlé à Frédérick Leboyer, celui-ci l'a aussitôt vivement encouragée.

Il s'agirait d'aller de par le monde, en Amérique latine, en Asie, et d'y contacter les femmes des plus anciennes cultures restées vivantes, puis de s'engager auprès de leurs matrones et de se laisser former par elles.

Eh bien, c'est ce que Muriel va faire. Après avoir réuni un petit capital – en fabriquant et en vendant des sandales taillées dans de vieux pneus de voiture ! –, elle prend ses boîtiers photographiques en bandoulière et son petit garçon sous le bras (l'homme de la maison est entre-temps parti vivre d'autres aventures) et s'en va.

Le premier pays où elle va débarquer, guidée par une amie ethnologue du cru, est le Mexique, et la culture traditionnelle qu'elle va y contacter, celle du Yucatán.

La découverte des matrones mexicaines

La première matrone du grand parcours de Muriel Bonnet del Valle à travers les cultures primordiales du monde sera une *comadrona*, doña Remigia. Une maîtresse femme, grand-mère puissante et ronde, qui a aidé à naître la moitié du village de Tekom. Une rencontre décisive.

De son père, doña Remigia a appris l'art de soigner avec les plantes de la forêt. De sa mère, elle a hérité le savoir-faire de la *sobada*, technique de massage destinée à tous, mais particulièrement aux femmes enceintes ou venant d'accoucher. Sans hésiter, elle accepte que Muriel vive à ses côtés le temps qu'il lui faudra pour comprendre comment on accouche chez les descendantes des Mayas.

La gentillesse et l'hospitalité des Yucatanais sont époustouflantes. Étonnée par le calme des enfants, la Française se rend compte que personne ne les frappe jamais. Ses hôtes s'exclament : « Si l'on frappait un enfant, son *nahual* serait contrarié !

– Son quoi ?

– Son *nahual*, son âme animale. »

Dans cette culture, chaque humain a deux âmes : une animale, qui régit son corps, et une céleste, qui le rapproche des dieux à mesure qu'il vieillit. Mais les affaires de la terre et celles du ciel sont étroitement mêlées à chaque instant de la vie. Ainsi, quand une femme se retrouve enceinte, c'est évidemment sous la protection des ancêtres et des forces divines que la matrone lui prodigue ses soins.

Le soin le plus original de la préparation à l'accouchement dans le Yucatán est la technique de massage de la *sobada*. Au troisième, sixième et huitième mois de grossesse, puis au troisième, vingtième et quarantième jours après l'accouchement, la femme vient forcément consulter la matrone. Celle-ci doit essentiellement s'assurer que l'utérus est bien en place, c'est-à-dire à quatre doigts au-dessus du pubis. Au besoin, un solide massage le remettra en place. Ce que Muriel va constater de ses yeux, au fil des semaines :

« La séance se déroule à même le sol, en famille, ou chez la matrone. La parturiente est allongée sur une couverture et la matrone assise à côté d'elle, sur un petit banc en bois. Seule la partie à masser reste découverte. Les mains enduites d'huile d'amande douce, doña Remigia effectue alors pendant une à deux minutes un mouvement circulaire sur l'abdomen ; ensuite, elle enfonce profondément ses doigts dans le ventre, attrape l'utérus et le fait remonter vers le nombril. Un utérus mal placé provoquerait des douleurs, des irrégularités dans la menstruation, des risques d'infertilité ou des descentes d'organes.

Une autre des priorités de la *sobada* est de vérifier le positionnement du *tipté*. Situé au centre du corps, juste derrière le nombril, à l'endroit même où les yogis situent le *chakra manipura*, le *tipté* est considéré comme la machinerie du corps qui régularise la plupart des fonctions internes. Il est l'organe central de l'anatomie maya. Il est indispensable que le *tipté* soit à sa place pour éviter les indigestions, les vomissements, les diarrhées et un sentiment de faiblesse générale. Pour le remettre en place, la *comadrona* glisse deux doigts dans le nombril.

Afin de compléter ce lifting interne, doña Remigia roule une couverture sous les hanches de la parturiente et, de son poing fermé, pousse le périnée vers le haut. De son autre main, elle vérifie que les organes sont bien centrés. Ensuite, la patiente s'assied et la matrone travaille son dos, de part et d'autre de la colonne vertébrale, en insistant sur les reins, qui vont être largement sollicités. Puis elle passe sur le devant et masse la poitrine et les bras. La *sobada* se termine par les cuisses et les mollets et, si nécessaire, par une opération de bandage, qui consiste à maintenir l'utérus en place par un tissu fortement attaché autour du bas-ventre. Il est fréquent de "bander" au sixième mois, période délicate où la femme doit continuer à fournir de gros efforts de travail. »

Fondée sur des siècles de pratique, cette forme de massage permet donc à la matrone de déceler et surtout de corriger un mauvais positionnement du fœtus – opération de retournement douloureuse, mais qui, de nos jours, permet d'épargner à la femme enceinte d'être envoyée en ville, à l'hôpital, qui constitue la terreur des villageoises : parce qu'on y pratique le toucher interne, impensable chez les Mayas, parce que l'accueil y est glacial, et parce qu'on y a vu beaucoup de bébés mourir.

Dans ce village du Yucatán, Muriel Bonnet del Valle assiste, puis participe à plusieurs accouchements. Dans les maisons indiennes, cela se passe en famille, dans la pénombre. La parturiente se tient essentiellement allongée dans un hamac, se redressant parfois en tirant sur une corde accrochée à une solive du toit, entre les palmes. Quand vient une contraction, elle souffle dans un bambou (ou une bouteille de Coca-Cola), pour en faire sortir un son, comme d'une flûte de Pan. De temps en temps, elle se lève, s'accroupit, appuyant son visage contre la poitrine de son mari, qui prie. Celui-ci est présent tout le temps. Quand sa femme s'appuie sur lui, il lui tient la tête entre les mains. Quand elle va se rallonger dans le hamac, il se place derrière elle et lui souffle longuement sur la tête, pour lui « donner de l'énergie », les joues gonflées comme celles d'un trompettiste, les lèvres écrasées sur le sommet du crâne de sa femme.

Après la naissance, quand le placenta sera évacué, la matrone l'examinera longuement, puis l'enveloppera dans un linge neuf et le donnera au père, qui ira l'enterrer à un endroit où personne ne marche jamais. Plus tard, quand l'enfant tombera malade, on ira le poser à cet endroit, pour qu'il guérisse. Cette pratique, à des détails près, Muriel la retrouvera aux quatre coins de la planète. Comme s'il s'agissait d'un savoir archétypal, d'une donnée universelle.

De la matrone indienne à la sage-femme

Rentrée en France et reçue à l'examen d'entrée dans une école d'infirmière, notre voyageuse s'arrange pour trouver un stage dans une maternité. Le choc est rude. Les patientes sont traitées comme des numéros et la majorité du personnel soignant considère visiblement sa tâche comme une corvée. La modernité semble ici coincée entre l'arrogance et la paresse. Aussi est-ce avec impatience que la jeune femme attend sa seconde exploration du monde des accouchements traditionnels. Cette fois, ce sera en Inde, sur la côte ouest, près de Mangalore.

Autant le Mexique lui a aussitôt souri, autant l'Inde s'ouvre plus difficilement à la chercheuse. D'abord reçue dans un ashram de Bombay par une amie, membre d'une secte yogique, Muriel bute illico sur l'autoritarisme hautain du guru et le respect quasiment veule des adeptes – le tout sur fond d'ésotérisme ultracomplexe : les traités védiques sur la conception, sur l'âme de l'embryon et sur les différents souffles ne sont pas à la portée d'une autodidacte avide d'expérimentation immédiate. Et tout autour la misère est si effrayante que la mission manque de capoter. Finalement, des connexions amicales ouvrent une voie plus simple, quelques centaines de kilomètres plus au sud, dans la ville de Palghat…

Parvati n'est pas une matrone, mais une sage-femme diplômée. L'univers où elle officie est cependant si pauvre que la frontière entre modernité et tradition se dissout pour ne laisser subsister que le minimum vital.

De nouveau, la première pratique que remarque Muriel est celle du massage : vigoureux, profond, savant – plus tard, comme le lui a expliqué Frédérick Leboyer, ce massage concernera aussi le nouveau-né. De nouveau, les parturientes accueillent les contractions en se soutenant à une corde (ou un drap) accrochée au plafond – et l'accouchement s'effectue essentiellement accroupi. De nouveau, des prières – des mantras – sont prononcées durant tout le travail d'enfantement. D'autres pratiques sont plus locales, telle l'introduction d'une étoffe imbibée d'huiles assouplissantes dans le vagin de l'accouchée. Remarquable aussi est la lente progression que la sage-femme indienne invite sa patiente à suivre dans l'intensité de ses poussées : « Si l'on pousse tout de suite très fort, dit Parvati, le bébé risque de naître déformé, avec des difficultés respiratoires ou des problèmes d'hydratation. » Enfin, comme on l'imagine, de nombreux rituels religieux et magiques accompagnent la naissance, surtout célébrés par le père qui, comme partout, a la fonction de protéger l'enfant et sa mère.

Cette fois, quand elle se retrouve à Paris, l'étudiante infirmière à la recherche d'un stage décide d'aller frapper, non pas à la porte d'une maternité, mais d'un réseau de sages-femmes pratiquant l'accouchement à domicile. Des femmes à fort tempérament. Tout le système médical et hospitalier français est, en effet, dressé contre la possibilité d'un quelconque retour de l'accouchement à la maison. Mais rien, légalement, n'interdit cette pratique. Il faut simplement de l'audace, contre la pression du milieu, et du courage physique, pour les accouchées. Ici, pas question de péridurale – qui nécessiterait la présence d'un anesthésiste.

L'une de ces sages-femmes, prénommée Salomée, accepte à son tour d'accueillir Muriel. Celle-ci découvre alors que, sur ce théâtre d'opération ultramarginal – mais peut-être prémonitoire –, plusieurs des pratiques très fortes qu'elle a vues à l'œuvre sous les tropiques, dans les sociétés traditionnelles, ont déjà fait une véritable entrée (ou rentrée) en Occident.

L'accouchement à domicile permet d'abord de créer l'ambiance que l'on veut : lumières tamisées, musiques douces, intimité, chaleur… tout ce que préconise Frédérick Leboyer. Bien sûr, cette forme d'enfantement oblige la future mère à se prendre beaucoup plus en charge – y compris sur le plan de la connaissance de son corps. Mais c'est tout à son bénéfice. « Ce qui est important, explique Salomée à Muriel, c'est d'apprendre à faire travailler le périnée. Je montre à mes patientes comment amorcer une forte poussée de l'abdomen avec constriction des fessiers, tout en essayant de dissocier l'urinaire de l'anal. Je leur conseille aussi de mettre en pratique cette connaissance d'elles-mêmes dans leur vie sexuelle, ou en prenant leur bain, en mettant les doigts dans leur sexe et en contractant fortement. Pour vasculariser le périnée, il est également bon de tremper les fesses alternativement dans l'eau chaude et dans l'eau froide. »

L'héritage puritain des Occidentaux, associé à la vie sédentaire et au confort, nous a gravement coupés de nos corps et de nos sexes, qui nous demeurent largement inconnus, malgré la « libération sexuelle ». Plus tard, quand elle ira explorer les pratiques amazoniennes, Muriel découvrira d'étonnants gynécologues, le Dr Moyses Paciornik et son fils Claudio qui, ayant inventé un « vaginomètre », appareil mesurant la force musculaire du vagin, ont constaté que les femmes des cultures traditionnelles, qui passent quotidiennement des heures à travailler accroupies, ont des vagins deux à trois fois plus forts que ceux des femmes modernes. Plus forts, plus résistants et plus souples – et donc plus aptes à laisser passer, sans douleurs crucifiantes, le bébé qu'elles sont en train de mettre au monde.

D'innombrables facteurs, physiologiques et psychologiques, entrent en jeu dans la capacité à enfanter naturellement. La future mère doit recevoir une alimentation équilibrée, riche en fer et en oligo-éléments, mais pas trop de viande, qui rigidifie les tissus.

« Et la douleur, demande Muriel que la question poursuit toujours, comment les Européennes d'aujourd'hui qui accouchent à la maison y réagissent-elles ?

– Cela dépend du tempérament de chacune, répond prudemment la sage-femme. On accouche comme on est. Certaines femmes ont besoin de s'extérioriser, d'autres de s'intérioriser. Il est en tout cas important de libérer la voix et, dès la première séance de préparation, je propose de laisser sortir le souffle comme un soupir. Apprendre à soupirer, c'est apprendre à descendre dans son périnée, dans sa Terre. L'ouverture de la gorge est en correspondance avec celle du sexe. Quand la parturiente commence à entrer dans les contractions qui vont permettre à l'enfant de naître, sa voix, qui est vraiment le haut-parleur de ses émotions et de ses sensations, exprime ce qui se passe dans son corps. Laisser sortir la voix au moment de l'expulsion est un processus d'ouverture essentiel. »

Muriel Bonnet del Valle participera à plusieurs accouchements dans des domiciles parisiens, avant de partir pour son troisième voyage dans les cultures traditionnelles : au Brésil. Le pays des syncrétismes et des télescopages les plus ahurissants…

Les surprises brésiliennes…

Après avoir longuement étudié les pratiques des femmes de la forêt amazonienne, les mêmes gynécologues qui ont inventé le vaginomètre, les Drs Paciornik père et fils, de l'État du Paraná, ont conclu que les femmes modernes, même sportives, n'avaient pas une musculature suffisante pour accoucher accroupies. Du coup, ils ont mis au point un étonnant « fauteuil d'accouchement », qui permet de soutenir la parturiente en action dans cette position. Car pour eux, cela ne fait aucun doute : accoucher allongée sur le dos est une aberration quasiment criminelle. En dehors du confort que cela procure au médecin ou à la sage-femme, tous les autres facteurs sont inversés de manière négative par rapport à un accouchement accroupi. En effet, en accouchant accroupie :

– la parturiente a d'abord l'immense avantage de faire jouer la pesanteur pour elle plutôt que contre elle (vu l'anatomie du canal utérin et du vagin qui, en position allongée, remontent) : en s'accroupissant, elle offre un beau toboggan à son bébé – au point que les Paciornik n'utilisent plus jamais de forceps ;

– les artères et les vaisseaux sont moins comprimés (d'où notamment moins de pertes de sang) ;

– on est moins contraint de pratiquer une épisiotomie ;

– et comme l'utérus a tendance à descendre, lui aussi, entraînant forcément le placenta, le cordon ombilical qui leur est rattaché se trouve plus long, moins tendu, et risque donc moins d'étrangler le bébé, dans les cas où celui-ci se le serait enroulé autour du cou (alors que l'on cite couramment le danger d'étranglement comme une raison de rejeter l'accouchement accroupi, du fait de l'accessibilité moindre offerte aux mains des thérapeutes).

Pourtant, nul doute que la résistance des obstétriciens modernes au retour à l'accouchement accroupi sera grande. Témoin cette remarque du Dr Gérard Zwang, pourtant peu soupçonnable de misogynie, et même adorateur du corps de la femme : « Souhaitons que Sa Gracieuse Majesté condescende à accoucher comme toutes les autres femmes, sur le dos et les cuisses ouvertes, sinon le labeur du royal obstétricien doit être héroïque. »

Forte de ces informations – et frappée par le nombre de correspondances entre des cultures aussi distantes que celle de l'Amazonie primordiale et celle de l'Occident moderne –, Muriel s'en va elle-même à la découverte de la grande forêt. Sa principale rencontre inédite y sera celle de la couvade.

Il s'agit d'une coutume apparemment universelle, dont on retrouve la trace en Méditerranée aussi bien qu'en Chine ou chez les Celtes, et dont le principe est simple : l'homme se couche et mime l'accouchement, entouré de soins, tandis qu'ailleurs sa femme enfante pour de bon.

La psychiatrie moderne donne à la couvade une explication : si la dépression post-partum (le baby blues) existe couramment chez les femmes, elle peut aussi se manifester chez les hommes – avec des troubles allant des vomissements à la crise d'appendicite, ou symptômes plus étonnants tels que brusque poussée de poils sur la poitrine (même chez des imberbes), ou apparition de goitre (ce fut le cas du psychanalyste Groddeck, qui en parle dans *Le Livre du ça*[1]). La couvade serait une façon de prévenir cette dépression, en la devançant par des formes spectaculaires et outrées à l'intérieur d'un rituel bien orchestré.

Selon les ethnologues qui ont étudié la couvade, les rares sociétés où elle se pratique encore connaissent un équilibre psycho-social remarquable entre hommes et femmes, qui se partagent harmonieusement fonctions et pouvoirs.

Muriel Bonnet del Valle aimerait notamment vérifier

1. Coll. « Tel », Gallimard, 1993.

cette dernière affirmation. Partie de Brasília, elle se retrouve en quelques heures de bus à Barreira do Campo, en pleine jungle épaisse, au-delà de l'Araguaia, un des milliers d'affluents de l'Amazone. C'est une zone de pionniers et de *garimperos*, chercheurs d'or plus ou moins misérables, qui se bousculent dans la cour du petit dispensaire où officie Renée, médecin et amie de longue date de Muriel, et qui accueille pêle-mêle aventuriers, bandits, lépreux, paysans mordus par des cobras, enfants paludéens et… femmes enceintes. Mais ces dernières sont rares.

« C'est un signe d'orgueil féminin, explique Renée à Muriel, que de partir seule en forêt pour accomplir un acte aussi intime et solidaire. L'heure venue, la parturiente s'installe près d'un ruisseau et choisit un arbre aux branches basses pour se suspendre. Après avoir construit un monticule de terre, elle y installe un tissu pour recevoir l'enfant. Ensuite, accroupie, soutenue par l'arbre, elle puise dans ses pieds la force de la terre pour mettre au monde. Une fois l'enfant né, elle coupe le cordon avec des ciseaux – dans le passé, c'était un morceau de canne, bois tranchant dont on faisait aussi les harpons et les flèches. Enfin, après l'expulsion du placenta, celui-ci est enterré avec soin, de telle sorte que, si l'enfant quitte sa communauté, il y revienne. »

Constatation brutale de la femme-médecin : dans ces conditions, la mortalité infantile est très forte. Pas seulement pour des raisons physiologiques. Peu après son arrivée, Muriel assiste ainsi à un accouchement dramatique : parce qu'on lui a jeté un sort maléfique, une jeune mère est si désespérée qu'à mi-course de l'accouchement, le col de son utérus se bloque complètement et qu'après de vains efforts, le cœur de son bébé cesse de battre.

Dans ce village amazonien, l'exploratrice française fait la connaissance de nombreuses croyances qui font à la naissance un halo magique déroutant. La même « philosophie » qui mène à la fameuse couvade en offre une collection. Pour les Indiens de la forêt, les résonances entre les activités du père et le sort du fœtus sont innombrables. Du coup, l'homme dont la femme est enceinte se trouve littéralement canalisé par les tabous : s'il fait de gros efforts, l'enfant aura une congestion ; s'il marche trop pesamment, l'enfant perdra ses parties génitales ; s'il met en route le moteur de sa pirogue, l'enfant pleurera beaucoup ; s'il tape dans un ballon, l'enfant fera de l'aérophagie ; s'il mange des animaux nocturnes, l'enfant ne dormira pas la nuit ; s'il tue une vipère, l'enfant se tordra de douleur ; s'il coupe un arbre résineux, l'enfant connaîtra des brûlures…

Où la jeune Occidentale en quête de l'enfantement idéal comprend que si les cultures primordiales peuvent grandement nous inspirer, il n'est évidemment pas question de revenir en arrière, vers leurs épais brouillards. L'humanité est inéluctablement vouée à avancer et à créer toujours de nouvelles voies.

C'est pourquoi, quand Muriel aura un nouveau grand amour dans sa vie et qu'elle se retrouvera enceinte une nouvelle fois, la méthode d'accouchement qu'elle choisira sera un mélange très original de tradition et d'innovation, de culture primordiale et d'avancée futuriste : elle mettra son enfant au monde dans la mer, sur la côte sud de la Corse, entourée de dauphins venus spontanément vers elle dès le début de ses contractions…

Mais c'est là une autre histoire. Pour le moment, tentons de rassembler les morceaux d'un puzzle éclaté. Et puisque toute cette affaire aurait été déclenchée par l'anesthésie péridurale faite à Muriel par le Dr René Frydman, allons donc voir ce dernier, pour savoir ce que lui-même en pense.

[illegible] 110

[illegible]

[illegible]

[illegible] les avantages de cette partie de l'écologie [illegible]

[illegible] les plus [illegible] vertus [illegible] maladie [illegible]

[illegible]

4

Le paradoxe de Frydman

Conscientiser l'enfantement

« Arriérés ! Masochistes ! Judéo-chrétiens ! » hurlaient les adeptes de la piqûre, d'idéologie interventionniste, « vous voudriez que la femme continue à enfanter dans la douleur ? Retournez donc dans votre obscurantisme médiéval, bande de réacs sadiques ! ».

« Zombies dégénérés ! » répondaient les adversaires de cette méthode, d'idéologie naturaliste, « vous vivez tellement loin de votre corps que vous en avez oublié les plus élémentaires vertus ! Vous confondez l'accouchement avec une maladie ! Pantins ! Toxicomanes ! Robots ! ».

Les deux camps disaient vrai. Les deux camps se trompaient. De l'avis des praticiens et thérapeutes que j'ai consultés à ce sujet, contrairement à une idée bien ancrée, la Bible n'a jamais dit : « Tu enfanteras dans la douleur physique », mais : « Tu auras des enfants et ce sera difficile à assumer » (aucun rapport avec l'accouchement, en réalité). À l'inverse, l'idée que nous sommes des mammifères et qu'il suffirait donc à la femme de laisser remonter son vieil instinct pour enfanter tranquillement, comme une biche ou une chatte, oublie trop vite que nous sommes des *Homo sapiens* et que notre néocortex est devenu si gros que nos bébés naissent, prématurés, à mi-parcours de la gestation.

Moyennant quoi, la farouche et frontale opposition entre partisans et opposants de l'anesthésie péridurale nous laissait généralement un goût de grande insatisfaction. Les affrontements manichéens, en « tout ou rien », « blanc ou noir », mènent à des escalades mortifères. En pareil cas, la leçon des vieux sages – bien relayés au XXe siècle par un Stéphane Lupasco, un Paul Watzlavick ou un Marcel Locquin – serait d'aller chercher un troisième terme qui permette de tout recadrer autrement et de faire virer le duel en dialectique, mieux : en paradoxe, koan zen, partie de cache-cache…

En l'occurrence, le dépassement du choc frontal entre adeptes et adversaires de l'enfantement sous anesthésie me semble joliment proposé par le paradoxe que Muriel Bonnet tira de la réponse suggérée par le Pr René Frydman, lorsqu'elle repensa à lui, bien des années après son terrible baby blues.

Revenue de son troisième voyage dans les cultures traditionnelles, la jeune femme rendit en effet visite à son accoucheur, à Clamart, dans la banlieue sud, et elle lui raconta tout ce qui s'était passé depuis la naissance de son enfant…

Interrogé par votre serviteur, au printemps 2003, c'est-à-dire dix-neuf ans plus tard, sur ce qu'il répondit alors à son ancienne patiente, René Frydman ne se souvient pas bien – depuis, il a suivi des centaines de femmes enceintes, voire des milliers, comment pourrait-il se rappeler un cas plutôt qu'un autre ? Mais il ne trouve rien à redire à la thèse que je lui présente et qui résume grosso modo les souvenirs que m'a rapportés Muriel Bonnet del Valle de leur conversation de l'époque. Présentons donc cette thèse, paradoxale, avant de donner la parole à son auteur supposé.

La violence de l'accouchement a-t-elle une fonction intégratrice ?

Comme souvent en thérapie, il s'agit d'un cas limite qu'on ne peut pas généraliser, mais qui éclaire une structure générale. L'idée de départ du paradoxe est la suivante : depuis que l'humanité existe et que des femmes vivent l'incroyable processus de l'enfantement d'*Homo sapiens sapiens* (que Morin appelle *sapiens demens*), le processus ne peut être psychiquement intégré qu'à condition d'en passer par des phases conscientes et inconscientes très fortes, dont nous sommes encore loin d'avoir fait le tour. L'une de ces phases est l'accouchement lui-même, dont l'aspect violent, chthonien, dionysiaque sert en quelque sorte de catharsis, à fonction intégratrice forte – « C'est difficile, dit Muriel, mais délivrant ». Anesthésier cet épisode ne peut pas être anodin. Ne disons rien, ici, des risques secondaires pouvant affecter les systèmes nerveux de la mère ou de l'enfant. À l'échelle anthropologique, on n'efface pas d'un simple coup de gomme pareille tempête, vieille de centaines de milliers d'années, sans ébranler des structures profondes. Or, on ne peut pas non plus s'arrêter au milieu du gué : abandonner un confort tel que celui de l'anesthésie est actuellement impossible. Il faut aller au bout de cette logique, mais en l'appliquant à la personne concernée dans toutes ces dimensions, avec l'idée de la rendre plus mûre et non pas de la déresponsabiliser. Conclusion ? Eh bien, plus la médecine se fait interventionniste au moment de l'accouchement, plus elle devrait convaincre les femmes de « conscientiser » l'ensemble de leur grossesse, c'est-à-dire, par exemple et en particulier, de s'impliquer dans une méthode de préparation sérieuse et profonde dès qu'elles se savent enceintes.

Malheureusement, c'est souvent l'inverse qui se produit : délivrées de la peur de vivre un accouchement douloureux, un certain nombre (et peut-être un nombre certain) de femmes se dessaisissent en quelque sorte de toute une part de leur grossesse, qu'elles confient à autrui, aux blouses blanches, aux spécialistes. Le progrès technique se solde alors par un anti-progrès humain, une déresponsabilisation de la personne, dans une action qui devrait pourtant constituer une étape initiatique et fondatrice (sans parler des femmes qui, présentant un « terrain psychique fragile », risquent tout simplement le clash d'un baby blues schizoïde, comme ce fut le cas pour Muriel Bonnet del Valle).

Dans l'idéal, il faudrait donc proposer le contrat suivant :

« Madame, vous pourrez bénéficier d'une anesthésie péridurale, c'est-à-dire d'une intervention puissante de la technologie lors de la conclusion de votre grossesse, mais seulement à condition que vous interveniez vous-même dans le processus, en y consacrant suffisamment de temps et d'énergie, et en le conscientisant le mieux possible tout au long des neuf mois, afin qu'il s'intègre à vos schémas psychiques profonds. Il y a beaucoup de méthodes de préparation à votre disposition. Choisissez celle qui vous convient le mieux. »

La situation peut alors verser dans le paradoxe suivant : parmi toutes les femmes qui se sont longuement préparées à accoucher – profitant de ces circonstances pour faire sur elles-mêmes un travail d'introspection physique et psychique nouveau, concernant notamment leur propre naissance et celles de leurs ancêtres –, un certain nombre finissent par atteindre une telle confiance en elles-mêmes que finalement elles renoncent à l'anesthésie péridurale pourtant tant désirée au début, pour vivre l'ensemble de l'aventure avec leurs forces propres – ce qui leur donne ensuite une confiance encore plus grande à vivre de manière autonome, leur accouchement leur ayant véritablement servi d'initiation.

Dans cette perspective et pour ces femmes-là, la péridurale ne serait qu'un filet de sécurité pendant l'entraînement, un filet que l'on finit par retirer, le jour J, au moment de se jeter dans la bataille.

Plusieurs années après, le fameux neuropsychiatre Boris Cyrulnik apportera une pierre importante au projet ainsi décrit en expliquant dans *De chair et d'âme*[1] :

> « Celui qui attend la douleur en souffrira bien plus, comme on le voyait à l'époque où les récits familiaux et culturels préparaient les femmes à "enfanter dans la douleur". L'apparition de l'accouchement dit "sans douleur" et

1. Odile Jacob, 2006.

des techniques de maîtrise de la souffrance grâce aux injections péridurales permet aujourd'hui à beaucoup de jeunes mères de maîtriser la douleur… sans aucune injection ! Le simple fait de savoir que c'est possible rend le fait vraiment possible. »

Ce paradoxe offre l'avantage de ne rien diaboliser. Tout en reconnaissant l'apport formidable de la technologie médicale, il oblige celle-ci à souscrire à une forme de « clause de sécurité », du même type que celle qui devrait manifester notre prudence à l'égard des manipulations génétiques, du clonage, de l'énergie nucléaire, etc.

Seulement voilà, on sait que les Occidentaux, et notoirement les Français, ne sont pas forcément dans ces domaines des conservateurs précautionneux. Révolutionnaires à intervalles réguliers, nous sommes même parfois des apprentis sorciers et des casse-cou. Les Françaises ne sont pas en reste. Bien avant qu'un Frydman ait pu exprimer ses (éventuelles) réserves sur une technologie qu'il avait lui-même largement contribué à importer, voire à créer, la méthode de la péridurale s'est répandue dans tout le pays (bien plus vite, nous l'avons vu, que chez nos voisins germaniques, néerlandais ou italiens). Début 2006, 88 % des accouchements français se faisaient sous anesthésie péridurale, sans que la moindre « clause de sécurité » n'ait été imposée. Aux risques et périls de chacun – mais on sait bien que tout le monde n'est pas outillé dans ces domaines de manière égalitaire… Il faut sans doute attendre qu'une ou deux générations soient nées dans ces conditions radicalement nouvelles pour pouvoir passer à une étape ultérieure.

Muriel Bonnet del Valle elle-même résume le problème ainsi : « Paradoxalement, plus une femme enceinte prévoit une anesthésie au bout de la route, plus il faudrait qu'elle consacre de temps à se préparer à l'accouchement et à méditer – alors que c'est l'inverse qui se passe : la péridurale autorise une déresponsabilisation qui risque de se solder par l'horrible déprime que j'ai connue. Par contre, pour une femme bien préparée dans sa tête et dans son corps, bien entourée et encadrée par une équipe de professionnels sachant se mettre à son écoute, les douleurs, ou plutôt les contractions (ces deux mots ne sont pas forcément synonymes) sont supportables et contrôlables. »

Voyons maintenant ce que pense de tout cela le Pr René Frydman lui-même.

La rencontre avec le Pr René Frydman

Surchargé de travail, en blouse blanche, l'homme me reçoit avec cordialité, entre deux interventions, dans son bureau de l'hôpital Antoine-Béclère, à Clamart. Je lui expose le paradoxe de la combinaison « péridurale + préparation » à laquelle certaines sages-femmes associent son nom. Il a un rapide sourire :

Pr René Frydman : « Rien n'est dit, rien n'est donné sans que surgissent des contradictions, des effets pervers, des retombées négatives. Le fait de pratiquer une anesthésie péridurale a un côté positif indéniable… encore que ça ne marche pas tout le temps. Ne pas ressentir la douleur est un bel avantage. Mais il peut effectivement y avoir un côté négatif, qui est de ne pas permettre à la femme qui accouche de vivre dans sa chair, profondément, y compris par les épisodes douloureux, le “passage” de son enfant. L'accouchement sous péridurale peut être vécu comme une distanciation. Au lieu de créer du rapprochement, nous créons de la distance.

Alors que vous dire ? Eh bien, comme toujours : c'est une histoire de cas par cas. Certaines femmes viennent vous voir, qui désirent d'emblée une césarienne, parce qu'elles ne veulent absolument pas accoucher. Et quand on prend le temps d'y réfléchir et d'en discuter, quand on considère leur histoire personnelle, il n'est pas exclu qu'il soit préférable d'accepter. Cela m'est arrivé. J'ai pratiqué une césarienne alors qu'il n'y avait pas d'indications médicales, mais seulement psychologiques et je crois que j'ai bien agi. À l'inverse, imposer une césarienne sans fondement médical, ou déclencher un accouchement sous forte anesthésie, chez une femme qui voudrait participer avec tout son corps à ce passage, à cette tempête, serait la priver de quelque chose d'exceptionnel. Mais combien de fois aussi ai-je vu des femmes qui ne voulaient pas la péridurale, se préparaient du mieux qu'elles pouvaient, et qui, au dernier moment, la réclamaient soudain avec véhémence. Et inversement d'autres qui n'envisageaient absolument pas d'accoucher comme autrefois, et qui, une fois les premières contractions mises en route, trouvaient que ça se passait bien mieux que prévu, se sentaient finalement aptes à contrôler le processus, estimaient même que ça allait vite et clac ! pas de péridurale. Après coup, elles disent généralement : “Oui, j'ai eu mal", mais concluent aussitôt : "J'en garde une expérience formidable !"

Vous savez, parfois les femmes elles-mêmes ne savent pas faire la différence entre ce qu'elles vivent sur le coup et ce qu'elles se rappellent ensuite. C'est bien pour cela qu'on a appelé les douleurs de l'accouchement le "mal joli" : on a mal sur le coup, mais dès que c'est passé, on s'en souvient différemment. On refoule ce mal, mais "joliment". Ou bien on s'en souvient, mais comme de quelque chose qui s'est avéré régénérateur, positif, *in fine* – c'est vrai pour de nombreuses femmes en tout cas. Bref, il y a de sacrées différences entre ce qu'elles vivent avant, ce qu'elles vivent pendant et ce qu'elles vivent après. Et si vous me demandez comment s'intègre, plus tard, la cicatrice (ou l'absence de cicatrice) que ça laisse… là non plus, je vous dirai que ça n'est ni linéaire ni simple.

Il n'empêche que le luxe, le progrès s'expriment en termes d'exercice de la liberté. Avoir le choix. Pouvoir disposer de plusieurs approches : la péridurale ou pas la péridurale (ou toute autre forme d'analgésie pour soulager la douleur), mais aussi la possibilité de choisir, parmi une foule de méthodes, celle qui vous convient le mieux, au cours des neuf mois de grossesse… Toujours cette notion de cas par cas. Il s'agit d'apprécier une histoire, personnelle, familiale, fantasmatique, virtuelle ou réelle, et la difficulté est justement de savoir s'y adapter, en prenant le temps d'essayer de comprendre.

Alors que si ce travail n'est pas fait, si l'on présente, par exemple, la péridurale comme un avantage telle-

ment évident qu'il serait absurde de le refuser, quelle que soit l'histoire personnelle de la femme, celle-ci se retrouve manipulée, vous ne pensez pas ?

C'est vrai même si on ne lui impose rien mais qu'on la laisse simplement livrée à elle-même, c'est-à-dire si les avancées de la médecine lui sont offertes sur un plateau en termes de libre-service. Elle va alors se retrouver un peu esseulée et risque de courir au gadget – parce que, a priori, toute personne sensée préférera éviter la douleur. Cela dit, si elle a eu le choix de réfléchir et de reconnaître la préparation à la naissance qui lui convient, si elle a eu le temps de se préparer mentalement et physiquement, elle n'est pas obligée non plus de se comporter de manière passive pendant la péridurale. Elle peut positiver cette absence de douleur pour, malgré tout, vivre le plus pleinement possible le passage de son enfant, sans en avoir les côtés négatifs. Ou si vous préférez, c'est alors d'une certaine façon l'*absence de passage douloureux* qu'il est capital de vivre, de s'approprier, d'intérioriser. Voilà de toute façon l'objectif à atteindre. Parfois la péridurale permet cela, parfois elle l'empêche. Nous, ce que nous visons, c'est l'intégration du phénomène naturel et du progrès technique. Il faut réussir à métaboliser tout ça.

Réunir le yogi et l'homme (ou plutôt la femme) bionique, c'est ce que vous visez ?

Si vous voulez. Par exemple, au moyen de la péridurale ambulatoire. C'est une anesthésie dosée de telle sorte que la femme ne va pas sentir les douleurs des contractions, tout en continuant à pouvoir marcher, déambuler, bref être autonome. Elle n'est ni allongée ni perfusée. Voilà le type de symbioses sur lesquelles j'aimerais que l'on travaille, ainsi que tout ce qui peut rendre la technique présente mais le plus invisible possible.

Puisque, quel que soit le scénario, tout le monde admet l'importance cruciale de la préparation, pendant toute la grossesse, avez-vous personnellement une préférence pour une méthode plutôt que pour une autre ?

Impossible. Toujours pour la même raison. Vous avez des femmes qui ont absolument besoin d'une activité physique, par exemple d'une préparation en piscine, d'une gymnastique qui leur procure une sensation forte de présence du corps et de la relation physique avec l'enfant ; pour elles, cela s'avérera suffisant. Vous en avez d'autres pour qui ce sera plutôt la relaxation mentale, l'espace, la quiétude par le yoga ou la sophrologie. Une méthode qui joue entre les deux serait l'haptonomie, beaucoup plus centrée sur le contact avec l'enfant, et qui donne une place au père. Chaque grossesse a sa complexité. Certaines femmes tiennent absolument à se préparer seules, d'autres aiment bien se retrouver dans une collectivité et vont participer à un groupe de chant prénatal… Il y a une telle variété de cas que la véritable difficulté est de jongler avec tout ça : avec la diversité humaine ! »

*

Dans sa très belle *Lettre à une mère*[1], René Frydman, qui a aidé des milliers de femmes à enfanter, écrit ceci :

> « Prenez le temps d'accepter ce qui vous arrive. La grossesse est comme le sablier, elle s'écoule lentement. Irrespectueuse de notre époque qui prohibe l'attente, efface la distance, se gargarise d'images. Effrontément secrète, tant l'essentiel y est invisible pour les yeux. La grossesse n'est pas moderne. Elle ne change pas. C'est neuf mois. Ne gommez pas ce temps-là. Les détails, un jour, échapperont à vos souvenirs, mais je voudrais qu'ils laissent dans votre mémoire une profonde et belle trace. »

Dans l'épilogue de son livre *Dieu, la médecine et l'embryon*[2], le même René Frydman, professeur de médecine, juif, athée, du début du troisième millénaire, cite la « Prière du médecin » de Maimonide, médecin et rabbin du XIIe siècle :

Ôte de moi la tentation du gain et la recherche de la gloire
Fais que je ne voie que l'Homme dans celui qui souffre
Fais que mon esprit soit clair
Fais que mes malades aient confiance en moi
Fais que je sois indulgent et patient
Fais que je sois modéré en tout
Donne-moi la force et la volonté d'élargir mes connaissances
Éloigne de moi l'idée que je peux tout.

1. L'Iconoclaste, 2003.
2. Odile Jacob, 1997.

Et l'accoucheur de commenter cette prière ainsi :

> « L'éthique est au cœur de la métaphysique de Maimonide, qui considère que le rapport de l'homme à Dieu relève moins de la praxis que de la connaissance. Car la connaissance est double : étude et rencontre de l'autre. L'hébreu, d'ailleurs, désigne par le même mot la quête inextinguible du savoir et l'amour pour une femme, visage de l'altérité… Le vœu premier de Maimonide : “Remplis mon cœur d'amour” – montre bien que la pratique médicale ne peut s'exercer dans la neutralité, même bienveillante, mais qu'elle exige du praticien deux amours inconditionnels : celui du savoir et celui de l'homme. Deux amours, deux formes de connaissance qui ne s'acquièrent ni par la violence ni par l'accaparement, mais par le dévoilement. »

René Frydman, homme des Lumières, croit fondamentalement qu'un dévoilement est possible. Tous les jours, il vérifie dans sa pratique que la science médicale nous fait avancer, lentement mais sûrement, vers un mieux-être général, qu'il faudrait être fou pour refuser. Et l'idée de conscientiser le processus de l'enfantement – au rythme de chaque femme –, par une préparation sérieusement menée durant toute la grossesse, s'inscrit bien, de ce point de vue, dans sa vision des choses…

Mais, comme d'habitude, rien n'est d'une seule pièce. Au même moment, un autre grand praticien visionnaire de l'enfantement, le Dr Michel Odent, fameux depuis les années 1970, quand il dirigea la maternité de l'hôpital de Pithiviers (Loiret), avance des arguments presque diamétralement opposés. Dit de façon lapidaire : autour de l'enfantement, nous sommes beaucoup trop « civilisés », intellectuels, mentaux ; plus une parturiente intellectualise, plus son accouchement risque de se bloquer. Pour Odent, c'est la tendance inverse qu'il faut encourager : jamais autant qu'au moment d'accoucher, l'humanité doit se rappeler sa filiation animale. Et plus précisément : mammifère.

5

Nous sommes les plus beaux mammifères

Pourquoi Michel Odent se méfie du néocortex

Un jour, j'ai réalisé que l'accoucheur dont je suivais la trace depuis longtemps – exactement depuis la publication, en 1979, de son deuxième livre, *Genèse de l'homme écologique*[1] – s'inscrivait d'une certaine façon à l'inverse des conclusions du « paradoxe de Frydman », exposé dans le chapitre précédent, et prenait à rebrousse-poil cet immense effort de *conscientisation* auquel me semblaient aboutir, fort légitimement, les démarches de la procréation et, surtout, de l'accouchement médicalement assisté.

Initialement grand admirateur de Frédérick Leboyer, Michel Odent n'est pas un écologiste ordinaire. Cet homme se prête d'ailleurs mal aux classifications. Parti d'une démarche purement médicale – au départ, c'est un chirurgien qui ne connaît l'enfantement que sous l'angle très masculin de la césarienne[2] –, mais habité par un

1. Épi, 1979.
2. Qui doit son nom à Jules César, né ainsi, ce qui provoqua la

tempérament résolument avant-gardiste, voire utopiste (il a été séduit par Ivan Illich et même, un temps, par Mao Zedong), il s'est rendu compte que les scientifiques connaissaient incroyablement mal l'éthologie de l'accouchement mammifère – mais tout aussi mal, beaucoup plus basiquement, sa physiologie, en particulier hormonale. Or, nous sommes des mammifères, au sens le plus massif du terme, et cela compte énormément.

Thèse centrale : la femme qui enfante se trouve prise dans un processus profondément animal dont elle possède toute l'intelligence enfouie en elle. Cette intelligence instinctive peut lui permettre d'accomplir des prouesses (du moins aux yeux des handicapés que nous sommes, car il n'y a rien là, au fond, que de très naturel) à condition toutefois que le néocortex humain (celui de la parturiente, en résonance avec ceux des autres, notamment des médecins) ne vienne pas tout perturber. Car l'humain est le seul être possédant le redoutable privilège de pouvoir court-circuiter ses instincts par son intelligence. Odent cite de nombreux exemples. Ainsi, une fois commencé le « travail » de l'accouchement, la parturiente entre dans un état de conscience modifié très particulier, apte à lui faire traverser le mieux possible la bourrasque. Cet état se caractérise par une suractivité de ses structures corticales primitives (cerveau « reptilien », cerveau limbique, agissant notamment par le biais de toute une gamme d'hormones) et par une mise en veille de son néocortex (surtout de son demi-cerveau gauche, celui des raisonnements logiques, du langage et

---

mort de sa mère : à cette époque, en cas de problème, on sacrifiait parfois la mère pour sauver l'enfant.

du calcul). Il est frappant de remarquer que les structures les plus archaïques du cerveau, siège des pulsions vitales, particulièrement actives pendant l'accouchement, sont aussi celles qui se sont constituées en premier, au début de la vie fœtale, fortement influencées par celle-ci : autrement dit, en laissant cette partie d'elle-même la gouverner, la parturiente entre en résonance avec son propre commencement, avec sa propre vie embryonnaire.

Cette suractivité du cortex archaïque constitue un processus hypercomplexe et fragile, qui peut être perturbé, voire interrompu, si un minimum de conditions ne sont pas réunies. Si, par exemple, alors que la parturiente est entrée dans un état de conscience « primitif », quelqu'un déboule du dehors et lui demande… oh, trois fois rien, mettons, son numéro de Sécurité sociale, il l'oblige à brutalement changer d'état et ainsi (même pour ce qui peut sembler une peccadille) à remettre tout son néocortex en activité, ce qui peut suffire, les exemples abondent, à ruiner un début d'accouchement tranquille, voire à menacer l'ensemble du processus. Un processus extrêmement ancien, fondamentalement caractérisé par un immense besoin d'intimité.

Ne pas chercher à contrôler

Le 12 décembre 1987 paraissait dans *The Lancet*, l'une des revues médicales les plus prestigieuses du monde, un article réunissant huit études, menées en Australie, aux États-Unis et en Europe, où il apparaissait que, sur plusieurs milliers de parturientes, celles dont on avait « monitoré » les bébés en train de naître (à l'aide de capteurs et d'amplificateurs) avaient toutes, systématiquement, vécu leur accouchement avec plus d'angoisse et de difficulté que celles qui n'avaient pas « bénéficié » de cette technologie de pointe. Conséquence clinique : les accouchées monitorées avaient connu un taux de césariennes et d'utilisation des forceps nettement supérieur aux non monitorées.

Prenant cette petite découverte comme significative d'une prise de conscience plus globale, le Dr Michel Odent estime que le 12 décembre 1987 pourrait être considéré comme une date symbole de la fin d'une certaine illusion technologique et « intellectualisante » sur notre rapport au monde. Car c'est l'ensemble de notre rapport à l'autre et à la nature qui serait en jeu dans cette affaire. Une affaire qui remettrait en jeu rien moins que :

– notre agressivité générale,

– notre incapacité à adopter un comportement écologique,

– notre mauvaise compréhension du rapport érotisme/enfantement,

– notre lien passionnel avec la monogamie…

Bref, une très grosse affaire !

Michel Odent a commencé sa carrière par l'interventionnisme le plus actif – quelques milliers de césariennes – et l'avènement de techniques telles que le monitoring avait nourri chez lui, dans les années 1960, de sublimes espoirs. « Nous nous imaginions que si nous pouvions enregistrer le cœur du bébé de façon continue pendant l'accouchement, nous nous retrouverions dans une situation idéale pour intervenir immédiatement en cas de détresse. Quel progrès ! »

Le même homme a finalement abouti à la vision diamétralement opposée : après avoir traversé toutes sortes d'expériences – de la fameuse maternité de Pithiviers qu'il dirigea, près d'Orléans, aux « maisons de naissance » inspirées des cultures anglo-nordiques, en passant par l'accouchement à domicile, qu'il encourage aujourd'hui à Londres – cet accoucheur a fini par aboutir à une certitude : enfanter ne saurait en aucune manière s'apprendre. Bien au contraire ! Tenter de conscientiser un processus naturel aussi subtilement sophistiqué serait la manière la plus lourde pour tout rater et tomber (et de faire tomber) malade. Il s'agit pourtant d'un homme tout en nuances. Je me souviens que, lors de notre première rencontre, en 1984, quelque part en Beauce, alors que j'enquêtais avec passion sur l'accouchement dans l'eau, il m'avait souri d'un air embué d'un léger amusement, qui montrait à quel point il avait lui-même relativisé un certain nombre d'engouements, tout en gardant intact son feu sacré, laissant ses interlocuteurs libres de s'enthousiasmer sur des pistes que jamais il ne s'autoriserait à fermer. À cette époque, las des tracas auxquels la médecine française soumettait sa (pourtant fort appréciée des femmes) maternité de Pithiviers, il s'apprêtait à s'exiler à Londres – ses recherches et ses livres s'avérant systématiquement mieux accueillis chez les Anglo-Saxons que dans son propre pays.

Sur quelques points cependant, cet homme très doux présentait déjà des certitudes inébranlables. Prenant explicitement parti pour Rousseau contre Voltaire, il s'insurgeait ainsi contre la phobie des intellectuels français à l'égard de tout ce qui pourrait rappeler que nous sommes, physiologiquement, des animaux, et plus précisément des mammifères – avec l'enfantement, c'est le moins que l'on puisse dire !

C'est chez les Anglo-Saxons et dans les cultures nordiques que cette thèse naturaliste rencontre le plus grand écho. Ainsi l'Angleterre a-t-elle vu apparaître ces dernières années des *childbirth educators*, de simples mères de famille sans diplômes particuliers, qui, après avoir mis au monde leurs propres enfants, éprouvent le besoin de faire profiter les autres de leur expérience, sans « intellectualiser ». Aux États-Unis, Michel Odent a également rencontré de nombreuses militantes pour une naissance plus « animale ». Il faut dire que les Américains sont sans doute ceux qui ont poussé le plus loin l'« industrialisation » médicale de la naissance (nous retrouverons cela, plus loin, chez les Russes – et chez les Brésiliens des classes aisées). Ces mêmes Américains s'avèrent parfois les plus aptes, aujourd'hui, à une remise en cause radicale des façons d'enfanter qui nous semblent « normales ». Comment ? Partir d'abord de faits ultrasimples, que n'importe qui pourrait citer, et oser en tirer les conséquences. Ainsi Odent évoque-t-il parfois une sage-femme du Dakota du Nord, qui lui avait raconté comment elle avait mis au point sa propre méthode : en se rappelant de quelle façon se comportaient les femelles animales de la ferme où elle avait grandi, en particulier les truies, les chèvres, les chiennes et les chattes : au moment de mettre bas, elles se cherchaient instinctivement un lieu familier, protégé, sombre, le plus caché possible, en un mot : une intimité.

Intimité, pour Michel Odent, voilà le mot clé. Pour accoucher correctement, la femelle mammifère a besoin d'intimité – c'est-à-dire de calme, de nidation, d'obscurité, d'autonomie, d'absence d'observateurs, de protection, de liberté totale de mouvement, notamment pour adopter les positions qui lui conviennent, à genoux, à quatre pattes, debout…

Notre manière d'enfanter a été mise au point en cinquante millions d'années. Une durée considérable au cours de laquelle les mammifères ont « inventé » un mode de reproduction ultraraffiné, en particulier dans sa combinaison hormonale – qu'il serait vain et surtout nuisible de prétendre vouloir *apprendre à contrôler* à l'aide du néocortex, alors que c'est le corps féminin entier qui en a l'intelligence. Michel Odent écrit à ce sujet :

> « Comprendre l'accouchement comme un processus involontaire, mettant en jeu des structures anciennes, primitives, mammaliennes du cerveau, conduit à rejeter l'idée reçue selon laquelle la femme pourrait apprendre à accoucher. Cette interprétation permet d'admettre qu'on ne peut pas aider activement une femme à accoucher. On ne peut aider un processus involontaire ; on peut seulement éviter de trop le perturber. »

Une affirmation qui fait évidemment bondir toute notre part de modernité activiste, mais qui se trouve étayée par des faits précis et absolument renversants, présentés dans de nombreux ouvrages que Michel Odent a signés depuis 1976, en particulier dans celui qui m'a sidéré quand j'en ai pris connaissance, publié en 1990 : *Votre bébé est le plus beau des mammifères*[1].

1. Albin Michel, 1990.

Exploration de la notion d'intimité

Beaucoup de ceux qui ont entendu parler, dans les années 1970-1980, de la maternité de Pithiviers en ont gardé le souvenir d'un lieu où les femmes pouvaient enfanter dans l'eau. D'autres se rappellent surtout que la préparation à la naissance y comportait la participation à une chorale, conduite par la fameuse Marie-Louise Aucher. D'autres encore gardent en mémoire des images de parturientes accouchant à quatre pattes ou, plus souvent encore, debout, jambes fléchies, soutenues sous les aisselles par des bras d'homme (l'accoucheur ou le père de l'enfant naissant). Autant de pièces d'un puzzle à la fois simple et sophistiqué, dont le maître mot, s'il ne fallait en citer qu'un, serait donc certainement *intimité*.

C'est ce même mot qui allait ensuite pousser Michel Odent vers l'accouchement à la maison ou vers les « maisons de naissance », ainsi que vers de multiples recherches, tant physiologiques qu'anthropologiques, toutes fondées sur une observation universelle : quand elle accouche, la femelle humaine éprouve spontanément un impératif besoin de se retrouver à l'abri d'un lieu sûr, généralement petit, plongé dans la pénombre et si possible caché.

La thèse a été savamment défendue en éthologie, notamment par Niles Newton, une chercheuse de l'université de Chicago, qui a pu établir que la meilleure façon de perturber une naissance chez des guenons ouistitis était d'obliger les femelles à mettre bas en pleine lumière, à découvert, en présence de congénères.

Scène stupéfiante : alors que les guenons font leurs

petits sans problème, celles qui sont artificiellement exposées au monde pendant leur « travail » peinent terriblement, comme si tout le processus était saboté. Le plus étrange est sans doute l'attitude des autres animaux, mâles ou femelles, qui assistent ainsi à la naissance de l'un des leurs : ils sont tous pris d'un frénétique besoin d'agir ! Certains gesticulent, d'autres veulent participer à l'événement, cherchent à se saisir des petits en train de naître, agrippent la parturiente, mordent le cordon ombilical, s'agressent entre eux, se griffent... Visiblement en proie à une véritable angoisse, ils ont absolument besoin de *faire* quelque chose, agir, bouger, n'importe quoi plutôt que rien. Et toute cette frénésie n'aide évidemment pas la femelle à mettre bas. Sa souffrance s'accroît, ainsi que, pour ses petits, le risque de ne pas survivre à l'opération. Est-il besoin de préciser que cette agitation simiesque fait furieusement penser à la nôtre quand un enfant naît : nous tentons d'accélérer les choses, coupons parfois le périnée de la femme, extirpons le bébé, lui mettons aussitôt des gouttes dans les yeux, tranchons urgemment son cordon, etc.

Pour Michel Odent, la leçon éthologique de cette expérience va de soi : les mammifères sont faits pour enfanter dans l'intimité, loin de la lumière et du bruit, et avec le moins d'intervention possible, se laissant ainsi beaucoup plus gouverner par leur cerveau archaïque, autrement dit par leur nature de mammifères – rappelons, entre bien d'autres exemples, qu'une lumière vive stimule le néocortex et met donc les structures archaïques en position subordonnée. Si les médecins ne savent pas bien tout cela, avance Odent, c'est qu'ils ne connaissent pas la physiologie de la naissance humaine naturelle. Pourquoi ? Mais pour la bonne raison que celle-ci n'est, par définition, pas observée ! À l'inverse, les naissances qui ont servi à constituer le modèle type enseigné à l'université ont systématiquement été pathologiques – du fait d'une maladie ou, plus pervers, du fait qu'on les a observées…

Du coup, tout se passe comme si une fantastique fonction naturelle s'était trouvée ignorée et comme si, au nom du droit très légitime des femmes handicapées (dans l'action de mettre au monde) à recevoir de l'aide, la société avait décidé de considérer *toutes* les femmes comme des handicapées. Mais si l'accoucheur s'en donne la peine et observe avec grande attention et discrétion ce qui se passe lorsque des parturientes sont laissées libres d'agir à leur guise dans un cadre non coercitif – ce qui fut le cas, de l'avis unanime, à la maternité de Pithiviers, où l'on s'arrangeait même pour que les lieux de travail ne soient pas trop bien rangés (!) –, il découvrira des choses tout à fait troublantes, observant en particulier que seul ce contexte permet la mise en place optimale d'un prodigieux processus hormonal qui, si l'on prend un peu de recul, exerce une influence sur toute l'existence de l'être en train de naître et, par extension – Odent n'hésite pas –, sur toute la civilisation.

La symphonie hormonale de la naissance

Les jeux hormonaux de l'enfantement sont infiniment subtils et complexes, je ne saurais prétendre autre chose que de donner deux ou trois aperçus de ce qu'en dit Michel Odent. Prenez l'adrénaline. Son action ne sera pas du tout la même selon la phase de l'accouchement. Au début, elle a tendance à tout stopper, mettant momentanément fin aux contractions ; alors que dans la seconde moitié du travail, au contraire, elle accélère l'ensemble du processus. Pour comprendre cette différence, il faut se mettre à la place d'une femme accouchant en pleine nature et soudain surprise par un danger, une bête féroce, un cyclone, un chasseur ennemi. Si elle n'en est qu'au début et que son bébé se trouve encore loin de naître, il lui faut fuir et la décharge d'adrénaline déclenchée par la peur va stopper les contractions. Si au contraire le bébé est déjà largement engagé dans le vagin, fuir devient impossible, il faut accoucher au plus vite et la décharge d'adrénaline, déclenchée par la même peur, va alors surmultiplier les contractions.

Le second type de réaction à l'adrénaline – en « boulet de canon » – semble indiquer qu'il existerait un processus global d'accélération de la naissance que Michel Odent appelle « réflexe d'éjection du fœtus » (expression inventée par l'éthologue Niles Newton à propos des animaux) et qui semble ne pas figurer dans les annales de l'obstétrique. Ce réflexe est fort intéressant : quand il se déclenche, non seulement tout va très vite, mais les choses se passent généralement de façon optimale – pas de déchirure, bébé peu traumatisé, placenta facilement éjecté par la suite…

Les femmes qui accouchent dans la voiture, en route vers la maternité, ou dans l'ascenseur, ou en pleine rue, vivent vraisemblablement ce « réflexe d'éjection du fœtus » – et il s'agit alors souvent, en effet, de naissance sans problème… hormis le contexte, légèrement problématique. Question : ne pourrait-on pas découvrir ce qui favorise le déclenchement de ce réflexe facilitateur naturel ? Problème : le mécanisme décrit par Odent n'est pas « psychologiquement correct » : à l'en croire, les deux facteurs qui le provoquent le plus souvent sont la douleur et la peur ! Certes, celles-ci peuvent être très relatives – ou même partiellement « jouées », comme dans ces tribus indiennes du Canada, décrites par des voyageurs du XVIIIe siècle, où, vers la fin de l'accouchement, la matrone fomentait des bruits effrayants derrière la petite hutte où la parturiente accouchait afin d'accélérer la délivrance. Mais on imagine mal pareille pratique à notre époque de « tolérance zéro » vis-à-vis de toute pression risquant de ressembler à un « harcèlement ». Ce qui pose une vraie question : pouvons-nous réellement retrouver tous nos réflexes mammifères primitifs, sans perdre les acquis de la civilisation ? Cette dernière nous autorise-t-elle d'ailleurs pareille recherche ?

Rien n'est simple, car la question à peine posée se retourne comme un gant : pourrons-nous jamais déboucher sur une civilisation plus humaine si nous ne retrouvons pas nos réflexes mammifères primitifs ? Pour le Dr Michel Odent, la réponse est *non*. Je dois dire que sa démonstration m'a impressionné. Tâchons de la résumer en quelques lignes.

Il y a d'abord l'ocytocine, aussi appelée « hormone de l'amour », ou « de l'altruisme ». Présente dans l'orgasme, masculin comme féminin, elle facilite clairement les contractions, ainsi, plus tard, que la montée du lait. En fait, elle semble accompagner tous les moments de la vie organique où le mot *amour* peut être employé : effusion, étreinte, caresse, baiser, tétée – et même repas pris en commun ! Curieusement, sa sécrétion provoque aussi une baisse de la mémoire – « comme si, remarque Odent, pour vraiment aimer l'autre, il fallait s'oublier soi-même ». Bref, l'ocytocine est une hormone très étonnante et une humanité qui s'en trouverait dépourvue ne serait certainement pas fréquentable. Or, cette hormone n'est jamais autant présente que lors d'un accouchement non provoqué, en particulier parce que le fœtus en passe de devenir bébé sécrète lui-même son « hormone d'amour », et qu'il ne le fait pas n'importe quand : il semblerait que, pendant les dernières semaines de la grossesse, il « s'entraîne » à le faire avec délectation et que, le moment venu, ses sécrétions s'additionnent à celles de sa mère pour allumer la fusée… d'amour.

Une société « hormonalement altruiste » enfante-t-elle forcément de façon naturelle ? Ou s'injecte-t-elle sans problème la bonne dose d'ocytocine de synthèse ? À l'évidence, ces questions partielles, bancales, en appellent d'autres. Quel genre de vie voulons-nous mener sur cette terre ?

La plus étonnante des hormones dont l'accouchement naturel intensifie la sécrétion est la prolactine. Dressée par Michel Odent, la liste de ses bienfaits est impressionnante. L'une de ses fonctions majeures est de stimuler la lactation. Mais elle a bien d'autres effets, notamment celui, avant la naissance – et après, par le biais du lait maternel –, d'aider à parachever la maturation des poumons du bébé. De façon générale, elle fait de l'enfant le centre des attentions de sa mère. Sous son empire, les femelles animales se mettent à « nidifier », construisant un bel abri pour leurs petits, sortant leurs griffes à la moindre approche suspecte, littéralement obsédées par le bien-être de leur progéniture, pour laquelle elles seraient prêtes à mourir sans hésiter. Chez les humains, c'est à peu près la même chose. La prolactine est par excellence l'hormone de l'instinct maternel. On imagine sans peine son importance : procurant au bébé un bain d'*amour inconditionnel* manifeste et concret, elle influence la structuration de sa vie psychique tout entière et ses effets durent donc la vie entière. À l'inverse, la pénurie de prolactine – par exemple si la mère n'allaite pas et qu'elle ne ressent donc pas la même urgence de « nidifier » – aura tendance à favoriser, chez l'enfant, une certaine anxiété et des réflexes plus agressifs.

Poussant toujours sa logique jusqu'au bout, Michel Odent se livre à la description comparée des sociétés « avec » et « sans prolactine ». C'est frappant : l'hormone de l'instinct maternel atténue singulièrement, voire coupe net les désirs sexuels de la femme ; c'est la raison pour laquelle, tant qu'elle allaite, la mère n'a souvent pas envie de frayer avec un mâle. À l'inverse, une société « sans prolactine » (où les mères mettent systématiquement leurs bébés en nourrice, ou au biberon) est agressive et… érotique. C'est le cas du monde actuel : nous sommes une humanité à faible taux de prolactine (de ce point de vue, hormonalement plus mâle que femelle). Le Dr Odent en tire une conclusion surprenante. Selon lui, le fait que les sociétés modernes aient eu tendance à favoriser la monogamie n'a pas poussé l'humanité vers la paix, bien au contraire. Pourquoi ? Eh bien, le mâle monogame réclame que son unique femelle soit rapidement disponible pour partager ses jeux sexuels, peu de temps après l'accouchement. Il la pousse donc à allaiter le moins longtemps possible, l'encourage à vite retrouver le désir érotique (à supposer que ce soit uniquement une question d'hormone) – ce qui signifiera moins de prolactine dans le sang de la mère et donc, pour l'enfant, moins d'attentions, d'où une anxiété et une agressivité accrues. Michel Odent pense qu'il n'y a là aucun hasard : dans une optique darwinienne, cette combinaison de désirs et de frustration a jusqu'ici favorisé des humains hargneux, agressifs, assoiffés, combatifs, plus aptes à survivre dans la jungle du monde. Seulement voilà : l'humanité est désormais si nombreuse et si agressive que l'écologie même du jeu collectif ne peut plus continuer avec cette règle du jeu. Il faut trouver une voie de sortie. Michel Odent suggère que les mères se remettent à allaiter – s'il le faut, qu'elles soient payées par la collectivité, et même bien payées, pour cette tâche d'utilité universelle. Ainsi sécréteront-elles de fortes doses de prolactine, retrouvant un instinct maternel de vrais mammifères – et leurs bébés, rassasiés d'amour, deviendront pacifiques. Certes, parallèlement, cela diminuera le désir érotique des mères… Pour que les pères le supportent, il faudra alors peut-être remettre en cause l'hégémonie du modèle monogame. Une certaine polygamie servirait-elle mieux la paix universelle que la monogamie ?

Toutes ces idées très choquantes sont évidemment jetées en vrac dans le grand remue-méninges psycho-socio-politique de notre temps. Mais le Dr Odent n'a rien d'un fanatique et a su, plusieurs fois, changer de ligne et se réadapter.

La révolution colostrale

La dernière sécrétion maternelle dont le Dr Michel Odent raffole de parler est, selon lui, si importante qu'il en fait un facteur d'évolution majeure dans l'avènement de l'*Homo sapiens ecologicus*. Il s'agit du colostrum. Cette sorte de « petit-lait » semi-transparent s'écoule des seins de la mère tout de suite après la naissance, pendant les quelques dizaines d'heures qui précèdent la montée du « vrai lait ». Pour la plupart des cultures de la terre, ce « petit-lait » est considéré comme mauvais ; une sorte de pseudo-sérum, juste destiné à purger les mamelles avant l'arrivée du bon lolo. Beaucoup de peuples, des forêts de l'Afrique aux montagnes d'Asie, y voient même un poison et interdisent formellement à la mère d'en donner à son nouveau-né – chaque culture proposant sa propre recette de tisane, d'eau de riz, de miel ou de bœuf clarifié (!), pour faire patienter le bébé qui hurle de faim.

Or, nous savons aujourd'hui que le colostrum est le plus fabuleux nectar de longue vie que la nature ait jamais inventé ! Écoutez ce qu'en dit Michel Odent[1] :

> « C'est un véritable “concentré” d'anticorps, ces substances qui nous protègent contre ce qui est étranger, qu'il s'agisse de microbes, de virus ou de cellules vivantes qui ne nous appartiennent pas. Les plus abondants, appelés IgA, sont des anticorps que le nouveau-né ne sait pas encore fabriquer et qui ne lui sont pas transmis par le placenta. On en trouve des dizaines de grammes par litre au cours des premières heures qui suivent la naissance. Ce

1. *Votre bébé est le plus beau des mammifères*, *op. cit.*

sont des protecteurs des fragiles muqueuses de l'intestin et de l'arbre respiratoire. Ces anticorps ont pour cibles privilégiées les microbes et virus présents dans l'environnement de la mère, c'est-à-dire ceux avec lesquels il faut cohabiter dès la naissance.

Le colostrum des premières heures contient aussi des millions de cellules à action immunitaire par millimètre cube. On ne les comptera plus que par milliers la semaine suivante. Ces “macrophages” et globules blancs divers sont capables de neutraliser et de digérer les germes les plus redoutables. Le colostrum est en fait une véritable armée capable de juguler n'importe quel type d'infection. Il contient jusqu'à dix grammes par litre d'une arme anti-infectieuse ingénieuse appelée lactoferrine. Une molécule de lactoferrine peut capter et camoufler deux atomes de fer et ainsi affamer, affaiblir et rendre vulnérables les bactéries. La liste des armes anti-infectieuses connues est encore provisoire. Chacune a son mode d'action particulier. Parmi elles le lysozyme, l'interféron, les ligands de l'acide folique… Il faut comprendre que venir au monde, c'est pénétrer brutalement dans le monde des microbes. Il n'y a pas de microbes dans l'intestin du fœtus qui va naître. Vingt-quatre heures après la naissance, il y en a des milliards par gramme ! Ces microbes ne sont pas les mêmes si le bébé a été laissé à jeun, si on lui a donné de l'eau sucrée ou un “petit” biberon de lait artificiel, ou s'il a consommé du colostrum. L'avenir de la flore intestinale dépend de la nature des germes qui seront les premiers à occuper le territoire. Si le nouveau-né n'a consommé que du colostrum, les germes les plus nombreux seront du genre bifidobacterius, accompagnés de quelques colibacilles auxquels l'enfant est adapté, puisqu'ils viennent de la mère. Le nouveau-né a besoin d'être contaminé au plus vite par les microbes satellites de sa mère, c'est-à-dire les microbes domestiques. Ainsi sera-t-il au mieux protégé contre l'agression par des microbes plus dangereux. »

Il faudrait citer sur des pages entières tous les arguments en faveur de l'ingestion du colostrum tout de suite après la naissance. Pour le bébé, c'est apparemment un élixir de longue vie, puisque de sa première flore intestinale va dépendre toute sa croissance… Odent ajoute à sa liste deux données frappantes. D'abord à court, et même très court terme : le fait que le nouveau-né, encore relié à sa mère par le cordon ombilical, vienne immédiatement la téter et, mû par un instinct étonnant, stimule le mamelon de celle-ci, accélérant le réflexe d'éjection du placenta qui palpite encore dans l'utérus – cette mécanique est décidément incroyablement au point ! Ensuite, une donnée à moyen terme : les bébés abondamment nourris de colostrum après leur venue au monde sont les seuls à ne pas connaître la fameuse « perte de poids physiologique » des premiers jours. Cette dernière information m'a frappé : ce que je prenais pour une sorte de « constante universelle » indiscutable, cette perte de poids du bébé, petite chute dans la courbe de la pesée quotidienne, si attentivement suivie (sur papier millimétré) par les jeunes parents, cette perte n'aurait absolument rien d'obligatoire, du moins pour ceux qui savent véritablement utiliser l'outil prodigieux qu'est notre corps.

Vision d'une humanité moderne paradoxale écartelée entre, d'une part, sa frénésie à vouloir imaginer, inventer, créer ses propres manières de vivre, au besoin en remplaçant la nature défaillante – et en se décrétant « humanité bionique » –, et, d'autre part, sa capacité à continuer à découvrir dans la « mère Nature » des prodiges qu'aucun savant n'inventera jamais... et que, pour une fois, très curieusement, les sociétés traditionnelles, supposées sages, n'avaient pas repérés elles-mêmes. Au fait, c'est une vraie question : pourquoi diable les humains, même ceux qui vivent proches de la nature et sont habituellement si intuitifs, ont-ils rejeté le nectar du colostrum en interdisant aux femmes enceintes d'en donner à leurs nouveau-nés ? La réponse de Michel Odent s'inscrit dans une thèse anthropologique stupéfiante : la privation de colostrum aurait été « inconsciemment décidée » par les humains, à partir du néolithique, c'est-à-dire par les humains « civilisés », comme l'une des cruautés de base destinées à préparer le nouveau-né, dès l'heure de son arrivée, à devenir agressif et donc, avec un peu de chance, un futur bon guerrier, un homme conquérant, règle socio-géo-politique numéro un aujourd'hui encore sur toute la planète.

Comme je trouve l'argument un peu gros, Michel Odent m'apprend une autre chose très étonnante : les éleveurs de chevaux de course savent, eux, qu'un poulain qui n'a pas tété le colostrum de sa mère à la naissance ne sera jamais un champion – autrement dit, il circule, depuis belle lurette, des informations positives sur le colostrum : à un certain niveau, l'humanité sait de quoi nous parlons ! Je dois dire que, d'abord, j'ai vu dans cette histoire de chevaux de course un contre-argument : si les sociétés humaines post-néolithiques (c'est-à-dire l'humanité depuis six mille à dix mille ans) avaient tant désiré engendrer des guerriers efficaces, elles auraient donc, au contraire de la thèse d'Odent, amplement abreuvé leurs petits de colostrum, pour faire qu'eux aussi deviennent des champions. Le docteur m'a regardé en souriant : ignorais-je donc que les grands sportifs ne sont pas agressifs ? Ce dont l'humanité macho et conquérante a besoin, ce ne sont pas de beaux athlètes cool, mais des frustrés agressifs et ambitieux !

Bref, une vision assez noirâtre, mais réaliste, des choses.

Mais ne nous lamentons pas : tout cela serait significatif d'une humanité désormais obsolète. Et la recommandation faite aux mères, de plus en plus fréquemment, dans les maternités éclairées, de donner leur bon colostrum à téter à leurs bébés serait le signe qu'une nouvelle humanité est en germe. Une humanité annoncée par ce que Michel Odent, jamais à court de formules, appelle « la révolution colostrale », en précisant : « Il ne s'agit pas seulement de dire : “Le colostrum est bon et il faut mettre le bébé au sein dès la naissance”, il s'agit de remettre en cause toute une vision du monde. »

Hôpitaux « intimes » ou naissance à la maison ?

Dans cette humanité, qu'Odent qualifie de « post-électronique », la naissance fait l'objet d'un respect renouvelé, sous le double signe d'une grande intimité pour la parturiente et d'une observation non interventionniste pour les soignants. La sage-femme et l'accoucheur du nouveau type, dit Michel Odent, « se fient davantage au comportement et à l'état de conscience de la femme, c'est-à-dire à son être hormonal, qu'à la dilatation du col de l'utérus, qui peut être trompeuse, alors même qu'elle continue pourtant à servir de critère principal, nécessitant une permanente intrusion des mains d'autrui dans les voies naturelles de la parturiente. Lorsqu'une femme accouche selon “la méthode des mammifères”, le doigt ne sert à rien ! ».

Dans cette humanité, la sage-femme redevient un acteur essentiel de la naissance. Son art premier est l'écoute. S'aidant parfois d'un tout petit stéthoscope à ultrasons, utilisable quelle que soit la position de la femme à condition qu'elle ne plie pas trop le tronc, la sage-femme tient compte d'une foule de facteurs : subsistance éventuelle de la poche des eaux, couleur du liquide amniotique, réactions de la parturiente, mouvements, expressions, degré d'anxiété…

Dans cette humanité-là, le bébé, à peine sorti de sa mère, est mis au sein qu'il tète aussitôt goulûment. « Cela nous amène, dit l'accoucheur visionnaire, à une fructueuse réflexion sur la genèse de la communication chez l'homme : d'abord parce qu'on ne peut échapper au fait que la bouche du bébé, organe de succion, est invitée à devenir l'organe du langage ; ensuite parce que, dès sa première tétée, tous les organes des sens du nouveau-né, toutes les fonctions sensorielles destinées à le mettre en relation avec l'extérieur et à capter une part d'énergie cosmique, sont déjà impliqués. »

Est-il besoin de préciser que dans cette humanité idéale, la technologie médicale de pointe demeure prête à servir à tout instant ? – « à commencer, dit le Dr Odent, par cette opération merveilleuse : la césarienne, qui constitue la plus grande avancée médicale du XXe siècle concernant la naissance ». Par contre, poursuit-il, une société où la césarienne, ou toute autre technique aussi artificielle, deviendrait la règle au détriment de l'exploration et de la mise en valeur des modes naturels de naissance, serait une société malade. Pour lui, une société qui saurait observer un juste partage entre nature et culture verrait à nouveau accoucher ses femmes à la maison.

« Dans notre monde, dit Michel Odent, quatre femmes sur cinq habitent à moins d'un quart d'heure d'un hôpital où l'on sait pratiquer la césarienne. Il n'y a donc aucun risque à revenir à une naissance à la maison. Cela ne serait nullement un retour vers le passé. Dans le passé, la naissance à la maison pouvait être perturbée de façon terrible et comportait des risques graves pour la mère et l'enfant. C'est pourquoi l'invention des maternités au sein des hôpitaux fut un réel progrès. Mais aujourd'hui, rien n'est plus comme avant. Nos connaissances en physiologie ont été révolutionnées. Et puis, nous disposons de bippers, de téléphones portables, de voitures rapides et d'équipes médicales à tous les coins de rue ! Tenons compte d'expériences de pays comme la Hollande ! La Hollande est le pays qui affiche les meilleures statistiques périnatales du monde : taux de mortalité prénatal très bas, taux de césarienne extrêmement bas et surtout taux de mortalité maternelle inférieur à 1 pour 10 000 ! Or, en Hollande, un bébé sur trois naît à la maison. »

Selon Michel Odent, si l'on tient compte de toutes les données exposées ci-dessus, on peut même avancer que l'accouchement à domicile – ou dans des « maisons de naissance » – est désormais plus rationnel que l'accouchement en hôpital, systématiquement aligné sur les cas pathologiques. « De toute façon, dit-il, l'obstétrique n'est pas à proprement parler scientifique. Elle vit largement sur des intuitions… parfois fausses : l'intuition selon laquelle le suivi électronique des grossesses et de l'accouchement allait apporter plus de sécurité et faire radicalement chuter la mortalité périnatale s'est révélée fausse. Ces vingt dernières années, les progrès ne sont pas du tout venus des machines électroniques, au contraire ! Selon moi, la situation la plus dangereuse est celle où une technologie puissante se retrouve entre les mains de gens qui ne comprennent pas la physiologie de l'accouchement. C'est pourquoi, paradoxalement, je pense que les hôpitaux de l'avenir auront besoin du savoir des accoucheurs possédant une solide connaissance de la naissance à la maison. Pour pouvoir aider intelligemment à faire progresser l'obstétrique, il faut savoir comment accouche une femme qui désire le faire toute seule chez elle, dans l'intimité complète d'une maison qu'elle aime. Attention, “toute seule” ne veut pas dire qu'il n'y a pas une personne expérimentée, dans la pièce voisine, qui écoute ce qui se passe. Qui écoute les sons de la parturiente. Personnellement, je suis de plus en plus pour l'accouchement par le son – j'ai presque abandonné le toucher vaginal. »

Vers une réconciliation « post-électronique » ?

Évidemment, on imagine sans difficulté l'accueil que peuvent réserver à de pareilles idées les professionnels de l'obstétrique et beaucoup de femmes contemporaines. Voilà un accoucheur marginal, un outsider que ses idées excentriques ont même obligé à s'expatrier pour exercer en Angleterre, un provocateur qui affirme que « les accoucheurs n'ont aucune idée de ce que peut être une naissance », et qui se permet de vouloir tout révolutionner ! Ce sont deux mondes complètement différents…

« Mais ces deux mondes ont besoin de se rejoindre, rétorque l'intéressé. Je ne dis pas qu'il n'y aura plus d'hôpitaux où les femmes viendront accoucher. Mais ces maternités ont besoin d'être réformées, notamment en raison de ce que nous avons appris, depuis trente ans, sur le besoin d'intimité des parturientes. La première question à se poser est : "Que faire pour que la femme enceinte se sente ici chez elle ?" Que faire pour que, le jour où elle arrive à l'hôpital en pleines contractions, elle se sente immédiatement à l'aise ? Cela doit être le premier souci d'un responsable de maternité qui a compris le sens du mot "intimité". Il existe toutes sortes de recettes simples, que j'ai moi-même apprises quand j'étais responsable de Pithiviers.

« Pour se sentir vraiment à l'aise dans un hôpital, il ne suffit pas d'y venir faire un tour de temps en temps, ni même d'effectuer la visite complète, avec description de la salle des naissances, de la cuisine, etc. La femme doit très bien connaître le lieu où elle va accoucher, donc y venir souvent. Encore faut-il qu'elle ait une bonne raison à cela. Il s'agit donc de lui trouver une activité, agréable et distrayante. À Pithiviers, nous avions installé un piano dans une grande salle et invité les femmes enceintes à venir chanter autour… Vous n'avez pas idée du succès que cette méthode a tout de suite rencontré ! Nous en avons été surpris nous-mêmes.

Il faut dire que la collaboration de Marie-Louise Aucher a beaucoup compté. C'est une femme qui a passé sa vie à aider et à soigner les gens en les faisant chanter. Avec nous, son expérience s'est enrichie d'un travail avec des femmes enceintes. Ses groupes ont immédiatement été très populaires ; ils correspondaient à de nombreux besoins des futures mamans. Besoin de partager leurs expériences, de rencontrer d'autres femmes, extérieures à leurs petites familles, sans parler du besoin même de chanter ! Historiquement, on ne connaît pas de société où les gens n'aient jamais chanté… en dehors de la nôtre ! On écoute bien de la musique, à la radio, sur des cassettes, ou la télévision, mais les gens ne chantent jamais eux-mêmes. Or nous nous sommes aperçus que chanter était d'autant plus attrayant pour les femmes enceintes qu'elles se trouvent dans un état où les besoins fondamentaux, oubliés le reste du temps, refont surface. Nous avons vu arriver dans les groupes de Marie-Louise Aucher des femmes qui n'auraient jamais pensé qu'elles participeraient un jour à une chorale ! Bref, ce fut une merveilleuse façon d'aider ces femmes à se sentir chez elles dans notre hôpital. Venir régulièrement chanter dans un lieu agréablement arrangé, y partager ses émotions avec d'autres, cela vous met dans un autre rapport à un lieu que si vous y venez simplement pour une consultation médicale ! À l'époque, nous avions calculé qu'avec le prix d'un monitoring électronique, on pouvait acheter quarante pianos d'occasion ! Cela ne signifie pas qu'il faille forcément chanter dans toutes les maternités, ni que les machines électroniques ne servent à rien ! C'est juste une invitation à réfléchir un peu en dehors des sentiers battus. »

Les paradoxes de Michel Odent

Se promenant en permanence à la frontière séparant les approches naturelles des approches culturelles, Michel Odent se retrouve forcément pris dans un certain nombre d'ambivalences. Deux d'entre elles m'ont semblé remarquables. La première concerne la participation des pères à l'accouchement, la seconde la naissance dans l'eau.

L'un des effets annexes de l'irrésistible extension de l'enfantement sous contrôle hospitalier a été l'irruption des pères sur une scène dont, traditionnellement, ils étaient exclus. Tant que nos ancêtres ont été ruraux, la femme accouchait au sein d'un monde essentiellement féminin. Les premières maternités modernes ont vu apparaître la figure caricaturale du père fumant des tonnes de cigarettes dans la salle d'attente. Historiquement, cette phase n'aura duré que quelques dizaines d'années. Désormais, dans les pays européens du moins, les pères sont largement invités à assister – sinon à participer – à la naissance de leurs enfants. Or voilà que cette généreuse invitation s'avère parfois catastrophique. Accompagnant ses parturientes de près, le Dr Odent est plusieurs fois tombé sur des cas où l'angoisse paternelle venait tout compliquer. Tous les hommes ne sont pas faits pour – ou prêts à – assister à l'accouchement de leur femme. Pour certains, le choc est tel qu'ils en perdent définitivement tout désir érotique pour la mère de leur enfant. Ce que Michel Odent remarque aussi, c'est que la présence de l'homme s'avère parfois incompatible avec la fameuse « intimité » nécessaire à la parturiente – d'où le malentendu, évoqué au début de ce livre (p. 35), quand la presse britannique, généralisant abusivement une certaine réserve du chirurgien français, avait fait croire qu'il s'opposait systématiquement à la participation des pères à l'accouchement, rangeant momentanément dans le camp des ultraconservateurs l'homme qui, vingt ans plus tôt, se faisait remarquer dans toute l'Europe pour les « accouchements sauvages » de Pithiviers.

La seconde ambivalence de Michel Odent concerne la naissance dans l'eau. Pour beaucoup de gens, mal informés, il en serait le premier spécialiste en France. En réalité, l'eau faisait partie des nombreuses données expérimentales mises en pratique à la maternité de Pithiviers, au même titre que la musique, ou que le « désordre organisé ». Certes, le bon docteur a longtemps tourné autour de la question aquatique. Il y a même consacré un livre, où il raconte par exemple comment l'eau lui a permis de sauver des couples à la fois de la débâcle sexuelle et de la stérilité. L'idée lui en était spontanément venue alors qu'il cherchait de quelle façon aider une femme qui se désespérait tant de n'avoir pas d'enfant que son mari en était devenu impuissant. Persuadé que l'eau possédait une force érotique diffuse, Odent avait suggéré à cette femme d'inviter son mari pour un rendez-vous galant au bord d'une piscine privée. Un mois plus tard, elle était enceinte !

Avec les parturientes, il avait commencé, de façon tout aussi empirique, par remarquer qu'un bain chaud pouvait s'avérer très relaxant, surtout une fois les contractions lancées. Du coup, il avait fait installer une petite piscine dans la grande « salle de travail sauvage » de la maternité. Puis certaines femmes lui avaient dit qu'elles fantasmaient de vivre la totalité de leur accouchement dans l'eau, et sa logique libérale l'avait poussé à accepter. Ne se sentaient-elles pas à l'évidence une affinité *très intime* avec l'eau ? Pourtant, quelque chose d'inexprimable l'empêchait de pousser cette voie plus avant. Ayant remarqué que le fait de brusquement sortir de l'eau vers la fin du travail pouvait accélérer le « réflexe d'éjection du fœtus » avec une intensité telle que certaines femmes accouchaient illico, là, au bord de la piscine, sans pouvoir franchir un mètre de plus, il s'était mis à théoriser sur cette sortie de l'eau – elle lui semblait plus intéressante qu'une délivrance purement aquatique. Certes, il savait par expérience qu'un tel mode d'accouchement était possible et que, contrairement à certaines rumeurs folles, notamment en France, l'enfant ne risquait nullement de se noyer en naissant sous l'eau. Mais, travaillant déjà dans la perspective d'un retour de l'accouchement à domicile, il préférait n'imaginer que des méthodes facilement transposables dans ce cadre, ce qui n'était pas le cas de l'accouchement aquatique, trop délicat pour être confié à des non-spécialistes.

Pourtant, depuis vingt-cinq ans, Michel Odent est un participant assidu de toutes les conférences sur les bébés de l'eau. C'est dans ce cadre que je l'ai rencontré la première fois, en 1984. Il était alors question d'aider des femmes à accoucher en pleine mer, entourées de dauphins ! Et le bon docteur considérait cette vision d'un air ravi. Il ne faisait pas vraiment partie des réseaux delphiniens. Mais il était leur ami. Et moi aussi. Ces réseaux furent à vrai dire ma première manière de partir en reportage dans le ventre de Vénus…

Nous n'allons cependant pas plonger dans l'eau tout de suite – préparez vos serviettes, ce sera une traversée large de trois gros chapitres ! Mais, pour l'instant, nous allons rester sur la terre ferme et ouvrir les mains…

Le propos de ce livre n'est pas de faire l'inventaire des très nombreuses méthodes de préparation à l'accouchement désormais disponibles (yoga, sophrologie, chant prénatal, aquagym, etc.), il existe pour cela moult excellents manuels, des guides que l'on ne saurait trop recommander aux femmes enceintes désireuses de bien se préparer au fabuleux événement. Ma curiosité d'homme et de journaliste enquêtant sur l'enfantement m'a personnellement poussé à interroger l'haptonomie, la méthode dont René Frydman nous disait qu'il la situait « à mi-chemin entre le physique et le mental » – on pourrait presque dire « entre la conscience humaine et la physiologie animale ». Une place idéale dans la panoplie la plus avant-gardiste d'aujourd'hui. Inventée par le Hollandais Frans Veldman, cette discipline a une championne française : Catherine Dolto, fille de Françoise et de Boris. C'est donc cette méthode et cette femme que je vous invite à rencontrer maintenant.

Mais d'abord, un court interlude, pour vous raconter l'histoire de Rita et celle d'Élisabeth. Où s'affirme de façon tour à tour sauvage et apprivoisée l'importance de la *présence* – à soi-même et à l'autre – si importante dans le travail haptonomique.

6

L'autre

Vous ne me rendrez pas parano !

Cela avait commencé très lentement, au petit jour. Vers dix heures du matin, Rita s'était présentée à la maternité avec son mari. Après l'avoir examinée, la sage-femme de garde la renvoya chez elle : le col était encore totalement fermé et les contractions beaucoup trop espacées, elle avait tout le temps de revenir dans l'après-midi. Mais Rita habitait loin et elle n'avait pas envie de rentrer. Et puis… une euphorie inattendue montait en elle. Elle eut soudain très faim. « Allons au restaurant », dit-elle à son mari, surpris.

Il faisait beau, ils s'assirent à une terrasse, elle commanda un steak tartare. Une véritable hilarité l'envahissait maintenant de la tête aux pieds. Le mari riait lui aussi, sans trop oser y croire. Il avait posé sa montre sur la table pour qu'ils puissent compter les minutes entre deux contractions : « Quand vous en aurez une toutes les cinq minutes, avait dit la sage-femme, vous pourrez revenir. » Cela arriva plus vite que prévu. Ils en étaient à peine au fromage. Après avoir rendu tout son repas au caniveau – mais, étonnamment, sans malaise –, Rita entraîna son mari vers la maternité où, cette fois, on l'accepta : « Magnifique, s'écria la matrone en auscultant la jeune femme. Votre col est ouvert comme une pièce de cinq francs, vous allez vite en besogne, vous ! » On emmena Rita dans une salle de travail à la lumière tamisée, et le mari fut invité à s'en aller revêtir une tenue stérile, comme le prévoyait le règlement.

Loin de cesser, l'euphorie de Rita prit alors des proportions effarantes. Chaque fois qu'une nouvelle contraction arrivait, toujours plus intense, au fond de son ventre, elle avait l'impression de s'élever dans les airs, à des hauteurs de plus en plus vertigineuses. Elle n'en revenait pas : c'était littéralement de la jouissance ! Dans quel étrange état de conscience avait-elle basculé ? Elle ne se posait pas la question. Son enfant allait bientôt naître. Elle était aux anges. C'était le plus beau jour de sa vie.

De temps en temps, la sage-femme, une Antillaise, faisait une visite discrète, sur la pointe des pieds, dans la pénombre. « C'est très bien, c'est très bien, chuchotait-elle en tapotant gentiment les jambes de Rita, continuez comme ça », et elle disparaissait vers d'autres salles, laissant la jeune femme toute seule, béate, quelque part hors du temps.

Ce n'est qu'au bout d'une heure que l'on s'aperçut de l'absence du mari. Oublié dans un autre bâtiment, il se faisait un sang d'encre, persuadé que l'accouchement de sa femme avait brusquement viré à la catastrophe. Il l'avait pressenti : cette euphorie étrange, cette envie absurde d'aller déjeuner, tout cela ne lui avait rien dit de bon. L'infirmière qui vint finalement le chercher l'assura du contraire. Il ne la crut pas. Elle l'invita à venir rejoindre la salle de travail. Il s'y rendit avec anxiété, convaincu qu'on lui cachait quelque chose de grave.

Quand, du haut des vagues qui la transportaient, Rita le vit entrer, dans sa tenue d'homme-grenouille, il y eut un flottement. Le jeune homme s'approcha de son épouse, lui saisit le poignet et, d'un air épouvantablement compatissant, lui demanda : « Ça va ? C'est pas trop dur ? »

Un instant de silence. Et ce fut la chute, brutale. Fauchée en pleine extase, Rita tomba en torche. En un éclair, tout son corps lui devint ennemi. Une douleur atroce lui transperça l'abdomen. Le mari, verdâtre, courut chercher la sage-femme qui, n'y comprenant rien, appela à son tour le médecin de garde. Rita se tordait maintenant comme un ver de terre. En cinq minutes, l'affaire était entendue : l'enfant risquait d'étouffer, il fallait d'urgence pratiquer une césarienne. Du lit roulant qui l'emportait à toute vitesse vers le bloc opératoire, Rita entendit l'accoucheur lui lancer : « Courage, tout ira bien ! Mais vous voyez, je vous l'avais dit, il aurait été tellement plus simple de demander une anesthésie péridurale. »

J'ai repensé à cette histoire bien des années plus tard en entendant le récit que me fit de son propre accouchement une autre amie, Élisabeth D. Inandiak, la plus jeune journaliste du magazine *Actuel*, devenue chercheuse indépendante, globe-trotter en quête d'absolu. Cela se passait au tout début des années 1990, et cette baroudeuse indomptable, en qui je vois une petite-fille d'Alexandra David-Néel, avait déjà choisi Java comme pays d'adoption. Mariée à un Indonésien, elle se fondit intégralement dans la culture du lieu, comme elle avait toujours su le faire. Bientôt, elle se retrouva enceinte, ce qui étonna certains de ses amis de jeunesse qui ne s'imaginaient pas l'exploratrice avec un gros ventre. C'était mal la connaître : « Enfanter, me dira-t-elle un jour, est une expérience que pour rien au monde je n'aurais voulu manquer ! Porter en moi cette matrice, à la fois si prégnante – une fois par mois, depuis la puberté ! – et si miraculeuse, et… ne pas m'en servir ? Mais cela m'aurait paru un gaspillage insensé, une vraie démission, un refus de l'incarnation ! » La nouvelle Javanaise décida très naturellement d'accoucher dans un grand hôpital de sa ville.

La mère d'Élisabeth est pharmacienne, fille de pharmacienne. Très inquiète, elle fit le voyage de Lyon à Yogyakarta et fut plutôt affolée en découvrant dans quelles conditions précaires sa propre fille allait mettre son enfant au monde. Une maternité d'un pays alors encore sous-développé, une salle d'accouchement absolument pas stérile, avec une rangée de lits séparés par un simple rideau, sans étrier, ni perfusion, ni péridurale bien sûr ! Dans la chaleur des tropiques, avec la rue grouillante à deux pas, sans protection contre les gaz d'échappement et les moustiques et, surtout, de son point de vue d'Européenne, sans la moindre garantie médicale en cas de difficulté.

Il se trouve que la délivrance du bébé fut particulièrement difficile. L'affaire dura plus de quinze heures à partir des premières contractions douloureuses, et Élisabeth connut là l'une des plus grandes épreuves de sa vie. À l'époque, elle entamait tout juste son long parcours dans l'initiation spirituelle des musulmans soufis et ne connaissait pas encore vraiment les techniques du souffle. Mais c'est une nageuse de fond, qu'une seule journée sans bain rend malheureuse. Durant toute sa grossesse, elle avait beaucoup nagé. Sans doute cela l'aida-t-il à réussir cette chose étonnante et rare : les contractions lui faisaient un mal de chien, mais sitôt passées, elle les oubliait et s'endormait profondément ! Elle décrira la chose ainsi dans son journal de bord :

> « Toute la nuit s'était déroulée sous le signe de la magie. Une magie fluide qui creusait une spirale dans mon ventre, puis s'épanchait dans le delta de mes reins. La douleur. Terrifiante quand elle me surprenait. Le désir irrépressible de tout laisser tomber, plier bagage, rentrer. Ces mouvements d'humeur sur lesquels j'avais toujours vécu et que je nommais aventure. Mais où est l'aventure quand on sait le retour possible ? Cette nuit-là, pour la première fois, je connaissais l'exil dans l'onde noire de la douleur. D'heure en heure, j'apprenais à contempler cette douleur. Je l'observais se déployer, souveraine, puis se noyer dans les eaux tranquilles où nageait le bébé. Suivait alors la béatitude. Le sommeil. Une minute de ce sourire aux anges que je retrouverais plus tard sur le visage de notre petite fille. Puis la spirale s'enroulait à nouveau. J'étais yogi. »

Si je rapporte ce témoignage ici, c'est qu'avant de pouvoir accéder au trésor de ses forces intérieures, il fallut d'abord qu'Élisabeth accueille pleinement… l'angoisse de sa mère dans son champ de conscience. Assise à ses côtés, celle-ci s'affolait. Et cette simple présence, cette angoisse de l'autre, pouvait rendre l'expérience catastrophique.

Dans un premier temps, le profond malaise maternel avait d'ailleurs commencé à saper le moral de la jeune femme, elle-même surprise par la puissance de l'« onde noire » qui voulait la submerger. Mais très vite, elle prit intérieurement la décision de se concentrer sur le travail qu'elle avait à faire, tout en acceptant à ses côtés l'angoisse de sa mère, mais sans se laisser entamer par elle. Elle se contentait de lui dire de temps à autre : « Ne t'inquiète pas, maman, tout va bien se passer. » Pour l'essentiel, elle se débrouillerait seule, face à elle-même et à la force incroyable du muscle matriciel qui, après avoir protégé son enfant pendant neuf mois, le projetait à présent dans le monde. Moyennant quoi, son épreuve se métamorphosa en initiation…

La force de caractère d'une Élisabeth D. Inandiak n'est pas donnée à tout le monde. Mais il existe des méthodes pour aider les parturientes à accéder à des états intérieurs du même ordre. Des méthodes qui tiennent particulièrement compte de la présence de l'autre : présence négative, comme dans le cas du mari de Rita ou de la mère d'Élisabeth ; présence positive, comme va nous le faire maintenant découvrir l'haptonomie.

7

La révolution haptonomique

Notre conscience danse à l'appel de l'autre

Vers le milieu des années 1980, la nouvelle se répandit de façon quasi magique. Une méthode extraordinaire de préparation à la naissance et d'accueil du nouveau-né arrivait de Hollande, inventée par un de ces personnages hors normes qui, non seulement ont survécu aux camps d'extermination nazis, mais s'y sont comportés avec une bravoure, une lucidité et une générosité telles qu'ils ont su en tirer des leçons essentielles pour toute l'humanité.

Comme la jeune Néerlandaise Etty Hillesum, prise de compassion pour les jeunes SS qui la conduisaient à la mort. Depuis qu'ils sont parus, son journal et ses lettres, rassemblés dans *Une vie bouleversée*[1], ont aidé plus d'un désespéré à retrouver le goût de vivre.

Ou comme le psychiatre polonais Viktor Frankl, découvrant, à deux pas des fours crématoires d'Auschwitz, que les déportés qui ont le plus de chance de s'en

1. Le Seuil, 1985.

sortir sont ceux qui, contre toute attente, continuent à donner un sens à leur existence (par amour, par désir de création, ou simplement par défi de rester humain coûte que coûte, fût-ce en enfer). Frankl en tirera une méthode psychothérapeutique, la logothérapie [1], d'une pertinence aiguë encore aujourd'hui.

Ou encore comme le psychanalyste autrichien Bruno Bettelheim qui, lui aussi, tira de son expérience atroce, à Dachau et à Buchenwald, un matériau inestimable pour la compréhension de la psyché humaine, capable d'un héroïsme et d'une abnégation absolument inconcevables, à partir du moment où elle réussit à acquérir ce qu'il appelle l'autonomie – la liberté intérieure.

Ainsi en alla-t-il aussi du jeune sculpteur et médecin hollandais Frans Veldman qui, dans ces camps de la mort où la fin du monde semblait venue, entrevit, dans une sorte de révélation, ce qu'il allait plus tard appeler l'haptonomie, du grec *haptein*, le toucher, et *nomos*, la loi : littéralement donc « la loi du toucher », qu'il définira plus tard comme « la science du toucher affectif ».

Veldman explique que la « révélation » en question avait été en réalité préparée par trois longues décennies d'observation critique de la société dite « adulte ». Dès sa prime enfance, il avait été frappé par l'égoïsme et l'inconséquence de beaucoup d'humains, surtout des parents vis-à-vis de leurs enfants. Peu à peu avait grandi en lui une interrogation sévère sur les causes de la médiocrité généralisée de notre espèce. Si elles l'avaient renseigné sur certains aspects somatiques et psychosomatiques

1. *Découvrir un sens à sa vie avec la logothérapie*, Éditions de l'Homme, 2005.

de la bête humaine, ses études de médecine l'avaient laissé sur sa faim. Le mystère de l'inhumanité et de la vilenie quasi générale demeurait intact. C'est ce mystère qui s'éclaira pour lui dans les camps d'extermination.

Comme Bruno Bettelheim et Viktor Frankl, il avait été terriblement frappé par certains comportements, prodigieux de beauté, de générosité, d'abnégation, d'héroïsme – alors que la violence nazie avait tendance à métamorphoser les êtres en choses et les pulsions vitales en abjections. Pourquoi fallait-il se retrouver en enfer pour voir poindre de telles beautés, rares mais véritablement sublimes ? En observant les êtres en question, il constata qu'ils disposaient manifestement d'une liberté intérieure, d'une confiance intérieure en eux-mêmes qui faisaient tragiquement défaut à la plupart. Curieusement, cette assurance ne les coupait pas des autres, mais, bien au contraire, leur faisait ressentir de la compassion, comme si, en s'individuant mieux, ils avaient en quelque sorte rejoint un fonds affectif commun à toute l'humanité.

Pourquoi était-ce donc si rare ? Les chats donnent des chats pleinement chats, les rossignols des rossignols pleinement rossignols, pourquoi les hommes et les femmes engendrent-ils si rarement des êtres pleinement humains ?

Peu à peu se dégagea une vision. À l'intérieur de chacun de ses compagnons de déportation, même chez les plus vieux, Frans Veldman vit un enfant, comme un noyau central de l'individu. Un enfant parfois rayonnant – chez ceux dont les actes d'héroïsme et d'abnégation dépassaient l'entendement. Mais beaucoup plus souvent, c'était un enfant peu sûr de lui, flageolant sur ses jambes, *un enfant qu'à l'évidence on avait mal aimé* ! Parfois même rudoyé dès le début. Mal parti dès la naissance…

Cette vision ne le lâcha plus. Après la guerre, il ne cessa de la préciser. Ainsi en arriva-t-il à repousser les débuts de l'enfant mal aimé avant même la naissance : il avait été mal attendu, mal mis au monde, mal porté…

Une dizaine d'années plus tôt, en 1933, le psychiatre et psychanalyste allemand Wilhelm Reich avait expliqué, dans *Psychologie de masse du fascisme*[1], de quelle façon les nazis exploitaient en fait une gigantesque frustration sexuelle, forgée pendant l'enfance et détournant la libido des masses au service d'une œuvre de mort, alors qu'elle est naturellement tournée vers la vie. À partir des années 1950, Frans Veldman remonta plus en amont, jusqu'à la conception, explorant la vie embryonnaire et fœtale. Les monstruosités totalitaires et les fanatismes de masse ne faisaient en réalité que pousser à l'extrême un phénomène beaucoup plus ordinaire. Dans nos sociétés, le futur enfant est mal porté, par ignorance et inconscience de sa mère, et mal accueilli, notamment par son père. Or ce port et cet accueil donnent le *la :* tout le destin de l'humanité se joue à son diapason.

Le Ier Congrès international d'haptonomie

C'est surtout sous cet angle que la rumeur des années 1980 nous frappa en premier : l'haptonomie était une

1. Payot, 1998.

méthode de préparation à l'accouchement qui intégrait le père au processus de conscientisation de l'enfantement. En posant ses mains sur le ventre de sa femme, il pouvait apprendre à entrer en contact avec le futur bébé et à communiquer avec lui ! La mère faisait évidemment de même. Mieux : ils pouvaient le faire ensemble, transformant leur couple en dyade explicitement orientée vers le même projet d'enfantement. Dans le scénario le plus spectaculaire que véhiculait la rumeur, l'apprentissage se passait ainsi : le père posait d'abord ses mains sur le ventre rebondi de la mère. Puis celle-ci posait les siennes par-dessus. Enfin l'hapto-thérapeute, recouvrant le tout des siennes, entrait en contact avec le fœtus à travers les mains de ses parents, montrant ainsi à ces derniers comment s'y prendre pour, tout doucement, inviter le petit à communiquer, voire à jouer – à danser ! –, où à se repositionner correctement, dans le cas où, le terme approchant, il se présenterait par le siège.

Du côté de la future parturiente, l'essentiel de la méthode consistait, disait-on, à l'aider à s'appuyer sur ses propres sensations et à prendre confiance en ses propres capacités à mettre son enfant au monde – et en celles de ce dernier à naître par lui-même, de façon active, et non pas en se laissant passivement extirper du ventre maternel. Le même état d'esprit – fait de respect, de tendresse et surtout d'invitation à prendre confiance en soi – imprégnait ensuite l'accueil du nouveau-né, en particulier la manière de le porter. En lui tenant la base de la colonne, les fesses assises dans une main grande ouverte (plutôt que de le prendre, par exemple, sous les bras), les parents et éducateurs étaient invités à assurer au bébé une *sécurité de base*, le *confirmant* dans une *présence au monde* explicitement signalée comme bienvenue. Ainsi se profilait une façon subtile de conscientiser la grossesse et l'enfantement. Avec une approche de l'*autre* dont les plus ardents défenseurs de l'altérité ne pouvaient que se féliciter.

Il s'agissait là de rumeurs. Désordonnées, mais pas trop inexactes. Je le dis rétrospectivement. Sur le coup, les vérifier s'avéra un peu plus difficile que prévu. Le réseau international patiemment bâti par Frans Veldman atteignait pourtant bien la France. Mais on s'y méfiait assez des journalistes, qui ont tendance à tout déformer, pour mieux servir la société du spectacle – ne viens-je pas moi-même de parler, il y a quelques lignes à peine, de « scénario spectaculaire » ? Cela dit, mon premier contact officiel avec le réseau fut... extrêmement spectaculaire lui-même, de son propre fait.

Les 13 et 14 octobre 1990, le palais de l'Unesco accueillait très solennellement, à Paris, le ban et l'arrière-ban de l'haptonomie mondiale, à l'occasion de son Ier Congrès international, ouvert par une représentante du gouvernement français, et avec pour invité d'honneur le médecin britannique W. Ernest Freud, premier petit-fils de Sigmund – celui-là même qui, bébé, avait mis son grand-père sur la piste du « *fort-da* » (« il est parti, coucou le revoilà ! ») qui, dans l'histoire de la psychanalyse, conduit du principe de plaisir, Éros, à la découverte du principe de mort, Thanatos... Bref, à ce Ier Congrès international d'haptonomie, nous vîmes du beau monde et surtout nous apprîmes des choses fantastiques.

Ainsi, l'accoucheur Alvaro Aguirre de Carcer rapporta-t-il de ses recherches cliniques, dans la plus grande maternité d'Espagne, celle de l'hôpital madrilène La Paz, des découvertes étonnamment précises (en termes de chimie des neurotransmetteurs) quant à l'influence des personnes présentes sur la douleur ressentie par une femme en train d'accoucher. L'une des données les plus frappantes était qu'en moyenne la simple présence passive d'un médecin-accoucheur dans la salle de travail augmentait notoirement la douleur de la parturiente ! La présence d'une sage-femme, au contraire, avait tendance, en moyenne, à diminuer cette douleur. Les premiers surpris par cette découverte avaient bien sûr été les médecins eux-mêmes.

Or, ce que les travaux d'Alvaro Aguirre de Carcer et de son équipe révélaient sans ambiguïté, c'est que ce phénomène pouvait être modifié, voire renversé, justement par l'haptonomie : en enseignant aux soignants que leur simple présence passive pouvait influer sur l'état de leurs patient(e)s – que dire alors de leur présence active ! La discipline fondée par Frans Veldman leur faisait prendre conscience (mentalement, physiquement et affectivement) de l'existence de dimensions qui leur avaient jusqu'ici totalement échappé. Leur pratique s'en trouvait modifiée de fond en comble. La leçon valait évidemment aussi pour les sages-femmes qui, même si elles ressentent sans doute ces choses depuis toujours « instinctivement », ne disposaient pas de concepts pour les formuler, ni de techniques pour les intégrer. La même leçon concernait enfin tous ceux, notamment les pères, qui désirent accompagner l'accouchement et ne veulent pas connaître la mésaventure des malheureux dont l'angoisse est telle qu'ils font capoter un accouchement pourtant bien parti.

Tout au long des deux journées de congrès, de nombreux obstétriciens, médecins-accoucheurs, pédiatres, psychiatres, psychologues, psychanalystes vinrent témoigner de leurs pratiques haptonomiques, parmi lesquels Catherine Dolto, Albert Goldberg, André Soler, Bernard This... Plusieurs films furent projetés en démonstration. L'accoucheur Max Ploquin, de Châteauroux, commenta une vidéo où, préparée par la méthode haptonomique, une femme accouchait littéralement dans l'allégresse, en riant aux éclats – d'un rire profondément joyeux, une sorte d'alléluia, pas du tout dans l'ambiance de farce légèrement déplacée et chosifiante qu'avait connue Muriel Bonnet del Valle, avant de se retrouver en pleine décompensation, internée en service psychiatrique (p. 85).

Frans Veldman lui-même, présidant le congrès, offrit au grand auditorium de l'Unesco archicomble, empli de thérapeutes venus du monde entier, plusieurs prestations, des plus spectaculaires aux plus professorales. Il fit, par exemple, monter une jeune femme du public sur la grande scène de l'Unesco et, la prenant par le bras, montra la différence entre un contact neutre (par exemple celui de deux inconnus se touchant dans le métro), un contact érotique et un contact haptonomique : selon les cas, la réaction et le ressenti de la jeune femme variaient à tel point que son corps entier changeait intégralement d'aspect, d'une façon évidente, même vu depuis le fond de l'immense amphithéâtre.

À l'inverse de ces démonstrations frappantes, compréhensibles même par le grand public, le fondateur de l'haptonomie se transforma ensuite en professeur de médecine très austère, durant une très longue conférence, que seuls des spécialistes purent suivre. Où il fut question des bases anatomiques et physiologiques de sa discipline, en particulier quant à la façon dont la peau se connecte aux nerfs, aux muscles, aux articulations, aux tendons, aux artères ou aux glandes endocrines, et comment tous s'articulent les uns aux autres, jusqu'au niveau synaptique, donnant à la personne un « tonus » tout à fait différent selon le type de relation qu'elle entretient, instant après instant, avec les autres, avec le monde, avec elle-même. L'une des conclusions que je pus en retenir fut que le toucher haptonomique met en branle un système nerveux particulier, le « système gamma », qui n'est pas celui que nous pouvons contrôler volontairement, mais pas non plus celui de nos viscères, le système végétatif : actif au niveau subconscient, relié au système thalamo-limbique, il est impliqué dans toute notre vie émotionnelle.

D'une façon générale, nous apprîmes ainsi que l'haptonomie, bien plus qu'une méthode de préparation à la naissance, se voulait en fait une « science de l'être humain en devenir », une manière d'être et d'évoluer dans la vie, de se placer par rapport à l'autre et d'entrer en relation avec lui, depuis l'intérieur de soi. Et cela à n'importe quel moment de l'existence et pas seulement avant, pendant ou après l'enfantement. Au point que l'on parle désormais d'haptothérapeute, ou d'haptopsychothérapeute, pour hommes comme pour femmes, et pour tous les âges. Quant au sens du toucher (dont tous nos autres sens ne seraient que des dérivés), il est à prendre toute sa signification, physique, émotionnel, symbolique, mais surtout dans celui de la réciprocité : la personne touchée ressent une sensation, une émotion, un sentiment, mais la personne qui touche aussi.

Ainsi, la psychologue jungienne Marie de Hennezel vint-elle exposer au congrès comment l'art mis au point par Frans Veldman lui servait désormais, très concrètement, à accompagner les personnes en fin de vie – en cette zone limite où les mots sont parfois devenus vains et où la communication entre les êtres passe mieux par le contact physique. Pour éclairer son propos, celle qui était déjà l'amie de François Mitterrand et qui occupait alors le poste de psychologue de la première unité de soins palliatifs officielle de France, à l'hôpital universitaire, à Paris, nous raconta une histoire. Celle d'un homme qui se mourait d'un cancer affreusement douloureux…

Quand elle vit cet homme la première fois, perdant instantanément tous ses repères de « psy », Marie s'agenouilla spontanément à son chevet et posa sa main sur l'endroit de sa poitrine qu'il désignait comme le mettant au martyre. En quelques minutes, quelque chose passa d'elle vers lui, à travers la paume de sa main, qui le soulagea si bien qu'il s'endormit. Dès lors, elle vint voir cet homme plusieurs fois par semaine. Lui, qu'elle ne connaissait pas, se lovait parfois littéralement dans ses bras, tant il avait besoin d'une présence gratuite, d'une présence non impliquée dans sa vie (car les implications, surtout conjugales ou sentimentales, sont souvent névrotiques et, comme telles, épuisantes), autrement dit un contact humain libre et profond, qui puisse en quelque sorte le « rassembler » et le confirmer dans sa sensation d'exister. Exactement le même besoin qu'un nouveau-né…

Plus tard, Marie de Hennezel me raconta une autre histoire. Elle se trouvait en randonnée sportive, en pleine montagne, quand soudain la panique la prit, alors que c'était son tour de franchir un passage délicat, à l'aplomb d'un précipice. En un instant, la joyeuse promenade vira au cauchemar. En proie à un vertige aussi total qu'inattendu, la malheureuse se retrouva paralysée contre un rocher, ses pieds menaçant à chaque seconde de décrocher de l'étroite corniche où elle se tenait juchée. D'amont et d'aval, les conseils de ses compagnons pleuvaient sur elle en vain. Elle se voyait perdue. Pendant de longues minutes, elle ne chercha qu'à calmer son souffle et à se maintenir en place. Quand soudain lui vint l'idée de mettre en pratique ce qu'elle était en train d'apprendre en formation d'haptonomie. Concentrant son attention dans ses mains et dans toute la partie ventrale de son corps, qui se trouvait collée au rocher, elle fit l'effort de se prolonger, non dans le ventre d'une femme enceinte, pour y contacter son bébé et l'inviter à répondre, ni dans la poitrine d'un homme très malade, pour tenter d'atteindre sa douleur et de la calmer, mais dans la montagne elle-même. À son immense soulagement, le processus fonctionna. En quelques minutes, Marie eut la sensation que la montagne et elle ne faisaient qu'un. Alors, comme par enchantement, le vertige s'effaça et elle put reprendre sa progression le long de la corniche, jusqu'à rejoindre ses compagnons de cordée, qui l'applaudirent, sans comprendre ce qui s'était passé. Marie avait juste mis en éveil un état de conscience que l'haptonomie vous apprend à connaître : le prolongement de la sensation de soi au-delà des limites du corps, à la rencontre de l'autre. Généralement, cet autre n'est pas une montagne, mais un être habité d'humanité, même si cette dernière se trouve encore au stade fœtal, voire embryonnaire.

Bref, l'haptonomie met en jeu des processus variés et complexes. Pour tenter de les rassembler et d'y voir un peu plus clair, je me suis finalement adressé – dix-sept ans après ce fameux congrès – à celle qui est devenue la principale représentante de cette discipline en France : Catherine Dolto.

Présentation de l'haptonomie par Catherine Dolto

Élevée par une mère psychanalyste – la grande Françoise Dolto – et un père rhumatologue – moins connu que son épouse, Boris Dolto était lui aussi un maître dans son art, qui dirigea la grande École française d'orthopédie et de massage –, Catherine Dolto, sœur du chanteur Carlos, fut elle-même comédienne, élève d'Antoine Vitez après avoir été celle de l'École internationale Jacques-Lecoq. Mais c'est évidemment en tant que médecin qu'elle a croisé la route de Frans Veldman et qu'elle est devenue une experte en haptonomie. Elle nous reçoit dans son cabinet du Quartier latin, à Paris.

« *L'haptonomie utilise toute une série de néologismes, forgés par Frans Veldman, souvent en latin, qui rendent son accès théorique difficile aux non-professionnels, et parfois même aux professsionnels. Il y a le* conatus, *l'*extensus affectus, *le* delectatio, *le* psychotonus *ou bien la* phénoménalité de rencontre, *et une* *bonne cinquantaine d'autres termes savants. Quels sont les principaux ? Et comment ont-ils évolué depuis que vous avez commencé à travailler avec Frans Veldman il y a une trentaine d'années ?*

Catherine Dolto : Personnellement, je tombe régulièrement “amoureuse” d'un concept. Une année, je me passionnerai pour l'“intentionnalité vitale”. Une autre année, ce sera le “conatus” ou la “libido vitale”. Chaque fois, cela signifie que ma pratique clinique, mes recherches, mes réflexions sont axées autour de ce concept. Tous les étudiants en haptonomie le savent bien : on quitte un concept pour le retrouver quelque temps plus tard sous un autre angle, plus en profondeur ou de façon latérale, ou transversale, nous faisant découvrir et contempler de nouveaux aspects. En réalité, tout se tient, et c'est passionnant. Prenons la “phénoménalité de rencontre” : ce terme désigne le “corpus” (si vous préférez : l'ensemble) des phénomènes qui se mettent en acte dès que vous rencontrez l'extérieur, que ce soit un autre sujet humain, un animal, un arbre, la rue… bien sûr, la rencontre interhumaine est primordiale. Et toute rencontre induit en nous des changements : de tonus, de sécrétions hormonales, de variations dans la présence, etc. Au bout du compte, tout dépendra de ce que vous allez mettre dans cette rencontre : la phénoménalité nous en dira long sur l'intention, consciente ou pas, qui vous habite et qui est primordiale, et sur le sens que vous donnez à cette rencontre.

Quand vous évoquez les peurs qui nous hantent, parfois depuis le plus jeune âge, on dirait que vous les faites remonter jusqu'à la conception. Un embryon d'à peine quelques cellules pourrait déjà ressentir des émotions et des traumas, alors qu'il n'est encore qu'une hydre, un champignon, une morula ?

D'une certaine manière, oui, je le crois aujourd'hui, ce qui ne veut pas dire que ce soit vrai (je penserai peut-être tout autrement dans cinq ans, notre pensée évolue sans cesse, à la lumière de la clinique, de la réflexion et des connaissances nouvelles). Autant que nous puissions en juger, il semble qu'il subsiste en effet en nous des traces très, très anciennes et c'est fascinant. Mais il ne s'agit pas d'émotions telles que nous nous les représentons, nous adultes. Il ne s'agit pas forcément de traumatismes, mais de traces, d'inscriptions dans la chair, de mémoires. Ça passe certainement par les cellules. Or, toutes nos cellules se renouvellent en moyenne tous les sept ans. Comment se transmettent-elles leurs traces ? C'est aussi énigmatique que la transmission de génération en génération. Je sais que des yogis comme Sri Aurobindo ou Satprem travaillaient sur l'hypothèse d'une mémoire cellulaire. Beaucoup de gens s'interrogent là-dessus… Personne ne sait, en réalité, ce qui se mémorise ni comment. Le mot “peur” concerne l'individu conscient. Pour l'embryon, c'est certainement autre chose. La trace que nous en gardons dans la chair marque en tout cas quelque chose qu'on peut imaginer comme un repli, une contraction, un geste de fermeture, un refus. Et selon Frans Veldman, le premier sens, qui permet, même à l'embryon de quelques jours, de percevoir son environnement, est le tact qui fonde l'*hapsis*, matrice de l'intelligence humaine, toucher, “base de l'âme et de la conscience”[1].

Admettons qu'un choc in utero – *que les humains conscients appellent “peur” – fasse se contracter les cellules de l'embryon : ce simple repli cellulaire pourrait marquer ensuite toute la façon d'être de l'individu qui en serait issu ? Mais alors, si l'on pense aux multiples émotions, éventuellement négatives, que ressent la femme enceinte, il y a de quoi devenir fou, ou plutôt folle, à se dire que chacune d'elles peut déterminer le destin de l'être à venir !*

Dès le début, l'enfant est certainement sensible aux moindres variations des fonctions vitales de sa mère, de son souffle, de ses battements cardiaques, de toutes les sécrétions provoquées par ses émotions qui, de son point de vue fœtal, se traduisent notamment par des changements de goût du liquide qui constitue son univers. Pour lui, c'est chaque fois avec la totalité de son être qu'il réagit – ce que Frans Veldman appelle la “corporalité animée”, par opposition au corps, qui est un concept dualiste[2]. L'influence de la mère sur son enfant est donc gigantesque. Elle peut l'aider à affirmer son existence ou à l'affaiblir. Quel sens des responsabilités la femme doit-elle en tirer ? Il ne s'agit évidemment pas de la culpabiliser, mais de lui faire comprendre, de

1. Les concepts de l'haptonomie sont bien résumés dans le « Que sais-je ? » *L'Haptonomie*, de Dominique Décant-Paoli, PUF, 2007.

2. Pensée qui considère d'un côté le corps et de l'autre l'esprit.

l'intérieur, c'est-à-dire ressentir dans sa corporalité, que sa vie psychique, émotionnelle, affective engendre littéralement l'univers où son enfant grandit. Selon qu'elle éprouvera des sentiments de joie, d'ouverture, d'accueil, de sérénité, de tolérance, ou de tristesse, d'amertume, de fermeture, de rejet, de haine, le paysage ne sera pas du tout le même. Il m'arrive de dire qu'une mère anxieuse et une mère paisible n'ont “ni le même goût, ni la même odeur”, parce que les hormones ont un goût et une odeur. La première chose que nous faisons découvrir à une femme enceinte, quel que soit le contexte où elle vit, est de développer sa propre confiance en elle-même, en sa corporalité, en cet espace en elle délimité par son périnée, son diaphragme et son sacrum, que nous appelons le giron (les hommes aussi ont un giron !). Nous disons qu'elle doit se sentir confortable et détendue “dans sa base”. Une fois dans sa base, elle va pouvoir entrer en relation beaucoup plus facilement avec son enfant, pour lui communiquer à son tour le sentiment d'exister par lui-même, qui soutiendra plus tard sa confiance en soi.

Bien évidemment, le rôle du père, du compagnon (qu'il soit le géniteur ou pas) est essentiel. Son influence sur la grossesse est énorme. L'enfant *in utero* perçoit la qualité de la relation entre ses parents à travers la manière dont son univers est modifié par la seule présence de cet homme au côté de sa mère.

L'accompagnement haptonomique de la grossesse se fait toujours avec les deux parents. Si le père est définitivement parti, ou mort en début de grossesse, on demande à la mère de choisir un accompagnateur ou une accompagnatrice, pour que ne se développe pas entre elle et son enfant une trop étroite relation à deux.

Avoir été fœtus dans tels ou tels goût et odeur ne détermine-t-il pas ce que Veldman appelle notre "tonus de représentation" ?

C'est une notion centrale, qui inclut l'ensemble de nos différents tonus et montre combien le fait de séparer notre corporéité (le corps en tant qu'entité physiologique) en "os", "tendons", "muscles", etc., est, d'une certaine manière, une vue de l'esprit. Cet éclatement est pratique pour apprendre l'anatomie, mais en réalité nous sommes constitués d'un seul tissu multiforme, qui se transforme, ou, plutôt, tous les tissus sont en lien les uns avec les autres. Nous ne sommes pas coupés en morceaux, nous formons un tout – les cliniciens le perçoivent bien. Avec la phénoménalité de rencontre, Frans Veldman a donc trouvé une manière géniale de comprendre, avec une grande précision, de quelle façon "nous formons un tout" et comment cela peut être mis en pratique. C'est très important parce que ça nous fait sortir de la pensée dualiste. Comment fait-il donc ? En passant par l'affectif : ce qui unit tout ça, c'est en effet l'affectif.

Sans passer par la parole ? On se situe ici à des niveaux où les animaux se comportent comme nous, non ?

Avec ou sans parole, cela dépend. On peut travailler sur des mémoires archaïques "infra-langagières" – par exemple avec quelqu'un qui porte une cicatrice importante – grâce au contact tactile. Ce sera toujours extrêmement émotionnel. Mais d'autres mémoires ne peuvent se restituer qu'avec la parole. Même si nous n'avons que très peu de chromosomes de différence avec les chimpanzés, le fait de disposer de la parole représente un saut gigantesque, qui nous ouvre à l'imaginaire et au symbolique. Nous sommes essentiellement des “animaux parlant et se souvenant”, et cela change tout. Cela dit, dans la pratique, je n'oppose jamais la relation par la parole et le contact non verbal. Mais quand on réussit à établir un vrai contact avec quelqu'un, beaucoup de mots deviennent inutiles. Souvent, au début, les psy abordant l'haptonomie ont le défaut de vouloir trop parler : ils en viennent à colmater des moments de ressentis importants avec des mots plaqués du dehors. Les mots justes doivent venir simplement éclairer le ressenti. De toute façon, dans un vrai contact, ce ne sont pas les mêmes mots qui nous viennent en tant que thérapeute. Comme par hasard, ce sont souvent les métaphores de l'autre qui sortent alors de notre bouche, comme si elles nous étaient soufflées. Tous les thérapeutes le savent – et je ne parle pas forcément d'haptonomie. J'ignore comment cela fonctionne, mais c'est ainsi. »

« Le fœtus a un moi dès sa conception »

« Évoquant cette sorte de prédisposition à la télépathie, le neuropsychiatre Boris Cyrulnik évoque volontiers les “neurones-miroirs” : lorsqu'une personne en

regarde une autre agir, jouer au foot, embrasser ou chanter, les mêmes neurones s'allument dans son cerveau, avec à peine moins d'intensité que chez celle qui agit pour de bon. Le processus du neurone-miroir serait à la base de l'empathie, de la relation, de la compassion, de la culture, donc de toute existence humaine – et rater le processus, durant les premières années de la vie, pourrait vous pousser vers la folie, c'est-à-dire vers l'incapacité à ressentir ce que ressent l'autre. De son côté, le psychanalyste Didier Dumas, qui doit beaucoup à votre mère, cite volontiers le "processus originaire" de Piera Aulagnier, selon lequel, schématiquement, bien avant d'être "moi", nous aurions été un être psychique collectif, préverbal et multiforme : "moi/maman", "moi/papa", "moi/ma nounou", "moi/mon frère", etc., ne faisant qu'un, chaque fois, avec l'être en présence.

C'est intéressant, cette explication des neurones-miroirs. Mais attention, je ne pense pas que nous fassions jamais "un" avec notre mère, ni avec quiconque. Ce n'est pas la même chose que de se sentir en "covivance" avec autrui – notamment dans un "moi/ma maman", comme disait Françoise Dolto. Je crois que si nous pouvons avoir un "moi/ma maman", c'est parce que nous avons d'abord un "moi" et que chacun est sujet de son histoire, dès la conception. L'haptonomie nous le montre quotidiennement : le fœtus a son propre vouloir. Pour Frans Veldman, c'est une notion capitale : dès la conception, la vie est faite de choix, d'actions, de mouvement. Le lien mère-enfant, même dans la vie prénatale, est comme une asymptote : on peut être aussi proche de l'autre qu'on veut, on sera toujours différent, sujet de désirs disjoints. Bien sûr, pendant la vie fœtale, nous sommes dans une covivance telle que j'utilise souvent le terme d'"“indémaillable”. Un très bon clinicien peut réussir à savoir, parfois au quart de seconde, si c'est la mère qui a déclenché quelque chose, ou si c'est l'enfant en elle, ou bien le père, etc. Mais ça peut fort bien rester mystérieusement indémaillable. Et il n'est pas forcément intéressant, ni utile, d'aller fouiller là-dedans. Ça peut devenir important à certains moments, pour des raisons précises. Par exemple, si on a un doute sur le fait que l'enfant est toujours vivant. En effet, une femme peut fort bien non consciemment déplacer un enfant mort dans son ventre. Si l'on manque de doigté, dans les premiers mois de grossesse, on peut se tromper et croire que c'est l'enfant qui a bougé. Savoir faire la distinction s'avère en ce cas-là crucial.

Quand je vous dis qu'un vrai contact peut faire que les métaphores du patient en face de vous sortent soudain de votre bouche – je vais soudain me mettre à parler de cachalot, de carburateur ou de football, alors que ça m'est totalement étranger –, cela relève bien sûr de la communication d'inconscient à inconscient, mais sans qu'il soit besoin de supposer un “fondu” originaire. À mon sens, on ne fait jamais “un” avec l'autre, mais on a accès à son non-conscient. Ce phénomène se produit sans arrêt. J'ignore par où ça passe. C'est un autre mystère. Quand on discute entre thérapeutes, la plupart connaissent cela. Peu osent en parler publiquement. Cela sonne trop magique. Mais tellement de phénomènes sont cliniquement évidents pendant des années, avant qu'on en trouve le support théorique. Là, il y a deux écoles : soit on récuse la clinique au nom de l'absence de théorie pour l'accueillir ; soit on s'incline devant la clinique, ou l'expérience, en disant : “Voilà une expérience inexplicable.” Je préfère la seconde attitude, qui est la seule scientifique selon moi, quitte à prendre le risque de passer pour un idiot. Il fut un temps où les chirurgiens opéraient les bébés sans anesthésie, en traitant d'imbéciles ceux qui protestaient sans apporter la preuve formelle d'une souffrance chez le bébé. Osons parfois passer pour des imbéciles, en attendant que la science vienne donner raison à nos hypothèses.

Entrons plus dans le détail. Quand vous posez vos mains sur le corps d'une personne, enceinte ou pas, est-ce son tonus que vous ressentez et auscultez ?

Le tonus – il faudrait d'ailleurs plutôt dire les tonus, car il y en a plusieurs – constitue un exposant très précis de l'état psycho-affectif et cognitif de la personne. C'est un concept transversal extrêmement intéressant, qui rend compte d'une foule de données : quand on commence à travailler là-dessus, c'est infini ! Les modulations du tonus sont incroyablement subtiles, mais réelles. Par exemple, le simple fait de penser certains mots va imperceptiblement changer votre tonus, en particulier dans votre bassin, votre périnée, votre sacrum, votre diaphragme, etc. Apprendre à sentir cela vous donne une clé thérapeutique formidable. J'avoue que tout cela comble de joie la fille de mon père, Boris Dolto : ça réhabilite le muscle en tant que tissu noble !

Quand on “écoute” un patient en haptopsychothérapie, la plupart du temps, c'est par la paume de la main qu'on est en contact avec lui. Il parle et on l'écoute avec les oreilles, mais c'est dans la paume qu'on mesure l'importance réelle de ce qu'il dit. Les gens peuvent vous raconter des histoires, des drames affreux, des cauchemars, etc., mais, dans le creux de la main, on sent bien qu'en fait, il n'y a pas de problème, qu'il s'agit d'un drame secondaire, ou qu'il est dépassé. Et puis tout d'un coup, ils vont vous dire quelque chose d'apparemment anodin : “Hier, ma voisine m'a téléphoné…” et là, on sent dans la paume qu'il s'agit d'une donnée très importante. C'est une autre grille de décodage du signifiant dans la parole, une grille complémentaire, mais bigrement utile.

D'une manière plus ordinaire et moins subtile, n'avons-nous pas tous un radar, qui nous permet de décrypter cette métacommunication ? Et pour ramener ça au tonus, n'est-ce pas une autre façon de qualifier la qualité de la présence de quelqu'un ?

Mais si, bien sûr ! Mais une présence jaugée très concrètement. Nous sommes des êtres de chair et le tonus, c'est la turgescence des tissus qui est cruciale dans la qualité de notre présence. En fait, oui, nous parlons du support concret de la présence et de la conscience. Et le tonus de représentation est l'indice le plus sûr qui soit de l'état affectif. Le génie de Frans Veldman a été de comprendre que ce qu'il appelle le “contact psychotactile affectivo-confirmant” nous permet à la fois de contacter l'autre, de le connaître, de l'inviter à nous connaître en retour, tout en l'affermissant dans son être et en lui donnant un sentiment de sécurité et de complétude. »

Comment l'enfant « danse » dans le ventre de sa mère

« Lors d'une conférence que vous avez donnée au théâtre Mouffetard (et dont a été tiré un très intéressant DVD[1]*), vous disiez avoir été stupéfaite et ravie de découvrir que, dans le giron de sa mère, le fœtus manifestait systématiquement son tonus, ou sa présence, par une forme de balancement...*

Ce dont je me suis aperçu, c'est que quand un praticien expérimenté entre en contact psychotactile avec une personne, et qu'il parvient à l'"intégrer" en profondeur, la plaçant de ce fait dans un état de grande détente et d'ouverture à elle-même, il sent toujours un mouvement très profond, que je crois pouvoir situer autour de la base de la colonne, et qui forme comme un 8. On peut d'ailleurs le sentir chez soi-même. Ma pratique m'a montré que c'est là le mouvement de base d'une présence vivante. Il est probable que c'est en rapport avec ce que les Chinois appellent le *chi* (ou *qi*). Le fait est que, quand on approche une femme enceinte et qu'on parvient à la mettre dans cet état, l'enfant qu'elle porte

1. DVD *Catherine Dolto. L'haptonomie périnatale*, coll. « Circo », Gallimard/CNRS, 2005.

en elle sent immédiatement ce mouvement et en profite pour se balancer, tout naturellement. Tous les fœtus font ça !

Ce serait une sorte de rythme de base de la condition humaine ?

C'est possible. Ce qui s'est passé, c'est que plus j'ai travaillé, plus j'ai développé mon aptitude à entrer en contact haptonomique avec mes patients. Rien que de très normal. Or, au bout d'un certain temps, j'ai réalisé, au cours de stages, que même avec des femmes enceintes que je n'avais jamais vues, il me suffisait de poser les mains sur leur giron pour que leur enfant se mette à danser. D'abord, j'ai été très intriguée, ne comprenant pas ce qui se passait. Petit à petit, j'ai réalisé que je pouvais inviter l'enfant à augmenter son mouvement, de droite à gauche. Puis je me suis demandé : “Et si je lui proposais de tourner sur son axe ?” Et l'enfant suivait. “Et si je lui proposais de se balancer plutôt de haut en bas ?” Il suivait toujours ! Ma surprise n'a plus connu de bornes quand je me suis aperçu que l'enfant mémorisait les séquences entières auxquelles je l'avais invité et qu'il me les proposait à son tour, de son plein gré ! Au fil des ans, j'ai pu constater que certains enfants n'aiment qu'un seul balancement, et donc ne répondent qu'à cette invitation-là. D'autres parcourent toutes les premières séquences avant de vous rejoindre. La plupart passent d'un balancement à l'autre toutes les dix secondes, avec certaines préférences.

Que fait la mère pendant ce temps ?

Elle accompagne le mouvement de l'intérieur, forcément, même si elle n'en est pas consciente. Dans ces moments-là, il n'est pas toujours évident de savoir qui démarre : la mère ou l'enfant ? Mais si la mère se fige, tout s'arrête : l'enfant ne peut pas danser “malgré sa mère”. Et vous, de l'extérieur, vous ne pouvez plus le contacter non plus. Par contre, elle peut impulser le mouvement, le suggérer. Si elle sent le mouvement de balancement en elle, son influence peut être grande. C'est tout son giron qui devient conscient, ce qui représente bien davantage que son utérus. Parce que l'utérus seul n'est qu'un muscle contractile. L'utérus est pris dans un tout, entre diaphragme et périnée. C'est un ensemble. À partir du moment où la femme vit son utérus comme un lieu d'accueil, ce qui correspond au vieux mot de “giron”, elle peut devenir initiatrice de ce mouvement, de ce balancement, de cette danse, et entrer dans une communication extrêmement profonde avec l'enfant qu'elle porte. Je dois dire que cette capacité de mémorisation de l'enfant au stade fœtal m'a énormément interpellée. Le fait qu'il puisse prendre l'initiative et devenir “proposant” est plus que troublant.

Comment définir l'état dans lequel vous aidez la femme à se mettre quand se déclenche ce mouvement au fond de son giron ?

C'est un état de présence active à son enfant, et de ce fait à elle-même. Rien de plus. N'importe qui peut connaître cela. Dans le cas de la femme enceinte, cela donne l'occasion d'une rencontre, d'un appel. Qu'est-ce que ce mouvement ? Quel est son substrat anatomique ? Je n'en sais absolument rien ! Je pense que je vais passer ma vie à essayer de le savoir ! Mais impossible de le nier, ça existe. Et l'enfant se balance dessus. À nous ensuite d'en profiter. Là, ça devient culturel. On apprend à l'enfant qu'en dehors de ce balancement primitif, gauche-droite qu'il trouve tout seul, il y a des haut-bas, des roulés sur soi-même, des rotations qu'il n'initierait pas spontanément. Il faut qu'un autre, une grande personne, lui montre. Ensuite, il mémorise vite et vous le signale en devenant proposant.

Comment vous rendez-vous compte que c'est l'enfant qui propose ?

C'est juste évident ! On est là, on entre en contact, on s'installe et voilà qu'il se balance comme ceci ou comme cela. C'est tout simple. Après, on reste en contact. Et on sent qu'il change. Ces moments de changement sont très amusants. Il commence par une rotation sur son axe, et brusquement, voilà qu'il se balance de droite à gauche, ou de haut en bas, avant de repartir dans autre chose. Une fois que les parents ont compris ce jeu, ils peuvent infléchir ce mouvement, en fonction aussi de leurs envies. Les parents peuvent aussi avoir envie de juste rester aux aguets, pour savoir ce que l'enfant veut. L'important est qu'ils le respectent et soient ensemble à son écoute.

À ce moment-là, l'influence de la mère sur son bébé peut devenir une véritable bénédiction ?!

Oui, en particulier parce que en partageant cette expérience avec lui, elle va lui communiquer qu'elle le ressent comme beau et bon. Cela prend tout son sens, parce que c'est partagé avec le père. Cela revient à signifier à l'enfant qu'il est humain ! Cela vous intrigue ?

C'est peu dire ! D'une certaine façon, l'haptonomie nous fait certainement découvrir quelque chose d'inhérent à la nature humaine et de très ancien. Et en même temps, vous induisez un comportement qui n'a sans doute jamais existé dans l'humanité. Vous défrichez donc un champ inédit, grâce à des outils nouveaux. Vous créez du jamais vu. À l'aube de la vie, ça n'est pas anodin !

C'est vrai que le “roulé” du fœtus sur son axe, ou le balancement de haut en bas n'existent sans doute pas spontanément dans la nature. Je n'y avais jamais songé, c'est une idée qui me plaît. »

Où le travail sur le fœtus nous enseigne un art de vivre

« *Pouvez-vous nous en dire plus sur la façon dont Frans Veldman a eu l'intuition de l'haptonomie ?*

Il l'a souvent raconté. Depuis tout petit, c'était un passionné de l'être humain. Après la guerre, il s'est mis à travailler avec des personnes en détresse. Et puis il y a eu cette fameuse épidémie de poliomyélite, durant laquelle il a assisté des femmes paralysées qui accouchaient sous poumon d'acier. C'est alors qu'il a senti pour la première fois des enfants *in utero* réagir à son contact. Il a fait le lien et s'est attelé à un travail pré- et postnatal, avec une idée de prévention, pour limiter les traumatismes. Comme Françoise Dolto inventant la Maison verte. C'est du même ordre. Il s'agissait d'imaginer une façon d'accueillir et d'élever qui serait prophylactique. Je crois que tous les thérapeutes en ont assez de voir des gens souffrir, pris dans des histoires où vraiment on a *fabriqué du malheur* et qu'ils cherchent des outils de prévention. Que peut-on donner de plus à un enfant que cette sécurité affective, ce trésor inépuisable ? Dans l'état actuel de mes connaissances, je ne peux rien imaginer de mieux. Si on a des bonnes racines, on peut voler !

Ce qui est amusant, c'est que toutes les grandes traditions, tous les grands corpus de connaissances sur l'être humain, du moins à ma connaissance, se retrouvent toujours autour des mêmes choses. Une patiente me dit : “Mais vous me posez vos mains sur mes chakras !” Je réponds que je n'en sais rien. Ce n'est pas tout à fait vrai, mais ce n'est pas parce que les chakras se trouvent ici ou là que j'agis comme je le fais. C'est parce que je sens qu'il faut que je pose ma main là, c'est tout.

Je peux comprendre le côté défensif qu'a parfois Frans Veldman : quand on témoigne de sa pratique, on trouve toujours des “comparateurs universels”. Comme le type qu'on emmène à Shanghai et qui vous dit : “Ah oui, ça ressemble un peu à la gare de Romorantin." Ou ces gens à qui vous montrez un tableau et qui vous disent : "Ça ressemble à Picasso." Même si c'est vrai, on s'en fiche ! Ce qui compte, c'est la différence. L'haptonomie ressemble à un tas de choses. Et alors !? Ce que ça apporte de nouveau, c'est la phénoménalité et l'utilisation thérapeutique et éducative de l'affectif.

L'haptonomie est un art de vivre. Un art de soigner, un art d'éduquer, un art de prendre soin de soi et de l'autre. Plus on travaille, plus on développe ses capacités. Et on tombe sur des choses magnifiques. Il ne s'agit pas de "croire" : il faut s'exercer durant des heures pour "sentir". Avec le temps vient un affinement des sens. Comme n'importe quel artisan développe sa discipline. Nous sommes le violon, la vie est un archet. Il faut travailler dur. Plus on s'exerce à sentir, plus on sent et plus on développe ses capacités, plus on approfondit l'art de la rencontre.

Parlant de soins thérapeutiques à prodiguer à quelqu'un, vous disiez un jour que cela pouvait se faire "en direct ou à distance", qu'entendiez-vous par là ?

On peut très bien "entourer" quelqu'un d'une présence, sans même qu'il s'en rende compte, il y sera sensible. On peut ainsi, à distance, bloquer le diaphragme thoracique et le périnée de quelqu'un, ou le débloquer. L'enfant *in utero* perçoit à distance toutes ces variations chez son père, et à travers sa mère chez les professionnels qui entourent celle-ci.

Que deviennent les "enfants haptonomiques"?

On en a aujourd'hui une idée assez précise. Frans Veldman a dû commencer son travail périnatal dans les années 1960. Je l'ai suivi une quinzaine d'années après. J'ai ainsi récemment accompagné la grossesse d'une femme que j'avais connue quand elle était dans le ventre de sa mère ! Avec le temps, on relève des constantes. Plus un enfant est libéré de la peur, plus il éprouve un sentiment de complétude, de sécurité, d'autonomie, plus il est libre de développer ses potentialités. Dans l'ensemble, j'ai l'impression qu'en majorité les bébés bien accompagnés haptonomiquement développent déjà leurs capacités de rencontre *in utero*. Dès la naissance, ils ont un meilleur tonus de posture – avoir explicitement mis leur corporalité au service d'une communication a stimulé leur système nerveux, leurs muscles, leur colonne vertébrale… En général, ils sont plus éveillés, plus sereins, plus faciles à vivre que la moyenne. C'est très embêtant de parler comme ça, parce que tout de suite ça semble vanter un outil de productivité ! Mais il est clair que le contact prénatal développe une vivacité de réflexion, une capacité à prendre position. Des caractères bien trempés. C'est aussi pour ça que le travail postnatal est si important : ce sont des enfants qui ont besoin d'être contenus. Ils ont tellement confiance en eux ! Ce sont des bébés idylliques, ce qui simplifie énormément le travail du pédiatre : quand ces bébés-là pleurent, c'est vraiment que quelque chose ne va pas. Autrement dit, ils sont faciles à soigner. Je m'en suis d'autant mieux rendu compte que, pendant des années, j'ai continué à soigner toutes sortes d'enfants.

Ça change la sémiologie pédiatrique. Il faut faire attention : on ne peut plus se fier au fait que le bébé arrive en souriant dans votre bureau. Vous vous dites : "Il va bien." Eh bien pas forcément, il peut avoir une otite. Mais vous auriez pu passer à côté, parce qu'ils sont tellement dans la rencontre et la présence, qu'ils en oublient la douleur et peuvent avoir l'air d'aller très bien. Ils ont une étonnante élasticité, une plasticité, une confiance en soi. Désormais, beaucoup de pédiatres le savent et vous disent : "Tiens, votre bébé, il n'aurait pas fait de l'haptonomie, par hasard ?"

Je vous crois tout à fait – même si toute nouvelle méthode apporte à ses praticiens un enthousiasme qui, souvent, décline ensuite, quand elle se banalise. De toute façon, cela n'empêche évidemment pas qu'un génie puisse naître d'un viol et un enfant "hapto" se retrouver handicapé...

Ce que je crois, c'est que le contact affectif et le sentiment de sécurité potentialise le génome et que, s'il y a handicap, cela permettra à l'enfant de trouver plus facilement des systèmes de compensation. C'est la dimension épigénétique, c'est-à-dire l'influence du milieu sur le génome, qui est mise en acte dans l'accompagnement haptonomique de la grossesse.

Pourquoi ces enfants ont-ils besoin d'être "contenus" ?

Parce qu'ils sont plus présents, plus confiants en eux et en l'autre, et vont donc chercher vos limites en poussant plus loin que d'ordinaire. On entend dire parfois : “Ce sont des bébés indomptables !” C'est vrai si le travail postnatal n'est pas bien fait. Si les parents laissent tomber trop vite, ça peut donner des enfants trop puissants : il est essentiel de les maintenir dans un cadre strict à partir de la marche acquise et jusqu'à quatre ou cinq ans. Si on le fait, cela donne des personnalités formidables…

Vous voulez dire qu'il faut les éduquer comme on les a portés, puis mis au monde, c'est-à-dire en renforçant leur sentiment de “sécurité de base”, dans une “confirmation affective”, pour reprendre des termes clés que l'haptonomie a popularisés… C'est d'ailleurs curieux : vous n'utilisez pas beaucoup ces mots-là vous-même !

Ce sont les tartes à la crème de l'haptonomie. Leur fond est évidemment juste. Mais je trouve que certains haptothérapeutes accordent tellement d'importance à la “confirmation” qu'ils en oublient le reste, qui est, selon moi, crucial. Je pense en effet que la thérapie ne commence que si l'on dépasse la confirmation et qu'on en appelle à l'“intentionnalité vitale” – un terme pour moi essentiel. La fameuse “confirmation affective” n'est là que pour permettre la manifestation de cette intentionnalité. On le voit bien en haptothérapie : s'il n'y a que la confirmation, la cure n'avance pas. Pour que ça devienne thérapeutique, il faut qu'il y ait appel et réponse à cet appel, donc expression d'une intention. Vous comprenez ? Que vous soyez adulte, enfant ou fœtus, tout est dialogue. Je vous appelle : répondez-vous ? Je vous confronte : que faites-vous ? Là, ça devient intéressant. Bien sûr, *confirmer* est nécessaire. La plupart des gens vivent dans une telle insécurité affective qu'il faut d'abord en passer par là. Mais ça ne suffit pas.

J'avoue que, pour l'instant, ce qui m'intéresse le plus, en dehors des histoires de mémoire et de traces, c'est cette question de l'“appel”. Il y a chez chacun une foule de choses dont il ne sera jamais conscient si personne ne les appelle. L'ethnologue Germaine Tillion, grande résistante, dit : “Tant de gens mourront sans savoir s'ils sont des salauds ou des héros, parce que la vie ne leur a pas donné l'occasion de le savoir.” C'est un peu de cet ordre. Même si nous sommes dans la grande pathologie, il y a dans la rencontre quelque chose qui doit appeler en nous ce qui est sain. Il y a toujours un petit bout de nous qui est sain. Qui est beau. C'est à celui-là que l'on s'adresse. C'est ça, la dynamique de l'appel. Un dialogue des souffles. Ça va de périnée à périnée – de hara à hara, diraient sans doute les Orientaux – et ça passe par la paume de la main, qui est l'expression de notre présence.

Je ne conçois pas l'haptonomie comme passive. Pour moi, elle commence dès qu'il y a un dialogue. On pose la main et l'autre, qui peut encore être *in utero*, répond. C'est un dialogue constant, jamais figé. C'est d'ailleurs ce que nous a appris la psychanalyse : si personne ne s'adresse à nous en tant que sujet, nous ne pouvons pas nous développer comme un humain. Il ne suffit pas d'être né génétiquement d'un homme et d'une femme, pour devenir humain. Il faut, en plus, être appelé dans une dynamique. Et cela n'est pas qu'une affaire de mots, mais de chair et d'inscription des signifiants dans la chair.

Seule une "intention incarnée" serait à même de nous humaniser ?

On pourrait dire ça. La théorie haptonomique développe ces idées avec beaucoup de raffinement, je vous invite à la consulter. Frans Veldman a rassemblé quelques schémas très parlants dans son ouvrage *Haptonomie. Science de l'affectivité*[1]. À la base, rien de compliqué, il s'agit des pulsions les plus primitives : est-ce que je veux m'approcher ou m'éloigner ? Est-ce que je veux retrouver cette situation ou surtout plus jamais ? Quand un être humain est bien contacté, bien confirmé, cette balance interrogative en lui se libère, le mettant en éveil. Ce qui l'amène au discernement. Et s'il y a discernement ("Je sais si c'est bon pour moi ou pas"), alors son "intentionnalité vitale", c'est-à-dire sa façon personnelle de vouloir exister en tant qu'humain, peut s'exprimer – parfois par un simple geste. Le problème, encore une fois, c'est qu'il y a des gens qui ne peuvent pas arriver au discernement, parce qu'ils souffrent d'une immaturité affective trop profonde qui a pour origine la carence affective. Le premier pas consistera donc à tenter d'abord de leur redonner une

1. Frans Veldman, PUF, 1990.

sécurité de base. Quelquefois, on va les prendre dans les bras, comme des bébés, jusqu'à ce qu'ils aient développé ça. Peu à peu, ils vont se découvrir une capacité de discernement, donc d'intention. Cela se fait avec le contact et la parole… La grande différence avec la psychanalyse, c'est que l'haptonomie travaille sur le moi conscient.

C'est vrai qu'en psychanalyse, le conscient n'est pas vraiment une instance…

Alors que c'en est une si belle ! Évidemment, quand Freud a découvert l'inconscient, le "moi conscient" était terriblement névrosé, très surmoïque, très moraliste et judéo-chrétien, épouvantable. Les esprits lucides exultèrent donc de pouvoir le mépriser, pour aller aduler l'inconscient. Ensuite, le pauvre moi conscient a été repris par la pensée positive américaine : "Soyez heureux ! Si vous le voulez, vous le pouvez !" Autre avatar. Mais si on le dégage de tout ce bazar, le moi conscient devient le *for intérieur* et c'est magnifique : c'est ce qui fait de nous des êtres éthiques. Certes, repérer les processus inconscients est essentiel aussi. Mais l'haptonomie accorde une grande importance au savoir non conscient, qu'il faut savoir distinguer de l'inconscient psychanalytique, lieu de pulsions et de refoulement. Ce savoir non conscient est transmis. C'est de la combinaison de la conscience et du non-conscient que peut émerger une personne libre de ses réflexions et de ses actions.

Une personne adulte ?

Enfant ? Adulte ? L'enfant, ce n'est pas l'infantile. Vous savez, Françoise Dolto nous invitait à voir quelle parfaite continuité conduisait le sujet humain, avant et après la naissance, comme si le noyau demeurait constant. En ce sens, cet être, qui est celui auquel l'haptonomie s'adresse, est une incarnation du désir mis en acte et cela n'a pas d'âge. Veldman, quand il en parle, dit aussi bien qu'il s'agit d'une “corporalité animée” que d'une “âme incarnée”. Jean-Louis Revardel évoque “l'intemporel de l'être [1]”. »

*

Notre conversation avec Catherine Dolto dériva ensuite en direction du bouddhisme et des spiritualités d'Orient, qui partagent un nombre certain de valeurs avec l'haptonomie, notamment la compassion et l'idée qu'il existe un « fonds humain commun » auquel nous pouvons nous relier en travaillant sur nous-mêmes. Là où les deux approches diffèrent par contre radicalement, c'est dans l'importance qu'elles accordent à la personne, à l'individu : insignifiante, dans l'absolu, pour le bouddhiste ; essentielle et irremplaçable, pour l'haptothérapeute.

Cette conversation aurait pu durer des heures, tant nous avions d'idées et d'expériences à échanger. Il fallut pourtant l'interrompre, à regret. J'avais rendez-vous

---

1. Jean-Louis Revardel, *Haptonomie et pensée moderne*, PUF, 2003.

avec d'autres praticiennes, travaillant « à la base ». Des sages-femmes. Dont je souhaitais connaître la vision des choses sur toutes ces données et idées fantastiques, dont je me demandais ce qu'elles deviennent dans la vie ordinaire et quotidienne de nos contemporains.

8

Sages-femmes à la croisée des chemins

Ce qu'en pensent des praticiennes de terrain

Des amis communs m'ont fait rencontrer Nicole Andrieu, une jeune sage-femme strasbourgeoise qui, poussée par les circonstances, a appris le langage des signes pour pouvoir assister les futures mères sourdes. Ceux qui bénéficient d'une ouïe en bon état ne se rendent pas compte de ce que vivent les sourds, spécialement lors des grandes épreuves, quand n'importe qui aurait tendance à se retrouver perdu. Certaines histoires d'accouchement de femmes sourdes sont à désespérer – même leur propre corps leur devient étranger ! Aujourd'hui, quand elle débarque chez une femme enceinte « mal entendante », Nicole Andrieu emporte avec elle un poupon grandeur nature accroché à son placenta, plus un squelette de bassin féminin et une série de dessins représentant les différentes positions de l'enfant dans le giron maternel. Pour les femmes sourdes qui ont déjà accouché « normalement » et s'en souviennent avec effroi, c'est un bonheur. Tout d'un coup, elles comprennent. Et la nouvelle sage-femme, parlant leur langue gestuelle, peut répondre à leurs questions.

Nicole Andrieu travaille en libéral. Et en équipe avec Valérie Supper-Huyard qui, dans le réseau des sages-femmes alsaciennes autonomes, présidé par Nicole, joue un rôle de formatrice et de leader. Les hasards de la vie et des reportages m'ayant conduit de ce côté-là de la France, c'est avec ces deux praticiennes que je vous propose de conclure cette partie de mon enquête. Pour moi, c'est une façon de faire valider par des femmes de terrain les différents points de vue rencontrés jusque-là.

Nous sommes donc à Strasbourg, le 16 janvier 2006. Je vous livre telle quelle la longue conversation que nous avons eue à trois ce jour-là. Je leur expose mes découvertes, mes croyances, mes interrogations, qu'en pensent-elles ?

« *Depuis quelques décennies, il semble que vous, les sages-femmes, ayez été plus ou moins éliminées de la scène. Comment voyez-vous l'évolution de l'enfantement dans notre société ?*

Valérie Supper-Huyard : Voilà cinq ans que, dans les instances, à Paris, dans les ministères, dans les écoles, et même à la Sécurité sociale, émergent des rapports alarmistes : nous avons l'un des systèmes les plus médicalisés du monde, or, au niveau européen, les chiffres français sont mauvais : mortalités infantile et maternelle restent plus fortes chez nous que chez nos voisins. Le premier rapport négatif est sorti en 1998. Il a fallu trois ans pour que cela déclenche un mouvement. Désormais, tout le monde est très officiellement d'accord pour dire qu'il faut rectifier le tir, même si la mise en application tarde. Il existe des volontés politiques pour soutenir les parents et les professionnels favorables à une “naissance physiologique”, comme nous disons, c'est-à-dire plus naturelle. C'était impensable il y a encore dix ans.

Quand Lionel Jospin était Premier ministre, certains espéraient qu'il pourrait faire quelque chose, par exemple pour les maisons de naissance, puisque sa mère était sage-femme. C'était évidemment très naïf, il ne s'est rien passé. Alors que le mouvement d'humanisation se poursuivait, en Angleterre par exemple, où un accoucheur d'avant-garde comme Michel Odent, favorable aux maisons de naissance, ouvertes à un accouchement soft, a finalement dû s'exiler !

Valérie : Il y a également beaucoup de maisons de naissance en Allemagne et en Suisse – pour nous, Alsaciennes, c'est la référence qui compte. Mais on pouvait aussi avoir l'impression que les maisons de naissance étaient un os qu'on donnait à ronger aux sages-femmes pour qu'elles restent tranquilles sur le reste. Après le rapport de 1998, beaucoup de rencontres ont été organisées en France, entre sages-femmes et associations de parents, pour mettre en place ces maisons de naissance, appuyées par le Netzwerk, leur réseau international, avec un cahier des charges précis. Mais ce ne fut qu'un feu de paille. Les gouvernements se succédant, rien n'a abouti.

Avouons cependant que les sages-femmes n'en ont peut-être pas vraiment eu envie non plus, effrayées par le poids de la responsabilité d'une maison de naissance exclusivement tenue par elles. Il ne faut pas incriminer seulement les politiques ou les gynécologues. La sage-femme française y est pour quelque chose aussi : où en est-elle aujourd'hui dans sa pratique ? Comment voit-elle son champ de compétence ? Avec qui veut-elle travailler ? Je vois des jeunes sages-femmes, parfois encore élèves, qui ont de nouvelles envies d'engagement, alors qu'il y a dix ans, leurs aînées n'étaient plus que dans la technique – seules les très anciennes s'intéressaient encore à des choses comme "l'accompagnement de la naissance", qu'elles avaient connu à leurs débuts.

Ah bon ? Je les imaginais plus écologistes !

Valérie : Pour l'instant, dans beaucoup de régions de France, ce qui domine encore, c'est un désinvestissement des sages-femmes vis-à-vis d'initiatives "écologiques" ou "autogestionnaires", alors que, paradoxalement, ce serait plutôt les politiques qui aimeraient progresser dans ce sens, au moins un peu, pour essayer de combler le retard évident que nous avons pris par rapport aux autres pays d'Europe. Cela dit, si quelque chose démarrait vraiment, je pense qu'il y aurait moyen de motiver les troupes. Indépendamment de la maison de naissance, au sein même de l'hôpital, on peut sentir actuellement une peur du rouleau compresseur qui va fermer les petites maternités, comme les petits services d'urgence ! Après des années de bagarre, ma réaction, aujourd'hui, serait presque de dire : "Eh bien, qu'ils les ferment ! Une fois qu'ils se seront cassé la figure, ils seront bien obligés de corriger le tir." »

L'arrivée des « doulas »

« *Vous prêchez la politique du pire ?*

Valérie : Oui, ce sera si terrible que tout le monde voudra que ça s'arrête, autant du côté des sages-femmes que des patientes. L'important, ce sont quand même les patientes. Mais à notre époque, les femmes n'ont plus beaucoup d'enfants. Elles ne peuvent donc pas vraiment tirer la leçon : la première fois, elles sont déçues ; la seconde, elles essaient de faire mieux et l'affaire s'arrête là ! Elles ne constituent donc pas une force dynamisante. Quant aux sages-femmes, j'en forme depuis dix ans et je sens bien qu'elles aussi, maintenant, veulent surtout la paix. Tous ces facteurs ont tendance à figer la situation. Pourtant, je sens de nouveaux potentiels dynamiques…

Il se passe, par exemple, quelque chose de merveilleux : les *doulas* arrivent en France ! On appelle ainsi des accompagnantes de la naissance, qui ont fait un an de formation (une école vient d'ouvrir au centre de la France[1]) : ce sont obligatoirement des mères qui apprennent des notions élémentaires d'obstétrique et dont le rôle, au moment de la naissance, est d'être présentes, pour faire ce que la sage-femme ne fait plus depuis longtemps : tout ce qui est humain, relationnel,

1. Pour les formations de *doulas*, le lecteur peut consulter le site : www.doulas.info/formations.php

paroles et gestes de réconfort, etc. Personnellement, je déplore ce désinvestissement de notre corporation, mais je suis obligée de le constater. J'ai d'ailleurs pris l'habitude de former les parents à se débrouiller tout seuls pour des tas de choses, sans sages-femmes. Et maintenant que ces *doulas* débarquent – à la demande des futures mamans –, brusquement, les sages-femmes se réveillent : “On nous prend le plus beau morceau de notre métier !” Elles s'étaient endormies. Les *doulas* secouent le cocotier de la “sage-femmerie” française.

Nicole Andrieu : Dans les grandes maternités, les sages-femmes font ce qu'elles peuvent, mais elles sont débordées !

Valérie : C'est justement là le problème. On leur demande systématiquement autre chose que d'être dans l'humanité, et elles se plient, elles ne se révoltent pas. Les *doulas* arrivent donc pour remplir une fonction délaissée. Du coup, nos sages-femmes vont peut-être réfléchir à ce qui les empêche d'accueillir les mères et les bébés, de participer à tout ce qui, à mon avis, peut faire qu'une société soit plus humaine.

Nicole : Mais les sages-femmes ont l'impression qu'elles ne peuvent rien faire : débordées par les démarches administratives, submergées par le nombre des accouchées, elles n'ont plus le temps de s'asseoir sur le bord d'un lit et de parler…

Valérie : Absolument. Et le mari, même bienveillant et actif, ne pourra jamais remplacer la présence d'une autre femme aux côtés de celle qui accouche. L'enfant naît donc dans des conditions de stress, de surmenage, de peur. Cela dure depuis vingt ans maintenant et nous commençons à en voir les résultats : la violence d'une certaine adolescence dans les cités, où même les “grands frères” sont débordés par les teen-agers, correspond à toute une génération. Comment sont-ils nés, à votre avis ? Je suis persuadée que les conditions de la naissance ont une influence déterminante dans la fondation des structures de la personne.

Sur ce plan, selon vous, les Français sont plus irresponsables que les Allemands ?

Valérie : En Allemagne, les femmes ont le choix. Elles peuvent accoucher dans un grand centre, où l'on médicalise à 100 % “à la française” ; ou dans une petite maternité locale ; ou dans un lieu alternatif ; ou encore à la maison (ce qui, en France, est devenu quasi impensable). Cela dit, chez eux aussi, les petites structures commencent à être menacées. Mais les femmes allemandes disposent d'un accompagnement d'une autre qualité parce que, paradoxalement, là-bas, les sages-femmes n'ont pas notre complexe de supériorité. C'est qu'ici, voyez-vous, nous sommes des “médicales” et nous nous en gargarisons. C'est flatteur d'avoir une formation poussée, mais dans les faits, les sages-femmes allemandes, moins fortes en formation théorique, s'occupent de beaucoup plus de choses que nous. Le bouclier médical de la sage-femme française lui donne des responsabilités trop lourdes, de plus en plus juridiques – si bien qu'elle a une tendance croissante à “ouvrir le parapluie”, comme les médecins. Les sages-femmes allemandes sont beaucoup plus relax et actives : elles donnent des consultations larges, prescrivent des contraceptifs, conseillent en matière d'allaitement… Il faut dire qu'outre-Rhin, toute la société est favorable à l'allaitement maternel et aux médecines naturelles.

Nicole : Si je compare la France et l'Allemagne, la différence est grande. Et leurs chiffres (d'épisiotomies, de césariennes, de mortalité, etc.) sont meilleurs. Cela dit, il est vrai qu'ils font moins d'enfants que nous – à peine un bébé par famille, alors que nous tournons autour de 1,9, voire 2 – si bien que leur système est économiquement menacé, à terme. À une vingtaine de kilomètres de Strasbourg, ils viennent de fermer une petite maternité où beaucoup d'Alsaciennes allaient accoucher.

Reparlez-moi de ces fameuses doulas. *Sont-elles légalement autorisées en France ?*

Valérie : La *doula* vient d'Amérique, des pionniers du Far West où, traditionnellement, en plus de la sage-femme classique qui aidait la femme à accoucher chez elle, une autre femme venait l'assister pendant quelques jours dans les tâches ménagères, les soins du bébé, etc. – la mère ou la belle-mère se trouvant trop loin. Aujourd'hui, les femmes américaines qui prennent soin d'elles-mêmes sont très attachées aux nouvelles *doulas* –

et une amie française, qui a accouché là-bas, n'en revenait pas que nous n'ayons pas généralisé le système chez nous. En fait, c'est comme si la femme arrivait à la maternité avec sa sœur. On ne peut pas interdire la présence d'une sœur… Elles sont payées par l'accouchée, comme un psy. Certaines maternités les accueillent bien (là où les sages-femmes reconnaissent qu'elles n'ont pas le temps), d'autres beaucoup moins. Mais c'est encore trop récent pour que l'on puisse tirer un bilan. »

Points de vue de sages-femmes sur la péridurale

« *En vingt ans, mon enquête a vu énormément évoluer un point crucial de la nouvelle manière d'enfanter, c'est l'anesthésie péridurale. Au début des années 1980, c'était encore un sujet de polémique très vive, alors qu'aujourd'hui, on pourrait s'imaginer que c'est devenu indiscutable !*

Valérie : Je travaille sur la douleur et sur l'histoire de Fernand Lamaze, l'obstétricien qui a importé en France la “méthode psycho-prophylactique” russe. À mon avis, il a commis l'erreur d'appeler ça “accouchement sans douleur” (ASD). C'était dans les années 1950, au temps de la foi dans la science à son stade naïf absolu. On y a cru à fond. L'ASD a pris son essor européen depuis la France, et non depuis l'URSS, en direction de l'Allemagne, de la Norvège, du monde entier. On avait enfin une alternative à l'horreur de la naissance, et sans anesthésie générale ! Trente ans plus tard, vous revenez en France, la “patrie de l'ASD”, et que voyez-vous ? Fini tout ça ! La péridurale a tout remplacé. Pourquoi ? À mon avis, il faut partir du mouvement de “libération des femmes”.

Les femmes de l'après-68 voulaient être égales aux hommes. Égales, pas complémentaires ! Deux mille ans de soumission, stop ! Je prends la pilule quand je veux, j'avorte si je veux, j'ai un enfant avec qui je veux, quand je veux et j'accouche comme je veux. Or, l'ASD porte un nom inapproprié : ce n'est pas un accouchement sans douleur… Les Françaises sont-elles moins résistantes que les Russes ? Toujours est-il que, brusquement, les femmes françaises ont réalisé que cet accouchement sans douleur, c'était “du pipeau” et que ça faisait quand même très mal ! Alors, au lieu de décider de travailler sur la nature de ce mal et d'en faire l'occasion d'une introspection, elles ont exigé l'accouchement *vraiment* sans douleur, “maintenant, tout de suite” ! Et c'est là que la péridurale est arrivée. À leur demande, les anesthésistes se sont mis au service de ces Françaises d'élite – profs de fac, psy, chefs d'entreprise, avocates, journalistes, ingénieurs –, qui bousculaient tout et plaçaient spontanément la question sur un terrain d'égalité avec les hommes, assimilant l'accouchement à une opération comme une autre : “Si on vous retire un kyste du ventre, monsieur, prétendrez-vous peut-être que vous ne vous ferez pas anesthésier ?” C'est ainsi que 90 % des Françaises accouchent désormais sous péridurale, alors que la moyenne mondiale est de 10 % !

Il y a là comme un vice de forme, une espèce de tautologie : d'une part, parce qu'un accouchement, quoi qu'on en dise, n'est pas une maladie ; d'autre part parce que les anesthésistes, de leur côté, voient défiler tellement de grossesses pathologiques (c'est leur métier), se terminant par césarienne, que pour eux, l'accouchement “normal”, sous péridurale, leur apparaît comme la bonne voie, quasiment naturelle ! On entend ces gens-là couramment dire aux femmes enceintes des énormités telles que : “Madame, sans péridurale, vous n'y arriverez pas.” Ils le croient ! C'est leur réalité ! Et ils transmettent cette limitation aux jeunes femmes. C'est un véritable nocebo (le contraire d'un placebo, et ça marche hélas aussi bien). Mais leur vision n'est pas la réalité de la naissance pour toutes les femmes.

Il y a donc un travail de fond à fournir, d'éducation et de formation, un bilan général à amorcer que chaque femme doit s'approprier, des questions à poser. Que gagnent et que perdent la mère et son enfant, selon le mode d'accouchement choisi ? Comment ne pas tenir compte du fait que toute l'histoire de la féminité est traversée par l'idée que l'enfantement constitue une étape initiatique fondamentale ?

Nicole : Il existe des femmes qui vous disent, arrivées à leur huitième enfant : “Ce fut chaque fois une extase différente !” Aucun homme opéré, ventre ouvert, ne vous dira ça ! L'enfantement n'est catégoriquement pas réductible à une opération chirurgicale. Donner vie à un enfant représente un enjeu de découverte spirituelle gigantesque. Se sentir fondatrice d'un nouvel être, d'un élan de vie démarrant de zéro, actrice d'humanité, procure un sentiment si fort qu'une certaine douleur peut être volatilisée comme fétu de paille !

Valérie : Cela dit, nous sommes tous devenus très douillets. Hommes et femmes, au moindre bobo, vite, un médicament ! Si vous replacez ça à l'échelle historique, écologique, planétaire, est-ce adulte et raisonnable ? Je ne sais pas.

Oui, mais est-ce réversible ? Grâce au Pr René Frydman, une amie avait bénéficié de l'une des premières péridurales de France. Quand elle est retournée voir son accoucheur et qu'elle lui a dit ce qui s'était ensuivi – un grave épisode schizoïde –, il lui a répondu qu'en toute logique, il faudrait passer un contrat moral avec les femmes désirant bénéficier de la péridurale : en échange de l'anesthésie, qu'elles optent pour une préparation sérieuse, de manière à conscientiser l'ensemble de leur grossesse. Le paradoxe, a alors ajouté Frydman, c'est qu'une fois bien préparées, s'étant introspectées comme jamais dans leur vie, certaines femmes décident finalement de se passer d'anesthésie, suffisamment sûres d'elles pour accoucher "à l'ancienne".

Valérie : Ce contrat moral serait absolument génial. Le problème, c'est qu'on a exactement l'inverse qui se produit ! Rassurées par la perspective de la péridurale, beaucoup de femmes ne préparent plus rien du tout ! Encore moins qu'avant ! D'autant que la Sécurité sociale rembourse de moins en moins bien les préparations – curieusement, ce recul a d'ailleurs commencé à l'époque où ce bon Dr Frydman était consulté comme référent par le ministère de la Santé. On s'est mis à entendre les officiels dire : "Puisqu'il y a la péridurale, plus besoin de préparation !", ou même : "La préparation, c'est de la foutaise !"

Alors que votre contrat moral – "péridurale oui, mais avec une préparation" – serait vraiment très intelligent. Les femmes agiraient en connaissance de cause. Pendant des années, les sages-femmes se sont battues. Je pense notamment au rapport de l'association Sages-femmes et recherches (SFER), de Montpellier, qui a montré – à Frydman, justement, je crois – à quel point la préparation était importante. C'est ce dossier qui a fait changer les choses, poussant les autorités à revenir provisoirement sur la décision de ne plus rembourser, en attendant qu'on ait évalué la préparation. Les sages-femmes sont sûres d'elles et disent : "Mais évaluez-nous donc !" Sept ans après, ça commence à peine, à vouloir se faire, doucement… Ce serait d'autant plus justifié que, depuis les années 1970, la préparation s'est améliorée, alors que l'ancien "accouchement sans douleur" avait fini par être ressenti comme une méthode de bonne femme, avec sa respiration du petit chien !

Nicole : Il y a encore beaucoup d'hommes, chez nous, qui ne veulent pas assister aux séances de préparation de leurs femmes à cause de cet aspect "bidon". Alors que ça n'est plus du tout comme ça que ça se passe.

Valérie : C'est comme pour la contraception. Dans les années 1970, les doses des contraceptifs étaient très élevées. Trente ans plus tard, les femmes de cette époque ont dépassé la cinquantaine et beaucoup ont eu un cancer du sein ou de l'utérus, provoqué, entre autres, par ces doses massives et par les hormones de substitution. Arrivent les rapports de Sécurité sociale : "Attention, la pilule provoque le cancer !" Du coup, on a baissé les doses. Avec la péridurale, c'est la même chose. On a vu que ça provoquait des psychoses puerpérales chez les mères, des problèmes de bassin chez les bébés... Aujourd'hui, la femme peut doser elle-même, sentira quand même quelque chose et goûtera un peu de ce "chemin initiatique". Par ailleurs, il y a des cas pathologiques où l'anesthésie a vraiment un sens. Mais il faut se garder de ces péridurales qui coupent la mère de l'enfant.

Nicole : Nous avons beaucoup de témoignages de femmes qui n'ont rien senti du passage du bébé...

Et qui le regrettent ?

Nicole : Elles ont le sentiment de ne pas l'avoir vécu. Elles se demandent si elles ont accouché ! C'est un mal très bizarre, très flou...

Mais quand le bébé passe et que c'est une torture, la femme préférerait mille fois ne rien sentir !

Valérie : Il n'empêche qu'ensuite, celles qui ont vécu ce "ne rien sentir" ont eu l'impression d'avoir été flouées. Elles ne le vivent pas bien. C'est très curieux. Vu de l'extérieur, on se dit : "Elles ne savent donc pas ce qu'elles veulent !" En réalité, toute parturiente rejoue quelque chose de sa propre naissance et des naissances de sa lignée. Je travaille en psychogénéalogie et c'est passionnant de voir comment les femmes de la famille accouchent : une femme qui sort d'un ventre de femme, qui sort d'un ventre de femme, qui sort d'un ventre de femme… Consciemment et inconsciemment se transmet ainsi un certain type de naissance. Quand ça se passe mal, il est essentiel de savoir que la jeune femme dont le tour est venu peut réparer ce qui est arrivé avant elle. »

De la difficulté des Français à parler de leur ressenti

« *Venons-en à votre propre pratique. Vous êtes sages-femmes libérales, ce qui représente une minorité, non ?*

Valérie : Nous sommes 2 000, sur 15 000 sages-femmes en France.

Vous touchez quelles populations ? Plutôt l'élite, genre bobos ?

Valérie : Non, nous voyons tous les genres de femmes. Soit qu'elles vivent dans le quartier – de l'ouvrière à la prof de fac. Soit qu'elles nous soient envoyées par leur médecin, celui-ci ne se sentant pas à l'aise tout seul, face à elles. Ou alors, elles font tout simplement partie de celles qui désirent quelque chose de bien particulier : soit qu'elles aient mal vécu un premier accouchement et veuillent changer, soit que toutes leurs copines leur disent : “Tu dois aller là !” Ces différents types de femmes se retrouvent chez nous, où nous les faisons se rencontrer, ce qui n'est pas inintéressant.

Nicole : Ça n'est pas une pratique élitiste. Contrairement à ce que pensent beaucoup de gens, tous nos actes sont remboursés, que la femme soit ouvrière ou cadre supérieur.

Aujourd'hui, quand une femme se retrouve enceinte, qui consulte-t-elle la plupart du temps ?

Valérie : L'histoire commence généralement quand la jeune fille va voir un médecin pour sa contraception. Jusqu'ici, c'était un gynécologue – bientôt, ce seront aussi les sages-femmes, comme en Allemagne. Mais dans le courant français, culturellement modelé par les “femmes libérées” de la grande bourgeoisie, il était chic d'aller voir un spécialiste. Un jour, une de ces jeunes femmes veut un bébé. Elle arrête la pilule et va chez ce même médecin, dont l'influence va s'avérer déterminante dans la façon dont elle accouchera. En général, soit parce qu'elle ne veut surtout pas écouter sa mère, soit parce qu'elle fait totalement confiance à son médecin, la jeune femme n'ira pas chercher plus loin.

Nicole : Elle se rend donc dans la maternité que lui indique son médecin et y suivra éventuellement la préparation à l'accouchement qu'on y propose, ce qui est loin d'être toujours le cas. De toute façon, ce sera toujours une préparation collective, jamais individuelle, souvent même en grands groupes de dix à quinze personnes. À côté de ça, il y a des cabinets de sages-femmes libérales, où l'on ne prend que des petits groupes (trois femmes maximum), avec des entretiens individuels.

Valérie : En Alsace, nous avons réussi la performance de mettre au point avec la Sécurité sociale une plaquette sur tout ce qu'une sage-femme propose à la femme enceinte, dès sa déclaration de grossesse. Ça peut commencer tout de suite, alors que souvent, les médecins n'y pensent qu'au septième ou huitième mois, quand les femmes n'ont plus le temps de choisir. Alors qu'en allant voir la sage-femme dès le début, individuellement, ça change tout.

Vous-mêmes, quelles préparations proposez-vous ?

Valérie : Nous demandons d'abord à la femme quel type de lieu d'accouchement elle souhaite : une grande maternité ? une moyenne ? une petite ? publique ? privée ? L'accouchement à domicile, ça n'existe plus chez nous, et les maisons de naissance pas encore…

Nicole : Nous lui demandons aussi quel est son projet de naissance, son désir précis. Est-ce la première fois ? Y a-t-elle réfléchi ? Cherche-t-elle d'abord à être sécurisée ? Ou bien a-t-elle envie qu'on lui fiche la paix ? Etc.

Valérie : Souvent, elles arrivent en nous demandant : “Qu'est-ce qui est mieux pour moi ?” Nous les renvoyons à leurs propres désirs. La plupart sont stupéfaites d'apprendre qu'elles sont libres de choisir leur médecin et leur lieu d'accouchement. Rien que cela, pour beaucoup, constitue une révolution ! Nous fonctionnons tellement dans les croyances et les préjugés… Cet entretien personnel préalable vers le quatrième mois, les sages-femmes l'ont obtenu de haute lutte, même dans les hôpitaux. En général, elles vont bien sûr vanter les mérites de la méthode pratiquée dans la maternité où elles travaillent. Cela dit, même quand c'est orienté vers une technique particulière, la femme enceinte, au moins, est informée. Le médecin, lui, a surtout l'habitude de dire : “Ne vous inquiétez pas, tout se passera bien !”

Vous-mêmes, quelle préparation leur suggérez-vous ?

Valérie : Je dois d'abord préciser que j'ai été très malade, enfant, et qu'à quatorze ans, les médecins m'ont dit : “À vingt ans, vous serez dans une chaise roulante !” Du coup, je suis allée voir du côté des médecines parallèles et du yoga, et quand je suis devenue formatrice de sages-femmes pour la rééducation du périnée, j'avais déjà la “culture” de la douleur personnelle, je connaissais le couperet de la médecine officielle, etc. J'ai eu moi-même deux enfants, normalement (alors qu'on m'avait dit que je ne pourrais pas enfanter). J'avais donc défié les dogmes médicaux et appris que la voix du maître ne dit pas forcément le vrai – tout dépend de ce qu'on en fait. Ma méthode est donc articulée à ma vie. Quand les sages-femmes m'ont demandé une méthode, j'ai eu envie de leur enseigner cela même que je transmets aux patients : ne pas partir de l'autre, qui “sait” parce qu'il est médecin ou sage-femme, mais partir de soi, de son corps. Ensuite, ouvrir un espace de communication, pour que chacun puisse dire : “Je n'ai rien senti”, ou : “Je n'ai rien compris”, ou : “J'ai senti ceci”, ou : “Ça m'a fait mal là…” C'est très dur, surtout pour les Français. Même quand c'est très basique – faire un dessin, un geste, adopter une respiration –, beaucoup de nos compatriotes éprouvent une immense difficulté.

J'ai passé mon enfance en Allemagne et j'avais été frappée, en revenant ici, de découvrir que les Français ne réagissaient pas du tout comme les Allemands, qui sont vraiment profondément écologiques, physiquement, existentiellement. Ils disent les choses comme elles sont. Un point c'est tout ! Alors que les Français tournent beaucoup autour du pot avant d'en venir au fait. J'ai réalisé ensuite, en suivant mes études de sage-femme en France, que l'enseignement français, contrairement à sa réputation, est beaucoup plus autoritaire que l'allemand. Nos professeurs disaient carrément : “Tais-toi ! Moi, je sais et je t'apprends ce que tu dois savoir et faire avec les patientes.” Au début de ma pratique, j'ai appliqué ça sagement, mais très vite, surtout avec les femmes maghrébines, qui ne parlaient pas un mot de français et se comportaient suivant leurs propres coutumes, je me suis rendu compte que d'autres méthodes marchaient infiniment mieux ! J'observais ces Nord-Africaines avec énormément d'attention et j'étais ahurie : comment pouvaient-elles garder le sourire, avec le visage marqué par la souffrance et en criant parfois très fort ? J'ai compris ce dont souffraient les accouchées françaises – pendant la délivrance aussi bien qu'ensuite, avec l'allaitement : personne ne les écoutait, tout le monde leur disait ce qu'il fallait faire, en appliquant une vision théorique, très éloignée de leur intimité, de leur humanité. Avec la péridurale, ça prend des proportions énormes.

Bref, je propose essentiellement une expérience physique et une aide pour apprendre à exprimer ce que l'on ressent. Les gens sont tellement peu habitués à le faire ! Ils disent : “C'est comme ma femme a dit”, ou : “Je pense comme mon mari”… Ils n'osent pas ! Vraiment, la culture française n'aide pas à ça.

C'est curieux, parce que, comparé à un Chinois, par exemple, le petit Français apprend à dire “je” incroyablement tôt. À l'école, il doit “donner son avis” dès les premières classes, etc.

Valérie : Le petit Français apprend à dire “je pense”, ou “je sais”, mais pas “je sens” ou “je ressens”. Même pour des impressions simples. Et quand vous aidez ces femmes enceintes – et éventuellement leurs hommes – à dire ce qu'elles sentent, vous voyez remonter des émotions parfois très fortes. Cueillir les perles de ces émotions, aider les gens à oser se “toucher à l'intérieur”, tout cela est reçu par la sage-femme qui les accouchera le jour J. Et cela l'aidera énormément dans son accompagnement. Parce que, quand la parturiente ne sait pas exprimer son ressenti, la sage-femme se retrouve perdue : comment voudriez-vous qu'elle accompagne quelqu'un qui se masque à soi-même son ressenti profond ?

Nicole : Du coup, elle se sent obligée d'appliquer la théorie. Et là, elle a toutes les chances de se tromper. C'est pourquoi nous travaillons hors protocole. Mais imaginer que 90 % des Françaises accouchent désormais de la même façon, c'est-à-dire sous péridurale, cela représente un protocole inimaginablement contraignant ! Comme si 90 % des femmes ressentaient les choses de la même façon ! Alors qu'elles sont toutes différentes. Au moment de la préparation, on s'en rend bien compte. Le très beau désir initial de liberté individuelle des féministes se retrouve donc finalement écrasé par un comportement de masse ! Un même protocole pour 90 % des femmes, cela n'a pas de sens !

Valérie : Ma méthode elle-même est très structurée. Quand j'ai démarré mes études, je pensais que, paradoxalement, une femme qui faisait une préparation accouchait moins bien. Parce que le blabla théorique de l'époque lui apportait finalement plus de souci, voire de peur, qu'autre chose, imaginant que ce serait plus facile si elle restait “vierge d'information”. Aujourd'hui, en salle d'accouchement, les sages-femmes ont peu de temps, les femmes doivent donc savoir se débrouiller et la préparation vise à ça.

Nicole : C'est un vrai travail, de leur faire prendre conscience de la chose : “Ce n'est pas nous qui allons vous accoucher, c'est *vous* qui allez le faire !” Et souvent, ça les sidère : “Ah bon ?!” Pour certaines, c'est très lourd de se retrouver responsable.

Valérie : Je leur dis aussi : “Je ne vais pas vous protéger de la réalité, je vais vous y préparer.” C'est très différent. J'ai l'impression que, pendant des années, médecins et sages-femmes ont cherché à protéger les femmes, en ne leur disant pas vraiment les choses. Il ne fallait surtout pas leur dire que ça faisait mal. Ni même que c'était difficile. Ne pas faire peur ! Moi, je m'y prends autrement : nous faisons un exercice physique et chaque femme enceinte dit où ça lui fait mal, à quel moment elle ne supporte plus, etc. Du coup, elles se rendent compte que chacune est différente, que certaines y arrivent, d'autres moins bien ou pas. La réalité est différente pour chacune. Au fil des séances, elles finissent par admettre que leur réalité est spécifique et qu'à partir de là elles vont pouvoir aider leur bébé à naître et indiquer à la sage-femme comment celle-ci pourrait les aider, et non l'inverse. Et si vraiment elles n'en ont pas envie et décident de se tourner vers la péridurale, au moins, elles savent pourquoi. Et elles savent aussi ce qu'elles diront éventuellement à leur enfant sur leur raison d'agir ainsi. Elles l'assument. Résultat, elles ne font pas de dépression après. Vous savez, ça reste une affaire difficile, de mettre au monde un enfant ! Physiquement, émotionnellement, psychiquement, spirituellement, c'est toujours un tremblement de terre. Mais elles y sont préparées et cela leur permet de vivre le fait que “toutes les puissances du ciel et de la terre sont réunies en elles”… C'est une expérience géante. D'une violence inouïe et, en même temps, un délice merveilleux. Dans la plupart des cas, enfanter, c'est douloureux. Mais construire une maison de ses mains, c'est douloureux aussi. Et adopter un enfant donc !

Nicole : Oui, mais pas forcément dans le corps. L'accouchement est une douleur directe, physique.

Valérie : Mais la fameuse phrase biblique "Tu enfanteras dans la douleur", pour moi, n'est pas une punition. C'est une préparation, justement. "Sache que ça va être difficile, de créer. Prépare-toi ! Il faut que tu aies confiance, sinon tu vas te faire engloutir." Cette confiance en soi-même, et aussi en son bébé, en Dieu, en la société, en ce que vous voudrez, j'ai le sentiment qu'en France, beaucoup de gens ne l'ont plus. Je ne sais pas pourquoi, mais nos compatriotes, soi-disant si "jaloux de leur indépendance", s'en remettent très facilement à l'avis de la sage-femme, du gynécologue, du mari, du patron…

La psychothérapeute Isabelle Filliozat explique un certain manque de confiance très français par le fait que nous sommes le pays au monde où l'on a le plus prôné la séparation de la mère et du bébé[1]*. À l'inverse d'Élisabeth Badinter, qui avait écrit* L'Amour en plus[2]*, pour déculpabiliser les Françaises du souci de vouloir "rendre leur enfant autonome" le plus tôt possible, Filliozat pense que cette séparation précoce sabrerait la "sécurité de base" dont parlent les haptothérapeutes et qui se trouve au centre de la construction de la personne. Ce manque fondamental serait ensuite camouflé par des couches plus superficielles d'arrogance et de*

1. *Fais-toi confiance !*, Jean-Claude Lattès, 2006.
2. Coll. « Champs », Flammarion, 1999.

pseudo-confiance en soi – puisque nous sommes censés être la nation la plus libre du monde !

Valérie : Avec son humour, sa gouaille, son côté grande gueule, le Français sait très bien faire croire qu'il est sûr de lui. En fait, il est fragile à l'intérieur, je suis d'accord, et c'est évidemment valable aussi pour les femmes. Si je compare avec l'Allemagne, c'est frappant. Là-bas, les femmes ont aussi des peurs, mais j'ai l'impression qu'elles sont moins compliquées. Je les ai connues dans les années 1970… Une Allemande qui met au monde un enfant ne demande pas trois mois de congé maternité, pour se faire violence et aller travailler le plus vite possible, non : elle arrête de travailler pendant au moins un an ! »

Réalité de la préparation en maternité

« *Et vous, Nicole, vous vous êtes intéressée plus particulièrement à l'accouchement dans l'eau…*

Nicole : J'ai moi-même mis au monde mes deux enfants dans une baignoire, après avoir fait une préparation en piscine. Aujourd'hui, je donne des cours de préparation dans l'eau aux futurs parents. Avec des vocalises sous l'eau et toutes sortes d'exercices en apnée ou en flottaison. D'autres sages-femmes sont plutôt hapto, d'autres plutôt sophro, d'autres ajoutent les fleurs de Bach [1]. Avec

1. Florithérapie mise au point par le Dr Edward Bach dans les années 1930.

Valérie, nous faisons pas mal d'entretiens psychologiques individuels, avec des femmes qui ont surtout à se débarrasser de vieilles choses pendant leur grossesse. Le cabinet de sage-femme tel que nous le concevons est vraiment devenu un endroit où la femme peut déposer ses vieux paquets en toute tranquillité. Nous ne sommes pas pressées.

À l'opposé de l'idée de conscientiser l'accouchement, en faisant appel au néocortex, quelqu'un comme Michel Odent estime que l'essentiel est d'aider la femme qui accouche à retrouver son instinct de mammifère, en endormant plutôt son néocortex.

Valérie : Certaines femmes correspondent à cette vision, mais pas toutes. Je suis d'accord avec Odent quand il parle de réflexe archaïque. Une femme qui accouche, c'est très primaire. Cela dit, une femme (ou un homme) de l'an 2000 qui fait l'amour “sans son néocortex”, ça risque aussi d'être quelqu'un qui, par exemple, ne se protège pas et attrape et transmet le sida. Il faut aider les gens à prendre conscience de ce qu'ils sont, de leurs forces et de leurs limites, de manière à repousser ces limites chaque jour un peu plus loin. Tant que la femme sent qu'elle va bien, elle peut se débrouiller seule, grâce à son “instinct”. Mais quand elle atteint ses limites, il est fondamental qu'elle sache demander de l'aide avec son néocortex ! Surtout pour une première naissance. C'est vrai que le néocortex, c'est-à-dire le mental qui réfléchit et complique tout, on aimerait s'en passer. Avec certaines femmes, il m'arrive de penser : “Si seulement je pouvais te couper la tête, tu accoucherais sans problème !” Mais l'humain, c'est ça : nous avons une dimension de plus que nos ancêtres mammifères. Nous aspirons tous à mettre cette dimension en valeur. Je trouve que l'accouchement n'est pas humain, mais surhumain ! Il s'agit de dépasser notre condition de base, pour toucher à quelque chose de l'ordre de la création de l'univers ! Il n'y a pas de mot pour dire ça ! Il est vrai aussi que beaucoup de femmes ont peur de cette force. Elles le sentent, plus ou moins confusément : elles sont traversées par quelque chose de surhumain !

Nicole : Souvent, elles ont moins peur de la douleur que de ça !

De quoi ? De cet inconnu vertigineux qui les traverse ?

Valérie : Elles ne savent pas de quoi au juste elles ont peur. On le sent bien dans les entretiens que nous avons avec elles, où nous décortiquons un peu. Par exemple une femme nous dit : “Je suis douillette.” Elle arrive avec cette croyance-là : “Ça me fait peur, je veux une péridurale, comme pour mes deux premiers accouchements.” Mais nous, nous sentons en elle une énergie incroyable, un centrage impressionnant. En creusant un peu, en lui faisant faire des tests, nous parvenons à lui faire ressentir sa propre force. Du coup, elle se réconcilie complètement avec elle-même. Elle découvre qu'elle parvient très bien à gérer sa douleur.

La préparation à l'accouchement peut parfois devenir passionnante. Mais ne nous illusionnons pas, les statistiques sont désolantes : très peu de femmes se préparent. En 1997, les chiffres montraient que 25 % des primipares se préparaient. Chez les secondipares, c'était bien moins. La dernière enquête, faite par la Sécurité sociale à la demande des sages-femmes, en 2005, semble signaler que ce chiffre a doublé (sur 5 000 questionnaires distribués à travers la France, ils ont eu 47 % de retour, ce qui est énorme).

C'est une progression considérable !

Nicole : Attendez ! Pour ces 47 % de femmes, “se préparer” signifie juste faire quelques visites à l'hôpital. Elles suivent la préparation payée par la Sécurité sociale. Les statistiques ne tiennent compte que de cela. Il existe, certes, d'autres femmes qui, pour toutes sortes de raisons, préfèrent aller voir ailleurs, pour faire du yoga, s'entraîner en piscine, s'initier au contact haptonomique, etc., méthodes qui ne sont pas remboursées et dont les bénéficiaires ne figurent pas dans les chiffres officiels. Combien sont-elles ? Infiniment moins que les premières… Je dirais qu'entre 1 et 2 % des femmes qui accouchent suivent ces filières parallèles. Mais même chez ces pionnières, ou ces privilégiées, la pratique de la préparation baisse avec le second enfant, ce qui est dommage, parce que chaque grossesse est différente et permet de faire de nouvelles découvertes. »

L'irruption des nouveaux pères

« *Et les pères ?*

Valérie : Depuis dix ans, nous sentons un vrai basculement. Jusque-là, quand nous demandions aux pères de quoi ils avaient envie pour leur bébé, l'écrasante majorité se demandaient de quoi on voulait leur parler. Ils haussaient les épaules, gênés. C'est en train de changer. De plus en plus d'hommes disent qu'ils veulent être pères, qu'ils désirent que l'accouchement de leur femme se passe bien. Ils s'engagent, participent aux préparations, c'est sidérant ! Et l'idée que l'allaitement naturel est supérieur au biberon se développe pareillement. Internet n'y est pas pour rien. Des champs s'ouvrent. On n'est plus obligé de tout croire, on peut poser des questions, s'informer ailleurs. Et même les jeunes pères se mettent à échanger des informations. Avant, c'était impensable.

Là, quand même, il doit s'agir d'une population privilégiée !

Valérie : Pas forcément. Prenez ceux que j'appelle “mes petits Beurs”. Ce sont généralement des métis, enfants d'hommes ou de femmes immigrés de seconde génération mariés à des Français ou des Françaises. Eh bien, je suis impressionnée par l'attitude des jeunes hommes qui me disent systématiquement : “Je veux être un père !” Ils ne viennent pas me voir par rapport à leur femme, mais pour leurs enfants. “Je veux être un père. Le mien n'était pas là, il ne s'est pas occupé de moi, je ne veux pas répéter ça.” J'entends ça régulièrement chez les très jeunes : vingt-deux ou vingt-trois ans, pas plus. Je ne parle pas du quadragénaire qui a trouvé une jeune femme et souhaite un enfant : celui-là ne voudra surtout s'occuper de rien ! Les tout jeunes sont différents. Et ils viennent chez la sage-femme, pas à l'hôpital, où on les reçoit comme des chiens, avec beaucoup de suspicion. Ceux-là font des bébés volontairement : leurs femmes ne se retrouvent pas enceintes par accident, se demandant si elles ne vont pas avorter. Pas du tout ! À côté de ça, j'entends des profs de lycée me dire : “Ce sont de vrais mollusques, ils sont sympas mais ne foutent rien.” C'est vrai qu'ils ne poussent pas plus loin que la troisième, entrent dans la vie active plutôt que d'aller au lycée. Et entre dix-neuf et vingt-deux ans, ils veulent un bébé.

Nicole : Je ne peux pas généraliser mon expérience. Il est certain que les femmes qui nous consultent au cabinet entrent vite en confiance et ramènent leurs maris. Nous recevons donc beaucoup de pères. Et c'est vrai, ils sont très intéressés, acceptant toujours un entretien individuel à la fin, etc.

Valérie : Si l'hôpital leur offrait cette écoute, ils viendraient aussi. Les premiers hommes qui assistaient à l'accouchement de leur femme répondaient à une sorte de défi : il fallait “être cap' ”. Aujourd'hui, ils veulent comprendre. Et ils en parlent entre hommes. Je leur demande s'ils en parlent avec leur père. Jamais.

Avec leurs collègues ? Non plus. Mais avec leurs amis, oui. Plusieurs copains "nouveaux papas" vont échanger leurs impressions sur leur désir de paternité, sur leurs femmes enceintes… Sur l'accouchement, ils restent pudiques, mais parlent volontiers avec la sage-femme – et ce sont leurs épouses qui leur coupent la parole ! Je suis obligée d'intervenir : "Laissez votre mari parler, s'il vous plaît." Ça me touche et me surprend.

La sexologue Catherine Solano nous dit qu'elle est frappée de constater, depuis une dizaine d'années, que les jeunes hommes la consultent pour des raisons affectives et sentimentales, alors que les jeunes femmes deviennent plus concrètes et physiques, plus soucieuses de leurs orgasmes que de leurs sentiments…

Valérie : La psychanalyste Catherine Bergeret-Amselek en parle bien dans son livre *Le Mystère des mères* [1]. Je perçois cela très fort. La sentimentalité des jeunes hommes est manifeste – vis-à-vis de leurs enfants comme du reste. Et ils s'expriment. Alors qu'avant, soit ils roulaient des mécaniques, soit ils ne pipaient mot.

Il y aurait un transfert yin-yang : femmes physiques et hommes sentimentaux ?

Nicole : C'est vrai même dans nos propres foyers, non ! (*rire*).

---

1. *Op. cit.*

Valérie : Je me demande si les années sida n'y sont pas pour quelque chose. Je vois une grande prise de conscience de la valeur de la vie chez les plus jeunes – alors que les statistiques du dernier Sidathon ont révélé que les quarante-soixante ans étaient ceux qui avaient le plus de comportements à risque. Chez les plus jeunes l'idée que “le sida ne passera pas par moi” est bien ancrée. Peut-être que tous ces jeunes qui ont commencé leur sexualité dans ce contexte où l'on peut “mourir d'amour”, sont fondamentalement différents. »

Accompagner les procréations médicalement assistées

« *Voilà une perspective plutôt positive...*

Valérie : Il faudrait que les sages-femmes soient beaucoup plus nombreuses. Nous avons forcément une approche différente de celle des gynécologues. Nous avons le souci de la personne dans sa globalité. Comment cette femme, qui a été “éclatée par les puissances célestes et terrestres”, va-t-elle pouvoir se retrouver, revenir à elle, récupérer son corps, qui est maintenant un corps de mère, mais aussi de femme ? Comment va-t-elle réussir à jouer sur tous ces plans sans être disloquée physiquement et déconnectée psychiquement ? Nous travaillons, par exemple, beaucoup à la rééducation du périnée, mais dans ce travail de rééducation – dont le gynécologue aurait tendance à se désintéresser –, nous ne jouons pas seulement sur les muscles, mais sur toute la femme. Ce que ne comprennent pas beaucoup de rééducateurs braqués sur le muscle. Les sages-femmes abordent aussi l'allaitement, la sexualité, la reprise du travail, tout ce qui concerne la femme dans cette période-là. Bref, nous sommes à la fois un peu gynécologues, un peu pédiatres, un peu généralistes, un peu rééducatrices... Aujourd'hui, beaucoup s'interrogent : devons-nous continuer dans cet éclectisme ? Renoncer à une partie de notre ancien métier ? Nous mettre en concurrence avec tous ? Il s'agit aussi de s'adapter aux nouveaux contextes. Nous sommes, par exemple, le pays où il y a le plus de procréation médicalement assistée (PMA), donc celui où l'on assiste à une montée en flèche du nombre des prématurés, voire des très grands prématurés. Ça va de pair.

Nicole : Le plus choquant, c'est que beaucoup des femmes poussées dans la PMA ne sont pas accompagnées pendant leur parcours. Une procréation médicalement assistée, cela signifie des mois et parfois des années de galère, de traitements, de suivis techniques de toutes sortes, avec hormones, médicaments, perfusions, prélèvements à l'hôpital – parfois au milieu de la nuit, suivant les cycles. La femme en prend plein la figure, c'est psychologiquement et physiquement éreintant et ça donne des grossesses qui sont des bombes à retardement. Mais quand, enfin, par chance, elles se retrouvent enceintes, on les considère illico comme des femmes ordinaires, faisant une grossesse normale. Alors que ça n'est pas du tout le cas. Ce sont des femmes plus fragiles, qu'il faudrait aider davantage, entourer de très près, jusqu'à la naissance, mais aussi ensuite. Et là, franchement, le système actuel est totalement irresponsable, parce que ces femmes sont entourées à l'excès tant qu'elles demeurent stériles, et on les abandonne brusquement à elles-mêmes dès qu'elles sont enceintes. Avec l'idée naïve qu'elles pourraient soudain "se sortir tout ça de la tête" et, vite, après toutes ces misères, rejoindre le lot des mères normales, travailler, vaquer à leurs occupations, comme s'il ne s'était rien passé. Et ne surtout pas venir se plaindre pour leurs "petits bobos".

Nous demandons donc qu'on nous envoie ces femmes-là plus tôt, si possible dès qu'elles se retrouvent enceintes. Parce qu'il n'est plus tolérable de les récupérer à sept ou huit mois de grossesse, malades, déboussolées, obligées de rester allongées à la maison pendant des semaines, ou carrément en dépression, parfois grave, sans que nous ayons été prévenues en amont.

Valérie : Un autre effet de la PMA est repérable en sexologie, discipline que je pratique aussi : de plus en plus de couples se brisent après une PMA. Ils ont été tellement briefés sexuellement – "Faites l'amour à telle période", "Pas à telle autre", "Donnez votre sperme !", "Stimulons vos ovaires !" –, tout a été tellement calculé qu'ils ont ensuite beaucoup de mal à retrouver une sexualité spontanée.

Par ailleurs, il me semble que les jeunes femmes d'aujourd'hui ont de nouvelles fragilités. D'abord, du fait d'une sorte de non-confiance en elles. Comme si, à tous les niveaux, elles étaient cassées tout le temps. Ensuite, elles mangent très mal : beaucoup de sucres et de produits raffinés. On trouve souvent des jeunes femmes de moins de vingt-cinq ans épuisées. Aujourd'hui, les femmes sont plus en forme à soixante ans qu'à vingt ! Et souvent il n'y a pas d'écoute, ni de la part de la famille ni de celle des médecins. Cette accumulation débouche souvent sur des prématurés. Et sur des femmes qui vont se mettre à "consommer de la médecine" à longueur de temps, accréditant l'idée que la grossesse est une maladie !

Il est vrai que la femme française d'aujourd'hui semble fragilisée et moins bien adaptée à l'enfantement qu'il y a quelques générations. Du temps des grands-mères ou arrière-grands-mères des jeunes femmes d'aujourd'hui, la vie était si rude que l'accouchement ne détonnait pas tant que ça. Aujourd'hui, nous vivons dans de la soie. Nous ne supportons plus la moindre douleur, le moindre écart de température. Alors, quand arrive le chamboulement hormonal du début de la grossesse, c'est un raz-de-marée pour des corps aussi fragiles. Elles sont tout de suite mal et cela énerve les plus anciennes. Mais ça s'explique par un mode de vie nouveau, inadapté à la survie. Jadis, on disait "neuf femmes sur dix accouchent bien". Aujourd'hui, je crois qu'il y a beaucoup plus de mal-être. Au cabinet, nous récupérons ce mal-être et nous les aidons à l'exprimer et ça les remet sur pied. Nous savons que c'est possible !

Nicole : Chez nous, chaque mal-être devient source de discussion. Alors que chez le gynéco, ça va trop vite : en dix minutes de consultation, rien ne peut sortir, sinon des prescriptions de médicaments. Il se trouve qu'en ce moment le droit de prescription des sages-femmes s'élargit très vite, presque de mois en mois !

Valérie : Pour une seule raison : on manque désormais de gynécologues – ils partent tous à la retraite et les jeunes ne veulent plus faire ce métier. Si bien que tout à coup l'État nous accorde ce qu'il nous refusait depuis vingt ans. On ne demande plus rien et ça tombe ! Parce qu'ils espèrent que nous allons prendre le relais des médecins et prescrire à tour de bras. Ce qui est symptomatique, c'est la façon dont une structure s'adapte ou non à des femmes différentes. Nicole, par exemple, travaille avec des femmes sourdes…

Parlez-nous un peu de ce travail si particulier.

Nicole : J'ai commencé il y a cinq ans, après avoir aidé une femme sourde à accoucher, à l'hôpital. À l'époque, j'étais persuadée qu'elle était arrivée chez moi par accident et qu'un accueil spécial avait évidemment été conçu pour les femmes sourdes. À ma grande surprise, j'ai appris que non. Rien du tout ! Elles doivent se débrouiller sans la moindre préparation spécifique. J'ai donc quitté l'hôpital pour apprendre la langue des signes pendant cinq mois. Puis je me suis installée en libéral. Ce parcours était totalement imprévu, je n'aurais jamais pensé quitter l'hôpital.

En quoi le travail avec des femmes sourdes est-il différent ?

Nicole : Elles ont épanoui d'autres sensibilités et m'ont appris à ressentir autrement. Et à avoir la sincérité de dire les choses telles quelles : les sourds sont très directs ! Ils ne tergiversent pas ! Du coup, j'ai dû réadapter toute ma méthode. Aujourd'hui, je travaille à l'échelle nationale, pour lancer des formations à l'accueil des femmes sourdes dans les structures hospitalières. C'est passionnant. En Alsace, nous avons passé un accord spécifique avec la Sécurité sociale. Nous sommes fières de notre travail !

Valérie : C'est une vieille tradition, ici. Ça bouge même dans les hôpitaux. Dans une ville comme Paris, où la question serait de s'inscrire dans une maternité le plus tôt possible, quasiment avant la conception, pour être sûr d'avoir une place, l'humanité de la naissance ne se pose pas de façon prioritaire. Nous sommes loin de ça !

Nicole : Il est certain que Paris est beaucoup plus interventionniste et technique que la province. C'est même une autre planète ! »

*

Il y a tellement de planètes sur cette terre. Chacune ouvre les voies qu'elle peut. Je vous propose maintenant celles de l'enfantement dans l'eau. En baignoire, ou en piscine, ou dans la mer !

TROISIÈME PARTIE

Les aquatiques

*« Plus encore que celui de l'homme, l'intérieur du corps de la femme ressemble à la mer. Comme cette dernière, la femme a ses rythmes, ses marées, "réglées" elles aussi par un cycle équivalent à celui de la lune. L'humain ne meurt pas tant qu'il sait rêver, et le rêve de l'*Homo delphinus *vivra tant que l'homme n'aura pas totalement détruit la mer. »*

Jacques Mayol

1

La magie des bébés de l'eau

Aux frontières de l'hypernaturel

J'ai écrit, dans les années 1980, un très long reportage à ricochets sur les relations entre les humains et les dauphins, intitulé *Le Cinquième Rêve*[1]. Contre toute attente, cette enquête déboucha de manière de plus en plus insistante au fil des années sur de nouvelles façons d'enfanter. Quand finalement, le reportage, d'abord publié dans le mensuel *Actuel*, prit la forme d'un livre, au début des années 1990, cette partie du travail occupa d'autant plus de place que mes voyages me rapportaient sans cesse de nouvelles données, toujours plus sidérantes, sur l'accouchement dans l'eau. J'étais à ce point fasciné que, d'observateur, notamment des hallucinantes déesses russes et de leurs petits mutants de la mer Noire, je devins acteur, rejoignant plusieurs amis, dont les accoucheurs Herman Ponette et Patrick Stora, le yogi Yves de Smedt, la sculptrice Isabelle Gabriels et le plongeur Jacques Mayol, avec qui nous créâmes

1. Grasset, 1993, Le Livre de Poche, 1998.

l'ONG Aquanatal. À la fin, ce qui devait ne constituer qu'un chapitre menaça d'occuper la moitié de mon livre sur les dauphins.

J'avais un bon éditeur[1]. Il mit le holà. Me sachant plus qu'attaché à l'incroyable parturition – bien quelle échappât en grande partie à mon sujet initial –, il commença par me suggérer de détacher toute la partie relative à l'accouchement et d'en faire une sorte d'annexe particulière, un second livre, collé au premier et intitulé *Naissances aquatiques*. Une fois que j'eus accepté, il lui fut plus facile de pousser plus loin sa logique et de supprimer net toute cette partie, en me soufflant : « Ne sois pas fâché, ce sera la base d'un autre livre. » Je tentai de marchander, mais tout ce que j'obtins fut une note de bas de page, où j'indiquai : « Ces questions seront traitées plus avant dans un livre à paraître prochainement, qui s'intitulera *Maternités delphiniennes*. » Quinze ans plus tard, j'en suis encore à chercher comment présenter la chose. Un très très long accouchement ! La manière dont les *Homo sapiens* du début du troisième millénaire enfantent se trouve prise dans des bouleversements si troublants qu'il est très difficile de s'arrêter à une opinion simple plus de quelques mois. Or, l'enfantement aquatique est d'une approche particulièrement bouleversante. Même en limitant mon enquête à cette seule question, je me suis retrouvé pris dans des tourbillons, des rebondissements et des contradictions à n'en plus finir…

Entre-temps, surtout depuis que je travaille pour le magazine *Nouvelles Clés*, beaucoup de femmes m'ont écrit, pour savoir chez quel éditeur était paru le livre

1. Merci Denis Bourgeois !

annoncé dans *Le Cinquième Rêve*. Elles l'avaient demandé à leurs libraires qui avaient haussé les épaules. J'étais gêné de leur répondre que je n'avais toujours pas réussi à l'achever. C'était souvent des femmes à qui la simple idée d'enfanter dans l'eau – mieux, dans l'océan, et mieux encore, entourée de dauphins ! – donnait une envie déraisonnable de s'y mettre le plus vite possible. Comme si l'on touchait là à une zone de grand fantasme, du moins dans notre culture contemporaine – signalant une soif gigantesque. De quoi ?

Lentement, ma passion aquatique se trouva prise dans un filet beaucoup plus vaste qui donne la matière du présent ouvrage. Il n'empêche : tout est parti des « aquatiques ». C'est à elles – et à eux – qu'est donc dédié le centre de ce livre. Son ventre. Qui est d'abord un ventre primitif. Chamanique. Primordial.

Il serait beaucoup trop long, et pour une part hors sujet, de raconter ici l'incroyable saga du néochamane russe Igor Tcharkovsky. Il fut l'un des premiers, sinon le premier, dans les temps modernes, à inviter des femmes à accoucher dans l'eau, éventuellement en mer, mais toujours en présence de « l'esprit du dauphin ». Au début, quand vous le rencontriez en URSS, dans les années 1970 et 1980, vous pensiez pouvoir facilement le comprendre. Pour lui, la femme enceinte devait notamment s'entourer de beauté et passer ses neuf mois de grossesse dans un bain de musiques, d'images, de couleurs, de saveurs, de goûts, d'habitudes, de pensées, de relations les plus belles possible. C'était magnifique. Mais en réalité, si finalement vous parveniez à vous glisser derrière ce décor simple et chaleureux, vous découvriez qu'Igor mettait en pratique une vision littéralement apocalyptique. Entouré de sa tribu et de ses bébés apnéistes, il ne proposait rien de moins que de sauver l'humanité, dans un scénario que l'on aurait pu croire droit sorti de l'imagination tourmentée du cinéaste mystique Andreï Tarkovski ! Je raconterai cette saga un jour, ailleurs [1]. Je n'en garderai ici que deux épisodes parce qu'ils inspirèrent directement des femmes et des hommes d'Europe occidentale qui en firent une application, certes illuminée, mais de bon aloi.

Tania dans son aquarium

Dehors, c'est la tempête. Il neige sur Moscou. Mais les flocons sont maigres. Il fait trop froid : – 22 °C. Dedans, une douce musique de flûte mongole emplit l'appartement. On a allumé des bougies tout autour du cube transparent rempli d'eau. Il n'y a pas d'autre éclairage. Une ambiance de Noël. Les murs sont recouverts d'icônes et les fenêtres ont été calfeutrées par des tentures de velours aux couleurs chaudes et apaisantes. Sur un matelas posé à même le sol, Tania, tantôt allongée, tantôt assise en tailleur, absorbe une à une les vagues de contractions que son bébé a déclenchées en elle, voici quelques heures déjà. C'est son troisième enfant. Les deux premiers sont là, sagement assis, calmes et attentifs, visiblement conscients de participer à un événement d'importance. À côté d'eux, Alexei, leur père, et

1. Une affaire toujours à suivre, donc (!), que le lecteur pourra retrouver sur le site : www.nouvellescles.com

Svetlana, la sage-femme formée par Igor. Dans une pièce voisine, trois autres amis boivent du thé.

De temps en temps, une bourrasque neigeuse plus forte que les autres fait trembler les fenêtres et l'eau limpide frémit dans le cube transparent rempli d'eau chaude. Combien de temps s'écoule ? Deux heures ? Trois heures ? Personne ne sait. Le temps n'a pas la même consistance, ce soir. Tania souffre-t-elle ? On ne dirait pas. À intervalles réguliers, Alexei prend la caméra vidéo et filme. Plus tard, la tribu sera contente de pouvoir regarder ça – et moi donc ! À peu près au même rythme que le cameraman, Svetlana déverse une bouilloire d'eau bouillante dans le cube, avant d'en retirer une quantité équivalente, qu'elle s'en va faire chauffer à la cuisine.

À un moment donné, Tania se lève et reste un moment debout, immobile, totalement absorbée par ce qui se passe en elle. Puis elle retire sa chemise de nuit et, lentement, s'avance vers le cube transparent rempli d'eau. Ses enfants, qui commençaient à s'assoupir, ouvrent brusquement de grands yeux. La maman sourit. La sage-femme l'interroge du regard. Tout va bien. Lentement, Tania pénètre dans le bassin transparent rempli d'eau chaude.

C'est une jolie blonde, pas très grande, au visage tout simple. Ce soir, elle rayonne. Elle s'est mis un bandeau blanc autour de la tête, sur lequel elle a écrit, en caractères cyrilliques rouges : « La Paix soit avec vous. »

Dans un calme impressionnant, Tania s'accroupit maintenant dans le cube transparent. Les pieds bien à plat sur le fond, elle a de l'eau jusqu'à mi-poitrine. Un sourire de Joconde ne la quitte plus. De temps en temps, quand survient une nouvelle contraction, une imperceptible ride parcourt son visage, comme l'onde provoquée par le vent sur la surface d'une eau immobile.

Puis tout change. Sa respiration s'amplifie maintenant comme si elle courait pour un marathon cosmique. Mais son très léger sourire demeure. Des gouttelettes de sueur font briller son visage. Une dizaine de fois, elle ferme longuement les yeux. Ensuite, elle plonge ses mains vers son périnée. La sage-femme, puis les enfants se lèvent et s'approchent des bords du cube transparent. Alexei continue à filmer.

Tania fait signe à la sage-femme que tout va toujours bien. De ses mains, on voit qu'elle caresse quelque chose. Les enfants se penchent. La sage-femme aussi. Sous la jeune femme, juste entre ses jambes, aperçoivent-ils une petite touffe de cheveux ? Peut-être pas encore. Mais deux contractions de plus, et cette fois c'est clair : quelqu'un arrive ! Le visage de Tania a légèrement rosi. Son calme incroyable se laisse légèrement remplir de jubilation. Elle a du mal à ne pas crier, mais on dirait que c'est de joie : toujours accroupie sur ses deux pieds posés bien à plat sur le fond du bassin, elle tient la tête de son enfant entre ses mains ! Il est là. Elle a l'air de trouver cela naturel.

Une précision : Tania est elle-même sage-femme. Elle a suivi la formation avec Svetlana. Les gestes qu'elle va exécuter à présent ne s'improvisent pas. Sans qu'à aucun instant son amie et marraine d'accouchement ait à intervenir, Tania fait tourner son bébé sous elle, dans un mouvement de spirale à la fois ferme et doux, une inimaginable chorégraphie qui, en quelques secondes, le fait sortir d'elle tout entier. Les deux autres enfants ont la bouche grande ouverte. Puis, une fois le bébé complètement visible dans le cube transparent rempli d'eau, ils poussent de petits cris de joie. Svetlana et Alexei se regardent.

Tania garde calmement son enfant sous l'eau, entre ses mains. De tous ses yeux, elle le regarde, le regarde, le regarde, tout en le caressant et en le massant très légèrement. Il a les yeux grands ouverts et on dirait qu'il la regarde aussi, mais à travers le miroir de la surface de l'eau, il ne peut la voir, du moins avec ses yeux. À un moment, la maman jette un œil en direction de la caméra, que tient maintenant une autre personne qu'Alexei. Celui-ci apparaît en effet dans le champ. Doucement, il embrasse sa femme sur le front puis sur la bouche. Tania, par des gestes extrêmement lents, sort enfin son bébé de l'eau et, le portant jusqu'à ses lèvres, l'embrasse à son tour, avant de le serrer délicatement contre elle.

Sur l'écran apparaît maintenant toute la famille. Ensemble, ils vont couper le cordon ombilical qui relie encore le nouveau-né à sa mère. Puis Tania sortira de l'eau, pour s'allonger au sec, afin d'expulser le placenta, la poche sacrée avec laquelle, pendant neuf mois, son enfant a grandi, et dont l'observation attentive lui racontera des choses importantes qu'elle ne sait pas encore sur lui.

Cette scène, tournée par une caméra vidéo amateur en 1985, dans un modeste appartement moscovite, fut l'une de celles qui bouleversèrent mon rapport à la naissance. J'ai rencontré Tania et Alexei Sargounas et leurs enfants. C'étaient des gens simples, sympathiques, normaux.

Vers 1990, le cinéaste français Jean-Claude Patrice racheta les droits de cette vidéo à Tania et Alexei et les montra à la télévision française, sur TF1, dans un documentaire sur Igor Tcharkovsky. Les spécialistes des médias français ne furent apparemment pas émus outre mesure et ne signalèrent pas l'événement, sinon pour dire qu'on se promenait aux limites du bizarre. Plusieurs voix s'élevèrent, en revanche, pour dire que ces Russes étaient décidément cinglés. Je trouvai cette indifférence méprisante étrange.

Katia dans la mer Noire

Katia est une grande jeune femme au corps de Grecque antique. Et Volodia a les yeux d'un bleu acier qui lui correspond jusqu'au fond de l'âme. Ce dissident n'a pas peur de risquer le goulag en pratiquant ouvertement une forme de yoga tantrique qui lui vaut d'être régulièrement convoqué par le KGB. Je les ai connus en 1987 et, vingt et un ans plus tard, nous sommes toujours amis. À l'époque, Katia venait de mettre au monde leur deuxième enfant, la petite Eya. La première de la tribu à naître dans la mer Noire !

Une incroyable tribu. Mélange d'artistes, de thérapeutes dissidents, de scientifiques marginaux, d'amoureux de la nature sauvage, d'illuminés de toutes sortes et, bien sûr, d'une foule de gens qu'Igor Tcharkovsky avait guéris, parfois de maladies mortelles. Il faut imaginer ce réseau de femmes, d'hommes et d'enfants défiant superbement la dictature communiste – sur tous les plans : physique, économique, politique, intellectuel, spirituel… Katia et Volodia Bagrianski les avaient rejoints après la naissance de leur premier enfant, Aliocha, qui s'était déroulée dans l'une des épouvantables « maternités usines » dont le Gosplan avait le secret et que l'on m'a souvent décrites comme des bagnes.

Le jeune couple comptait faire un autre enfant, mais à aucun prix dans les mêmes conditions. Katia et Volodia se sentirent vite à l'aise dans le réseau tcharkovskien. On y rencontrait beaucoup de chercheurs spirituels et cela prolongeait intelligemment leur propre démarche. On y discutait, certes, des nuits entières sur la chute ou sur la rédemption du monde, mais on y mettait surtout concrètement en pratique les grandes idées que l'on avançait. Par des exercices de méditation. Par des respirations yogiques. Par l'apprentissage du massage et autres techniques de soins. Par de longues prières aussi, dans des modes reçus des grands *starets* de Sibérie – ermites mystiques, connus notamment pour leur pratique de la « prière du cœur », forme de mantra chrétien. Mais la plus fameuse des pratiques enseignées dans le réseau Tcharkovsky, celle qui reliait toutes les autres, était bien sûr l'enfantement dans l'eau.

Durant toute sa grossesse, Katia passa chaque jour des heures entières à méditer dans sa baignoire. Et même quand elle faisait ses exercices de respiration au sec, c'était toujours en visualisant son bébé et elle enveloppés par la mer. En fait, elle s'apprêtait à accoucher de son deuxième enfant dans la baignoire de son appartement – à défaut de disposer, dans sa ville de Vladimir, d'une cuve transparente comme celle où avait accouché Tania, cuve très précieuse que la tribu se transmettait avec mille acrobaties, sur le toit d'une vieille Moskvitch, en vérifiant toujours que le plancher de l'appartement où l'on envisageait de l'installer pour une nouvelle naissance était capable de supporter la tonne de son mètre cube d'eau.

Mais voilà que plusieurs familles de la tribu annoncèrent qu'elles allaient partir en expédition au bord de la mer Noire… justement quand Katia arriverait à terme, au mois de juillet. Enthousiastes, elle et Volodia décidèrent d'en être. Ils annoncèrent même que Katia accoucherait, non pas dans une baignoire, ni dans un bassin, mais directement dans la mer. Le rêve ! Aucune femme russe n'avait encore fait cela.

Jamais, par la suite, Katia ne regretta sa décision. « J'étais prête à mourir, me dira-t-elle un jour, je n'avais pas peur de la mort. Mais j'étais sûre que ça marcherait. »

Elle passa son dernier mois de grossesse là-bas, à Sudak, à une cinquantaine de kilomètres au nord de Yalta. Seule face à la mer, elle médita des heures entières au sommet des falaises de vieux granit. Et Volodia récitait des mantras.

Fin juillet, quand le terme fut proche, ils installèrent une tente au pied des rochers, à deux mètres à peine des vaguelettes, avec un matelas et une bassine qu'on remplirait d'eau chaude le moment venu.

Les contractions démarrèrent à l'aube. Katia passa les premières heures sous la tente, le plus souvent à quatre pattes. Quand la dilatation du col fut complète et qu'elle se sentit prête, aidée par Volodia et par Tania Sargounas devenue sage-femme – qui opérait pour la première fois dans ces conditions –, Katia s'avança dans la mer jusqu'à la taille. À l'aide de rochers, ils avaient arrangé, les jours précédents, une sorte de siège, qu'ils recouvrirent alors d'un épais tapis d'algues. Katia s'y étendit à demi, les mains agrippées aux bras de ses compagnons.

Les contractions faisaient mal. Mais l'exaltation devint plus forte. À l'idée de ce qu'elle était en train d'accomplir, la jeune femme au corps de Grecque antique se mit spontanément à prier. L'eau lui sembla alors plus tiède que d'habitude (22 °C au thermomètre). Le soleil apparut à l'horizon et Katia ne ressentit plus aucune douleur. La tête rejetée en arrière, elle se laissa partir dans le bleu du ciel. Une extase la fit trembler de la tête aux pieds. Et la petite Eya naquit, ses yeux bleus narquois immédiatement grands ouverts dans la mer.

Quelques minutes plus tard, deux dauphins firent leur apparition, à quelques mètres du rivage. Volodia, hilare, brandit sa fille à bout de bras dans leur direction, persuadé que c'était un signe du Ciel (ayant moi-même séjourné sur les lieux, je puis dire que l'apparition de dauphins à cet endroit n'est pas courante).

Quelqu'un photographia le père exultant et son enfant : l'image de Volodia tenant Eya à bout de bras allait faire la une de plusieurs magazines russes et internationaux. Tout comme celle, plus tard, de Katia avec sa fille d'un an, splendidement debout, toutes deux nues comme au premier jour – elles sortaient d'un bain dans un lac à demi gelé ! Ou comme cette autre photo, prise trois ans plus tard (qui allait faire la une de plusieurs autres magazines, dont *VSD* en France), où l'on voit la grande Katia et la petite Eya, sublimes naïades nageant côte à côte, par deux mètres de fond, au milieu des algues, symbole idéal de l'éveil des potentialités humaines, que le confort consumériste et la peur de la nature s'entendent pour étouffer chez la plupart d'entre nous.

Katia eut encore trois enfants. Le premier, un garçon nommé Vassili, naquit dans une baignoire, à Moscou. Puis toute la famille s'exila en France. Ils vécurent les premiers temps dans notre maison de journalistes, à Saint-Maur. Les deux autres bébés, toujours des garçons, Adrianis et Alexis, virent le jour, le premier dans la Méditerranée, au large de la Corse – cette fois, la maman se débrouilla seule, nageant loin de ses compagnons, dans des eaux où elle n'avait plus pied, se laissant couler chaque fois qu'arrivait une nouvelle contraction. Le dernier enfant, enfin, vint au monde dans une baignoire, dans la banlieue ouest de Paris.

« Folie pure ! » penseront sans doute les gens raisonnables.

Folie certainement de croire que de telles expériences pourraient être imitées au pied levé par n'importe quelle « amoureuse de la nature »… De grâce, amie lectrice, garde-t'en bien ! Tania ou Katia, Alexei ou Volodia ont mis leur vie entière au service de cet art. Rien de superficiel dans leur démarche. Du romantisme ? Oui, mais alors du vrai, qui faisait traverser l'Amérique à pied à Chateaubriand et poussait Lamartine à risquer sa peau face aux éléments déchaînés. Les gens dont parle ce chapitre s'entraînent tous les jours. Comme des professionnels. Parfois aussi comme des forçats… Il faut rappeler qu'en Russie, quand une parturiente dit : « Je suis prête à mourir », elle ne plaisante pas. Car il n'y a strictement aucune probabilité de Samu à l'horizon.

2

Rêves de maternités delphiniennes

Aphrodite's children

Je n'étais pas le seul Occidental, au début des années 1980, à m'emballer pour la méthode d'accouchement dans l'eau d'Igor Tcharkovsky ! Pourquoi cet engouement ? Il y avait d'abord un côté mystérieux qui nous fascinait, malgré nous, dans l'empire Rouge, notamment dans la « science soviétique ». Passé les années délirantes du stalinisme à la Lyssenko (le biologiste halluciné pour qui le blé communiste et le blé capitaliste n'avaient pas les mêmes gènes), toutes sortes de rumeurs circulaient sur les recherches menées, de l'autre côté du rideau de fer, sur les disciplines paranormales, de la télépathie à la télékinésie, en passant par les multiples usages possibles des rayonnements électromagnétiques ou des infrasons. Ces rumeurs mêlaient dans un même imbroglio les techniques militaires d'espionnage ou d'armement et l'« éveil des potentiels humains endormis ». Les Soviétiques eux-mêmes se gardaient d'infirmer quoi que ce fût, conscients que ces rumeurs grandissaient leur aura et leur imprévisibilité dans l'esprit des Occidentaux. Lors de mon premier voyage à Moscou, en 1984, j'étais tombé sur un incroyable réseau, où se côtoyaient des cosmonautes, des néochamanes, des « citoyens diplomates », des yogis, des psychiatres, des delphinologues, des guérisseurs, des acrobates et forcément quelques agents du KGB[1]. En dehors des Russes, beaucoup d'Anglo-Saxons, quelques Germaniques, des Scandinaves, des Italiens, pas de Français – « Vous êtes tellement méfiants que cela vous coupe de beaucoup de choses nouvelles ! » me dirent plusieurs de ces conspirateurs.

Lorsque je rentrai à Paris et publiai dans *Actuel*, à l'été 1984, un reportage intitulé « La conspiration des cools », où je rapportais ce que m'avaient appris les membres de ce réseau – à savoir, qu'une *perestroïka* se préparait, c'est-à-dire un *aggiornamento* de fond, qui allait bouleverser soixante-dix ans d'histoire et rapidement conduire à une ouverture du bloc russe au monde –, mes amis français se moquèrent de moi : j'avais évidemment été victime des manipulations du

1. Ils étaient souvent membres de L'Expédition vers les ressources humaines cachées, une association plus qu'improbable, fondée par le physicien Joseph Goldin, ancien élève de Sakharov et dissident comme lui. Goldin passait en moyenne six mois par an en prison psychiatrique, premier cercle du Goulag, et avait le courage inouï, sitôt sorti, de recommencer à tisser des liens entre l'Est et l'Ouest, via entre autres ce qu'il appelait des *space-bridges*, permettant à de jeunes Américains et Russes de communiquer par écrans géants, notamment lors de certains concerts rock. Il disait : « Refusant l'exil, je me suis condamné moi-même à œuvrer pour un avenir radieux et à courir plus vite que la vague des tyrans. » Finalement protégé par Velikhov, scientifique proche de Gorbachev, Joseph Goldin mourut malheureusement, âgé d'à peine cinquante ans, d'un cancer fulgurant.

KGB et de sa « stratocratie[1] », car jamais l'URSS ne se dissoudrait de la sorte !

Étrangement, on se moqua beaucoup moins de mon autre article, pourtant très allumé, sur « Les mutants de la mer Noire ». J'y rapportais ce que m'avaient dit mes interlocuteurs russes : en accouchant dans la mer, après être entrées en résonance avec la figure du dauphin pendant toute leur grossesse, physiquement ou symboliquement, les femmes de la tribu Tcharkovsky mettaient au monde des bébés d'un genre nouveau, aux chakras ouverts à l'énergie vitale et bénéficiant en conséquence de l'éveil de potentiels dont n'avaient bénéficié jusqu'ici que des champions du genre humain, grands chamanes aborigènes, maîtres yogis ou lamas tibétains, capables de communiquer par télépathie par-dessus les montagnes et de faire fondre la neige sur leurs épaules, en méditant tout nus dans l'Himalaya en plein hiver.

Un magazine spécialisé dans l'enfantement, *Naître et grandir*[2], accorda sa couverture au sujet, et intitula « Dauphins pédiatres et pédagogues » un grand article du psychanalyste et futur haptothérapeute Bernard This, homme d'une belle culture, qui reprenait mon article point par point, lui découvrant d'extraordinaires filiations, en particulier avec les sources étymologiques des

1. La « stratocratie » est un concept qu'utilisèrent dans les années 1980 certains farouches opposants au soviétisme, dont le libertaire Cornelius Castoriadis. Dans *Devant la guerre*, ce dernier expliquait que l'URSS était dirigée par cette forme de pouvoir très particulier, qu'il décrivait comme « dinosaurien », comportant à sa tête une élite militaire de 500 000 personnes, tenant en otage une population de 270 millions de serfs, sinon d'esclaves.

2. Automne 1986.

mots *delphis*, dauphin, *delphius*, matrice, et *Delphos*, Delphes – ville où vivait l'oracle que toute la Grèce antique venait consulter…

La symbolique du dauphin est puissante. Ses irruptions dans la culture humaine suivent un cycle long. On la trouve, par exemple, en Grèce, cinq cents ans avant notre ère, quand le poète Orion, jeté à la mer par des pirates, est sauvé par une troupe de dauphins, charmés par sa lyre. Puis elle disparaît, pour resurgir au Moyen Âge, dans le bestiaire du Christ et dans la descendance première des rois de France, chrétiennement baptisés depuis Clovis. Elle disparaît ensuite à nouveau… Son dernier retour ne date que du milieu du XXe siècle, quand nos contemporains s'émerveillent du fait qu'au fil de l'évolution, un mammifère terrestre ait pu retourner à l'océan originel et y engendrer plusieurs centaines d'espèces fantastiques – du petit marsouin à la gigantesque baleine bleue –, sans perdre ses acquis de départ, bien au contraire. Que les cétacés aient un néocortex presque aussi sophistiqué que le nôtre et soient d'une intelligence supérieure aux grands singes, voilà qui intrigue les humains postmodernes, à une époque où les bains de mer sont devenus une pratique commune et les questions écologiques une préoccupation générale…

L'euphorie de la rencontre avec les dauphins

Vers les années 1990, j'ai accompagné plusieurs groupes d'humains « civilisés » à la rencontre de groupes de dauphins « sauvages » – tursiops (les plus médiatiques), ou, plus fins et certainement plus raffinés, dauphins tachetés –, notamment au sud de la « Floride alabamienne[1] » et au large des Bahamas. J'ai eu l'occasion de raconter certaines de ces rencontres[2]. La figure du dauphin s'y révélait chaque fois tel un totem des temps actuels, capable de faire entrer nos congénères littéralement en transe. J'avoue que, lorsque, en pleine mer, sur un « spot » repéré d'avance, un groupe de dauphins accepte de jouer, non pas avec l'étrave de votre bateau, mais avec tout un groupe de bipèdes plus ou moins nageurs, qui se jettent à l'eau en poussant des cris stridents, l'effet est saisissant. Leur force permettrait à n'importe lequel d'entre eux de ratatiner n'importe quel humain en une fraction de seconde – et Dieu sait si ces animaux massacrés par notre engeance auraient de quoi se méfier de nous. Au lieu de quoi, ils entrent en interaction dans des danses aquatiques si belles que, parfois, tâchant de les suivre dans leurs cabrioles sous l'eau, vous en oubliez de respirer ! L'incroyable contact velouté de leur peau (quand vous avez de la chance), la façon dont ils vous sondent avec leur « sonar » (ça, à tous les coups), ce sixième sens à écholocation qu'ils se sont inventé pour survivre, ultrason imperceptible légèrement électrique, la sensualité et la drôlerie de leurs comportements, tout cela fait de la rencontre avec eux un moment inoubliable. Puis ils disparaissent, après une étourdissante mêlée d'un quart d'heure, ou d'une

1. Le pauvre État d'Alabama s'est fait voler l'essentiel de sa côte par l'État de Floride, qui remonte très loin au nord-ouest, en direction du delta du Mississippi.

2. Voir notamment dans *Le Livre des dauphins et des baleines* de Brigitte Sifaoui (Albin Michel, 2001) et sur : www.nouvellescles.com

demi-heure, et vous remontez sur votre bateau, en proie à une euphorie incontrôlable.

Certains en demeurent marqués à vie. Dans l'instant, tous ceux qui ont participé à l'événement, strictement tous (même le non-nageur qui a osé se jeter à l'eau avec une bouée sous les bras) ont des révélations exceptionnelles à vous faire : sur les dauphins, sur les baleines, sur la mer, sur la vie, sur le cosmos, sur eux-mêmes, sur la condition humaine et sur la société qui règne actuellement sur cette planète. Mais aussi sur l'âme, sur le souffle, sur l'esprit, sur l'inspiration poétique, sur les anges… Bref, le contact avec le dauphin vous fait lâcher prise et vous ouvre à la créativité la plus large. Ce serait un excellent animateur de *brain storming* ! Vous voulez réveiller votre inspiration créatrice et votre enthousiasme originel ? Nagez donc avec un dauphin libre ! (Je me refuse à entrer en contact avec de pauvres dauphins prisonniers, même si leurs geôliers ont d'implacables alibis pour justifier que l'on enferme des princes des mers dans des bassins ridicules, notamment celui qui consiste à dire que, du coup, le public laisse les dauphins sauvages tranquilles.)

La pédagogie de ces rencontres interespèces est simple : voilà des êtres intelligents et sensibles, qui vivent sur cette planète depuis trente à cinquante millions d'années, sans en avoir rompu les équilibres, et cela alors même que certains de leurs représentants, en particulier les orques, sont les plus grands prédateurs, craints même des gigantesques requins blancs et constituant le bout de la chaîne alimentaire océanique. Comparés à eux, nous qui vivons sur cette même planète depuis à peine deux millions d'années (et encore, la maîtrise du feu ne date-t-elle que de cinq cent mille ans), nous faisons figure d'antibiotique létal, de poison monstrueux, de prédateur dément, puisque, dans ce très court laps de temps, nous avons réussi à mettre toute la biosphère en danger. La grande différence entre les cétacés et nous, c'est qu'ils n'ont pas de mains et ne fabriquent donc rien, alors que notre génie manuel nous a fait métamorphoser notre environnement tout entier… Ne dit-on pas, depuis Darwin, que les espèces disparaissent par leurs points forts ? Aujourd'hui, nous savons que cette métamorphose de l'environnement est allée trop loin et que, comme le préconisent tous les sages, de Lao Zi à Pierre Rabhi, nous ferions bien de nous rappeler que nous avons aussi la capacité de communiquer et d'admirer, de donner et de contempler, de rire et d'aimer, autant de verbes qui peuvent se conjuguer même si l'on n'a pas de mains et que l'on ne fabrique rien.

À partir du milieu des années 1980, le réseau des amis des dauphins et des baleines se mit à organiser, tous les deux ou trois ans, en Australie, au Japon, en Californie, mais aussi en Europe, une « Conférence mondiale », où se retrouvaient des scientifiques (éthologistes ou delphinologues), des artistes (par exemple des musiciens qui vous révélaient ce que leur apportaient leurs concerts avec des orques sauvages, au large du Pacifique canadien), des apnéistes, des écologistes, des animateurs d'ONG, etc. Au cœur des débats se retrouvaient souvent deux professions inattendues : des sages-femmes et des accoucheurs.

De nos jours, c'est devenu un grand fantasme de femmes enceintes : nager avec des dauphins – plus exactement avec des dauphines. C'est un fait : sitôt qu'à l'aide de leur organe à écholocation, les femelles cétacés repèrent un fœtus à l'intérieur d'un ventre humain, elles se passionnent pour la question, sondent ce ventre dans tous les sens avec concentration et chassent les mâles qui voudraient s'en approcher. C'est d'ailleurs ainsi que certaines entraîneuses de delphinariums (en particulier à Hawaii) disent s'être rendu compte qu'elles étaient enceintes : à la façon dont les dauphines sondaient soudain leur ventre, dès qu'elles descendaient dans l'eau.

Sur ces faits objectifs viennent ensuite se greffer des hypothèses plus ou moins fantastiques et indémontrables. Les cétacés étant d'anciens mammifères terrestres, qui ont réussi à vaincre la peur atavique de l'océan que nous avons tous, inscrite au fond de nos cellules (imaginez que vous deviez désormais vivre exclusivement sous l'eau, un frisson de terreur vous parcourt, même si vous êtes un fan de la plongée), les cétacés, donc, auraient acquis une forme de sagesse, un calme profond, un concentré de ce « raccourci vers le yoga et la méditation » qu'expérimentent les futures mamans qui suivent la préparation aquatique d'Ostende (que nous rencontrerons au prochain chapitre). Et cette sagesse très ancienne, engrammée dans leur constitution physique elle-même, les cétacés seraient capables de la transmettre, de l'infuser aux fœtus humains contactés, à travers l'utérus, par ultrasons – et peut-être par d'autres moyens, plus télépathiques, d'inconscient à inconscient. Si cela était vrai, si un animal très intelligent, cinquante à cent fois plus ancien que nous, pouvait nous délivrer de la peur de la mort (que symbolise d'autre, en dernier lieu, la peur de l'océan ?), ce serait évidemment une révolution. Libérée, dès sa matrice, de la peur centrale qui détermine toutes les autres peurs, l'humanité connaîtrait une ère radicalement nouvelle.

Rien ne vous interdit d'y rêver. Mais nul besoin de toutes ces hypothèses pour que les plus imaginatives des femmes s'éprennent du fantasme d'un accouchement en plein océan.

L'expérience de Denis Brousse

C'est Jacques Mayol qui m'avait parlé de Denis Brousse en premier. Jacques avait un instinct incroyable pour repérer les mutants de son époque et prenait ensuite grand plaisir à vous les faire rencontrer. Denis m'apparut immédiatement comme un personnage amphibien. Tout, chez lui, de son visage de baleine bosselé à sa ronde manière de se mouvoir, a quelque chose d'aquatique. Vous ne courez de toute façon aucun risque de vous tromper : Denis Brousse, sitôt abordé, vous parle de l'eau et de sa magie. Avec un accent languedocien particulièrement chantant, il peut vous en parler des heures, dans un style ultralyrique, récitant parfois de longs poèmes de son cru, la lippe en avant. Ça pourrait devenir intolérable, si l'homme n'avait réellement inventé des choses magnifiques dans l'eau, d'abord pour aider des enfants handicapés.

Il est professeur de gymnastique à Montpellier quand il découvre, par hasard, que les bébés conservent, bien après leur naissance, leurs réflexes aquatiques de fœtus (il n'est pas encore revenu de sa surprise quand ayant plongé, affolé, pour sauver un bambin dans une piscine, celui-ci lui a souri du fond de l'eau). Il devient alors une sorte de maître nageur pour des tout-petits, avec qui il passe des heures sous l'eau. Pour Denis, toute la question est de vous faire comprendre qu'on ne nage pas *dans* l'eau, mais *avec* elle. Car elle est notre sœur, comme aurait dit François d'Assise. Il s'agit donc de l'accompagner ou de se laisser accompagner par elle. Avec elle et en elle, Denis découvre par ses propres moyens que l'eau a un effet régressif sur nos facultés mentales. Effet conceptualisé quelques décennies plus tôt par le grand psychanalyste Sándor Ferenczi (la fameuse « régression thalassale »), mais que notre homme met, lui, en application directe et positive, de manière très originale, en faisant nager des bébés handicapés psychomoteurs, gravement atteints, et en communiquant avec eux en « langage bébé », soufflant des bulles, marmonnant sur leur peau, au ras de l'eau, des borborygmes de toutes sortes, qui le font lui-même ressembler à un handicapé du dernier degré ! Il les aide ainsi à retrouver au fond d'eux-mêmes des réflexes archaïques, en particulier la fameuse *ondulation reptilienne* de la colonne vertébrale, qui peut apparemment servir de déclencheur au réveil d'une évolution malencontreusement interrompue…

À son tour, Denis Brousse, remontant la piste de l'ontogenèse des bébés handicapés qu'on lui confie, sera conduit à s'interroger sur la naissance. Avant même que Jacques Mayol lui parle d'Igor Tcharkovsky, il songe à l'accouchement aquatique. Et les nouvelles que son ami lui rapporte ensuite d'URSS ne font que le confirmer dans la conviction qu'il s'agit là de la naissance idéale.

Pendant longtemps, il en rêvera. La mise en œuvre se réalisera au bout de plusieurs années, grâce à un accoucheur de Clermont-Ferrand, le Dr Thibaut, dont l'une des patientes, Brigitte M., sera d'accord pour tenter l'expérience.

Et quelle expérience !

La naïade et les hommes-grenouilles

Denis m'en a montré un jour la vidéo. Vingt ans plus tard, je n'en suis toujours pas revenu moi-même et en demeure diantrement esbaudi. Une scène exceptionnelle. L'un des plus beaux accouchements qui m'aient été donné de voir…

Installé entre-temps dans la banlieue lyonnaise, Denis avait réussi à convaincre le maire de son village de lui prêter pour son expérience rien de moins que la piscine municipale ! Pendant deux jours ! Et le maire avait accepté, non seulement que la piscine soit « fermée pour travaux », mais que l'on chauffe l'eau à 30 °C ! Bref, des circonstances non reproductibles. Par chance, le jour J, la future maman arrivait effectivement à terme. Et l'incroyable événement put commencer.

Ils sont quatre : Brigitte, le père de son enfant, l'accoucheur et Denis Brousse – sans compter le cameraman qui va tout filmer, notamment sous l'eau. Brigitte est une femme particulièrement vivante et belle. Un peu le look de Béatrice Dalle. À l'évidence, elle fait partie de cette minorité de parturientes chanceuses que les contractions de l'accouchement ne tourmentent pas. Quand le film commence, elle en est déjà à un stade avancé du travail. On la voit descendre dans l'eau avec ravissement et partir à la nage à l'endroit le plus profond du bassin. Soudain, elle crie, quasiment comme une enfant annonçant une bonne surprise à ses parents : « Ça y est, une contraction arrive ! » Brigitte procède alors suivant un scénario que les quatre protagonistes ont mis au point, sous la conduite de Denis : elle se laisse couler au fond du bassin en soufflant lentement son air, tandis que les trois hommes la suivent de près, l'observant de tous leurs yeux à travers leurs masques de plongée.

Image hallucinante que cette naïade aux longs cheveux, nue comme au premier jour, renversée en arrière, les quatre fers en l'air, que trois hommes-grenouilles lorgnent dans son intimité la plus sacrée ! Puis Brigitte remonte vers la surface, lentement, en soufflant son air à travers ses lèvres serrées, suivie de ses protecteurs…

La scène se répète à plusieurs reprises, ponctuée chaque fois des cris de Brigitte, quasiment des cris de joie : « Une autre contraction ! »

Quand elle remonte la dernière fois, c'est pour s'exclamer, sous la voûte de la piscine municipale qui réverbère son éblouissante euphorie : « Il est là ! Il est là ! Il est là ! » Sont-ce là précisément ses mots ? En fait, je ne me souviens pas des paroles exactes et je ne me rappelle pas non plus lequel des quatre personnages l'a aidée à remonter son nouveau-né à la surface. Mais je sais que ma mémoire ne trahit pas l'esprit de cet instant exceptionnel. Cela s'est bien passé, dans les années 1980, dans la banlieue lyonnaise. Et il s'en dégageait une beauté et une grâce exceptionnelles.

La mère et l'enfant, reliés par le cordon ombilical, ont regagné le bord de la piscine. Là, le père a coupé le cordon. Puis, ayant regagné la terre ferme, la mère a expulsé le placenta, que l'accoucheur et les parents ont ensuite minutieusement examiné, tandis que le bébé tétait sa mère, étroitement collé contre sa peau.

Peu d'années après, les mêmes protagonistes, rejoints par Jacques Mayol allaient se retrouver sur une côte du Languedoc, pour la naissance du second bébé de Brigitte.

La naissance de Jonathan au large de Valras

Quand les premières contractions réveillèrent la jeune femme, il était deux heures du matin. Elle se mit bien à plat sur le dos et commença aussitôt les exercices de respiration qu'elle avait souvent répétés, tâchant de prendre l'étonnant mouvement venu du fond de son ventre comme on prendrait la houle, le plus calmement possible, en accompagnant la force plutôt qu'en essayant de s'y opposer. Pendant une bonne heure, elle parvint ainsi à contenir la pression. Puis elle réveilla son mari, endormi à côté d'elle sous la couette. « C'est le moment, lui dit-elle, je le sens, notre enfant va naître. »

Dehors, hélas, l'aube à peine naissante annonçait de mauvaises nouvelles. Le ciel était gris et le temps étonnamment froid pour un 15 juin. Un à un, les hommes rejoignirent le chemin de la plage, les yeux encore lourds. Enfouis dans leurs anoraks, ils allumèrent un feu près de la tente qu'ils avaient dressée à une dizaine de mètres du rivage. Outre le mari de Brigitte, il y avait là le Dr Marc Ohana, psychiatre et plongeur, Denis Brousse, le professeur de gymnastique accoucheur, qui avait monté l'opération, et Jacques Mayol, l'hommedauphin, qui la parrainait – tout en l'observant avec une vive curiosité. Depuis le temps qu'il entendait parler de naissance en mer, il allait enfin pouvoir en contempler une ! À moins qu'avec le brusque changement de temps, celle-ci ne soit finalement annulée. Depuis la veille, le vent s'était calmé, mais il ne faisait toujours pas beau.

Sans oser se le dire, les hommes y pensèrent tous : Brigitte allait probablement renoncer. Évidemment, c'était agaçant. Avoir parcouru tout ce chemin, connu la déception d'une fin de non-recevoir par le maire du premier village (un médecin sympathisant, mais sur lequel l'Ordre des médecins avait soudain mis une énorme pression pour qu'il refuse), puis réussi à s'organiser autrement (sous couvert d'expérimenter le « métabolisme et la thermorésistance des plongeurs en apnée », avec ambulance du Samu en haut de la plage, en cas de pépin), bref se trouver à deux doigts d'aboutir… pour devoir finalement abandonner en raison d'une saute d'humeur climatique, oui, c'était très agaçant ! Mais y aller maintenant, dans une mer qui avait dû se refroidir de plusieurs degrés… était-ce raisonnable ?

Lentement, un petit bouquet de fleurs à la main, la jeune femme et son mari sortirent de l'appartement où ils avaient passé la nuit et descendirent à pas lents le grand escalier qui conduisait à la plage de sable noir… où les hommes faisaient chauffer de grands baquets d'eau pour remplir la piscine en plastique où la naissance aurait vraisemblablement lieu.

Il était cinq heures et demie et le soleil avait du mal à se lever quand Brigitte leur apparut, vêtue d'un petit slip rouge et noir et d'un tee-shirt jaune. Les hommes en anorak l'entourèrent aussitôt, compatissants. Mais elle rayonnait d'une énergie très calme et, les écartant, se mit aussitôt à marcher vers la mer. Légèrement incrédules, les hommes la suivirent. Elle n'allait tout de même pas…

Mais si ! À peine arrivée au bord des vaguelettes, la parturiente se déshabilla et, après avoir posé son petit bouquet de fleurs sur le sable, se jeta dans l'eau. Tirés en avant par une force inexorable, les hommes furent bien obligés de s'y mettre aussi, retirant à la hâte leurs anoraks et poussant de petits souffles de suffocation pour atténuer l'effet du froid. Même Mayol, pourtant habitué à des expériences physiques radicales, eut à s'ébrouer bien fort pour pouvoir suivre cette diablesse de femme qui nageait déjà à longues brasses vers l'horizon.

La côte du Languedoc descend en pente très douce et il faut beaucoup s'écarter du rivage avant de trouver un fond de quelques mètres. Ce n'est que lorsqu'elle fut sûre de n'avoir plus du tout pied que Brigitte s'arrêta de nager et fit la planche, à vingt-cinq mètres du rivage. Son mari et Denis Brousse l'accompagnaient de près, aux aguets, attendant qu'elle leur fasse signe. Les autres observaient de plus loin. Un petit soleil rouge éclairait la mer d'une ligne floue. Il n'y avait heureusement pas de vent et la surface de la mer était calme. On n'entendait que les souffles plus ou moins réguliers des nageurs, et le léger clapotis de l'eau. Brigitte se mit à chantonner. Elle était visiblement aux anges – dans une eau à 16 °C !

À chaque contraction, elle se laissait lentement couler, à un peu moins de trois mètres de fond, suivie de son mari qui, derrière elle, l'entourait de ses bras et appuyait sur son ventre. Puis, lentement, elle expirait son air, tout en remontant vers la surface. Et il faisait pareil, surveillé de près par Denis Brousse, les yeux écarquillés sous la mer, à la fois euphorique, lui aussi, et forcément inquiet. Brigitte, elle, ne l'était pas. Cela faisait des mois qu'elle répétait cet exercice. Mais cette fois, c'était pour de bon et elle le murmurait amoureusement à son bébé ! Rien ne pouvait les arrêter. La symbiose entre l'eau, la mère et l'enfant ne pouvait être plus harmonieuse. Quand une nouvelle contraction s'annonça du fin fond de son ventre, Brigitte lança : « J'entre dans le deuxième acte, c'est la naissance ! » Elle prit une grande inspiration et se laissa couler de nouveau, les jambes écartées, les mains prêtes à recevoir le nouveau-né, dont elle pouvait déjà toucher les cheveux.

Il y eut une dizaine de plongées encore. Puis elle jaillit hors de l'eau, euphorique : « Voilà. Il est là ! » Elle tenait son petit Jonathan serré contre elle, mais toujours sous l'eau. Relié à elle par son cordon, il restait alimenté en oxygène pendant quelques instants encore. Puis, lentement, elle se mit à nager vers le rivage. Moins de vingt minutes s'étaient écoulées depuis que Brigitte avait jeté son bouquet sur la plage.

Les adversaires de l'accouchement dans l'eau – il y en a beaucoup, en particulier chez les médecins français – citent toutes sortes d'arguments techniques pour expliquer les dangers d'une telle méthode, même appliquée en clinique, dans un bassin à 34 °C. La naissance de Jonathan aurait fait s'évanouir de tels adversaires. Cette eau de mer n'était-elle pas polluée ? Et puis, de toute façon, elle était glacée, or certains pensaient à l'époque que le réflexe de respiration du nouveau-né se déclenchait au contact d'un milieu plus froid que la matrice. Cette dernière donnée avait de quoi faire douter même des esprits audacieux. Une eau à moins de 16 °C, n'était-ce pas un crime contre cet enfant ?

Il faut croire que, dans certaines conditions, la nature humaine échappe aux lois où nous pensions la saisir. Sitôt parvenus au bord de la plage, Brigitte et son nouveau-né plongèrent dans une petite piscine à 33 °C, que l'on avait installée sous la tente. Au bout d'une heure, avec solennité, le père de l'enfant coupa le cordon. Et quand le placenta sortit enfin des entrailles de la mère, il fut recueilli avec soin et, plongé dans les vaguelettes transparentes, longuement observé, avant d'être finalement enterré au pied de la petite falaise.

Les parents de Jonathan, emmitouflé dans d'immenses serviettes, contemplaient leur petit, sous le regard ravi de Jacques Mayol. Tout autour, c'était la fête. La quinzaine de personnes présentes avaient les larmes aux yeux, et Denis Brousse déclamait un poème sauvagement improvisé.

Jonathan,
du fond de la mer présente,
a pris son envol
et nos yeux
grands comme l'océan
l'ont vu se poser
sur la terre.
Un volcan s'apaisait
et venait réchauffer
nos vies.

L'ambulance du Samu put repartir vers Montpellier : on n'avait pas eu besoin d'elle.

Le mois suivant, dans *Paris Match*, la journaliste Claudine Vernier-Palliez fit la une avec un grand reportage sur cette naissance hors normes, que Jacques Mayol nous avait fait l'immense joie de nous venir raconter à la maison. Nous ignorions à l'époque qu'une vague de naissances océaniques allait bientôt déferler sur la France.

L'emballement des artistes du shintaïdo

Tout commença avec l'arrivée en France de Katia et Volodia Bagrianski, peu avant l'écroulement du mur de Berlin. Contrairement à leur ancien maître Igor Tcharkovsky, les parents d'Eya, le premier bébé océanique russe, quittaient l'URSS sans idée de retour, mais avec celle d'émigrer en Amérique. Les choses tournèrent autrement et leur séjour à Paris, au lieu de ne durer que quelques semaines ou quelques mois comme ils l'avaient initialement prévu, s'éternisa. C'est alors qu'ils firent la connaissance des shintaïdokas.

Le shintaïdo est une gymnosophie tirée du karaté shotokaï. Inventé dans les années 1960 par le Japonais Hiroyuki Aoki – élève d'Egami, lui-même élève de Funakoshi, fondateur du premier karaté[1] –, le shintaïdo (« nouvelle voie du corps ») réussit l'exploit d'intégrer une énergie yin dans une pratique éminemment yang,

1. En fait, le karaté est à l'origine une technique de combat « à mains nues », mise au point par les paysans-pêcheurs de l'île d'Okinawa pour se défendre contre les guerriers nippons, équipés de sabres et de cuirasses.

ouvrant ainsi les bienfaits physiques et psychiques des arts martiaux à une population beaucoup plus large que celle des jeunes athlètes. Inversement, des ceintures noires cinquième dan, individus ordinairement durs comme du bois, acceptent de lâcher prise et, sans perdre vigilance et axialité, admettent de se laisser envahir par des mouvements d'ondulation qui font penser à ceux des algues dansant dans les vagues. Les attaques de l'adversaire devenu partenaire sont reçues, non plus comme une violence, mais comme une invitation à pousser plus loin les limites de la conscience. Plus question de compétition, sinon contre ses propres limites. L'objectif n'est plus de se durcir, mais de s'ouvrir, à tous les niveaux – ventre, hanches, poitrine, épaules, mains, regard, cœur, esprit… – et de servir de canal au mariage énergétique entre la terre et le ciel.

À la fin des années 1980, il existe encore une Fédération française de shintaïdo, dirigée par Robert Bréant, un karateka d'abord classique, si efficace que Tsahal, l'armée israélienne, l'a invité à venir donner des cours en Israël. Il a refusé. Avec la découverte de l'école japonaise de shintaïdo, sa vie a basculé, l'ouvrant à des dimensions humaines et spirituelles qu'il ne soupçonnait pas. Quand il rencontre les Bagrianski, l'organisation qu'il dirige compte quasiment autant de femmes que d'hommes – et ce ne sont pas, comme dans certains arts martiaux, des femmes-troncs, masculines et massives, mais de vraies femelles, sensuelles et maternelles.

Je n'ai jamais exactement compris ce qui s'était passé. Plusieurs couples de shintaïdokas devaient avoir envie de faire un enfant à cette même époque. Le désir d'enfant arrive souvent par vagues (dans notre maison de Saint-Maur, par exemple, quasiment toutes les femmes ont eu un bébé en 1989-1990, et elles étaient loin d'avoir toutes le même âge !). Ici, il s'agissait de femmes et d'hommes habitués à donner à leurs idées des formes physiques tranchées, à la fois les plus naturelles et les plus amples possible. Le récit que leur firent Katia et Volodia de l'enfantement à la Tcharkovsky leur plut énormément. L'idée de donner naissance à leurs bébés dans la mer les enthousiasma et devint leur grande affaire. Pendant des mois, ils et, surtout, elles s'entraînèrent avec leurs nouveaux amis russes…

Toutes n'accouchèrent pas en mer. Mais plusieurs le firent vraiment : celles qui eurent la chance que le terme de leur grossesse ait lieu à la fin de l'été. Il faisait encore bon, la Méditerranée était tiède et les vacanciers avaient regagné leurs pénates. Un camping corse pour nudistes fut ravi de voir débarquer ces nageurs tardifs.

J'étais alors surtout en rapport avec un couple d'outsiders. Les shintaïdokas Dominique et Jean-Pierre qui allaient, eux, pousser l'expérience extrêmement loin. Peut-être même plus loin que les Russes qui leur avaient d'abord servi de modèles !

Une famille d'humains radicalement amphibies

Jean-Pierre et Dominique ont déjà un enfant, une petite fille, Ava, mais en désirent d'autres. Lui, ancien loubard italo-nordique, est un dur touché par la grâce du shintaïdo sur une plage de Goa, où il a eu la chance de rencontrer Bernard Ducrest, un instructeur hors pair.

Elle, une Franco-Espagnole d'une beauté brûlante et brune, est habitée par une volonté fantastique, presque effrayante. Subjuguée à son tour par la vision russe, elle a décidé de suivre cette route, mais seule. Plutôt que de rejoindre le groupe de parturientes parties « camper » en Corse, elle organise la venue en France du chamane lui-même, Igor Tcharkovsky, qui accepte l'invitation et va devenir son professeur, dans la banlieue nord-est de Paris où ils habitent alors. Leur deuxième enfant, un garçon, Victor, naîtra ainsi à la maison, dans une piscine gonflable, où Dominique va rapidement le soumettre à l'entraînement des centaines de plongées par jour, « à la Tcharkovsky »…

Je dois dire cependant que je serai frappé par sa façon très particulière d'appliquer la méthode. Chauvinisme gaulois de ma part ? La manière qu'aura Dominique de tenir son petit garçon dans l'eau, son corps contre le sien, avec des gestes fermes, mais doux, tendres, sensuels, me semblera quelque peu différente de celle des mamans russes avec leurs petits… Ce qui n'empêchera pas la Française de pousser le bouchon extrêmement loin, allant jusqu'à rejoindre Igor Tcharkovsky dans son pays, en plein hiver, pour faire vivre à son bébé l'expérience des « morses » : on creuse un trou dans la glace d'un lac et on plonge dedans quelques terribles secondes… ou on y plonge son bébé !

Plus tard, devenue autonome de tout guru, la jeune femme ira accoucher de son troisième enfant, de nouveau une fille, Gita, en Inde, dans l'océan, au bord de la fameuse plage d'Arambol, à Goa. Puis un quatrième enfant (leur troisième fille, Elsa) viendra au monde, toujours dans l'eau, dans une petite ville côtière de France, dans les Pyrénées-Orientales.

Le plus frappant, dans l'histoire de cette famille extraordinaire, se déroulera d'ailleurs le long de cette côte, qui est alors fréquentée par un « dauphin ambassadeur » nommé Dolfi…

Dominique et Jean-Pierre tourneront des dizaines d'heures de vidéo sur leur expérience avec Dolfi. J'espère que le film sera monté un jour. Imaginez, par exemple, la scène suivante :

Extérieur nuit. Un petit port de plaisance méditerranéen, l'hiver. Pas un chat, le vent fait voler les dernières feuilles mortes et quelques papiers gras. Une voiture passe au loin. Il fait froid. La caméra plonge alors vers les eaux du port et zoome sur les sombres clapotis entre les bateaux. Et là, vous découvrez quoi, avec ahurissement ? Une mère de famille et ses quatre enfants, âgés de deux, quatre, sept et dix ans, tous en combinaison de plongée, entourant tendrement un gros dauphin tursiop, qui ouvre et ferme tranquillement son évent, tout en frottant langoureusement son bas-ventre contre la chaîne d'ancrage d'un voilier, faisant valdinguer celui-ci de bord à bord dans de grands grincements. Et le lendemain, vous les retrouverez, nageant à nouveau tous ensemble, pendant des heures, dans une eau bleu roi, à un quart d'heure de la côte…

Dolfi est un dauphin ambassadeur, c'est-à-dire un cétacé dont nul n'est sûr de pouvoir expliquer pourquoi, au lieu de frayer avec les siens, il cherche le contact avec les humains. A-t-il été rejeté par son groupe ? Est-ce un ancien prisonnier de delphinarium qu'on a libéré, mais qui est resté attaché à l'espèce humaine ? Ou bien a-t-on affaire, comme aiment l'imaginer certains poètes, à un « esprit supérieur », venu s'incarner sous forme de cétacé pour enseigner aux bipèdes humains que l'avenir est à la nudité et au jeu ? Une chose est sûre : un dauphin comme Dolfi a su se faire des copains sur plus de trois cents kilomètres de côtes françaises et espagnoles. Certains jours, il est à Collioure, le lendemain à Cadaquès, le jour suivant à Tarragone. Et partout, des adorateurs l'attendent comme une apparition divine, persuadés d'avoir été choisis comme ses interlocuteurs privilégiés.

La seconde certitude, c'est que des humains comme Dominique, Jean-Pierre et leurs enfants, ce dauphin (ou plutôt cette dauphine, car Dolfi est une femelle) n'a pas dû en rencontrer souvent ! Ce n'est pas tous les jours qu'une famille d'humains se voue corps et âme à entrer en communication avec un cétacé – parfois vingt-quatre heures sur vingt-quatre ! Du coup, une alliance extraordinaire s'est nouée entre eux. Ainsi, Dolfi reconnaît-elle le moteur du Zodiac de ses amis entre mille. Quand ils partent en mer et qu'elle est dans les parages, elle les rejoint aussitôt – souvent à la barbe des savants delphinologues qui, après avoir fait « ami-ami » avec l'étonnante famille, pendant quelques semaines, pour pouvoir approcher l'animal de près, se sont avérés méprisants, ne tenant aucun compte des remarques de ces « indigènes indicateurs de terrain illettrés ». Ces derniers le leur font payer cher, entraînant Dolfi avec eux au large, chaque fois que ces scientifiques font mine d'approcher. Les malheureux savants en sont quittes à observer la dauphine de loin, à la jumelle, au grand rire des enfants, couchés à plat ventre sur les boudins du canot pneumatique, qui rebondit sur les vagues dans le sillage de la grosse dauphine ravie. C'est peu dire qu'une danse folle les emporte alors tous…

Jean-Pierre dirige généralement le bateau, Dominique fait mettre sa marmaille en tenue et bientôt les humains nagent aux côtés de la dauphine, en rythme. Cela peut durer des heures. Dominique est une vraie coach, d'une rigueur et d'une opiniâtreté impressionnantes. J'ignore si ses enfants sont des mutants. J'ai en tout cas constaté qu'ils sont non seulement d'excellents nageurs, mais qu'ils ont un cœur d'or, critère numéro un d'une éducation réussie.

L'école belge, finaliste du marathon Aquanatal

Évidemment, vous l'avez compris, toutes ces expériences sont le fait d'aventurières, de pionnières, de têtes brûlées, de visionnaires… Elles ne sont pas reproductibles par la plupart d'entre nous. Encore une fois, amie lectrice, j'insiste : ne va pas prendre ce que j'ai décrit ci-dessus comme un modèle à suivre. Certains êtres aiment taquiner les sommets ou les abysses, grimper jusqu'en haut de l'Annapurna ou plonger en apnée à plus de cent mètres sous la surface de la mer. Il ne viendrait à aucune personne normale l'idée de vouloir les imiter !

Mais les aventuriers d'avant-garde ne nous intéressent pas uniquement parce qu'ils nourrissent notre imagination. Ils ouvrent aussi des voies à des pratiques qui, un jour, reprises, adoucies, corrigées par des professionnels œuvrant pour la multitude, pourront nous concerner personnellement.

J'ai ainsi eu la chance de participer, dans les années

1990, à une tentative d'adaptation de la naissance océanique à des femmes « normales ». Les instigateurs en étaient des praticiens belges, regroupés autour de l'accoucheur Herman Ponette, du yogi Yves de Smedt et de la biologiste marine Isabelle Gabriels. Avec une petite équipe d'amoureux de la mer, dont le plongeur Jacques Mayol, nous créâmes Aquanatal, une ONG dont l'objectif était d'inventer la maternité aquatique idéale…

Dans cette maternité, installée quelque part sous les tropiques, les femmes enceintes, habitantes du cru et visiteuses venues de loin, consacreraient leurs derniers mois de grossesse à des vacances de rêve, faisant toutes sortes d'exercices aquatiques en compagnie de dauphines apprivoisées… Dans 85 % des cas, l'accouchement se déroulerait très naturellement, dans un bassin donnant sur la mer ou, pourquoi pas, dans la mer elle-même. Quant aux 15 % de naissances dont les statistiques montrent qu'elles ont besoin d'être aidées par la médecine, elles se dérouleraient dans une salle équipée des meilleures techniques et donnant, elle aussi, sur la plage et la mer étincelante…

Ensemble, de 1990 à 1995, nous avons sillonné la planète, à la recherche du lieu propice, des partenaires adéquats et des fonds nécessaires à cette maternité de rêve. Nous sommes en 2008 et n'avons pas encore trouvé. Peut-être ce projet restera-t-il un rêve à jamais ?

Mais, pendant ce temps, en Belgique, à Ostende, portés en quelque sorte par ce rêve, les accoucheurs de l'association locale Aquarius ont mis au point une méthode fantastique. Non pas sous les tropiques, mais dans une maternité au départ ordinaire, dans une ville européenne, au bord de la grise mer du Nord… mais illuminant de soleil le cœur de milliers de femmes, d'hommes et de nouveau-nés !

Une méthode bien inscrite dans notre temps, dont je voudrais vous parler maintenant.

3

À Ostende, plus de 5 000 bébés sont nés sous l'eau

Le pragmatisme des militants d'Aquarius

Février 2007. Les dernières nouvelles de la maternité aquatique d'Ostende viennent de m'arriver… de Pékin ! Les Chinois s'intéressent à la naissance dans l'eau et ont demandé aux spécialistes belges de venir leur expliquer leur méthode. Les citoyens de l'Empire du Milieu s'ouvrent décidément à nos avant-gardes, ce ne sont pas seulement des capitalistes fous, pour qui désormais « être riche est glorieux », nouveau slogan du Parti communiste chinois. Ils se sont, par exemple, branchés sur l'EMDR (*Eye Movement Desensitivation and Reprocessing*), cette méthode rapide et peu coûteuse – inventée par la psychothérapeute américaine Francine Shapiro et promue en France par David Servan-Schreiber –, qui obtient des résultats « miraculeux » dans la guérison des syndromes post-traumatiques lourds (PTSD), dont les descendants de Mao admettent aujourd'hui que beaucoup de leurs concitoyens souffrent, alors que le prétendre fut longtemps considéré comme une « insinuation antirévolutionnaire ». Les nouveaux

Chinois ont retrouvé le pragmatisme légendaire de leurs ancêtres. S'ils désirent que l'on forme leurs accoucheurs et sages-femmes à la naissance dans l'eau, ce n'est certainement pas par idéologie, mais parce que, sur un plan pratique, la méthode leur paraît intéressante.

En dehors de la France – pourtant pionnière en la matière dans les années 1970 (à Pithiviers, aux Lilas !), mais à la rigidité dogmatique et au conservatisme sécuritaire parfois étonnants –, la plupart des pays développés ont officiellement intégré l'enfantement aquatique à leurs méthodes (notamment l'Allemagne, l'Angleterre et la Hollande). Mais nul ne conteste que les champions du monde sont belges.

Voilà près d'un quart de siècle que le gynécologue et obstétricien flamand Herman Ponette propose de préférence ce mode d'accouchement à ses parturientes. Considéré comme expérimental au début, il est aujourd'hui quasiment la norme à l'hôpital public Henri-Serruys, dont la maternité est la principale d'Ostende et où 57 % des naissances sont aquatiques. Parvenu à l'âge de la retraite et malgré une relève désormais assurée, le Dr Ponette repousse son départ d'année en année, tant la demande est forte : des femmes arrivent de toute l'Europe pour accoucher – et des sages-femmes pour se former – dans la maternité qu'il a métamorphosée et où sont déjà nés plus de 5 000 bébés de l'eau.

Un sas de décompression pour l'enfant

D'abord influencé par Frédérick Leboyer, Herman Ponette est avant tout un pragmatique. S'il est d'accord avec son illustre confrère français pour défendre une naissance moins violente, plus intime, moins interventionniste, moins technique (« 85 % des accouchements, dit-il, peuvent être tranquillement confiés à la nature »), il sait aussi que les femmes occidentales d'aujourd'hui revendiquent d'enfanter dans des conditions de sécurité et de confort élevées. Plutôt que de prôner le retour à la naissance à la maison, comme le font par exemple beaucoup de Hollandais, ou le Français Michel Odent, Herman Ponette s'intéresse plutôt aux approches qu'il pourrait intégrer à la structure hospitalière où il travaille.

Il était déjà un praticien chevronné quand il entendit parler pour la première fois de l'accouchement dans l'eau, vers 1975. Intuitivement, l'idée lui plut. Qu'après ses neuf mois de séjour dans l'océan utérin, le bébé soit accueilli dans un « sas d'adaptation aquatique », lui semblait logique. Avant de connaître un environnement radicalement nouveau – aérien et soumis à la gravitation –, le petit vivrait ainsi un passage moins violent. Le traumatisme de la naissance s'en trouverait certainement atténué. Quant à la mère, l'accoucheur ne pouvait rien imaginer de plus relaxant qu'un bain chaud, légèrement salé, pour permettre un recentrage sur ses ressources intérieures et amortir le choc des contractions.

La mise en pratique vint progressivement…

Profitant de ses vacances, il enquêta d'abord dans le monde entier, notamment en Mongolie et en URSS – où la méthode était alors pratiquée à titre expérimental par un intrigant « docteur » Igor Tcharkovsky qu'il ne réussit jamais à rencontrer, mais dont la rumeur rapportait les fabuleuses intuitions. Chemin faisant, le gynécologue du Plat Pays découvrit des allusions à l'accouchement aquatique dans plusieurs cultures. Sur certains hiéroglyphes égyptiens, par exemple, datant du IIIe siècle avant notre ère. Ou dans certaines légendes grecques ou italiennes plus récentes. La première allusion moderne d'un accouchement facilité par un bain chaud – après que le « travail » d'une malheureuse parturiente eut duré quarante-huit heures – se trouve dans le récit d'une sage-femme française du XIXe siècle. Mais les données les plus évidentes arrivaient incontestablement de la maternité française de Pithiviers, encore dirigée à l'époque par le Dr Michel Odent. Elles achevèrent de convaincre l'accoucheur d'Ostende qui décida de se mettre lui-même à la pratique en 1983.

Moins douloureux, plus rapide, plus naturel

Dès les premières naissances, la méthode se révèle bénéfique sur plusieurs plans. Dans l'eau chaude (37 °C), l'accouchement est globalement moins douloureux, se déroule deux fois plus vite, et permet à la maman de rentrer deux à trois fois plus rapidement chez elle. Le plus important peut-être, pour Herman Ponette, en parfait accord à ce sujet avec Michel Odent, est que la méthode permet réellement de « laisser faire la nature » – ce qui est une façon de parler, puisque la parturiente se trouve dans un hôpital, entourée d'une équipe médicale… mais cette dernière peut se permettre de ne quasiment pas intervenir et de laisser l'enfant et la mère agir à leur rythme. Les vidéos de la maternité d'Ostende sont particulièrement impressionnantes de ce point de vue : vous voyez l'enfant sous l'eau, sorti de sa mère au tiers, à la moitié, aux trois cinquièmes, aux neuf dixièmes... et personne n'intervient... jusqu'à ce que le bébé sorte, souvent entièrement de lui-même, à peine aidé par les mains d'un tiers. Dans tous les cas, c'est la mère qui, ensuite, saisit délicatement le nouveau-né – aux yeux souvent ouverts dans l'eau – et, après l'avoir bercé sous la surface pendant une minute environ, le porte lentement jusqu'à sa poitrine pour l'étreindre et l'embrasser. Ce n'est qu'un bon moment après que le père sera invité à couper le cordon ombilical qui, jusque-là, flottant bien rond dans la baignoire, a pu continuer à faire bénéficier l'enfant de la fonction placentaire pendant quelques instants encore.

Au bout de vingt-cinq ans de pratique, avec des milliers de naissances aquatiques à son actif, l'hôpital Henri-Serruys dispose aujourd'hui de fortes statistiques – comprenant un nombre non négligeable de jumeaux et de sièges... (Précisons à ce sujet que, quand l'enfant se présente ainsi à l'envers, soit par les fesses, soit par les pieds, la méthode s'avère souvent paradoxalement idéale, alors que les non-connaisseurs jureraient évidemment du contraire : là, les vidéos d'Ostende vous stupéfient : le bébé flotte tranquillement dans l'eau, bras et jambes se mouvant comme des algues... la tête encore à l'intérieur de sa mère !) Bref, presque tous les cas de grossesses ont été expérimentés et les statistiques sont incontestablement positives. C'est ainsi, par exemple, que l'équipe de Herman Ponette a vu chuter le nombre de césariennes (8,6 % des naissances, contre 14,6 % en moyenne dans les maternités flamandes). Les épisiotomies (coup de scalpel pour faciliter la délivrance) ont chuté de 70 %, tandis que l'utilisation d'analgésiques est passée de 20 % à 2 %. Quant à la rumeur d'un risque de noyade, colportée par certains médecins non informés, elle s'avère totalement fausse : tant que le nouveau-né n'est pas en contact avec l'air, son réflexe de respiration reste inhibé – ce mécanisme d'apnée, étonnant et spécifique, différent de celui de l'humain « adulte », a été particulièrement étudié, sur un échantillon de mille naissances aquatiques, par des accoucheurs allemands, les docteurs Gerd Eldering et Konrad Selke, de l'hôpital Vinzenz-Palloti de Bensberg (en Rhénanie du Nord-Westphalie), spécialistes des mouvements pulmonaires fœtaux[1]. D'autre part, les risques d'infection, en particulier de pneumonie, ne se sont pas avérés plus élevés dans l'eau que dans l'air, la mortalité infantile de l'hôpital Henri-Serruys se situant clairement au-dessous de la moyenne belge et les transferts d'urgence vers un centre de soin néonatal intensif significativement moins fréquents…

En 1996, après treize ans de pratique, le succès de la méthode du Dr Herman Ponette lui a permis de convaincre : d'une part les autres obstétriciens de la maternité, notamment les plus jeunes, frais émoulus de la faculté et a priori hostiles à une méthode jugée margi-

---

1. Autrement dit, les rumeurs que font régulièrement courir milieux médicaux et journaux conservateurs sur les dangers gravissimes que ferait courir l'accouchement aquatique relèvent de la mauvaise foi ou de l'ignorance. On vous cite, une fois tous les deux ou trois ans, un accident, que l'on monte en épingle – il est arrivé que des parents irresponsables décident d'accoucher dans l'eau, chez eux, sans rien y connaître, et que les choses tournent mal, mais cela prouve quoi ? Qui peut protéger n'importe qui de faire n'importe quoi ?

nale et farfelue ; d'autre part, la direction de l'hôpital, qui a même accepté d'investir de façon conséquente. Des travaux impressionnants ont transformé la maternité en un espace unique au monde. Un équipement médical ultramoderne est là, mais camouflé derrière des parois blanches – il ne sera utilisé que dans 15 % des cas. Pour les 85 % de femmes qui n'en ont pas besoin, tout se passe dans une sorte de lieu de vacances, avec un grand jacuzzi (à 34 °C) où la parturiente peut vivre une bonne partie de son « travail » en compagnie du père de l'enfant, celui-ci ayant appris au préalable, comme nous le verrons, certaines techniques de massage fort utiles en ces circonstances. Quand la dilatation et les contractions seront suffisantes pour que commence la « délivrance », elle sortira de la petite piscine et gagnera la baignoire transparente… autour de laquelle se tiennent la sage-femme, l'accoucheur, le père du bébé et, éventuellement, les autres enfants du couple.

Mais écoutons un instant le Dr Herman Ponette parler lui-même de son expérience. À soixante-cinq ans, c'est encore un fort bel homme, portant la barbe et la moustache d'un baroudeur des mers, un athlète qui s'exprime d'une voix douce avec un accent flamand qui chante…

Vingt-cinq ans d'expérience aquatique

« *Avez-vous l'impression d'avoir ouvert une voie futuriste ?*

Dr Herman Ponette : Oh, ce n'est pas l'avis dominant ! Lors d'un symposium, réuni sur le thème “Accoucher en l'an 2000", j'ai eu la surprise d'entendre conclure, par des confrères satisfaits, que l'obstétrique allait être de plus en plus "régentée et organisée", ce qui signifiait pour eux :

– de préférence pas d'accouchement la nuit ou le week-end, le personnel étant alors réduit et le repos du gynécologue ne devant surtout pas être perturbé ;

– de plus en plus de péridurales pour le confort de la femme, de la sage-femme et de l'accoucheur ;

– de plus en plus de césariennes qui, après tout, ne constituent qu'une opération sans grand risque – d'autant que le désir des parents se limite désormais à deux enfants et que deux césariennes consécutives ne posent pas de problème…

C'est le régime qui s'impose partout, notamment en France...

On opterait donc pour une obstétrique programmée, médicalisée, instrumentale et défensive, s'adaptant au personnel disponible et au confort de la patiente, de la sage-femme et du médecin. Tout cela semble cohérent et acceptable. Mais une question se pose : cela convient-il à tous ? Tout le monde souhaite-t-il la même chose ? La future mère peut-elle encore, avec l'accord de son médecin, décider comment, où et quand elle désire accoucher, dans des conditions optimales pour elle et pour son enfant ? La réponse est claire : 85 % de l'obstétrique ne relève que du domaine de la nature et doit donc être respecté comme tel.

Vous voulez dire que 85 % des naissances peuvent se dérouler sans intervention médicale ?

Exactement. Une simple sage-femme suffit – même si les spécialistes sont toujours prêts à intervenir, avec le meilleur équipement. Il me plaît de revenir sur les paroles du professeur Klosterman : “Plus vous vous abstiendrez d'intervenir, mieux se déroulera l'accouchement.” Cela ne remet nullement en cause la grandeur et les mérites de l'obstétrique moderne : dans 15 % des cas, il est indispensable d'aider la nature et d'appliquer certaines corrections. C'est ce qui se passe dans notre maternité d'Ostende. Dans 6 à 7 % des cas, une césarienne se révèle nécessaire ; dans 8 % des cas, nous devons utiliser des ventouses ; et parfois, une anesthésie péridurale s'impose, pour relaxer une ceinture pelvienne trop douloureuse et trop tendue. Quant aux 85 % des grossesses restantes, il est évident qu'elles nécessitent, elles aussi, une attention méticuleuse pendant tout leur déroulement, grâce aux contrôles en laboratoire et par échographies, ainsi que par la prise d'une radio-pelvimétrie une à deux semaines avant le terme prévu. Mais dans l'énorme majorité des cas, l'accouchement lui-même doit être confié à la nature qui, depuis des millions d'années, a bien rodé son fonctionnement !

Vous parlez comme le Dr Odent. Mais avec une prédilection pour l'eau, alors que, dans sa vision, ce n'est finalement là qu'un outil parmi d'autres...

L'accouchement dans l'eau est, en effet, une méthode naturelle parmi d'autres, que les femmes peuvent utiliser à notre époque pour mettre au monde leur enfant. Personnellement, je n'en connais pas de meilleure pour faire en sorte que le travail et la délivrance se déroulent dans une ambiance agréable et détendue, permettant aux futurs parents de vivre consciemment cet instant merveilleux, cette explosion d'énergie positive. Le bain chaud et salé a un effet relaxant sur la femme et a tendance à fortement atténuer la douleur, qui se trouve en quelque sorte plus également répartie sur tout le corps. Et surtout, la parturiente se retrouve dans une situation où elle agit, tenant son propre sort en main ! Quant à l'enfant, cette façon de débarquer chez ses congénères adoucit à l'évidence le choc de la naissance et évite bien des effets secondaires négatifs de l'interventionnisme médicamenteux.

De nombreuses années de travail nous ont été nécessaires pour mettre au point cette méthode, qui comporte plusieurs volets indispensables :

– une bonne préparation prénatale aquatique, prodiguée par des personnes capables d'enseigner avec amour ces exercices de relaxation, de respiration et de poussée. En transmettant leur calme et leur confiance, elles permettent aux futures mères de se préparer psychologiquement et aux futurs pères de jouer un rôle toujours plus actif dans la naissance ;

– une bonne équipe de sages-femmes et d'infirmières pédiatriques, dont le regard positif posé sur l'accouchement dans l'eau joue un rôle capital. Ce sont elles, en effet, qui vont guider la parturiente, depuis son admission jusqu'à son départ de la maternité. Leur expérience médicale, mais aussi leur connaissance de l'être humain et leur attitude pleine de gentillesse et de compréhension sont d'une importance de premier plan ;

– une équipe de gynécologues ouverts à cette méthode et capables d'en assurer le suivi ;

– un pédiatre compétent, qui veille à la santé des “bébés de l'eau” et assure de sa présence tout accouchement à risque ;

– enfin, une excellente infrastructure *ad hoc* : à côté de la structure classique, nous disposons aujourd'hui d'une “salle d'accouchement aquatique”, équipée d'une lumière tamisée, d'une installation acoustique avec grand choix musical, d'une petite piscine à bulles pour le travail et d'une baignoire transparente pour la délivrance. Quant au matériel médical, du scalpel à la table d'opération, nous les avons rendus invisibles…

Avec l'espoir de les utiliser le moins possible !

Dans ma longue pratique d'obstétricien classique, j'ai trop vu de naissances violentes, tendues, entièrement dominées par le processus technique et conduisant de ce fait – combien de fois ! – à des complications physiques et psychologiques, pour la mère ou pour l'enfant, ou les deux, alors que le plus souvent cela aurait pu être évité, tout simplement, en laissant la nature effectuer son œuvre. Nous travaillons à éviter ce gâchis. »

Le premier congrès international des naissances aquatiques

En fait, dès 1995, ils étaient mille deux cents, accoucheurs et sages-femmes, venus d'une vingtaine de pays, à se rendre au premier Congrès international de l'accouchement aquatique, qui se tenait à Wembley (Royaume-Uni). Ils venaient aussi bien de Russie que de Californie, de Belgique que de Malte. Comme par hasard, au même moment (1er avril 1995), le *British Medical Journal* publiait le résultat d'une étude surprenante de la National Perinatal Epidemiology Unit auprès des sages-femmes de deux cents « autorités sanitaires » du Royaume-Uni, reconnaissant (à une quasi-unanimité) les bienfaits de l'eau pendant l'accouchement. Sur les 13 000 naissances dans l'eau recensées par cette étude, on comptait seulement 12 morts périnatales, soit un taux de mortalité de 0,9 pour 1 000, ce qui est très bas.

L'enjeu du débat du congrès de Londres ne se situait nullement sur la méthode elle-même, considérée comme définitivement admise, mais sur le lieu le plus approprié pour la mettre en pratique. Aujourd'hui, dans les pays industrialisés, la quasi-totalité des femmes accouchent dans des cliniques, des maternités ou des hôpitaux. En Angleterre cependant, et dans quelques pays cousins, en Hollande notamment, l'avant-garde des sages-femmes prône un retour à l'accouchement à la maison. Mais peut-on accoucher dans l'eau à la maison ? « Avec une bonne sage-femme, ou un bon accoucheur, aucun problème », répondent le docteur Michel Odent et ses amis anglo-hollandais. « Peut-être, rétorquent les Belges d'Ostende, mais nous préférons pratiquer cela en clinique. Pour nous, le facteur aquatique est déterminant ; c'est cela qu'il faut promouvoir auprès de la grande masse des femmes, au lieu de se disperser sur des terrains marginaux qui viennent tout embrouiller. Or, nous avons bien senti, en montrant nos vidéos au congrès de Londres, qu'on nous boudait parce que nous ne travaillions pas à la maison. Pourtant, le fait que nous ayons montré une naissance en siège sous eau et sans intervention aurait dû nous valoir des applaudissements ! »

Des applaudissements, certes, même s'il y a des limites à la méthode aquatique…

Les limites de la méthode

D'abord, direz-vous peut-être, seules des femmes ayant une forte affinité avec l'eau peuvent décider d'accoucher de cette façon. Pas forcément, ou plutôt si, mais cette affinité peut s'acquérir. Un certain pourcentage des futures mamans qui viennent se préparer à Ostende refusent au début de mettre la tête sous l'eau. Il s'avère que, comme le savent certains maîtres nageurs d'un nouveau genre, la phobie de l'eau est un blocage qui peut se soigner en douceur[1]. En revanche, Herman

1. En France, tout le monde connaît aujourd'hui l'association Le Pied dans l'eau qui, avec beaucoup de douceur, parvient à faire aimer la natation, et même la plongée sous-marine, à des personnes ne sachant pas nager et frappées de phobie de l'eau.

Ponette refuse de faire accoucher dans l'eau un certain nombre de femmes…

D'abord, évidemment, celles dont les examens préliminaires ont montré qu'une césarienne s'imposait impérativement, du fait des proportions relatives du bassin et du bébé, ou d'une malformation du fœtus, ou pour toute autre raison, dont l'arrivée d'un grand prématuré. L'accouchement classique est également obligatoire pour les femmes hypertendues, ou surstressées, ou souffrant d'une maladie qui les affaiblit, ou trop contagieuse (sida, hépatite B, etc.). Il se peut d'autre part qu'un affaiblissement intervienne en cours d'accouchement, de façon imprévue – auquel cas, la parturiente est instantanément sortie de sa baignoire et déposée sur une table d'accouchement ordinaire. La maternité d'Ostende a dressé toute une liste de cas où l'expérience aquatique doit être interrompue : hémorragie anormale, douleur excessive, dysfonctionnement cardiaque de la mère ou de l'enfant, etc.

Enfin, l'accouchement aquatique est incompatible avec une anesthésie péridurale – ce qui, en France, l'invaliderait donc au regard de 90 % des futures mères. En Belgique, où la péridurale ne s'est pas autant généralisée que chez nous (56 % des accouchements), le contraste est moins fort et la démarche « naturelle » plus facilement acceptée. D'autant que l'accouchement aquatique pratiqué à Ostende est forcément précédé, comme nous l'a dit Herman Ponette, d'une préparation en piscine pendant toute la durée de la grossesse, et que cela change tout.

Neuf mois d'une préparation étonnante

Sans Aquarius, l'expérience ostendaise n'aurait peut-être pas duré. Fondé au milieu des années 1980, Aquarius est d'abord le club des supporters du Dr Ponette. Animée depuis vingt ans par un couple infatigable, Yves de Smedt et Isabelle Gabriels, cette association, qui défend avec enthousiasme une évolution humaniste et écologique de la société, a pris en charge, à partir de 1987, la préparation à l'accouchement des futures parturientes de l'hôpital Henri-Serruys, et cela n'a pas peu joué dans l'attrait exercé par Ostende sur beaucoup de femmes enceintes et, aujourd'hui, sur un nombre croissant de sages-femmes et d'obstétriciens.

À l'origine, Yves de Smedt, ancien élève du fameux yogi belge André Van Lysbeth, et sa compagne Isabelle Gabriels, qui fut d'abord biologiste marine, ont été formés à la préparation aquatique à l'accouchement par les apnéistes bruxellois, René et Édith Depeelsener, et leur fille Yseult. Puis, en quelques années, l'équipe d'Aquarius a mis au point sa propre méthode. Il s'agit d'un mélange très riche d'exercices de relaxation, d'assouplissement, de massage, d'ouverture du bassin, de déblocage des articulations et de la colonne vertébrale, d'approfondissement de la respiration, mais aussi de concentration psychique, de visualisation et d'apprentissage de certains états limites…

Les femmes enceintes viennent généralement accompagnées du père de leur enfant et la première impression est esthétique : contempler ces couples évoluer dans l'eau est un ravissement. L'homme tient, par exemple, sa femme par les épaules, alors qu'elle fait la planche les yeux fermés, et la balance doucement de droite à gauche, imprimant à tout son corps un vaste mouvement d'algue. Ou bien il la berce, la tenant serrée contre lui. Ou encore, tous les deux sont assis « l'un dans l'autre » et, enlacés, se laissent couler verticalement, l'homme servant de support à la femme. Puis ils se détachent l'un de l'autre et, chacun son tour, font l'exercice de se glisser tout entier entre les cuisses de l'autre, remontant à la surface en spirale, mimant le mouvement que devra faire le bébé pour naître, en hélice à travers sa mère.

Plusieurs de ces mouvements d'assouplissement et de relaxation sont inspirés du watsu (ou *water shiatsu*), forme d'hydrothérapie mise au point par l'Américain Harold Dull en 1980. Partant du shiatsu – massage par pression des doigts sur les principaux points d'acupuncture, qui vise à défaire les nœuds bloquant la circulation énergétique et à étirer les méridiens –, Dull a montré que l'on pouvait associer les pressions digitales et des mouvements d'étirement en berçant la personne à la surface de l'eau. Le watsu n'est pas compliqué à apprendre, mais exige un échange harmonieux et tendre entre celui qui donne et celui qui reçoit.

Certains exercices sont collectifs. Par exemple, dix femmes et dix hommes se font face et, comme dans une danse royale, plongent deux par deux pour passer entre les jambes des autres qui se tiennent debout, formant comme un tunnel sous-marin.

D'autres exercices exigent plusieurs séances avant d'être intégrés et ne font pas partie du programme officiel d'Aquarius, mais je les recommande aux futures mères qui aiment la plongée en apnée. Ainsi les femmes et leurs compagnons peuvent-ils apprendre à se vider de tout leur air et à se retrouver au fond de la piscine, à l'endroit le plus profond, où ils sont invités à s'allonger au sol un instant ou à marcher à quatre pattes. Les premières fois, la peur d'étouffer vous oblige à remonter bien avant d'avoir atteint le but. Mais peu à peu, encadré par la présence rassurante d'assistants bienveillants, vous découvrez que, si la peur s'autoalimente, la sérénité peut faire la même chose, surtout dans une eau douce et chaude (la température de la piscine varie entre 32 et 34 °C). Si vous restez calme – et chacun finit par trouver ses propres trucs pour y parvenir (par exemple se murmurer une berceuse) –, vous découvrez qu'une situation apparemment effrayante (être sous l'eau les poumons vides) peut même s'avérer agréable. Excellente leçon pour le jour de l'accouchement. Comme l'écrivent les Drs Gerd Eldering et Konrad Selke : « Dans l'eau chaude, le cercle vicieux "tension – anxiété – souffrance – tension accrue..." peut être plus facilement interrompu. »

Par leurs exercices – en surface ou en apnée, à deux ou en groupe –, les instructeurs d'Aquarius enseignent ainsi aux futures mères à lâcher prise et à oser se confier à leurs instincts, seules ou dans les bras d'un autre à qui elles font confiance. Sans du tout pousser jusqu'aux frontières qu'explorent les techniques du *rebirth*, ils utilisent le milieu sécurisant de la chaude apesanteur aquatique pour susciter le réveil en douceur des réflexes archaïques que nous avons enfouis au fond de nous.

Quant aux futurs pères, souvent réticents la première fois (certains restent dans leur voiture, sur le parking de la piscine), ils finissent généralement par craquer et il suffit de les regarder au bout de trois ou quatre séances pour comprendre que l'aventure les fait évoluer, eux aussi, et les aide à mieux intégrer la grossesse de leur femme et donc à mieux se préparer à accueillir l'enfant. Ainsi Isabelle Gabriels, qui dirige toute cette préparation prénatale en piscine, parle-t-elle d'une véritable « osmose entre l'eau, les parents et leur enfant ».

Après l'accouchement, les nouveau-nés reviendront avec leurs parents pour découvrir à leur tour le plaisir du bain et devenir des « bébés de l'eau », que le milieu aquatique aidera à mieux coordonner leurs mouvements et à devenir des petits « yogis de l'eau ». Aquarius s'occupe aussi bien de l'aval que de l'amont des activités de la maternité d'Ostende, même si aujourd'hui l'activité de l'association est de plus en plus consacrée à la formation aquatique des sages-femmes qui arrivent de toute l'Europe et même du monde entier.

À présent, la méthode est internationalement reconnue, mise en pratique notamment au Royaume-Uni, en Allemagne, en Hollande, en Suisse, mais aussi aux États-Unis ou en Russie. La France ? Elle qui fut en tête de ces approches jadis est quasiment hors jeu désormais. Pourquoi ? Par autocratie médicale ? Par aliénation aux multinationales de la pharmacie ? Par esprit sécuritaire abusif ? Gageons que les choses n'en resteront pas là…

Le plus étonnant est que l'opposition à la naissance dans l'eau vienne parfois de personnes ouvrant elles-mêmes des voies nouvelles dans la maternité, par exemple certains praticiens de l'haptonomie… sévèrement mouchés, je dois dire !

L'accouchement aquatique est-il dangereux ?

On était le 13 octobre 1990 et je n'en revenais pas : à peine commencé, le Ier Congrès international d'haptonomie (dont j'ai dit grand bien page 164), rassemblant au moins mille personnes, dans la plus grande salle de l'Unesco, à Paris, ouvrait le feu contre… l'accouchement dans l'eau ! Il y avait là tout le gratin de la politique de la santé, ministre en tête, qu'avait accueilli en ouverture le fondateur Frans Veldman… Quelle méduse les a piqués ? Peut-être pour faire valoir le sérieux et la crédibilité de leur propre approche de la naissance, assez révolutionnaire, les voilà qui se mettent à tirer à boulets rouges sur la naissance aquatique. Il se trouve qu'un couple d'irresponsables avait perdu son bébé, quelques jours plus tôt, en tentant de lui donner naissance tout seuls dans une piscine gonflable. Si des malheureux se tuent en allant skier hors piste, allez-vous pour autant interdire le ski ? C'est pourtant le conseil que les officiels de l'haptonomie prodiguent ce jour-là.

Dans la salle, personne ne bronche. Suis-je le seul à trouver ces manières choquantes ? Mais voilà qu'on appelle à la tribune, dans un tonnerre d'applaudissements, le président d'honneur du congrès : le Dr Ernest Freud, petit-fils du grand Sigmund et médecin britannique ouvert aux pratiques nouvelles. Ne parle-t-il pas le français ? Ou n'a-t-il pas prêté attention aux orateurs qui l'ont précédé ? Toujours est-il que ce charmant petit homme aux cheveux blancs qui me fait penser à Charlie Chaplin âgé, après avoir salué l'honorable assistance, se lance dans un éloge dithyrambique « d'une méthode d'accouchement tout à fait nouvelle et absolument merveilleuse », qu'il vient de découvrir. Tout le monde retient son souffle : de quoi va-t-il parler ? Vous l'avez deviné, oui, Ernest Freud est un chaud partisan de la naissance dans l'eau ! N'hésitant pas à dire par exemple : « Certaines des réponses à la question de savoir comment communique la dyade mère-enfant pourraient bien venir de la parapsychologie ou de la psychologie animale [...] et nous devrions garder présent à l'esprit le fait que les mères qui donnent naissance dans l'eau semblent être en contact plus étroit avec leur enfant, aussi bien avant qu'après la naissance, que les mères qui ne le font pas[1]. Se pourrait-il que les dauphins détiennent la clé d'une compréhension plus profonde de la communication haptonomique de Veldman avec le petit "singe aquatique[2]", à l'intérieur du ventre de sa mère ? »

Que répondent les officiels ? Ils applaudissent Ernest Freud de la façon la plus diplomatique du monde. Il est vrai que la journée de débats et de conférences qui suivra sera passionnante, je l'ai dit. Mais le coup de griffe contre l'accouchement dans l'eau m'a paru gratuit et légèrement infantile. Les praticiens de la méthode à qui je rapporterai l'incident, le Dr Herman Ponette notamment, resteront sereins. Les vraies grandes nouveautés n'ont pas à s'angoisser des petits contretemps circonstanciels. Au contraire : ces objections les obligent à se

---

1. D'après Chris Griscom, *Ocean Born : Birth as Initiation*, Light Institute, 2006.
2. D'après Elaine Morgan, *Les Cicatrices de l'évolution*, Gaïa, 1994.

perfectionner. Ainsi, je serais curieux de savoir ce que les accoucheurs aquatiques répondront à la plus virulente des critiques, qui viendra, plutôt curieusement, d'un homme peu connu pour son conservatisme : Alexandro Jodorowsky... que nous rencontrerons dans deux chapitres.

En attendant, je voudrais recentrer mon enquête sur le couple.

Il faut être deux pour faire un enfant.

Et, en principe, c'est une histoire qui commence très agréablement.

QUATRIÈME PARTIE

Éros

Je croyais que cette histoire commençait toujours, forcément, par une immense partie de plaisir. Je me trompais. Et pourtant...

1

Érotisme et enfantement

Vos parents ont-ils joui de vous concevoir ?

Sanafraj n'avait jamais joui si intensément, ni de cette façon-là. Il faut dire que, comme par miracle, tout s'était arrangé de façon magique : son job la comblait enfin, sa mère était guérie de sa maladie, son frère venait de retrouver du travail, et maintenant voilà qu'elle se retrouvait éperdument amoureuse de Charles – et lui d'elle ! Bref, une combinaison polyfactorielle inespérée avait fait que, tout d'un coup, la jeune femme s'était libérée, au-delà de tout ce qu'elle avait imaginé possible. Non qu'elle n'ait déjà connu d'orgasme jusque-là. Sanafraj est une friande d'amour et elle a vitalement besoin de jouir souvent. Mais comme cette fois-là, jamais ! Or, pour la première fois, ce qu'elle avait crié à son homme quand elle était parvenue au comble de l'apesanteur délicieusement écrasante, fut : « Fais-moi un bébé ! Oh, fais-moi un bébé ! »

À vrai dire, Sanafraj elle-même n'était pas revenue sur ce cri par la suite – qu'elle ait oublié sa supplique ou que celle-ci lui parût trop naturelle pour être mentionnée. C'est Charles qui avait été frappé. Précisons que Charles est statisticien et qu'à ses heures perdues, il dessine des courbes sur la jouissance amoureuse. C'est sa quête, son engagement, son militantisme à lui. Peu d'humains connaissent des orgasmes très longs et très puissants – ça dépasse rarement quelques secondes ou dizaines de secondes. À l'inverse, peu d'humains n'en connaissent pas du tout. Comme toujours, la majorité de la population se répartit dans la partie ventrue d'une courbe de Gauss, connaissant des jouissances plus ou moins fortes, mais de bonnes jouissances tout de même. Bien qu'une méchante rumeur prétende que des millions de gens font des enfants sans jouir. Serait-ce possible ? Une minorité ? peut-être. En revanche, on raconte que certaines femmes jouissent même en accouchant. Une autre très petite minorité. Une autre pointe à l'extrémité des courbes de Gauss du statisticien. Quant au super-orgasme de Sanafraj réclamant que Charles lui fasse un enfant, il conforta celui-ci dans une conviction ancienne dont il s'expliqua plus tard, bien plus tard, dans une lettre à son vieil ami Robert Wilrek, auteur d'un ouvrage resté inédit sur les *Fleurs de femme*. Nous reproduisons ci-dessous des extraits de la présentation de cet ouvrage et la lettre que Charles envoya à son auteur après l'avoir lu.

Du tantrisme originel des fleurs, par Robert Wilrek

« Si vous vous en tenez à sa base mathématique – combinaison de gènes provenant de deux êtres distincts, à dessein d'en générer un troisième –, la sexualité a été inventée, il y a plus d'un milliard d'années, par les bactéries. Mais si vous pensez que la sexualité est inséparable de l'érotisme, alors, il s'agit d'une invention beaucoup plus récente. Cela s'est passé il y a seulement trois cents millions d'années et l'artiste génial qui créa ce sommet universel fut le monde végétal – qui venait tout juste de passer de l'âge sporien (celui des fougères) à l'âge floral. Les fleurs sont des sexes, que les insectes lutinent. Lorsque vous plongez le nez dans une rose, c'est le parfum d'un sexe qui vous fait vous pâmer. Bien des lunes plus tard, les animaux humains se sont régalés à reprendre à leur façon la fabuleuse invention des fleurs [...].

Les photos du premier cahier de cet ouvrage ont été choisies parmi les milliers que René Tchekov Minosa a consacrées aux fleurs de femmes [...]. Les photos du second cahier montrent des sexes de plantes dans tous leurs états : boutons fermés, pétales entrouverts, calices exposés en plein soleil, débordants de pollen [...].

Lorsque vous voyez un homme ou une femme, dans la rue, dans le métro, à l'église ou au bureau, dites-vous toujours : “Tiens, un fruit d'orgasme !” »

« Cher Bobby,

J'ai bien aimé ton texte – et les photos cosmiques de ton ami René qui l'accompagnent ! Juste ciel, jamais je n'aurais pu imaginer que des vulves puissent offrir des paysages aussi hallucinants de beauté – on croirait voyager dans des univers extragalactiques, et pourtant rien de plus terrestre ! Quant à ton idée, je l'ai testée autour de moi. Le message passe bien. Sexes = fleurs, tout le monde se sent concerné, flatté, intrigué ou émoustillé. En revanche, je trouve mes congénères bien peu conséquents, dès que je les pousse plus loin dans cette logique.

Tu connais l'objet de ma recherche. Je veux savoir si les gens jouissent ou pas, ou si beaucoup de gens mentent – et j'ai tendance, quand même, à me méfier des sondages en la matière. Eh bien, j'aimerais avoir ton opinion à ce sujet : es-tu d'accord, oui ou non, pour dire que si les sexes sont des fleurs, c'est parce que, fondamentalement, elles servent à engendrer des fruits ? Tu dis toi-même, à la fin de ton texte, que nous sommes des "fruits d'orgasme", non ? Vois-tu où je veux en venir ?

J'aime les photos de ton ami René, mon vieux Bobby. Que les fleurs soient des sexes et que les sexes soient des fleurs, cela ne fait que renforcer ma conviction : enfantement et érotisme ont partie bigrement liée. Seulement voilà : partant naïvement de mon expérience personnelle, je me figurais que l'on pouvait légitimement évoquer un lien puissant entre jouir et faire un enfant. Sommes-nous des "fleurs d'orgasme", comme tu dis ? Pour moi, au comble de leurs ébats, parvenus au stade où l'amour vainc la pesanteur et où, flottant l'un dans l'autre, l'un par l'autre, l'un pour l'autre, dans le mystère insondable du connu inconnu, les amants vivent forcément (dans la réalité ou dans le fantasme, mais là, ce genre de différence ne compte plus) qu'ils font un enfant. Oui, je croyais cela, c'est-à-dire que j'avais vécu cela et pensais cette expérience largement partagée par mes congénères.

Quelle grossière erreur !

Du moins, pour commencer, selon les amis à qui j'ai naïvement raconté ma vision : ils me sont tombés dessus, violemment. Tu n'as pas idée des coups de bâton virtuels que m'a valus le simple fait d'exposer cette thèse. Même ici, à Marseille, où les intellos sont plus rares qu'à Paris – dans ton milieu parisien, je suppose que je me serais fait lyncher ! Tu n'as pas idée de ce qu'ils m'ont mis dans la tronche ! Non seulement mes propos n'avaient pour eux aucun sens, mais ils démontraient, selon eux, que j'étais tout bonnement devenu un réactionnaire de première classe, un allié des pires tyrannies, un satrape, un mameluk du diable, un fasciste. Pourquoi cela ? Ça n'est pas compliqué, je vais te le dire.

Reprenant grosso modo la démonstration de Gérard Zwang dans son petit bijou de livre, que je connaissais déjà bien, *Le Sexe de la femme*[1], mes ami(e)s commencèrent par me rappeler que, grâce au Ciel – et à la Terre, l'Éternel en soit loué ! –, si une femme peut engendrer un, deux, trois, à la rigueur dix enfants dans sa vie, elle peut connaître – dans le même temps et bien avant, ou bien après – mille, dix mille, peut-être cent mille orgasmes (ou autres jouissances plus ou moins directement associées à la plus incandescente de toutes). Cette simple différence arithmétique suffisait, selon mes détracteurs, à ridiculiser toute tentative de raviver le vieux rapport, obscurantiste, entre le plaisir de niquer (par la barbe du Prophète, tu ne vas pas te choquer, c'est

1. Réédité dans la collection de Jean-Jacques Pauvert aux éditions La Musardine, 1997.

comme ça que nous parlions, dès la prime enfance, dans les rues du Guéliz !) et le plaisir de faire un bébé.

Malheur sur moi ! Établir un lien entre érotisme et enfantement ne pouvait, me dit-on partout, que relever d'un désir hideusement machiste de “revenir au temps où la femme était considérée comme une pondeuse”. L'humanité ne s'est-elle pas donné suffisamment de mal pour, justement, libérer les plaisirs amoureux de la hantise d'engendrer ?

L'assaut fut si rude que je finis par m'incliner et conclus qu'il fallait donc séparer la sexualité (comme tu dis dans ton texte : “mode de reproduction réclamant deux partenaires”, inventé, selon Lynn Margulis [1], il y a plus d'un milliard d'années par les bactéries) de l'érotisme (plaisir divin offert aux humains, notamment lors de leurs rencontres génitales, mais pas seulement). Mais cette dernière proposition, à son tour, chagrina mes amis, pour qui *sexe* et *érotisme* se confondent facilement dans une seule et même expression. Or, là, mon attachement à une saine rigueur dans l'usage des mots passa pour de la raideur. On ne s'en sortait pas. J'avais la sensation d'errer dans la médina de mes plus jeunes années, où je me perdais facilement et où les rires des

1. Grande spécialiste des bactéries, dont elle conte la saga avec autant de talent et de passion que Jean-Marie Pelt le fait avec les plantes, dans *L'Univers bactériel* (Albin Michel, 1989), Lynn Margulis écrit notamment : « Sur la Terre primitive vint le jour où une bactérie remplaça quelques-uns de ses gènes endommagés par le Soleil avec des nouveaux, issus d'un virus, d'une autre bactérie vivante ou même d'un vieux morceau d'ADN venant d'une cellule morte. Cette bactérie venait d'inventer la sexualité – du moins telle que l'entendent les biologistes, pour qui sexualité signifie mélange ou union de gènes de sources distinctes. »

marchands, sans doute pas méchants, m'apparaissaient comme des ricanements d'ogres – je paniquais !

Délaissant provisoirement cet impossible débat, j'entendis alors un argument plus massif, à la fois psychologique et démographique, qui finit de me démolir tout à fait : l'écrasante majorité des procréations humaines ne se seraient de toute façon pas du tout déroulées dans la jouissance, mais, très souvent au contraire, accompagnées de l'expérience inverse : la gêne, l'ennui, voire la plus immonde souffrance, littéralement : du viol. Je suis d'une bêtise crasse et d'une naïveté à se pendre, je te jure : je n'y avais jamais pensé !

Mais voilà, mes amis m'en ont persuadé : c'était là en grande partie du faux amour et un plaisir chichement distribué. Même pas de la fornication amusante. Et l'on me dressa, en guise d'illustration, d'abjectes fresques de femmes chinoises, grecques ou arabes – pour ne rien dire des Québécoises, des Bretonnes et des femmes de Lille-Roubaix-Tourcoing d'il n'y a pas si longtemps –, réduites à l'état de reproductrices par des hommes qui, éventuellement, leur préféraient des mignons pour leurs jeux érotiques.

Résistant d'abord à cette vision atroce, je fis une petite enquête, quasiment par superstition, auprès de quelques femmes âgées, choisies au hasard des rencontres dans mon voisinage, à qui je demandais comment elles avaient procréé – dans la première moitié du XXe siècle. Le hasard voulut que ces femmes-là me répondissent toutes qu'elles avaient dû se forcer ! J'étais scié, sidéré, atterré. L'une d'elles alla jusqu'à me dire (propos rigoureusement authentiques, que je meure si je mens) : “Je sais très bien de quelle façon nous avons fait notre aînée, mais je me suis toujours demandé comment m'étaient venus les quatre autres." Et comme j'en restais bouche bée, elle acheva : "Avec le temps, j'ai fini par comprendre, vous savez : ce salaud-là, il me les a faits dans le dos. Pendant que je dormais !"

J'eus un mauvais frisson – enfer et damnation : faire "un enfant dans le dos", cela correspondait donc à une véritable affaire, débordant de sueur rance et de misère ! M'envahit alors la douloureuse sensation de m'être trompé de planète. Il fallut la lente pédagogie d'un vieil instructeur soufi, peu suspect de fanatisme nataliste, et de quelques "accoucheurs-sexologues" (ça existe) pour que je recouvre mon calme et remette chaque chose à sa place.

Il y a tant de façons de considérer la communication érotique. Même du point de vue des anges ! Pour Ibn Arabi l'Andalou et Rûzbehân le Persan, la plus belle façon qu'a Dieu de se manifester est le corps de la femme – qu'il convient d'aimer et de respecter dans tous les sens de ces termes. Mais juifs et chrétiens ne sont pas en dehors de ce coup. À Gitta Mallasz, la scribe des *Dialogues avec l'Ange*[1], qui demandait : "Qu'est-ce qui a corrompu la vie sexuelle de l'homme ?", l'Ange descendu sur la Hongrie en guerre par une voix juive répondit en gros à son interlocutrice chrétienne : "L'homme a reçu la sexualité, non pour faire beaucoup d'humains, mais pour faire *l'Homme*."

Là, je dois reconnaître un distinguo bien tranché entre amour érotique et enfantement. Je sursaute : que

1. *Op. cit.*

diraient les puritains intégristes et les papistes anti-capotes de ce messager divin qui va jusqu'à qualifier l'enfantement d'éventuel “obstacle” à une sexualité vraiment spirituelle !? Et pourtant, qui peut mieux parler de l'amour que l'Ange – du moins tel que je le comprends : lorsque nous sommes amoureux de quelqu'un, c'est l'Ange, vecteur de nouveauté mais aussi messager de notre maison originelle, qui nous rend le monde entier magique, léger, lumineux. Un proverbe biblique, que me rappela un jour Christiane Singer, dit : “Être amoureux, c'est voir l'autre tel que Dieu l'a rêvé.”

Allez, je m'arrête. Que les Anges du ciel vous aient en leur sainte garde, toi et les tiens !

Charles. »

Et voici la réponse de Robert Wilrek :

« Mon cher Charles,

J'ai compris, je crois, ce que tu me dis dans ta longue et très chaleureuse lettre. Merci. J'en partage plusieurs points de vue – pour les autres, je m'exprimerai peut-être avec plus de nuances et certainement à l'imparfait. Je t'avoue que, pour moi qui ai dépassé cinq fois douze printemps et qui n'ai jamais eu de goût spécial pour les lolitas, le lien entre érotisme et enfantement s'est nettement calmé au tréfonds de ma libido. Je n'ai plus du tout le fantasme de faire un enfant aux femmes que j'aborde et surtout à celles que je fréquente pour de bon. D'ailleurs nos relations érotiques nous conduisent souvent à des jeux qui n'ont plus aucun rapport avec la copulation. Ta bouche te sert à manger. Elle te sert aussi à parler. Et tu admettras qu'il serait pour le moins tordu de vouloir ramener ta parole à une fonction alimentaire !

Pourtant, il me semble percevoir et sentir, derrière la juvénile vitalité qui te brouille peut-être un peu la vue quelquefois, une interrogation intéressante et juste. Il nous est arrivé récemment, avec la plus sensuelle de mes amoureuses, de rêver qu'ensemble, en faisant l'amour, nous créions quelque chose. Quoi ? Une alliance ? Certes, une relation de confiance si forte qu'elle permet la plus vertigineuse des ascensions, vers des états de conscience de plus en plus exaltants, à la fois limpides et enivrés d'un oubli total de soi-même. Mais quand il a fallu nommer notre échange d'énergie subtile, nous nous sommes spontanément dit : “C'est notre enfant !” Et une vision commune nous est alors venue, d'un être de lumière dorée qui nous regardait depuis l'invisible.

Je peux assez facilement te suivre dans ton étonnement devant l'attitude de beaucoup de nos congénères, que ce soit ceux qui font semblant de ne même pas envisager un lien possible entre érotisme et enfantement, ou ceux qui, de toute façon, ne comprennent même pas de quoi nous parlons. Admets cependant qu'une immense confusion règne dans tous les esprits. Ces questions sont récentes. Les générations actuelles, auxquelles tu appartiens, ignorent à quel point la sexualité fut longtemps liée à la peur, voire à la terreur d'enfanter (aujourd'hui encore cela peut te coûter la vie, si tu es une femme, dans pas mal de régions du monde).

Que l'enfantement puisse être un choix tranquille est une idée neuve dans le monde. Comment s'étonner qu'en cette matière nous soyons des analphabètes, au mieux des autodidactes ? Nos ancêtres ne nous ont évidemment rien transmis à ce sujet – sinon des fadaises ! Somme toute, la modernité doit encore bigrement évoluer pour que notre culture réussisse à épouser notre biologie.

Ce qui est drôle, c'est que ma génération a vraiment cru qu'elle avait réglé toutes ces questions. Et avec maestria ! Dans les années 1960-1970, emportés dans le vaste mouvement de la libération sexuelle, nous étions des foules à penser que le désir érotique devait être "désaliéné" du désir d'enfanter. Cela nous était vital. Quel rapport, nous demandions-nous, non mais franchement, quel rapport entre l'éros et l'élevage ? Pouvait-on imaginer Simone de Beauvoir tendrement murmurer dans l'oreille de son mentor : "Je vous en prie, Sartre, faites-moi un enfant" ? De toute façon, pour bien des intellectuels, l'idée même de se reproduire biologiquement était exclue. J'ai récemment lu le décapant *Essai d'intoxication volontaire*[1], du philosophe allemand Peter Sloterdijk. Il y propose, entre mille autres choses, une lecture insolente du progrès intellectuel vu comme une suite de réductions vexatoires, rappelant ce que Freud appelait "la triple blessure narcissique" de l'humanité moderne : la Terre s'avérant n'être *qu'*une planète ordinaire, l'homme *qu'*un descendant du singe, nos idéaux *que* des pulsions travesties. Sloterdijk y ajoute une règle du jeu sociale :

1. Maren Sell, 2006.

l'avant-garde vexe, l'ancien monde est vexé, chacun tentant, pour être dans "l'élite", d'en vexer de plus naïfs et de plus archaïques que soi. Cela dit, on est presque toujours le naïf de quelqu'un d'autre, dans un jeu de miroirs étonnant. Sloterdijk lui-même avoue à un moment donné que l'idée de faire un enfant lui avait toujours semblé incongrue (une sorte de truc dégueulasse, qui vous court dans les pattes et vous empêche de travailler). Jusqu'au jour où, la cinquantaine bien passée, le bonhomme a brusquement viré sa cuti et découvert, é-mer-veil-lé, la paternité. Comme quoi ce que je disais plus haut est très relatif : c'est parfois au contraire avec l'âge que nous vient l'envie d'enfanter.

Ce type m'a touché. Quelle naïveté ! Je ne dis pas innocence. Non, là, il s'agit malgré tout d'un handicap : le fait de se couper de la nature à ce point ne vous mène pas vers des sphères plus intelligentes, mais plus stupides – même si tout un siècle peut se pâmer devant vous, tant vos concepts brillent.

Où est l'erreur ? Je ne sais pas. Pourrait-on dire que le désir érotique est un axe horizontal, qui relie deux êtres, en l'occurrence, dans notre cas, un homme et une femme ; alors que le désir d'enfanter serait un axe vertical reliant la Terre-Mère et le Ciel-Père ? Ces deux axes seraient totalement étrangers l'un à l'autre… s'ils ne se coupaient pas. Or ils se coupent. Toute l'incarnation humaine se joue précisément au point où ils se rencontrent : au cœur de nous-mêmes. En même temps, la simple rencontre amoureuse de deux êtres contient potentiellement en elle tout l'amour du monde, sans qu'il soit besoin d'y ajouter un autre fruit que la relation elle-même. Il y a donc une verticalité aussi sans enfant.

Mais sans doute l'érotisme seul n'y suffit pas. Il faut peut-être d'abord “verticaliser Éros”, c'est-à-dire l'ancrer au sol, tout en le laissant continuer à planer dans son apesanteur céleste…

Mais bon, très concrètement, quarante ans après notre “grande révolution sexuelle”, beaucoup de nos contemporains continuent visiblement de se sentir insatisfaits. D'où le succès fantasmatique grandissant des écoles de “sexe spirituel”, qui offrent l'avantage appréciable de garantir à la fois jouissance, santé, relations humaines et salut de l'âme. On imagine sans problème les innombrables escroqueries possibles, dont se moque avec une cruauté lucide et nauséeuse Michel Houellebecq, le seul écrivain français que je connaisse qui ait exploré et compris les enjeux (réels) et la vacuité (souvent terrible) du mouvement New Age. À l'inverse, le dénigrement systématique serait stupide. Au centre du phénomène, le mystérieux tantrisme. *The tantric love* a tendance à devenir une mythologie culte. Les spécialistes ont beau répéter que le tantra est d'abord une austère école de vigilance, dont seule la branche dite “de la main gauche” utilise la sexualité comme moyen d'accès à l'éveil – avec un(e) partenaire que l'on connaît bien – rien n'y fait, ou plutôt si : la foule, assoiffée d'amour et d'incarnation, s'affirme illico “de la main gauche” et réclame du sexe spirituel !

Autrement dit, tu n'es pas sorti de l'auberge, mon pote ! Mais je t'encourage vivement à approfondir ta quête. Sans mauvaise plaisanterie, elle me semble mille fois plus intéressante que les cours de la Bourse. Courage !

Ton ami Robert. »

« Mon cher Bobby,

J'ai essayé de comprendre en quoi au juste l'objet de notre conversation pouvait concerner l'enfantement – ça me travaille décidément beaucoup, il doit bien y avoir une raison, je crois que Sanafraj et moi sommes en train de faire un nouveau bébé… Le plaisir que nous connaissons à voir grandir le premier est trop grand. C'est magique à chaque instant.

Au fait, sais-tu que des femmes pas idiotes pensent exactement comme moi ? Je viens de lire l'essai de la psychanalyste Catherine Bergeret-Amselek, *Le Mystère des mères*[1]. Elle écrit que le fait de mettre au monde un enfant est à la fois le plus beau et le plus traumatisant des événements de la vie d'une femme, et que l'identité de celle-ci est hissée à son sommet quand son désir d'enfant, son désir sexuel et son désir maternel (qui est autre chose que le désir d'enfanter) se trouvent mêlés.

Et puis, j'ai récemment rencontré un couple de chercheurs, qui va tout à fait dans mon sens. Ça se passait dans un milieu d'amoureux de la plongée sous-marine. Adeptes du yoga et influencés notamment par la pensée d'un certain mystique sibérien nommé Nikolaï Berdiaev, Katia et Volodia Bagrianski sont des exilés russes, qui appliquent l'enseignement tantrique à la préparation à l'accouchement. Pour eux, il s'agit d'utiliser la période privilégiée de la grossesse (cela concerne la femme et l'enfant, mais aussi l'homme) pour mettre en route le travail “d'alchimie intérieure” que propose le

1. *Op. cit.*

tantrisme. Transformer l'ombre en lumière et la souffrance en jouissance. D'après eux, un accouchement vraiment réussi provoquerait chez la femme un immense orgasme. À l'inverse, la frigidité commune à beaucoup de femmes s'expliquerait, quoi qu'on en dise, par la peur de faire un enfant. J'ai demandé : “Malgré les contraceptifs garantis à 99,99 % ?”

Ils m'ont répondu ceci : “Il s'agit d'un phénomène profondément ancré dans notre inconscient et qui prend à rebours beaucoup de préjugés modernes. La femme ne jouit jamais autant que lorsqu'elle sait qu'elle est en train de procréer et que cela lui plaît. Si elle accomplit cet acte en s'ouvrant au cosmos, la jouissance devient extase. Tout le travail que nous avons fait jusqu'ici dans le champ périnatal, en France comme en Russie, nous montre malheureusement que ces idées sont encore taboues. Les sociétés occidentales se croient ‘libérées sexuellement’, alors que, sitôt un vrai travail entamé, même avec des gens ‘spirituellement conscients’, on constate que la sexualité pose encore d'énormes problèmes. Le sexe reste beaucoup plus lié qu'on ne le croit, en Occident, à des notions négatives – et le fait de les transgresser en devenant ‘obsédé du sexe’, ne résout évidemment rien.”

J'avais des réticences à suivre ces amis russes à 100 %, non pas sur le fond, mais parce que je voyais trop à quel point de pareils propos, manipulés, pourraient servir d'arguments coercitifs aux barbus intégristes de chez moi. J'ai demandé : “À quoi devinez-vous des blocages sexuels quand vous travaillez avec un couple qui attend un enfant ?”

À nouveau, je te livre leur réponse : “Nous le voyons

à toutes sortes de signes, de refus, de gêne, de la conception jusqu'à la naissance. Là, vous avez des hommes qui, au dernier moment, doivent quitter la pièce, car ils empêchent littéralement leur femme de mettre leur bébé au monde. Quant aux femmes, énormément de naissances difficiles – mauvaise ouverture du col, déchirures du périnée… – sont directement liées à leur sexualité insatisfaisante. C'est pourquoi la grossesse est un moment extraordinairement privilégié où le couple pourrait accomplir un travail à la fois sexuel et spirituel d'un haut niveau. Ainsi, l'idée courante que la femme enceinte doive se laisser aller à ses ‘caprices’ est une idée idiote. C'est justement l'inverse, il s'agit d'une période propice à une grande discipline intérieure.”

Pour bien situer leur propos, ces amis russes sont par ailleurs chauds partisans de l'amour libre et dionysiaque, disons dans un généreux “esprit de partage” !

Je te livre ça tout cru.

Prends bien soin de toi.

Charles.

PS : Je m'interroge sur l'influence réelle que nous avons sur nos enfants en les concevant amoureusement ou pas. Je pense à un truc tout bête : les enfants aînés datent souvent de l'âge où leurs parents vivent l'amour fou. Or, aucune étude psychosociologique ne semble dire que les aînés sont plus humains que les suivants ! »

« Mon cher Charles,

Félicitations ! Embrasse la sublime Sanafraj pour moi. Que l'enfant qu'elle accueillera en elle soit béni ! Il ou elle sera magnifique et plus humain que nous tous, je n'ai pas l'ombre d'un doute.

Pas le temps de répondre moi-même à ta dernière lettre. Je laisse Michel Odent le faire à ma place en t'envoyant cette photocopie tirée de son dernier livre *Naître et renaître dans l'eau*. Selon cet accoucheur français installé à Londres, aucun sexothérapeute moderne n'a étudié ni utilisé le pouvoir érotique de l'eau – pas même Ferenczi, le disciple de Freud auteur de *Thalassa*, qui considérait l'acte sexuel comme une régression vers la période prénatale, au sein du liquide amniotique. Quel rapport avec notre propos ? Je ne sais pas. Peut-être l'été qui approche et l'envie d'aller me piquer une tête dans la Grande Bleue à côté de chez toi ! Quant à vous, qui l'avez toute l'année, ça ne m'étonne pas que vous soyez repartis pour un nouveau BB.

Shalom !

Bobby. »

Extrait du livre de Michel Odent

« J'ai pris conscience de nombreux paradoxes entre l'enfantement et l'érotisme après avoir eu quelques occasions de m'improviser sexothérapeute. Ainsi, je reçus un jour l'appel d'une jeune femme qui désirait prendre rendez-vous et venir en compagnie de son mari. Au cours de la brève conversation téléphonique, elle m'annonça un problème de stérilité, ajoutant que la principale difficulté venait de son mari devenu impuissant. Je proposai au couple de me rendre visite le dimanche, à un moment où nous aurions le temps. À l'heure convenue, la jeune femme vint seule. Son mari avait renoncé à se déplacer. Je la reçus à la maternité, pensant qu'un endroit peuplé de mères et de bébés ne pouvait qu'avoir un effet favorable. Puisqu'elle semblait s'intéresser au lieu où je la recevais, je lui fis visiter les salles de naissance et lui montrai la piscine, au moment précis où elle s'emplissait d'une belle eau bleue. C'est là que nous avons bavardé. J'ai alors appris qu'elle-même avait des troubles de l'ovulation, puisqu'elle n'était réglée qu'une ou deux fois par an, et que son mari était dans une phase de désintérêt sexuel. L'idée me vint spontanément de proposer au couple quelques heures d'intimité complète, soit dans l'eau, soit près de l'eau, une nuit où tout serait calme à la maternité. Cela laissa la jeune femme rêveuse. Quelques jours plus tard, elle me fit savoir que son mari et elle-même étaient très attirés par mes propositions, mais qu'en fait, depuis qu'ils avaient parlé ensemble d'intimité dans l'eau, leur activité sexuelle s'était soudain intensifiée. Quelques semaines plus tard, la jeune femme me fit savoir qu'elle avait eu des règles. Encore quelques mois et elle était enceinte. L'année suivante elle revenait à la maternité, pour y mettre au monde son bébé[1]. »

---

1. Extrait de Michel Odent, *Naître et renaître dans l'eau*, Presses Pocket, 2006.

« Mon cher Bobby,

À mon tour de te répondre par une coupure tirée d'un bouquin. Comme tu dis, l'été approche. Et les rues de Marseille sont remplies de femmes plus belles les unes que les autres. Face à ces merveilles, quelle attitude recommande le sage ? Je suis sûr que tu me seras reconnaissant de t'envoyer cette photocopie du point de vue de Pierre Feuga, professeur de yoga et maître de tai-chi – un type que j'estime, parce qu'il s'avance avec une très grande humilité sur le terrain de l'illumination maximale. »

Extrait du livre de Pierre Feuga

« On me demande souvent : “Par où commencer la pratique tantrique ?” Je suis tenté de répondre : “Par n'importe quoi.” Rien ne fait obstacle, sinon le manque de détermination. Chacun doit partir du lieu où, pour lui, est ramassée la plus grande intensité d'énergie. Si ton problème est la peur, pars de ta peur ; si ta passion est les femmes, ou les hommes, travaille sur cette passion ; si tu es jaloux ou coléreux, ou haineux, pénètre ta jalousie, ta colère ou ta haine jusqu'à la pulvériser. Ne cherche pas à remplacer le mal par le bien. Surtout ne fuis pas ce qui surgit en toi, n'imite personne, ne t'accroche à aucun modèle ni aucun idéal. Ne remplace pas davantage la moralité par l'immoralité ou l'amoralité. Ne me parle pas de ce que tu aurais voulu être, mais de ce que tu veux, là, maintenant.

Rien n'est plus important que de faire émerger le désir profond d'un être et rien n'est plus dangereux. Lorsque quelqu'un peut reconnaître, sinon nommer, ce qu'il cherche au plus intime, il est aux trois quarts libéré. Mais c'est le dernier quart qui est le plus difficile et distingue le tantra de la psychanalyse. Le “monstre” une fois découvert, il ne s'agit pas simplement d'accepter de vivre en paix avec lui en lui donnant sa ration de nourriture. Il faut apprendre à le chevaucher pour s'envoler dans les étoiles.

Mais le tantra part du cœur, qu'il illumine, et c'est ce que l'on méconnaît souvent. Là se tient même, à mon sens, son principal ésotérisme. Les techniques sur lesquelles on insiste tant, avidement recherchées auprès d'un livre ou d'un gourou, on peut toujours se les approprier, ou les voler. Mais les mystères du cœur, pourtant transparents, resteront toujours impénétrables aux indignes. Leur meilleure protection vient d'ailleurs de leur transparence. Mis en leur présence, le curieux hausse les épaules : “Ah, ce n'était que cela !” Il ne saura en revanche où donner de la tête et du portefeuille pour obtenir d'un charlatan l'art de faire grimper au septième ciel quatre vierges en même temps, sans perdre une seule goutte de son inestimable semence [1]. »

« Sinon, figure-toi que j'ai enfin réussi à rencontrer le fameux rabbin Marc-Alain Ouaknin. Je n'ai pas pu m'empêcher de lui poser ma question fétiche : “N'avons-nous pas trop oublié les liens entre orgasme et enfantement ?” Je m'attendais à ce qu'il me rembarre. Pas du tout, il est parti aussi sec dans un discours enflammé, dont j'ai gardé ceci : “La réponse à votre question se situe entre la transcendance de l'érotisme et l'immanence du générationnel. Je pense qu'un véritable

1. Extrait de *Chemin des flammes*, Pierre Feuga, Trigramme, 1992.

amour conduit à un enfant. Et que la volonté d'avoir un enfant conduit à l'amour. Je dirais plus généralement qu'il faut réintroduire l'érotisme dans la spiritualité. D'ailleurs, la Kabbale est un traité d'érotisme ! C'est une constante dans ce que j'écris depuis toujours – par exemple dans *Méditations érotiques*[1], inspirées par Levinas, qui a justement réintroduit le corps (et la caresse) dans la phénoménologie, qu'il a explicitement érotisée. C'est le lien éthique entre les êtres amoureux, avec une réflexion sur l'ambiguïté. Pour lui, tout amour est ambigu : on ne fait jamais l'amour seulement pour soi, mais jamais non plus seulement pour l'autre. Entre ce qu'il appelle l'immanence (pour soi) et la transcendance (pour l'autre) de l'amour, il voit l'Éros comme seul pont possible. Et c'est très drôle (ou pas drôle du tout !) de voir comment les rabbins contemporains, avec leur peur du corps, tombent dans des aberrations de traduction. Par exemple, quand le Cantique des cantiques dit : 'Je suis monté au palmier et j'ai pris à pleines mains tes deux seins magnifiques', ils traduisent : 'Je suis monté dans la maison d'études et j'ai sorti la Torah et le Talmud' ! Ils n'osent même plus nommer le corps de la femme dans sa magnificence, alors que la vie n'est belle que parce que les femmes sont belles !"

Pour ce qui est de se piquer une tête dans la Belle Bleue, n'hésite pas à faire signe si tu passes. On a de quoi loger une smala.

Hasta luego !

Charles. »

1. Petite Bibliothèque Payot, 2003.

« Mon cher Charles,

Eh bien, oui : nous allons venir faire un plongeon. Et ce sera très érotique. Préparez votre canot ! Quant à notre sujet de prédilection, en réponse aux textes que tu m'as envoyés, je t'avoue qu'en réalité il y a longtemps que j'ai décidé de rabaisser mes ambitions de plusieurs degrés dans ce domaine. Je crois qu'il faut simplement essayer de vivre, et basta ! Ce qui m'a poussé à cette grande humilité ? Eh bien, peut-être mes rencontres avec des sages comme ce Pierre Feuga, dont tu m'as envoyé une citation, ou comme Fabrice Midal qui, dans son *Introduction au tantra bouddhique*[1], rapporte cette phrase de la tradition : "La pratique de l'union sexuelle n'est pas enseignée pour la jouissance, mais pour faciliter l'examen de notre propre esprit." Il y a quelques années, j'avais assisté à la conférence d'un certain Lee Lozowick, qui n'avait fait que confirmer ce que tu devines aujourd'hui : il ne faut pas "se la jouer", surtout pas avec des forces aussi colossales et belles que la sexualité.

Lozowick est un "gourou-rocker" américain, formé à l'école des Bauls du Bengale. Pour lui, s'engager dans une sexualité tantrique n'aurait aucun sens pour quelqu'un qui serait encore prisonnier de ses névroses – ce qui, d'emblée, élimine beaucoup de candidats, à commencer par ma pomme, je te l'avoue ! De toute manière, pas d'excitation : les merveilleuses orgies sacrées des temples indiens de Kadjurao ou de Konârak, avec leurs

1. Fayard, 2008.

visages parfaitement paisibles, nous sont, dit-il, totalement inaccessibles, parce que notre sexualité moderne est infiniment trop passionnelle et compulsionnelle.

Là, je dois dire que j'hésite : renoncer à la fougue passionnelle ? Y serions-nous prêts ? Et quel intérêt ? L'amour occidental est une chose encore tellement neuve sur cette planète… Il faut sans doute le nettoyer de beaucoup de scories et de maladies – possessivité, jalousie, parano, projection, égotismes de toutes sortes. Mais y renoncer ? Je ne crois pas.

Quant au partenaire tantrique idéal, le seul à peu près envisageable pour l'Occidental actuel, selon Lozowick, ce serait tout bonnement l'époux, ou l'épouse, surtout après plusieurs années de vie commune ! Et même là, le maître de tantra refusait toute illusion : l'homme et la femme qui ne s'entendraient pas à merveille et continueraient, par exemple, à se chamailler pour des riens n'auraient strictement aucune chance d'accéder à une transformation réelle. Qu'ils commencent plutôt par travailler leurs relations quotidiennes !

C'est donc en humains tout simples, mon cher Charles, que nous débarquerons chez vous vendredi prochain, avec nos palmes, nos masques et nos tubas !

Embrasse Sanafraj pour nous. À tout de suite.

Bobby. »

2

Extrait du journal d'une femme libre

« Mon sexe est devenu pacifique »

Avec Karine Lou Matignon, nous partageons plusieurs exaltations. Auteur et scénariste, c'est aussi une journaliste passionnée de « communication interespèces » et l'engouement que j'ai connu pour les dauphins, elle l'a généralisé à quasiment toutes les espèces animales, en particulier aux chevaux, aux loups, aux gorilles, aux chiens et aux baleines [1] ! Avec elle, aussi, nous avons souvent parlé d'écrire ensemble sur la naissance. Cela ne s'est jamais fait. Mais elle m'a plusieurs fois confié des textes sur le sujet, que j'ai conservés, depuis bien des années. Voici des extraits de son *Voyage au long cours*, inédit, qu'elle m'a autorisé à publier ici.

« Au diable le péché originel ! En quête de plaisir pur et dur, j'ai rencontré la mémoire de l'être. Il y a comme ça des hasards où les orgasmes engagés à travers des nuits luxuriantes se transforment à l'arrivée en rêve spiri-

1. *Sans les animaux, le monde ne serait pas humain*, Albin Michel, coll. « Espaces libres » (poche), 2003.

tuel. Se retrouver en osmose avec la vie, c'est être libre avec son sexe, savoir aimer pour transmettre l'amour de vivre, respecter l'unité du vivant. Amour, sexe, spiritualité. “Apprend-on seulement à devenir père et mère ?” demande Alfred Tomatis.

Me voici réceptacle, concentré de vie micro- et macrocosmique, redevenue parcelle du tout, chaos, résonance, retournée à l'école de l'écoute. Au creux de mon sexe grandit l'amour. Un petit d'homme en transit, dont je prépare l'envol spirituel à mesure que s'organise son développement cellulaire, que s'engage son périple existentiel. Drôle d'aventure. Procréer jusqu'alors me laissait blême. Je pensais : “L'amour ne sert pas seulement à la procréation, mais au plaisir, à la jouissance.”

Dialogue amoureux, je me surprends à communier avec toi, les limites de mon moi s'élargissant étrangement. Je régresse pour mieux aller à ta rencontre, te visualise blottie – ou blotti ? – contre mes chairs. Dissolution massive de tout mon être, je renoue avec l'essentiel. J'exauce le désir explicite de tes tympans, seule structure à avoir atteint sa maturité, à mi-chemin de la grossesse. Et je parle, parle. Je te raconte où va le vent. Tu exiges et je révise mon attitude face à tout le reste. Tu deviens le trait d'union, le pont céleste, ténu, entre ma vie, ma conscience et l'univers. Je tire profit de tes messages pour chercher l'épanouissement. Tu m'accompagnes à petits pas.

Pour les Indiens, une âme est venue t'investir le jour même où, avec ton père, nous t'avons conçu(e). Je me demande quel a été ton rôle avant, quel sera ton idéal dans l'histoire de l'humanité à venir. Vas-tu aimer la vie, l'amour ? Je fais taire tous mes états d'âme. Je reprends conscience de mon corps, témoin des vibrations de ta vie, retrouve une animalité, une acuité toute neuve.

Petit fœtus supposé en être au stade vestibulo-cochléaire, tu es prévenu : demain, je ferai l'amour, pour te rendre hommage, noyer l'espace et le temps, glisser encore un peu vers l'éternité le temps de la jouissance, entre l'indéfini et l'infini. Mon sexe est devenu pacifique, plus fort que la mort. Si le cerveau des hommes pouvait contenir un peu du sexe des femmes !

Encore quatre mois à t'attendre, j'ai hâte de me plonger dans ton regard, caresser ta peau, me remplir de ton odeur. J'ai hâte et pourtant, j'aimerais que notre corps à corps ne se termine jamais. Tu es mon souffle, je suis ta sève.

Il y a aussi ces moments de terreur blanche, suspendus au-dessus du temps, dérives salées comme les larmes. Mots blessants. Moi, la terrienne, je remets en cause ta présence, ta prochaine arrivée.

Voilà soudain que les reliefs du paysage, doux vallons, ronds comme mes hanches et mes seins, deviennent aigus, coupants. Voilà que je m'y plante, le cœur en avant. Voilà que j'oublie mes actes d'amour, mes fétiches prières, mes rêves de ton parfum, du son de ta voix. Il suffit d'un écueil, comme un éclat de silex pour te penser non plus comme un cadeau mais comme une boulette, un faux pas, une étourderie. Surprise : c'est en t'accusant à tort de grignoter l'espace de ma liberté que tu m'ouvres les yeux. Sur moi-même, sur les autres. Tu m'apprends à devenir forte, à ne pas avoir honte de ma peur.

L'instant d'après, je pose mes mains sur mon ventre et te sens, ailes de papillons, frôler mes paumes. Je retrouve alors une confiance inébranlable en toi, en moi. Je retourne à l'essentiel.

Mon utérus gorgé de sang me fait figure d'une copie de l'univers. Toi, tu incarnes le rôle de l'évolution. Je me plais à imaginer tes cellules se dessinant comme l'œuvre d'un peintre, dans une folle sarabande. D'abord petit reptile, tu deviens Homme. Tu répètes un processus déjà établi, sans cesse appliqué, à chaque minute, depuis des millions d'années. Avec ton cerveau reptilien, ton corps de têtard, tes mains palmées. Petit animal dont les coups de pied contre mon ventre-tambour me font penser à ta prochaine indépendance. Parfois, j'aimerais être une éléphante pour profiter encore plus longtemps de toi dans mes entrailles.

Le temps passe, rien ne me lasse. Avec toi à mon bord, je suis dotée d'une force de guerrière. Nous traversons tous deux brises légères et tempêtes rugissantes, ventre contre ventre, sang mêlé. Mon souffle te nourrit, ton petit corps me transcende. Je t'aime.

Voyage au long cours que de t'attendre. Il nous reste trois mois à voyager côte à côte, complices et déjà vieux routards. Il m'aura fallu tant de coups pour comprendre la vie, il nous aura fallu une nuit d'amour pour te la donner. Les jours se suivent, ne se ressemblent pas. D'où viens-tu ? De quelle époque, quelle nature ? je te sens déjà si libre, si têtu. Où vas-tu ?

J'ai la tête en feu, les sens aiguisés, brusquement je décroche, prête à mettre au monde mon enfant sauvage… Je vais m'asseoir au milieu d'un champ. Un orage guette. Le ciel est pâle, l'air brûlant, les animaux nerveux. La première goutte d'eau me brûle. Je l'ai subie. La seconde m'apaise, parce que je l'accueille. Dans cet état d'esprit, j'aide mon bébé à venir au monde. Frissons, moiteur, tristesse délicieuse. Triste que nous arrivions, lui et moi, au terme d'un voyage de neuf mois. Les mots m'échappent, je m'évade. Je ne veux rien gaspiller, tout préserver. Rester là, à l'abri de la nature, avec notre histoire. “Il va falloir y aller !” me dit mon homme, impatient et inquiet.

Je me rétracte, j'agrippe une poignée d'herbe. J'éprouve la même appréhension qu'enfant, à mon premier jour d'école, quand m'envahit l'envie démesurée de retourner dans le ventre de ma mère. Aujourd'hui, je ne veux pas me séparer de ma mère nourricière, la Terre. Je veux l'humecter de ma sueur et de l'eau chaude, qui caresse encore les tempes de mon bébé. Je respire le parfum acide de la tourbe, j'entends le cri des oiseaux. “Il va falloir partir”, répète-t-il. Nous partons.

À la maternité, couchée sur la table dite de travail, je résiste à l'odeur d'éther, aux gestes médicaux routiniers, à la lumière artificielle. Je suis amoureuse de mon ventre de loutre pansue. Je reste en contact avec la Nature. Je demande le silence. On me laisse, pensant que j'en ai encore pour quelques heures. La douleur est tenace, mon bonheur immense. Je continue à visualiser ce passage étroit. J'y vois ramper mon bébé… Mes mains ont juste le temps de retenir sa tête.

Nos regards se croisent. Demain peut bien attendre.

Donner la vie relativise un tas de choses. J'ai trois filles et leur naissance m'a fait voir le monde avec chaque fois une acuité plus grande. On me dira qu'il s'agit là d'une maturité due à l'âge, aux événements de la vie. Je ne le pense pas. Chaque naissance est pour moi une nouvelle mue, comme une vieille enveloppe qui se craquelle. Mon esprit devient plus clair. Je laisse derrière moi toutes les scories de ma propre histoire, je renais. C'est un sentiment très puissant. J'ai envie de dire que chaque naissance est une “purge”, une ouverture sur l'Autre, alors que la grossesse est une attente, une méditation, un retour sur soi. Toutefois, faire naître un enfant n'est pas une mince affaire.

On peut poétiser tant qu'on veut, cela reste quelque chose d'incroyablement violent, ramenant à l'état d'anecdotes toutes les autres sensations.

Je suis fermement convaincue que de la qualité d'une maternité, de la conception à la naissance, dépend ensuite la qualité de vie de l'individu en devenir, la construction d'un couple, d'une famille, l'entente entre frère et sœur. De cela, personne ne parle, alors que c'est vital. On peut voir ça à l'échelle individuelle, mais aussi à l'échelle sociale. Le bien-être à naître et à faire naître peut rejaillir sur l'équilibre d'une société. S'il existe un “accompagnement des mourants”, il devrait exister aussi un “accompagnement des naissants”. C'est primordial.

Cette histoire ramène les parents à leur propre vie intime, à d'anciens conflits familiaux. D'un coup, le passé se manifeste comme une porte en plein visage. Les manques et les non-dits remontent en surface à mesure que l'enfant à naître croît. On n'y échappe pas. Si ce passé est serein, aucun problème ; s'il est bancal, c'est le moment de le digérer, de retourner à la source du problème. Cela remet en question un nombre incalculable de choses, la manière dont on est né soi-même, l'éducation qui a suivi, la complicité ou non avec les parents, les angoisses face à la vie, l'amour, la mort, la solitude, la peur des autres, la peur tout court, la peur de faire vivre à ses enfants ce qu'on a vécu soi-même…

À chaque naissance, j'ai éprouvé de la colère, une colère énorme. Par rapport à mon enfance, à ces trahisons qui restent indéfiniment enracinées en vous, pour ce temps accordé aux choses qui n'en valent pas la peine. Dans la colère, j'ai puisé le matériau nécessaire pour rendre les naissances de mes filles joyeuses. Faire naître et naître en même temps. Renaître. Ce sont de multiples étapes et bouleversements, mois après mois, de la conception à l'accouchement. En cela, la maternité est vraiment un voyage au long cours. Quand je dis cela, je pense à un bateau en pleine mer, dans les eaux du cap Horn.

Depuis toujours, la culture influence la maternité. Après d'importantes révolutions, autant du côté technique que de l'intérêt porté au bébé, nous sommes parvenus à une époque où l'environnement de la maternité oscille entre l'hypermédicalisation et la redécouverte d'un acte somme toute naturel. Nous vivons dans le monde du verbe, de l'intellect. Nous vivons aussi dans le monde des sens. Le problème, c'est que la technologie aidant, créée et développée par des hommes, des mâles, grands utilisateurs du verbe et de la technique, ont nié les sens chez la femme enceinte. Nos "sens" en cours de grossesse, d'accouchement ou après la naissance sont perçus comme des indicateurs purement médicaux.

"Vous avez mal ? augmentons la dose de Dolosal." "Vous avez très mal ? On va vous faire une péridurale." "Vous vous languissez du terme ? Planifions une date pour déclencher l'accouchement." "Vous êtes triste ? C'est une question d'hormones. Dans un mois, il n'y paraîtra plus." On laisse complètement de côté les sens dans le vrai "sens" du terme, comme indicateur de conflits psychologiques, par exemple. "Vous avez mal ? Ne serait-ce pas parce que vous avez peur ? Pourquoi avez-vous peur ? Votre mère vous a transmis cette angoisse, votre père, votre sœur ? Vous avez peur de donner la vie à votre enfant ? Parlons-en."

La naissance de ma troisième fille m'a ouvert les yeux, je suis devenue critique. Elle m'a ramenée aux racines de ma propre naissance, à nos instincts de femmes-femelles un peu sorcières, si souvent malmenés par les modes. Pourquoi cette naissance-là en particulier ? Parce qu'elle s'est produite de façon fortuite, hors du contexte habituel, en catastrophe, dans le hall d'une maternité, en pleine nuit, debout, à l'indienne, sous les yeux de l'aînée et dans les mains de son père.

Personne dans le service n'était préparé à vivre ce type d'expérience. En conséquence, cet accouchement est devenu une anecdote qui, dès le lendemain, avait fait le tour du service. Le père, la mère et l'enfant sont devenus une sorte d'attraction. Devant les questions posées et les réactions suscitées, je me suis rendu compte que cet accouchement naturel était perçu par les uns comme un "accident", une "anecdote", un "aléa" dans le planning de la maternité. Chez d'autres, cela a fait délier les langues. Des sages-femmes, infirmières, puéricultrices sont venues me confier ce qu'elles pensaient de l'accouchement aujourd'hui. Des témoignages de femmes ont suivi, certaines regrettant qu'on leur ait volé la naissance de leur enfant, d'autres leur corps, se plaignant d'un manque d'humanité, d'une mauvaise écoute de leurs désirs, d'une prise en charge réglée dans ses moindres détails.

Plusieurs semaines avant mon accouchement, des contractions se déclaraient tous les soirs, de vingt-deux heures à deux heures du matin. Espacées d'abord, puis de plus en plus fortes et régulières. Chaque fois, branle-bas de combat. Les enfants, les valises et le chien dans la voiture, direction la maternité. Sitôt installée dans la salle d'accouchement, un monitoring sur le ventre, les contractions s'arrêtaient. Retour à la maison dans le fou rire. Avec un curieux sentiment de soulagement.

Et puis un soir de janvier, les contractions ont repris. De même nature. Pas d'inquiétude, le manège recommence, cette fois on ne bouge pas. À minuit, les douleurs étaient toujours là, intenses, rapprochées, je suis allée me coucher, dans un refus total de partir. Pourtant, impossible de fermer l'œil. Je me suis alors levée, j'ai fait les cent pas, m'accroupissant en respirant amplement lorsque les contractions étaient fortes, visualisant le col de mon utérus comme un tunnel dans lequel s'engageait mon bébé. Il y avait un plaisir immense, à la limite de la jouissance. Cette impression de se donner à l'autre, tout en restant maître du jeu, comme dans l'amour…

Parfois pourtant, je me sentais dans la peau de ces juments rétives, que les contractions affolent. Il fallait chasser cette image, attendre la prochaine vague pour redescendre en soi, faire abstraction du reste, retourner sur sa respiration, avec toujours en ligne de mire cette image d'un tunnel et d'un bébé qui rampe à l'intérieur. Ce besoin de l'accompagner, de détendre mes muscles pour lui faciliter le chemin, de penser très fort à lui.

L'accouchement est quelque chose qui vous dépasse, vous ordonne. Je revois cette nuit d'hiver, pure et glacée, les phares de la voiture sur le macadam, la trotteuse de l'horloge égrenant les minutes au rythme des contractions de mon ventre. Mais, quand nous sommes arrivés à la maternité, impossible de progresser au-delà de l'entrée des urgences. Debout devant la porte, j'ai fait naître Ilona dans les mains de son père.

Deux mois avant l'accouchement, je m'étais fabriqué une tanière virtuelle, tenant à distance les problèmes du quotidien, pour ne penser qu'à nous. J'aurais volontiers montré les dents. Pourtant, après la naissance, je me suis sentie blessée de ne pouvoir partager ce bonheur tout neuf, de parler de mes sensations. Dans l'idéal, j'aurais voulu des rires, des larmes de joie, des chants, une fête avec de la musique, du vin et des prières païennes, le vrai baptême de la vie…

Restons raisonnable. Hélas.

Rendons-nous à l'évidence.

Sitôt le bébé emmailloté, on vous reconduit dans votre chambre avec ce sentiment que la mission est accomplie. En cela aussi, la naissance moderne est bâclée. Elle devient une formalité, elle entre dans des quotas, des normes, des statistiques. Le bébé est né sans encombre ? On passe au suivant. Alors que l'après-naissance constitue, à nouveau, une étape incroyablement importante. C'est un autre chapitre ajouté à l'histoire, où l'harmonie des lendemains dépend de l'attention que l'entourage médical porte à la mère et à son enfant, à la mère et au père. »

3

Le manifeste d'un rebelle

Droit de jouissance pour le fœtus !

« Tout fœtus a le droit imprescriptible d'être engendré par un père et une mère qui s'aiment, pendant un acte sexuel couronné par un mutuel orgasme – ainsi, son âme et sa chair s'enracineront-ils dans le plaisir. Tout fœtus a le droit de n'être ni un accident ni une charge, mais un individu attendu et désiré avec toute la force de l'amour. Tout fœtus a le droit d'être accueilli comme le fruit qui métamorphose un couple en famille. »

L'homme à la crinière blanche parle d'un ton grave. Mais son œil brille et son accent sud-américain fait sourire ses mots. Pourtant, sa voix baisse d'une octave…

« Hélas, pauvre fœtus, tes parents savaient-ils ce qu'ils étaient en train de faire quand ils t'ont commis ? Non, d'aucune façon. Par manque de conscience, ils te faisaient, à toi, ce que leurs propres parents leur avaient fait, et que les générations s'étaient imposé les unes aux autres, depuis le début des temps, dans une cascade d'irresponsabilité criminelle. Misérable fornication résignée ! Dès l'aube de ta pauvre existence, ils t'ont pris au piège de l'engendrement automatique, te rendant d'emblée coupable des blessures qu'ils t'infligeaient, bourreaux aveugles se clamant victimes, d'un bout à l'autre de l'affligeant processus. Pauvre fœtus, l'accumulation des méfaits émotionnels se transmet à travers les générations, et ta famille se trouve dépositaire d'une souffrance épaisse de plusieurs siècles, dont tu as hérité dès l'instant de ta conception et que tu transmettras, le jour venu, quand tu concevras à ton tour ! »

Alexandro Jodorowsky me regarde avec une intensité telle que j'ai l'impression de me retrouver dans la peau du « pauvre fœtus » et je l'écoute, les yeux écarquillés, poursuivre le commentaire de son *Manifeste des droits du fœtus* (qu'il publiera peut-être un jour) : « Aucun fœtus ne devrait être inquiété d'être fille plutôt que garçon, ou garçon plutôt que fille ! Aucun fœtus ne devrait avoir son sang empoisonné par les névroses de sa mère et de son père, dans un utérus mué en enfer convulsif et agressif par une vie conjugale désaxée ! Aucun fœtus ne devrait être traité autrement que comme une graine de maître, de souverain, de roi ! »

Il éclate de rire. Mais ses yeux restent sérieux. Le plus surréaliste des sages de notre temps croit ce qu'il dit. On ne peut l'arrêter : « Tout enfant a le droit de naître dans une ambiance préparée pour l'accueillir sans blesser sa sensibilité extrême. Les mains chaudes de son père doivent le transporter sitôt né vers les seins gonflés de lait pur de sa mère. Il a le droit que sa mère (et non son père, erreur symbolique que j'ai commise, comme tant d'autres) coupe le cordon, pour lui montrer qu'elle accepte la séparation et lui donne une place dans le monde, le laissant aller vers son père. Tout enfant a le droit qu'on le caresse sans avarice, qu'on célèbre la beauté de son corps, la grâce de ses gestes et qu'on respire avec plaisir l'odeur de sa peau et de ses cheveux. Qu'on aime sa voix, comprenne ses pleurs, calme ses angoisses, soigne ses blessures. Et qu'on n'essaye pas de faire de lui un surdoué, pour éveiller la jalousie des voisins ! Qu'on le laisse croître sans le forcer, en l'arrosant comme une plante assoiffée. Qu'on lui offre le plus grand nombre de chemins où se développer, sans l'investir des frustrations des générations passées. Tout enfant a le droit qu'on le laisse jouer, sans le forcer à devenir un adulte avant l'heure… »

Nouveau grand rire : « Je peux continuer comme ça pendant un bon moment, si vous voulez ! » Nous crions grâce. Le message est passé.

Voir tous les bouddhas endormis dans votre généalogie

Il se redresse : « Là, je vous ai parlé des droits frustrés de l'enfant. Mais je pourrais faire la même chose pour ceux de la mère. Tant de femmes se sentent dépossédées de leur accouchement ! Cela est dû d'abord au fait que le père est symboliquement supplanté par le médecin. Une naissance implique forcément un père et une mère. Quand une lionne accouche, le lion n'est pas loin qui, par sa seule présence, la protège. Aujourd'hui, le lion s'est fait voler sa place par les magiciens, les nouveaux prêtres que sont les médecins qui, sur le plan archétypal, représentent Dieu le père. La femme fait donc l'enfant avec son père. Pas avec son mari. C'est pourquoi il est primordial qu'avant la naissance le couple fasse un travail sur lui-même, au besoin en se faisant aider par un conseiller conjugal. Un couple bancal peut déboucher sur un accouchement terrible. »

Alexandro reste un instant songeur, avant de se lancer dans l'explication pour laquelle, en fait, je suis venu le voir : « Vous savez ce que je pense : tous ces déséquilibres remontent généralement aux générations précédentes qui nous imposent le poids implacable de leurs frustrations, de leurs rancœurs, de leurs haines, de leurs abus. Jamais l'influence des ancêtres ne se fait autant sentir que lorsqu'une femme attend un enfant. Jamais la responsabilité d'en prendre conscience et de faire le tri n'est aussi grande. Dans certains arbres généalogiques, l'important, c'est d'être enceinte – ensuite, peu importe ce que devient l'enfant ! Vous avez des femmes qui aimeraient être enceintes tout le temps. Certaines ne voudraient même pas accoucher, et retiennent leur enfant en elles, avec d'énormes difficultés le jour où il faut le délivrer. D'autres se font faire un enfant et cherchent ensuite à se débarrasser du père. Il arrive que certaines détestent l'enfant en elles… La plupart de ces déviations remontent aux ancêtres. D'où l'importance capitale, pour la future mère, d'un travail sur son arbre. Même chose pour le père : la “malédiction” peut tout aussi bien venir de lui ! »

Celui que le monde entier connaît comme scénariste de bandes dessinées ésotériques fantastiques, comme lecteur de tarot, comme acteur, dramaturge, cinéaste, conteur, agitateur culturel débordant de créativité et d'énergie – depuis que, dans les années 1960, il est arrivé du Chili, via Mexico, pour former avec Arrabal et Topor le groupe Panique –, bref cet homme digne de la Renaissance travaille depuis trente ans à éclairer la dimension transgénérationnelle de notre vie[1]. Il fait partie de ceux qui nous ont appris que l'une des responsabilités essentielles de toute mère, mais aussi de tout père, est de prendre conscience des inaccomplissements et secrets de famille négatifs que leurs ancêtres leur ont transmis, et qu'ils risquent de léguer à leur tour à leurs descendants, sur plusieurs générations, compromettant leur santé physique et mentale, parfois gravement. Cette prise de conscience exige un travail d'introspection lent, tenace, acharné. Celui-ci peut se trouver stimulé par une séance de « psychomagie » telle que la pratique Jodorowsky lui-même… Psychomagie ? Par ce terme elliptique, mon interlocuteur entend tout simplement la réintroduction du rituel dans nos thérapies. Ayant pris conscience du rôle néfaste qu'a pu jouer tel parent dans votre édification personnelle, vous pouvez, par exemple, jeter à la mer, ou au feu, un objet qui, pour vous, représente cette personne, ou plutôt le mal que cette personne a pu vous faire.

La voix du vieux sage est devenue sereine, mais n'a rien perdu de son tranchant catégorique : « Il faut savoir se placer soi-même dans l'arbre généalogique de sa famille et comprendre que cet arbre n'est pas du passé : il est tout à fait vivant et présent, à l'intérieur de chacun de nous ! L'arbre vit en moi. Je suis l'arbre. Je suis toute ma famille. On me touche la jambe droite et papa se met

1. Il est l'un des sept experts en psychogénéalogie qu'avec Catherine Maillard nous avons interrogés dans *J'ai mal à mes ancêtres*, Albin Michel, 2002.

à parler, l'épaule gauche et voilà grand-mère qui gémit ! Quand je m'enfonce dans mon passé, j'entre aussi dans celui de mes parents et des ancêtres. Nous n'avons pas de problèmes individuels : toute la famille est en jeu. L'inconscient familial, ça existe. Un père décide de commencer une psychanalyse, et d'un seul coup toute sa famille est touchée et se met à évoluer. Dès que vous prenez conscience, vous faites prendre conscience à tous les vôtres. Vous êtes la lumière. Quand une pomme apparaît sur l'arbre, tout l'arbre est en joie, comprenez-vous ? Si vous faites votre travail, tout votre arbre se purifie. Attention, la rechute est toujours possible. Et elle concerne, elle aussi, l'arbre entier. Quand je chute, mon sort entraîne celui de toute ma famille, y compris des enfants à venir, sur trois ou quatre générations. Notre responsabilité est immense. Surtout avec les enfants. Ils ne vivent pas dans le même temps. Pour nous, une scène peut sembler se dérouler en une heure, pour eux elle aura duré un mois ou un an et les laissera marqués à vie.

« Comment vais-je ainsi “travailler ma famille” ? En imagination. Il faut créer ce rêve de perfection à l'intérieur de soi. C'est comme ça qu'on guérit cette énorme blessure. Après, on peut transmettre cette guérison à ses enfants… Ça peut prendre une infinité de formes. Personnellement, j'ai écrit un roman, *L'Arbre du dieu pendu*[1]. D'autres passent par la peinture. D'autres par le théâtre. La musique. Le chant… Il faut trouver le schéma et enrichir l'image de chacun. Cette famille du dedans, il faut que j'en travaille chaque caractère comme

1. Éditions Métailié, 1998.

un archétype. Il ne faut pas qu'en mon for intérieur, je conserve mon niveau de conscience pour moi seul, mais que je le partage avec chacun d'eux, que je les exalte, les élève. Tout ce que je leur donne, je me le donne ; ce que je leur enlève, je me l'enlève. Les personnages monstrueux, je vais les transformer. Opérant une transmutation, je vais donner à tous mon niveau mental. Mieux : il faut qu'au-dedans de moi je fasse de tous mes parents et ancêtres des êtres réalisés. On dit bien : “Le chien aussi est Bouddha.” Cela veut dire que mon père et ma mère aussi sont Dieu, que mes oncles et mes tantes aussi sont Bouddha, potentiellement. Il faut donc que j'aille chercher la “bouddhéité” dans chaque personnage de ma famille. S'agit-il de personnes qui se sont déviées de l'idéal ? Ont-elles le cœur rempli de rancune, le cerveau rempli d'idées folles, le sexe rempli de désirs mal placés ? Eh bien, tel un berger avec ses moutons, je dois les remettre dans le chemin. En moi-même, je dois remettre ma famille dans le chemin, faire un nettoyage des besoins, des désirs, des émotions. »

Le débordement d'imagination, d'humour et de jovialité d'Alexandro Jodorowsky ne doit pas vous tromper : cet homme tient un cap rigoureux. Et son jugement tombe parfois avec une sévérité cinglante. Ainsi, quand je lui demande ce qu'il pense de l'accouchement aquatique, je suis stupéfait : c'est la douche froide, et même glacée !

« Je suis totalement contre. J'ai rarement entendu parler d'une méthode plus irréfléchie. L'être humain a évolué pour devenir un être terrestre et aérien. Le ramener dans l'eau, c'est le faire régresser. Dans le ventre de sa mère, le fœtus est comme un poisson, ou un dauphin.

Naître, c'est justement passer de l'eau à l'air, pour devenir un humain, et non pas de l'eau à l'eau ! Le dauphin est un animal merveilleux, mais je ne veux certainement pas que mon enfant devienne un dauphin ! Je veux qu'il soit humain.

« Le liquide amniotique produit par la femme, où baigne son enfant en elle, est une eau bénite. Cette eau est là pour cet enfant, rien que pour lui. Et quand elle a fini de remplir sa fonction, elle s'écoule et bénit le monde. L'enfant naît alors vers l'air. Et vers son père, qui est l'homme de sa mère. Tandis que si la femme met son enfant au monde dans l'eau, elle se positionne elle-même comme une enfant, baignant dans le "liquide amniotique" de la mère Nature, donc, encore une fois, en petite épouse incestueuse de Dieu, en déesse couchant avec son père, et non pas avec son homme. Le comble, c'est quand j'apprends qu'il arrive à ce dernier de pénétrer lui-même dans l'eau, pour "aider" sa femme à accoucher. Ce faisant, il aggrave la situation car, en rejoignant son enfant nouveau-né dans cette mer de liquide amniotique, il devient symboliquement son frère, et ne peut plus tenir la place du père. C'est donc travailler à rebours de l'évolution. Voilà pourquoi je suis farouchement contre cette façon d'enfanter ! »

Ce jugement sans appel pourrait faire penser qu'Alexandro Jodorowsky s'aligne finalement sur des schémas classiques, dans une symbolique proche de la vision freudienne. Mais cela n'est pas toujours le cas, loin de là. Ainsi, quand il me parle de la méthode du *rebirth* mise au point par Cristobal, l'un de ses cinq fils, l'artiste s'enthousiasme et s'embarque sans hésiter dans un plaidoyer en faveur d'une « psychomagie », particulièrement hardie, qu'il recommande aux futurs pères et mères, pour « se laver » des influences négatives du passé et « purifier leur arbre généalogique en eux-mêmes ».

Concernant l'enfantement, l'idée centrale de Cristobal est qu'il est essentiel pour la mère, et aussi pour le père, de revivre leur propre naissance, pour désamorcer le faisceau des peurs que cet événement traumatisant a forcément engendrées en eux et qui restent ancrées dans leur inconscient, déterminant à leur insu toute leur existence, notamment sur le plan affectif et sexuel, leur façon de voir le monde et d'envisager de s'y inscrire et d'y être créateur. La libération qui suit cette expérience de « naissance revécue » rejoint les expériences mystiques qui laissent presque toujours échapper de la bouche de ceux qui les ont vécues : « J'ai eu l'impression de mourir, puis de renaître et de voir le monde pour la première fois ! »

Le principe de base de Jodorowsky junior, quand il invente sa méthode du *rebirth*, en accord avec les idées de son père, est qu'il ne s'agit pas tant de revivre la souffrance initiale – « car celle-ci est sans fond, dit-il, et son exploration pourrait durer éternellement, jusqu'au suicide ! » –, mais de dépasser cette souffrance en *réparant* les manques fondamentaux dont le sujet a souffert au début de sa vie, à partir du moment de sa conception, et dont il y a de fortes chances qu'il souffre encore…

Les quatre matrices périnatales de Stanislas Grof

Qu'il s'agisse du fameux *rebirth* de Leonard Orr[1], de celui du fils Jodorowsky ou de toute voie parallèle, on retrouve des schémas psychiques similaires. L'un des premiers à avoir tenté de cartographier ces schémas, par une voie d'abord psychédélique (utilisation du LSD, avec des malades mentaux tchèques), puis holotropique (respiration accélérée provoquant une suroxygénation, avec des personnes américaines en fin de vie), est le psychiatre Stanislas Grof, l'inventeur du concept de *matrices périnatales fondamentales*. Selon Grof, toutes nos névroses ultérieures dépendent de la façon dont nous avons traversé le sexe de notre mère au moment de notre venue au monde.

Les matrices périnatales seraient comme quatre tambours mentaux formidables, apparus dans la psyché du « naissant » et sur lesquels toutes les chaînes de ses nœuds psychiques futurs viendront ensuite s'ancrer, en quatre tresses tendues et résonnantes. Car la naissance s'effectuerait en quatre temps :

1) D'abord vous étiez bien, immensément bien. Le souvenir océanique de l'intérieur du ventre de votre mère a signé vos plus anciennes impressions. Elle et vous, vous ne faisiez qu'un, et vous avez goûté sensuellement et émotionnellement à l'idée de l'Un. Plus tard, toutes vos grandes euphories, extases, sérénités, impressions de fusion avec un autre être, ou avec la nature,

1. Voir son dernier livre : *Le Yoga de l'immortalité*, Ronan Denniel, 2005.

feront résonner en vous cette signature-là. Grof l'appelle la *matrice périnatale fondamentale numéro 1*. La résonance en question peut d'ailleurs s'amplifier jusqu'à la folie, chez les individus à l'ego mal établi, car le fœtus ne sait évidemment rien du monde extérieur. Ou jusqu'à l'extase chez les artistes et les mystiques.

2) Mais un jour, brusquement, vous avez basculé en enfer. Cela faisait un certain temps que vous vous trouviez un peu à l'étroit. Soudain, l'utérus de votre mère s'est mis à se contracter de toutes parts. Le col n'étant pas encore ouvert, la situation vous a semblé sans issue. Vu le temps dans lequel vous viviez alors, cet enfer vous a semblé durer éternellement. C'est la deuxième signature, le deuxième marquage (au fer rouge, celui-ci) de la psyché. Les hallucinés que Grof assiste dans leurs voyages sous LSD revivent, psychologiquement et physiquement, des situations de grande souffrance, qui sont surtout absurdes, *ad vitam æternam*. Dans leurs délires, ils décrivent des pieuvres géantes, des forces monstrueuses qui les ligotent, des extraterrestres qui les contrôlent à distance. Explication : à ce second marquage serait ensuite venu s'ancrer tout un enchaînement de traumatismes biographiques. Toutes les situations *traumatisantes parce que sans issue* que l'individu a traversées, surtout enfant, ont fait résonner au fond de lui cette *matrice périnatale fondamentale numéro 2*. Ce n'est qu'en revivant cette phase de sa naissance qu'il pourra, dit le Dr Stanislas Grof, définitivement se délivrer de ces traumatismes. Le psychiatre est persuadé que les grands penseurs et artistes de « l'absurde » ont conservé un nœud tragique à ce niveau précis de leur inconscient.

3) Puis le col de l'utérus s'est lentement ouvert. « Une pièce de dix sous », disaient les sages-femmes. « Courage, ma petite dame, je vois une pièce de cinq francs, ça ne sera plus long maintenant. » Au centre des chairs violacées, distendues à craquer, un minuscule cercle de cheveux est apparu. Tensions extrêmes, pressions affolantes. De l'enfer absurde, l'enfant bascule dans quelque chose d'infiniment plus violent encore. Mais, au moins, cela prend une direction. Un sens apparaît. Lentement, le petit humain se retrouve aspiré dans un tunnel, comprimé au fond du sexe de sa mère. Quel déchaînement, quand les patients en état de transe revivent ce passage ! Ils se retrouvent dans des scènes orgiaques, bestiales, scatologiques, sadomasochistes jusqu'à l'inconcevable. Jouissance et souffrance extrêmes inextricablement emmêlées. Visions de révolutions, de massacres à la Barbe Bleue. Ils se retrouvent nageant parmi les immondices et les cadavres putréfiés. Comme si tous les refoulements qui, dans la vie, les ont ensuite amenés à se conduire de façon sado ou maso ou scato, etc., formaient à leur tour une vaste chaîne, venant s'ancrer au tout premier souvenir de cette sorte : la *matrice périnatale fondamentale numéro 3.* Juste avant de connaître votre premier *souffle,* vous avez été écrabouillé dans un sexe de femme, coincé entre une vessie et un rectum. Le tunnel d'amour vous a broyé ! Là encore, Grof prétend que seul le fait de revivre cet épisode de la naissance permet la libération effective des nœuds psychiques correspondants. Et les penseurs ou artistes qui aiment mêler la violence, le sexe, le sang, etc., auraient tous une matrice périnatale fondamentale numéro 3 très chargée. Le psy pressent l'importance capitale de cette troisième

matrice. Elle semble comme trouée d'un vide en son centre où l'ego disparaît. *C'est toujours en traversant la matrice périnatale fondamentale numéro 3 que les gens se sentent mourir.* Le moment où ils repassent par le vagin de leur mère… Souvent, le passage se termine par la vision d'un feu gigantesque qui ravage tout. Cet épisode est capital.

4) Enfin, après l'enfer et la violence apocalyptique, vous avez été chassé hors de votre terrible mère adorée. Le plus grand regret de votre vie fut aussi votre plus grand soulagement – allez vous débrouiller avec ça ensuite ! Votre première gorgée d'air a coïncidé avec votre première affolante impression d'étouffer, vos poumons tout neufs brûlés par l'oxygène. Mais, enfin, vous étiez libre. Et vous avez fondu dans le soleil d'une jouissance presque pure. « Presque »… Premier rappel de l'ancienne fusion océanique, la *matrice périnatale fondamentale numéro 4* a le bonheur humble. Quand ils la revivent sous LSD, les patients de Prague ont des visions de paysages immensément calmes et lumineux, de cieux remplis d'or, de plumes de paon recouvrant les collines. Ils se retrouvent dans des situations de grande solidarité humaine. Ils aiment le monde entier et veulent le prouver, sur-le-champ, à un maximum de gens. Ils connaissent la béatitude de ceux qui ont bien fait l'amour.

Ces recherches et hypothèses datent des années 1960 et 1970. Elles restent en grande partie pertinentes et utiles aujourd'hui, même s'il faut sans doute les relire de façon légèrement différente, notamment si l'on tient compte de ce que nous dit Catherine Dolto – et aussi, comme nous le verrons bientôt, le psychanalyste Didier

Dumas : une phrase comme « goûter sensuellement à l'idée de l'Un » est, paraît-il, contestable. Même dans l'idée du « moi-maman » ressenti par le fœtus, il y a déjà un vrai moi. L'humain ne peut jamais être dans « l'un ». Dès la conception, nous ne pouvons exister que « dans le deux », c'est-à-dire dans la relation. Dès l'entrée du spermatozoïde dans l'ovule que nous fûmes, nous sommes entrés en interaction avec le monde. Même tout seul, nous nous parlons en permanence à nous-même, comme si nous étions deux !

Mais si nos descendants remplacent le ventre des femmes par des machines, à quelle sorte de « deux » leur progéniture aura-t-elle à faire ?

4

Enfanter sans sexe

L'incroyable perspective de l'utérus artificiel

Ce jour-là, il pleuvait sur la mer de Ligurie. À peine descendu du bac qui m'amenait d'Italie à l'île d'Elbe, Jacques Mayol me présenta au Pr Pier Data, directeur de l'Institut de physiologie humaine de l'université de Chieti, près de Rome. Un homme maigre et brun, aux cheveux mi-longs, caché derrière de grosses lunettes, en vareuse militaire déboutonnée de surplus américain anachronique en ces années 1980. La présence de ce scientifique auprès du célèbre plongeur s'inscrivait dans un programme précis, qui intéressait les deux hommes pour des raisons très différentes. Le Pr Pier Data travaillait, m'apprit-on, sur la composition du sang fœtal. La circulation du sang entre la mère (être aérien) et le fœtus (être aquatique) est un système complexe, dont on ne possède pas forcément toutes les données. Le savant italien se demandait si l'hémoglobine des plongeurs en apnée – celle de Jacques, mais surtout celle des plongeurs traditionnels des ethnies maritimes, qu'il se promettait d'aller tester – ne pouvait lui apporter de précieux renseignements pour ses recherches.

De son côté, Jacques Mayol avait repris un vieux rêve à la Jules Verne, sur lequel plusieurs chercheurs très allumés avaient travaillé dans les années 1950 et 1960, notamment un certain Dr Kylstra. Il s'agissait de résoudre le fameux problème de la compression en grande profondeur, qui rend l'azote de l'air toxique au-delà de cinquante mètres (obligeant à des mélanges artificiels compliqués) et surtout qui risque de provoquer dans le sang l'apparition de bulles dangereuses, éventuellement mortelles, au moment de la remontée. La solution ? Supprimer tous les gaz en noyant les poumons du plongeur de sérum physiologique et en nourrissant son sang d'oxygène dissous dans un liquide, lui-même transporté à bord d'un « placenta artificiel » (que l'on pourrait porter sur soi, par exemple comme un sac tyrolien). Bref, transformer le plongeur en fœtus !

On sait que, pendant notre vie fœtale, nous avons été des êtres à 100 % aquatiques. Dans cet état, vous pourriez plonger à mille mètres sous la surface de la mer sans rien craindre de la pression (les liquides sont incompressibles). Jacques se voyait donc devenir plus aquatique que les dauphins eux-mêmes, qui doivent remonter à la surface pour respirer. Transformé en homme-fœtus ! Voilà pourquoi le savant et le plongeur s'intéressaient l'un à l'autre, sans qu'aucun des deux ne se préoccupe vraiment de ce qui passionnait son interlocuteur. J'étais moi-même en mission pour interviewer Mayol, et les recherches du professeur Data m'étaient a priori indifférentes. Mais le savant insista tant pour me les faire connaître que je finis par le suivre dans la

« salle de projection » que ses assistants avaient improvisée, dans une auberge proche de la plage, où il allait me montrer les diapositives les plus hallucinantes qui m'aient été donné de voir de ma vie.

Imaginez une baignoire en Plexiglas, remplie d'une gélatine translucide et surmontée d'un enchevêtrement de tubes, de cathéters et de fils électriques, dont quelques-uns étaient branchés sur…

Ami lecteur, je te prie, respire un grand coup et distoi bien que l'humain est synonyme d'exploration de TOUS les possibles – et qu'en fin de compte, il ne s'en sort pas si mal, n'est-ce pas ? Je disais donc que l'on voyait, sur des diapositives, se déployant au-dessus d'une baignoire remplie de gélatine, tout un enchevêtrement d'engins électroniques et chimiques, fils électriques et cathéters, directement branchés sur un fœtus humain. Un fœtus, oui. Vivant. Un germe d'humain, qui flottait au milieu d'une machine gélatineuse, œuvre du professeur Pier Data !

N'en croyant pas mes yeux, je me levai d'un bond et me retournai vers le savant, m'attendant à un grand éclat de rire. Il ne pouvait s'agir que d'une (toujours macabre) farce de carabin. Mais Pier Data ne riait pas du tout. Il était passionnément rivé à ses diapos, qu'il ne pouvait déjà plus s'arrêter de commenter, d'une voix mesurée et précise, dans un français à peine coloré par son accent italien. Je me rassis, ahuri. L'homme parlait le plus sérieusement du monde :

« Nos descendants seront stupéfaits d'apprendre que nous, qui nous prétendons civilisés, avons tant tardé à modifier radicalement notre mode de reproduction. Continuer à enfanter comme des animaux est non seulement grotesque, mais dangereux. Les psychologues savent bien que l'humanité est fondamentalement marquée par le traumatisme de la naissance. Tant que nous naîtrons de cette manière primitive et vivipare, nous serons des malades mentaux, éperdument tendus vers une impossible guérison. Voilà la source de toutes les haines, de toutes les violences et de notre incapacité à vivre en paix. Voilà aussi pourquoi il est urgent d'entamer la plus grande révolution jamais imaginée depuis l'avènement de l'homme, celle qui nous fera basculer dans une ère vraiment nouvelle et éclairée. Le *vrai* bébé-éprouvette !

« Les fœtus que vous voyez là sont des avortons tardifs, des êtres condamnés, que certaines cliniques nous ont autorisés à utiliser pour nos expériences. Celui-là, par exemple (la diapositive montrait en gros plan une petite chose rose et blanc en suspension dans la gélatine légèrement bleutée), a quatre mois. Nous avons réussi à le maintenir en vie pendant dix jours. Celui-ci n'a que douze semaines (nouvelle diapo), mais nous avons tout de même pu le faire survivre plus de vingt-quatre heures ! Notre record (autre diapo, que je regardai, écrasé au fond de mon siège) est ce fœtus de plus de cinq mois, dont les fonctions vitales sont restées opérationnelles pendant vingt-quatre jours. »

Je balbutiai : « Mais, ces recherches… sont… connues ?… légales ? »

Il eut un très vague sourire, écarta la mèche noire qui lui retombait sans cesse sur les yeux et me dit, l'air très fatigué : « Disons que nous bénéficions d'une certaine tolérance. Mais nous sommes obligés d'être extrêmement prudents. Si je vous ai invité ici, vous, journaliste, c'est que nous commençons à nous sentir suffisamment confiants pour envisager de commencer à officialiser nos recherches. Mais je ne pourrais en aucun cas, par exemple, vous autoriser à publier l'une de ces photos. Le public n'est pas mûr pour comprendre. Nous aurions aussitôt l'opinion contre nous. Il y va pourtant, croyez-moi, du mieux-être de l'humanité !

– Vous parlez sérieusement ? Vous pensez réellement qu'il est dans notre pouvoir d'humain de modifier jusqu'à notre mode de reproduction ?

– Rien de ce qui est imaginable n'est impossible. Les connaissances scientifiques ont fait de tels progrès que nous savons aujourd'hui exactement ce dont a besoin le fœtus pour se développer de manière optimale. Composition chimique du liquide amniotique, température, ambiance sonore, mouvement “océanique”… Comment une pauvre femme, aux prises avec les affres de la vie quotidienne, sans cesse traversée par des émotions contradictoires – et donc une chimie interne erratique et en dents de scie –, pourrait-elle assurer rationnellement cette fonction essentielle ? C'est impossible. L'homéostasie spontanée, cela vaut pour les animaux. L'humain a une conscience, dont il lui faut forcément apprendre à se servir dans *tous* les moments clés de la vie. Et notamment pendant ce moment stratégique, jusqu'ici abordé de la manière la plus irrationnelle qui soit : l'enfantement lui-même, que nous traitons quasiment comme nos ancêtres australopithèques, d'une manière gravement primitive qui n'engendre que chaos, souffrance et traumatisme pathogène. »

J'étais blême. Il eut un haussement d'épaules imperceptible :

« Je sais bien que ce que je vous dis vous choque. Nous remettons ici en cause un tabou tellement profond ! Il faudra encore du temps… »

Le fiasco du premier utérus artificiel

Je revis Pier Data et toute son équipe – bardés d'un matériel impressionnant – quelques mois plus tard, en Indonésie où, toujours accompagnant Jacques Mayol, nous étions partis à la rencontre des pêcheurs Boutongs de l'archipel des Moluques. Ces gens-là plongent depuis la nuit des temps, sans le moindre équipement (sinon des petites lunettes taillées dans du bois) à des profondeurs de quinze à vingt mètres. Les physiologistes se demandaient si leur sang n'aurait pas connu, à la longue, des modifications intéressantes.

Mais l'expédition fit fiasco. Une partie des machines électroniques des savants italiens sombra dans la mer et Data lui-même se cassa le bras, ce qui entrava gravement ses travaux. Toutefois, j'en appris davantage sur l'incroyable utérus artificiel de l'Institut de physiologie humaine de Chieti et sur son inventeur…

Pier Data n'était sans doute pas, au départ, très différent de beaucoup de scientifiques, flottant quelque part entre le conformisme et la témérité, à la fois passionnément tendu vers l'objet de sa curiosité et en proie à une errance relativiste pour tout ce qui concernait son éthique. Sans doute aussi était-il un citadin hautement macadamisé, coupé jusqu'au moyeu de sa propre nature. Tout avait brusquement basculé dans sa vie à la naissance de son premier enfant. Ayant manqué d'oxygène pendant une trop longue traversée du corps de sa mère, le nouveau-né était resté définitivement débile profond. Data ne s'en était jamais remis. Il en avait tiré toute une vision du monde.

Descendants incontestés des animaux, nous nous en sommes peu à peu distingués de multiples manières, dans nos façons de manger, de boire, de dormir, de nous protéger du climat, d'apprendre… Par contre, estimait le professeur, notre façon de nous reproduire était restée, elle, lamentablement la même. Mais rien ne peut arrêter la conscience en marche. En 1936, l'humain a découvert les antibiotiques. En 1969, il a posé son pied sur la lune. En 1980, il se trouvait sur le point de proposer une alternative à la viviparité elle-même !

Selon ses assistants, les travaux du Pr Pier Data étaient cependant moins avancés que dans les propos qu'il m'avait tenus à l'île d'Elbe. Dans la douceur des nuits indonésiennes, à mesure que la mission s'enlisait, l'un de ses assistants finit même par m'avouer qu'en dépit de ses affirmations, son boss rencontrait en réalité de très gros problèmes techniques. Le dosage « électrochimique » du liquide amniotique artificiel s'avérait beaucoup plus subtil et complexe que prévu et les fœtus ne survivaient généralement pas plus de quelques heures, malgré les efforts déments de plusieurs génies de la physiologie, de l'endocrinologie, de l'immunologie, et d'allez savoir quelle autre discipline d'avant-garde.

Quant à l'origine des fœtus – objet de mes interrogations les plus inquiètes –, les assistants du savant ne pipaient mot. Une ambiance de top secret, de « confidentiel défense » régnait sur toute l'équipe. Un soir pourtant, tard, cuit par le soleil et par le vin, un neurochimiste barbu me laissa entendre que certains milieux italiens, farouchement opposés à l'avortement, pourraient avoir intérêt à ce que l'on prouve que les fœtus, même précoces, demeureraient viables – fût-ce au prix de certains détours éloignés de la morale et passant par des machines. Rumeurs que Pier Data lui-même refusa sèchement de commenter de quelque manière que ce fût, le lendemain matin. De toute façon, son expédition était fichue ! À ma connaissance, toute l'entreprise allait d'ailleurs tourner court, et serait finalement interdite par la justice italienne.

Le cri d'horreur de mes camarades

Lorsque je fus de retour à Paris, mon récit et mes descriptions suscitèrent deux sortes de réactions.

La première fut l'incrédulité. On ne pouvait prêter foi à une telle folie – et j'étais décidément bien un journaliste d'*Actuel* ! Nos reportages sur toutes sortes de frontières (qui nous prouvaient à nous-mêmes, mois après mois, que la réalité, comme dit Borges, est infiniment plus folle et intéressante que la fiction) déclenchaient ainsi régulièrement des vagues de refus ou de déni. Une seule consœur, travaillant pour le magazine *Elle*, alla vérifier mes dires en Italie. Elle fut reçue par le professeur Data et vit de ses yeux l'incroyable laboratoire où était installé l'utérus artificiel. Cependant, ne pouvant elle non plus emporter de photos de l'engin, elle dut se contenter de publier dans son magazine un dessin de la machine insensée.

Le second type de réaction de mes interlocuteurs, lorsque je leur racontai le projet du savant italien, fut plus intéressant. Un cri d'horreur. La plupart des gens – souvent des amis – à qui je narrais la vision et les travaux de Pier Data, étaient aussitôt pris d'un haut-le-cœur et, sur le point de vomir, me suppliaient de me taire. À l'unanimité, tous considéraient le savant comme un monstre et s'étonnaient que la police ne l'ait pas depuis longtemps arrêté.

Je partageais le sentiment de mes interlocuteurs, me posant comme eux une rafale de questions. Où se trouve le juste équilibre entre la nature et la technique ? Comment marier harmonieusement le biologique et le culturel ? De quelle façon soumettre les progrès scientifiques au bon sens et à une éthique commune ? Questions apparemment simples, mais soulevant des problématiques insondables. L'essentiel de la discussion se trouvait cependant vite dévié vers un aspect particulier de mon récit, qui occultait le reste : la nature des cobayes. Ces avortons, en principe promis à l'anéantissement et qui, dans la matrice du professeur Data, connaissaient une bribe de parcours supplémentaire, focalisaient toutes les attentions, d'une façon que je trouvais légèrement contradictoire. D'un côté, la plupart de mes interlocuteurs étaient, comme moi-même, favorables à l'avortement libre. De l'autre, nous nous émouvions soudain de ce que pouvaient devenir ces… choses, ou fallait-il dire ces « êtres » ? Le débat s'orientait alors de ce côté-là, et nous laissions tomber le projet fou du savant italien.

La question de l'avortement est grave. Je dirai, dans la dernière partie du livre, ce que mes reportages m'en ont dit de plus, du moins ce que j'ai cru devoir en garder. Pour l'heure, restons-en à l'utérus artificiel. À l'époque de notre expédition, avec Jacques Mayol et le professeur Data, en 1980, j'ignorais à quel point nos débats – qu'ils fussent techniques ou éthiques – restaient marqués par un autre temps, furieusement romantique. Et combien le XXIe siècle allait changer tout ça. De façon beaucoup plus calme et froide. Allant jusqu'à proposer, pour les esprits optimistes, un « dépassement d'Éros par Éros », qui pousserait la technique au service d'une réalisation des plus beaux mythes des grandes traditions humaines : le projet de bébé 100 % éprouvette, qui me laisse infiniment perplexe.

Où les vrais pros de l'utérus artificiel entrent en scène

Vingt-cinq ans ont passé. Nos mœurs se retrouvent de plus en plus au diapason de techniques que l'on pourrait croire issues de la science-fiction. Dans son livre *Enfants du don*[1], la sociologue du CNRS Dominique Mehl raconte son enquête auprès de personnages que nos ancêtres n'auraient pu imaginer, du donneur de sperme à la mère porteuse, de la donneuse d'ovules aux homoparents. Le concept d'humanité est à la fois très fragile et incroyablement résistant. Mais nous n'avons encore rien vu ! La nouvelle fait la une du *Nouvel Observateur* et du *Monde 2* qui, dans l'ensemble, se sont montrés plutôt positifs, presque enthousiastes. Cela m'a

1. Robert Laffont, 2008.

interpellé. Catherine David est une femme responsable et mesurée, qui a dû faire preuve de ténacité jadis pour faire admettre l'intérêt de la psychanalyse à la rédaction plutôt réticente du *Nouvel Obs*. Si cette histoire l'intéresse, il doit y avoir de bonnes raisons. Je suis intrigué (j'apprendrai plus tard que la journaliste a, en fait, été si choquée qu'elle prépare une enquête à charge !). De la part de Frédéric Joignot, dans *Le Monde 2*, l'emballement m'étonne moins : ce vieux Fredo est resté aussi allumé que nous l'étions du temps d'*Actuel*, toujours prêt à s'embarquer dans une aventure limite, aux frontières du connu. Mais il est tout sauf fou, et ses « idées fortes » m'ont toujours passionné.

De quoi s'agit-il ? De la parution du nouveau livre du Pr Henri Atlan, *L'Utérus artificiel*[1]. Cette fois, c'est quasi officiel. Nous y allons tout droit !

La chose n'a encore fonctionné que pour certains animaux, mais, selon le professeur, sa mise au point humaine est inéluctable. D'ici à quelques décennies, au maximum un siècle (mais ces temps-ci, la tendance serait plutôt à l'accélération des phénomènes), tous les mammifères pourront être intégralement reproduits *in vitro*. *Exit* l'utérus femelle. Plus besoin de la vieille matrice. Depuis la fécondation jusqu'à la naissance, le processus se déroulera entièrement dans un environnement fabriqué par l'homme. Et une fois la technique mise au point pour les animaux, rien ne pourra empêcher des humains de vouloir l'utiliser pour se reproduire. Un saut vertigineux dans l'évolution, où la culture s'avérera plus que jamais cocréatrice de la nouveauté – en

1. Le Seuil, 2005.

partenariat (rapide et génial) avec la (lente et majestueuse) Nature.

Techniquement, on est loin des grossières et impatientes expériences du Pr Pier Data, qui tentait de tout faire par lui-même, à la Frankenstein. La prouesse incroyable de l'utérus artificiel est collective, planétaire, elle concerne des équipes dispersées dans plusieurs pays. Métaphoriquement, ça ressemblerait plutôt à la jonction de deux équipes creusant un tunnel et qui, parties chacune d'un côté de la montagne, finissent par se rejoindre triomphalement au milieu de la terre. La femme est un tunnel d'amour ? Là, ce sera un tunnel aussi, mais technologique !

En amont du processus, les pionniers sont les spécialistes de la fécondation *in vitro*. Après être parvenus à faire se rencontrer ovule et spermatozoïde humains dans un tube à essai (rappelons que le premier « bébé-éprouvette » s'appelle Louise Brown et qu'elle est née le 25 juillet 1978), dans le quart de siècle qui a suivi, les biologistes ont réussi l'exploit d'accompagner *in vitro* les premières étapes suivant la fécondation (morula, blastula, gastrula, etc.), puis de faire se reproduire en labo du tissu de cellules épithéliales utérines et de combiner le tout de façon que l'œuf tout juste devenu embryon vienne s'y fixer. Ils sont parvenus à la nidation artificielle ! Les étapes ultérieures, débouchant sur la constitution d'un placenta, sont encore à atteindre, mais ils y travaillent d'arrache-pied.

De l'autre côté de la montagne, remontant de l'aval, un autre type de pionnier a fait des avancées tout aussi spectaculaires : ce sont les obstétriciens et les pédiatres spécialisés en néonatologie, qui réussissent à faire survivre des prématurés de plus en plus petits.

Les deux types de recherches se rejoindront-ils au milieu de la montagne ? Les spécialistes en sont persuadés. Lisez le livre d'Henri Atlan, il donne assez d'informations pour que vous puissiez remonter les pistes des principaux chercheurs concernés, notamment au Japon et aux États-Unis. Ainsi pourraient se trouver réalisées d'incroyables visions. Des plus affreuses aux plus belles.

Nous n'avons pas de mal à nous imaginer les images affreuses, celles d'une reproduction robotiquement parfaite, comme dans *Le Meilleur des mondes* d'Aldous Huxley, où les humains adhéreraient définitivement et amoureusement à la totale servilité où les aurait conduits une mutation faisant d'eux des sortes d'insectes supérieurs, clones esclaves et compagnie…

Sans doute faut-il avoir l'audace d'imaginer qu'il pourrait s'agir d'une réalisation beaucoup plus positive, allant, au contraire, dans le sens d'une humanisation plus grande, comme le prédisent de grands auteurs de science-fiction, à commencer par Aldous Huxley lui-même ? Oui, comme l'explique Henri Atlan, Huxley avait changé d'avis concernant la conclusion de son roman et s'en était expliqué dans une nouvelle préface au *Meilleur des mondes*, parue en 1946. Ayant plongé entre-temps dans une étude approfondie de la *philosophia perennis* (qui rassemble le suc des plus grandes traditions), Huxley, malgré le fait que la Seconde Guerre mondiale ait tragiquement illustré ses intuitions les plus noires, s'ouvre à une troisième voie possible. Il évite à son héros de finalement devoir se suicider, « pris entre deux formes de folie, comme l'écrit Atlan, celle de l'utopie totalitaire de la technoscience et celle de l'existence primitive d'avant la technique ». Cette troisième voie serait celle d'une humanité enfin vraiment *Homo sapiens sapiens* et non plus, comme dit Edgar Morin, *Homo sapiens demens*.

Ce mode de reproduction, que l'humanité aurait ainsi choisi, séparerait définitivement la rencontre érotique et l'enfantement. J'ai intitulé ce chapitre « Enfanter sans sexe » parce que, dans le langage courant, le sexe, c'est la rencontre de deux êtres attirés l'un vers l'autre et connaissant un échange érotique. Ce n'est pas une définition scientifiquement exacte, puisque la sexualité, au sens strict, est un mode de reproduction qui fait qu'un être nouveau émerge de la rencontre de deux gamètes. Nous l'avons déjà dit, deux amibes se mélangeant, c'est sexuel. Dans ce sens, l'utérus artificiel ne changerait rien à notre mode de reproduction. Titrer « Enfanter sans Éros » eût donc été plus exact. Oui, mais l'utérus artificiel dont parle le Pr Henri Atlan pourrait aussi accueillir des cellules germinales autofécondées, par parthénogenèse ou par manipulation d'une cellule renucléée, et pourrait donc engendrer un être complet qui n'aurait ni père ni mère. Il s'agirait bien alors d'« enfanter sans sexe », dans tous les sens du mot. Mais allons plutôt en parler avec Henri Atlan lui-même.

J'avais rencontré l'éminent biologiste en 2001, pour une tout autre question que la naissance, dans le cadre d'un autre livre[1]. Au cours de la conversation, et bien

---

1. Il s'agissait d'interviewer Henri Atlan sur l'une de ses spécialités, l'auto-organisation, pour un livre d'entretiens sur l'origine de

que le professeur ne m'ait pas dit qu'il écrivait un livre sur le sujet, je lui avais raconté de quelle façon, en 1980, j'avais été amené à observer un utérus artificiel en Italie… Nous n'abordâmes donc le sujet qu'indirectement mais déjà tout était dit.

D'une manière générale, le Pr Atlan se référait beaucoup à Spinoza et, implicitement, sinon à Sartre du moins à l'idée existentialiste que l'humain naît à la fois totalement déterminé par les lois de l'univers et libre comme une page blanche qui ne demande qu'à s'écrire en posant des actes. Notre destin, c'est à nous-mêmes de nous le forger, en admettant qu'a priori rien ne doive nous effrayer. « La peur est mauvaise conseillère, me disait le professeur, de quoi avez-vous peur ? Que l'on malmène mère Nature ? Mais toute la civilisation n'est qu'une vaste résistance à mère Nature ! »

La rencontre avec le professeur Henri Atlan

Médecin et biologiste, professeur de biophysique à Paris et Jérusalem, devenu philosophe et épistémologue par nécessité de réfléchir sur les sciences auxquelles il a contribué, directeur d'études à l'EHESS (École des hautes études en sciences sociales), Henri Atlan a été membre du Comité national d'éthique pour les sciences

---

l'univers, intitulé *Le monde s'est-il créé tout seul ?*, auquel ont également participé l'astrophysicien Trinh Xuan Thuan, le chimiste Ilya Prigogine, le biologiste Albert Jacquard, le cybernéticien Joël de Rosnay et le botaniste Jean-Marie Pelt, coll. « Clés », Albin Michel, 2008. Le fragment d'interview du Pr Atlan ci-dessus est extrait de cet ouvrage collectif.

de la vie et de la santé pendant dix-sept ans (de 1983 à 2000). Il a publié de nombreux ouvrages qui ont rendu célèbres ses réflexions sur les sciences, la liberté et la morale[1]... sans parler de *L'Utérus artificiel*, évidemment.

Extraits de notre conversation :

« *Vous avez publiquement pris parti en faveur des cultures de tissus humains...*

Henri Atlan : Personne à ma connaissance n'est opposé aux cultures de tissus humains, effectuées dans les laboratoires depuis des décennies sans poser de problème moral, et qui rendent des services manifestes à la recherche biologique et médicale. Tant que ces cultures ne conduisent pas à la fabrication d'embryons pouvant produire des enfants, il ne s'agit que de cellules, comme celles de notre peau, de nos cheveux, de notre sang ou d'autres de nos organes, c'est-à-dire d'objets que l'on n'a aucune raison de fétichiser sous prétexte qu'on les maintient en vie de façon artificielle au laboratoire.

Oui, mais on sait que grande est la tentation de pousser les recherches jusqu'à la fabrication de bébés "100 % éprouvette". Il y a une vingtaine d'années,

---

1. *Entre le cristal et la fumée* (1979), *À tort et à raison* (1986), *Tout, non, peut-être* (1991), tous trois au Seuil. Ses derniers ouvrages : *Les Étincelles de hasard*, t. 1 (1999) et t. 2 (2003), au Seuil, *La science est-elle inhumaine ?* (Bayard, 2002), *Les Frontières de l'humain* (Le Pommier, 2007).

j'avais rencontré, en Italie, des physiologistes qui fabriquaient un utérus artificiel, dans lequel ils tentaient de faire survivre des fœtus humains ! Ces recherches ont finalement été interdites, mais elles étaient menées par la direction même de l'Institut de physiologie humaine de l'université de Chieti, près de Rome ! Pensez-vous qu'il s'agisse là de sortes de "maladies infantiles" de la biologie moderne ?

Pas du tout. C'est dans le prolongement normal des techniques de procréation médicalement assistée, qui ont commencé avec la pilule et le planning familial il y a plus de cinquante ans. Notons que cette évolution a joué un rôle déterminant dans les bouleversements de la condition humaine qui accompagnent ce que l'on appelle la libération de la condition féminine. Il existe d'ores et déjà quelques recherches en vue de fabriquer des utérus artificiels permettant à des mammifères d'éviter la grossesse. Je pense qu'un jour cela se fera. Peut-être pas demain, mais disons dans un avenir que je situerais entre cinquante et cent ans. Or, si l'on y parvient, j'imagine mal que beaucoup de femmes ne revendiqueront pas le droit de bénéficier de ces machines, qui seraient en fait des couveuses très perfectionnées.

Vous pensez que l'on envisage un mode de reproduction humain qui serait intégralement extracorporel ?

Mais oui, pour échapper à ce que certaines femmes considèrent comme des contraintes difficilement supportables ! Je pense évidemment que d'autres voudront toujours passer par l'expérience de la grossesse, puisque beaucoup nous disent que c'est une expérience irremplaçable, très enrichissante et même initiatique. Mais toutes n'ont pas l'air de tellement apprécier, et je vois mal comment nous pourrions empêcher une évolution dans ce sens. Cela me semble devoir être un jour un nouveau défi.

Comme si l'espèce humaine décidait de prendre un embranchement nouveau dans son mode de reproduction...

Ce ne serait pas la première fois. Les techniques actuelles ont créé des possibilités de dissociation entre procréation et sexualité qui n'ont jamais existé dans toute l'histoire de l'humanité. Il ne faut pas avoir un jugement totalement naturaliste pour décider de ce qu'il est bon de faire. La nature est souvent mauvaise et, de toute façon, on ne peut faire artificiellement que ce que la nature permet de faire.

On ne peut pas pour autant opter pour un jugement "à 100 % artificialiste", en disant que tout ce qui est techniquement fantasmé sera réalisé.

En effet ! Je suis contre cette attitude qu'on entend parfois exprimée et qui dit : tout ce qui est techniquement envisageable va se faire. Pas du tout ! Ce n'est pas parce qu'il est techniquement faisable, au prix d'un tas d'acrobaties, de faire porter un enfant par une femme ménopausée, que ça doit se faire et que ça se fera. La chose existe actuellement dans certains pays, dans des conditions limites du point de vue légal (en France, c'est totalement interdit). Certains disent aussi : “Le clonage reproductif d'êtres humains va se faire nécessairement.” Non ! Il y a des choses techniquement possibles, qui ne se font pas parce qu'elles sont interdites. Elles peuvent certes se faire de façon criminelle. Mais c'est très différent.

À l'inverse, même si une innovation nous semble ahurissante, comme l'utérus artificiel, cela ne signifie pas forcément qu'elle soit mauvaise pour l'unique raison qu'elle est non naturelle et qu'il faut respecter la nature. Ce critère n'a aucune valeur ; parce que dans ces conditions, il faudrait s'abstenir de faire de la médecine – rien de plus naturel qu'une maladie, rien de plus artificiel qu'un bloc opératoire ! Si l'on pense que la morale consiste à suivre la nature, il faut abandonner la voiture, l'électricité, toute civilisation. Peu de gens, en réalité, pensent comme ça, même parmi les défenseurs les plus fanatiques de la “nature”. Autrement dit, les critères sur ce qui doit être fait ou pas, du point de vue moral, ne sont pas à tirer de l'observation de ce que la nature fait spontanément. Le fait que l'on modifie de fond en comble ce que produit la nature n'est pas un critère de bien ou de mal. Il n'y a rien de plus naturel que d'être criminel.

Vous avez écrit sur le clonage thérapeutique, en disant à peu près : “Ne mélangeons pas tout, appelons les choses précisément : ne parlons pas de clonage quand il s'agit de cultures de tissus à partir de cellules germinales dont on a remplacé les noyaux... Ces cellules, produites sans fécondation, n'ont en effet aucune chance de jamais devenir des embryons si personne ne les implante dans un utérus. C'est un autre projet et c'est une autre technique."

Bien sûr. On connaît les désaccords sur le moment à partir duquel un embryon doit être considéré comme une personne humaine – question à laquelle la biologie ne peut pas apporter de réponse, puisque la notion de personne n'est pas une notion biologique. Mais ce que je dis là concerne une autre question, plus en amont. Même si l'on adopte la position considérée comme la plus extrême, celle de l'Église catholique, pour laquelle le statut de personne humaine doit être accordé à l'œuf fécondé, il n'y a pas de raison de proscrire le clonage non reproductif (ou thérapeutique) puisqu'on utilise là des cellules fabriquées sans fécondation et qu'il n'est pas question de les transformer en embryons – si tant est que cela devienne possible – en les implantant dans un utérus.

C'est comme si ces cellules se développaient par parthénogenèse.

Oui, on a affaire ici à une cellule qui se développe, alors que c'est un artefact de laboratoire : une cellule qui n'a jamais été fabriquée par la nature de cette façon-là. Et ceux qui voient la personne humaine commencer avec la fécondation devraient donc être rassurés : il y a certes là instrumentalisation, mais de pseudo-embryons créés artificiellement. En outre, le développement étant limité à la production de cellules en laboratoire sans implantation utérine, il n'y a aucune chance que ces pseudo-embryons deviennent des embryons.

Oui, mais si je rapproche cette perspective de l'idée que, dans cinquante ou cent ans, il y aura peut-être des utérus artificiels, je pourrai alors très bien prendre une cellule énucléée puis renucléée, la placer dans un tel utérus et obtenir, au bout du compte, un humain sans père ni mère !

Eh oui ! On peut concevoir en effet, d'une façon qui reste pour le moment de l'ordre de la science-fiction, mais qui pourrait se réaliser dans un avenir lointain, que les êtres humains se reproduisent eux-mêmes, ou reproduisent des animaux, ou des plantes, par des techniques qui seront complètement différentes de celles que nous connaissons et qui seront effectuées pour une large part en dehors du corps des individus. La question qui se pose alors à ce sujet, c'est de savoir si nous voulons cela. Si oui, pourquoi ? Si non, pourquoi ? C'est là que se situe le débat éventuel, et pas dans une espèce de réaction a priori qui consisterait à dire : “Ah non, c'est vraiment trop loin de la nature, c'est de l'antihumanisme, ce n'est plus l'humanité, c'est de la posthumanité !” Cela ne sera jamais la posthumanité. Ce sera toujours l'humanité.

Quelles pourraient être les raisons de défendre une telle mutation de notre espèce ? Que l'on s'aperçoive qu'un embryon, puis un fœtus généré de cette façon, n'aurait pas de névroses plus tard ?

Non, certainement pas. Pourquoi n'aurait-il pas de névroses ? On peut imaginer beaucoup de raisons de souhaiter une telle humanité. On peut, par exemple, songer à une humanité angélique, où le corps ne serait qu'une occasion de jouissance pour l'esprit et où toutes les choses pénibles seraient éliminées. Regardez : la gestation dans la douleur ainsi que le travail pénible, qui a constitué notre vie quotidienne pendant si longtemps, sont présentés dans la Bible comme le résultat d'une malédiction. On peut donc imaginer une vie édénique, telle qu'on la présente dans le mythe biblique, où cette double malédiction serait levée. Ce serait même la vocation divine des descendants d'Adam et Ève de réparer ce qu'ils ont cassé. Les technosciences, tant décriées ces dernières années à cause de leurs dangers potentiels, seraient peut-être un moyen d'aller dans cette direction : travail réduit et de moins en moins pénible, gestation de moins en moins douloureuse en sont déjà des retombées non négligeables. Mais cela impliquerait que les relations entre les individus et entre les générations changent de nature, en même temps qu'augmentent les possibilités techniques ; que les changements dans le rapport au corps, dans le rapport à la technique elle-même, s'accompagnent d'un changement dans les rapports moraux interindividuels.

Mais vous ne pensez pas que l'on pourrait rencontrer des obstacles et s'apercevoir que nous n'avons pas ce pouvoir-là ?

Oui, en effet, c'est pourquoi je me situe ici dans l'ordre du mythe et de la science-fiction.

D'une certaine façon, tout cela supposerait que le conscient prenne l'immense place de l'inconscient, dans un processus hypercomplexe ! N'avons-nous pas intérêt à continuer à faire confiance à notre inconscient ? D'ailleurs, est-ce seulement pensable ?

Non, cela n'implique pas du tout que soit diminuée la place de l'inconscient. À condition de ne pas tomber dans l'illusion d'une connaissance achevée, je pense tout de même qu'il vaut mieux être le plus conscient possible du plus grand nombre de choses possible. Je sais bien que “la santé, c'est le silence des organes”, mais ce n'est pas une raison pour ne pas tenter de prendre conscience de ce silence ! Cela ne diminue en rien le rôle de l'inconscient... dont nous ne pouvons d'ailleurs parler qu'en en prenant conscience.

Pourtant, vous avez écrit quelque part que, dans de nombreuses situations, le fait de se représenter les choses – donc de les conscientiser – les diminue, les rabougrit...

Oui, mais cela n'est dû qu'au fait de notre connaissance consciente, toujours partielle par rapport à la réalité. C'est cette partialité qui fait apparaître la prise de conscience comme une diminution, comparée à l'illusion d'une connaissance totale. En revanche, si l'on sait qu'on ne sait pas, ou peu, si l'on ne s'imagine pas que la prise de conscience est définitive et qu'elle nous dévoile la totalité des choses, alors, je pense quand même qu'il vaut mieux être conscient des choses que de ne pas l'être.

Diriez-vous que votre démarche est matérialiste ?

Je ne me définirais pas comme ça, non. J'ai été amené à reconnaître dans l'œuvre de Spinoza la philosophie la plus proche de ce que nous pouvons apprendre des sciences actuelles. Et cette philosophie n'est pas matérialiste, contrairement à ce que certains croient. Évidemment, ça n'est pas non plus un spiritualisme. C'est un monisme du corps et de l'esprit, dans lequel les phénomènes mentaux et corporels sont perçus comme des aspects différents du même phénomène, qui peuvent être décrits tantôt à l'aide d'un langage physique, tantôt à l'aide d'un langage psychologique. Mais il ne s'agit là que de langages qui sont plus ou moins adaptés à la description de tel ou tel phénomène. Dans certains cas, le langage physique est plus adapté, dans d'autres c'est un langage psychologique qui fait appel à des états mentaux. Mais il s'agit encore une fois de différences de langage, pas de différences de substance. État mental et état cérébral sont des façons différentes de parler des états de la même union indissociable du corps et de l'esprit. Autrement dit, contrairement à Descartes et à tous les dualistes – qu'ils soient des matérialistes voyant l'esprit comme un épiphénomène de la matière, ou qu'ils soient des idéalistes voyant la matière comme pensée par l'idée –, Spinoza pense, lui, qu'il n'y a qu'une seule substance et que celle-ci est à la fois pensée et matière, de manière indissociable, sinon dans le langage et dans nos modes de connaissances, forcément limités.

Pour vous, l'idée qu'il faudrait écouter et respecter "notre mère Nature" est un concept définitivement passéiste ?

Notons que tous nos artefacts, physiques, chimiques, biologiques, ne peuvent être produits qu'en respectant les lois de la nature. En ce sens, ils sont aussi "naturels". L'avion ne peut être fabriqué qu'en connaissant et en utilisant les lois de la pesanteur. Nous respectons forcément "notre mère Nature", que nous le voulions ou non, en faisant des artefacts. Comme l'écrivait Gilbert Simondon en 1958, très en avance sur son temps, en conclusion de son livre *Du mode d'existence des objets techniques*[1] (qu'il serait bon de relire et de méditer) : "L'artificiel est du naturel suscité, non du faux ou de l'humain pris pour du naturel."

Et l'idée qu'il faudrait respecter un certain "principe de précaution" avant de se lancer dans l'application d'artefacts dont on ignore tout des effets ?

Il faut, en effet, être prudent et tenter d'évaluer autant que possible les conséquences bonnes et mauvaises de telle ou telle innovation technique et socié-

1. Aubier, 1958.

tale. C'était déjà le cas avec le feu, la roue et la domestication des chevaux ! Mais ce fameux principe de précaution est une tarte à la crème rhétorique, qui sert à ouvrir des parapluies pour justifier telle ou telle décision politique. Il faut évidemment se conduire avec précaution. La “prudence” aristotélicienne est toujours de mise quand on doit œuvrer dans des circonstances incertaines, quand on ignore les conséquences qu'auront nos actes. Mais il n'existe aucun “principe” qui vous dise comment faire pour être prudent dans la manipulation d'un artefact inédit, dont les effets sont par définition inconnus ! »

Du dépassement d'Éros par Éros

Henri Atlan est un esprit audacieux et, si ses visions peuvent en effrayer plus d'un, on aimerait que beaucoup de nos contemporains aient sa liberté d'esprit. Sa connaissance des mythes religieux et des ésotérismes fondamentaux est impressionnante. Dans son livre *L'Utérus artificiel* – que j'ai donc découvert des années après la conversation retranscrite ci-dessus –, il résume en quelques pages la vision kabbaliste de l'androgyne adamique originel, que Dieu coupe en deux moitiés, mâle et femelle, afin que cet être total puisse se regarder lui-même en face… et se réunir à nouveau, cette fois volontairement. Pour Atlan, c'est peut-être la réalisation de ce mythe de « monoparentalité divine » de la Bible que permet l'utérus artificiel.

Les rapports entre Éros et enfantement s'en trouveraient bouleversés de multiples façons. D'abord, la rencontre sexuelle entre deux êtres serait définitivement et clairement « valorisée pour elle-même, indépendamment de ses effets procréatifs éventuels, car c'est d'abord une réunion des deux parties d'un même soi, d'une même chair, comme le dit la Genèse ». Ensuite, vu que « les fonctions de père et de mère pourront être réduites au niveau microscopique de l'approvisionnement en cellules des laboratoires et des utérus artificiels, la question des enfants, de leur élevage et de leur éducation deviendra plus aiguë qu'elle ne l'a jamais été ». Si l'humanité réussit à éviter le cauchemar du conditionnement total imaginé par Aldous Huxley, les adultes « devront d'une façon ou d'une autre être animés par quelque chose comme ce mélange d'amour et de sens du devoir, qui a caractérisé jusqu'à maintenant la cellule familiale sous toutes ses formes. Et cela devra exister dans un monde où, par ailleurs et de façon indépendante, Éros continuera d'animer et d'inspirer l'affectivité de ces mêmes adultes ».

Certes, dans une société à ectogenèse (c'est ainsi que le médecin philosophe nomme le nouveau mode de reproduction), « la coupure entre affectivité érotique et relation aux enfants risque d'être accentuée et de conduire à la recherche quasi exclusive d'un plaisir plus ou moins égoïste par les adultes, aux dépens d'une affectivité parentale nécessairement altruiste, au moins en partie ». Mais les nouvelles identités féminine et masculine (et leurs nombreuses variantes et combinatoires) « ouvrent aussi de nouvelles avenues dans cette marche vers l'humanisation, qui augmentent peut-être les chances de dépassement d'Éros par Éros ».

Le défi est clair : « L'ectogenèse ne fera qu'accentuer

davantage la tension entre les termes de l'alternative : ou bien utopie totalitaire douce par conditionnement à une aliénation déguisée en bonheur, “meilleur des mondes” à la Huxley, ou bien utopie fraternelle d'hommes, de femmes et d'enfants, sinon libres, du moins en recherche active de vraie liberté, non seulement politique, mais intérieure. »

Évidemment : même si la « nature humaine » est si élastique que tous les possibles lui sont a priori offerts, il s'agit là d'une façon de parler. Les spécialistes de la psyché, et notamment de la psyché du fœtus et du bébé, ne sont pas forcément d'accord avec l'idée qu'un humain puisse être engendré hors d'une mère. Il faut dire qu'il s'agit là d'une approche psy elle-même très récente et révolutionnaire. Que sait-on au juste de la psyché du fœtus ?

5

De l'impossibilité d'enfanter hors sexe ?

La psyché de l'enfant naît
de la sexualité de ses parents

Difficile, arrivé à ce point de l'enquête, de ne pas aller consulter Didier Dumas. Psychanalyste sans cesse en recherche, depuis les années 1970, quand il s'est mis à développer la psychanalyse transgénérationnelle, en l'inscrivant dans le sillage de son amie Françoise Dolto [1], il s'est finalement ouvert, dans les années 1990, aux méthodes chamaniques, auxquelles il s'était préparé, des années auparavant, en étudiant l'acupuncture et l'approche taoïste de la santé. Dumas est l'un des seuls thérapeutes et penseurs de notre temps susceptibles de nous éclairer sur les relations entre la façon dont les parents vivent leurs relations amoureuses et sexuelles et

1. De Dolto, Dumas dit qu'elle fut la seule à lui avoir offert des outils efficaces, pendant les dix ans où il travailla avec des enfants psychotiques, mais aussi celle qui sut lui donner une « conception de la psyché pré-œdipienne permettant de comprendre les mécanismes sensitifs de la jouissance érotique et l'orgasme ». Voir le chapitre « D'Ève à Dolto », dans *Et si nous n'avions toujours rien compris à la sexualité ?*, Albin Michel, 2004.

la constitution de la psyché du fœtus et du bébé. Il nous fait découvrir qu'il n'est sans doute pas si simple – et peut-être totalement impossible – de scinder l'enfantement de l'érotisme, du fait même de la façon dont l'être humain s'édifie dans le langage et dans toutes les autres formes de communication, dès la conception, et même longtemps avant.

L'idée de dissocier érotisme et enfantement ne date pas d'hier. Maintes cultures ont distingué les deux plans, ne serait-ce que les Grecs antiques, qui se mariaient avec des femmes pour faire des enfants, tout en considérant que faire l'amour avec des éphèbes était le sommet de l'art érotique – leurs écrits nous disent moins comment les femmes prenaient du plaisir de leur côté[1]. Cela dit, pour la plupart d'entre eux, nos lointains ancêtres associaient très naturellement faire l'amour et faire des enfants. Pour le meilleur et pour le pire. Puisqu'ils ne disposaient pas de moyens de contraception efficaces, tout coït pouvait déboucher sur une grossesse, idée millénaire à la fois sacrée et obsédante. Ce lien va se rompre de manière pathologique chez nos ancêtres plus proches, surtout à partir du XIXe siècle, au pire moment de ce que Didier Dumas appelle la « maladie sexuelle de l'Occident puritain ». Une maladie collective et un « fantôme culturel » dont le psychanalyste fait une analyse historique qu'il commente brillamment dans plusieurs de ses ouvrages[2]. Une « maladie psy-

1. Cf. *Le Banquet* de Platon.

2. Quelques-uns des ouvrages où Didier Dumas évoque la « maladie sexuelle » de l'Occident puritain : *La Sexualité masculine*, Albin Michel, 1990, rééd. coll « Pluriel », Hachette Littératures,

chique endémique » qui provoqua un rejet complet du corps et de ses plaisirs, débouchant sur la vision de « la maman et la putain », avec des femmes hystériques d'un côté et des hommes fétichistes de l'autre – engrossant sans érotisme leurs épouses et allant au bordel pour jouir. C'est dans ce terreau empoisonné que va naître la psychanalyse, Freud s'avérant un thérapeute indispensable aux victimes d'un mal qui le dépassait lui-même… Au point, selon Didier Dumas, qu'il passa complètement à côté du sujet que nous aimerions traiter ici.

Ne pas confondre les constructions physique et mentale du fœtus

« *Après plus de trente ans de pratique psychothérapeutique, vous pensez que la construction de la psyché de l'enfant, dès le ventre de sa mère, dépend étroitement de la façon dont ses parents vivent leur relation érotique et amoureuse, c'est cela ?*

Didier Dumas : Oui, car la mémoire des sensations qui, à l'âge adulte, est refoulée dans l'inconscient cellulaire, se structure dès le stade fœtal. Le fœtus perçoit la sexualité de ses parents comme un immense éclairement solaire. C'est ce qu'illustre très joliment le premier ver-

---

1999 ; *Sans père et sans parole, la place du père dans l'équilibre de l'enfant*, Hachette Littératures, 1999 ; *Et l'enfant créa le père*, Hachette Littératures, 2000 ; et le chapitre « L'origine des troubles sexuels du monde occidental », dans *Et si nous n'avions toujours rien compris de la sexualité ?*, *op. cit.*

set de la Bible qui annonce la gestation d'Adam et Ève, en disant que “le souffle de Dieu planait à la surface des eaux”. Mais comme le fœtus est relié à ses parents par des liens de nature télépathique ou empathique, il perçoit aussi la façon dont ils se parlent, se disputent ou s'utilisent pour régler des comptes inavouables [1].

La construction mentale d'un enfant ne dépend pas du coït qui lui a donné corps. Elle dépend de la façon dont ses parents l'ont mentalement conçu. En rêvant ou en parlant de lui, c'est-à-dire en lui accordant dans le langage et dans l'ordre familial une place qui déterminera son destin et sa vie. N'avez-vous jamais perçu l'anxiété d'un enfant entendant ses parents raconter un événement datant d'avant sa naissance : “Et moi, demande le petit, j'étais où ?” Généralement, les parents répondent : “Tu étais encore au ciel”, ou bien : “Tu étais dans notre cœur.” Ces réponses sont pour lui une sorte de révélation, car il découvre, à cette occasion, que son existence dans le registre mental est antérieure à son existence physique, que l'on peut donc exister dans le désir de ses parents sans pour autant exister dans un corps, sur le mode où il continue à exister pour eux quand il dort. Cette révélation est tout à fait importante dans la construction de l'enfant. Elle l'installe dans sa verticalité mentale ou spirituelle, car c'est la capacité de privilégier son existence dans le langage et le nom qui différencie l'être humain des autres mammifères.

Nous avons tendance à considérer que l'utérus de la

1. *Sans père et sans parole, la place du père dans l'équilibre de l'enfant*, *op. cit.* ; *Et l'enfant créa le père*, *op. cit.* ; et aussi *La Bible et ses fantômes*, Desclée de Brouwer, 2001.

mère est, non seulement la matrice de notre corps, mais aussi celle de nos structures mentales. D'un point de vue psychanalytique, c'est faux : ce qui détermine les troubles psychiques, mais aussi le destin et donc toute la vie d'un individu, c'est d'abord l'ensemble des activités mentales qui, le concernant, ont structuré la relation de ses parents avant qu'il naisse. La matrice de notre corps est effectivement l'utérus de la mère, mais la matrice de nos structures psychiques est l'ensemble des activités mentales, conscientes et inconscientes, prononcées et non prononcées, des paroles, des fantasmes, des rêves, qui ont fait que deux cellules ont pu se rencontrer et donner un embryon.

Cela vaut pour la dimension sexuelle de la construction œdipienne telle que Freud l'a conçue, mais aussi pour ce qui concerne le rapport à la mort de l'enfant, la façon dont celui-ci l'intègre, la comprend et l'admet. Ce sur quoi Freud a totalement fait l'impasse. Alors que c'est parce qu'il peut se représenter un temps où il existait déjà potentiellement, *avant sa naissance*, dans le désir de ses parents, dans le langage – et symboliquement, je dirais : dans les testicules de son père –, que l'enfant pourra par la suite penser que l'on peut aussi continuer à exister *après la mort* dans le langage. Un parent mort, non seulement on peut toujours lui parler, mais chaque fois qu'on y pense, on se réfère à lui, et cela très souvent dans les actes les plus quotidiens.

Il faut comprendre cela pour saisir dans quel genre de béance errent beaucoup d'enfants, nés par devoir, sans intention, sans projet, sans rêve de la part de leurs parents ou, beaucoup plus grave, nés de parents qui ignoraient tout bonnement qu'il y a un lien entre faire l'amour et faire un enfant ! De tels parents existent, or l'enfant né d'un tel “impensé” peut devenir psychotique. Mon expérience personnelle est celle d'un thérapeute qui a commencé par travailler pendant dix ans avec des enfants psychotiques. Ils m'ont tout appris ! On m'avait présenté ces enfants comme “détraqués”, mais personne ne m'avait dit qu'ils avaient aussi des dons tout à fait surprenants, souvent semblables à ceux des grands mystiques. Seule une psychanalyste affirmait à l'époque que tout enfant est naturellement télépathe : Françoise Dolto qui est, selon moi, la première à avoir posé les bases de la psychanalyse d'enfants, d'une façon beaucoup plus solide que Donald Winnicott, qui m'a aussi beaucoup appris.

J'ai ainsi mis longtemps à comprendre que certains enfants psychotiques ont la capacité de s'auto-anesthésier, comme la petite Alice, dont j'ai raconté l'histoire dans *L'Ange et le Fantôme*[1]. Cette gamine pouvait s'arracher de pleins lambeaux de chair sans en souffrir outre mesure. Elle exprimait clairement que vivre ou mourir lui était égal, que cela ne dépendait que du désir de sa mère. Grâce à ces enfants, j'ai peu à peu commencé à comprendre que les enfants psychotiques vivent dans un fonctionnement mental semblable à celui du fœtus et du nourrisson, un fonctionnement dans lequel la douleur et la mort ne sont pas ce que nous en connaissons. Ils n'ont pas du tout le même rapport à la mort que nous. Leur incapacité à s'incarner, comme les autres, dans un corps autonome et individué, leur donne accès aux dimensions impalpables ou

1. Minuit, 1995.

invisibles de la vie. Ce qui fait qu'ils n'ont pas les mêmes affects, ni les mêmes peurs que nous sur la question de la mort.

Vous ne prétendez pas que mourir leur est égal ?

S'ils se sont incarnés, c'est, comme nous, avec le désir de faire quelque chose sur terre. Or sitôt que l'on parvient à entrer dans leur langue, on s'aperçoit que les enfants psychotiques ne travaillent qu'une seule chose : le passé généalogique de leur famille, dont ils explorent inlassablement l'inconscient ou, si vous préférez, l'*impensé maternel* de leurs parents, pour reprendre un terme employé par un autre théoricien du généalogique de formation lacanienne, Lucien Mélèse, avec qui j'ai longtemps travaillé. Pour moi, ce mal universel que les cultures traditionnelles appellent la “maladie des ancêtres” est devenu palpable et compréhensible grâce aux enfants autistes. Lucien Mélèse, lui, l'a découvert en travaillant avec des épileptiques [1].

« Pour soigner un enfant psychotique, vous êtes obligé de recevoir ses parents, sa famille, tous ceux avec qui il vit. Vous réalisez ainsi bien mieux comment les choses se transmettent d'une génération à l'autre. Il manquait jusqu'ici une théorie de ce travail de transmission. La clinique transgénérationnelle nous l'a fournie. Elle nous permet de comprendre que la procréation fait se croiser, en bien comme en mal, l'héritage psychique

1. Lucien Mélèse, *La psychanalyse au risque de l'épilepsie, ce qui s'acharne*, Érès, 2000.

de deux lignées. Par exemple, dans la psychanalyse transgénérationnelle que nous enseignons dans notre Jardin d'idées[1], une association de recherche et d'enseignement fondée autour de mes travaux et de ceux de Danièle Flaumenbaum, la mère de mes enfants[2], nous considérons que, dans une société comme la nôtre, où généralement rien ne se dit jamais de la sexualité au sein de la famille, la construction œdipienne de l'enfant se limite à une duplication inconsciente de la façon dont les parents ont eux-mêmes intégré la sexualité et la mort. C'est ce qui nous permet de repérer, sur les arbres généalogiques, comment les structures affectives et les pathologies qui y sont associées se reproduisent, se résolvent ou s'amplifient d'une génération à l'autre. »

Les trois « peaux mentales » du petit humain

« *La psychogénéalogie a connu de belles avancées depuis quelques années. Mais un mystère continue de planer sur la façon dont se transmet, de génération en génération, le "fantôme", c'est-à-dire le problème ancestral non résolu, problème dont vous dites par ailleurs qu'il concerne toujours le sexe et la mort...*

Les enfants n'ont pas besoin d'apprendre à parler. Ils dupliquent inconsciemment la langue de leurs parents.

1. Le Jardin d'idées : www.jardindidees.org et secretaire@jardindidees.org – Tél. : 01 45 47 51 19 ou 01 74 02 91 19.

2. Danièle Flaumenbaum traite de sujets voisins à ceux-ci dans *Femme désirée, femme désirante*, Payot, 2006.

Les fantômes se reproduisent de la même façon. Ils se transmettent de la *psyché de bébé* de l'adulte à la *psyché de bébé* du petit enfant. Telle que Freud l'a conçue, la psyché individuelle ne se forme qu'entre deux et trois ans. Jusque-là, le bébé est dans une psyché empathique et de nature collective, qui lui permet d'être en même temps lui-même et la personne qui s'occupe de lui. Il est donc tour à tour "moi-maman", "moi-papa", "moi-ma grande sœur" ou "moi-mon grand-père". C'est ainsi qu'il duplique, en bien comme en mal, les fonctionnements mentaux de sa famille. Pour le comprendre, il faut se figurer comment se construisent les différentes "enveloppes psychiques" dans lesquelles le moi et la personnalité se construisent.

La première *enveloppe mentale*, celle des sensations, commence à se structurer au stade fœtal pour devenir, à la naissance, un moyen de perception et d'expression permettant au bébé de communiquer avec ses parents. Si cette première *peau* n'est pas affectivement nourrie de caresses et de paroles, le bébé somatise et peut même en mourir. Dans le vivant, toute séparation qui délimite un territoire clos est constituée de trois feuillets, trois couches ou trois espaces : d'une première frontière qui gère le rapport à l'interne, d'un espace intermédiaire où s'effectuent échanges et transactions, et d'une seconde frontière qui gère le rapport à l'externe. Cela est valable pour les frontières d'un pays. Ou celles de notre corps physique, constituées de l'endoderme, du derme et de l'épiderme. Ou de notre système de représentation, dont les trois feuillets sont : les sensations, les images et les mots.

La première enveloppe mentale, celle des sensations, correspond à la couche la plus interne de notre appareil à sentir, à penser, à communiquer. Les sensations gèrent le rapport à l'interne, à la dimension la plus intime de nous-même, d'où la place prépondérante qu'elles occupent dans la sexualité, notre vie durant.

À l'inverse, notre enveloppe psychique la plus extérieure est le langage, qui régit, lui, nos rapports à l'externe et à travers lequel se joue la dimension sociale et collective de notre existence.

Entre les deux, vous avez la troisième *peau mentale*, la troisième des grandes catégories de représentation dont se sert un cerveau humain : les images, qui établissent des liens entre l'univers des sensations et celui de la parole. C'est ce qui fait qu'elles occupent une place prépondérante dans les fantasmes sexuels.

La construction de cette structure qu'est notre système de représentation implique donc que les représentations sensitives, qui dominent chez le bébé, puissent progressivement s'associer et se connecter au langage – ce qu'elles font par l'intermédiaire des images. À sa naissance, le bébé ne différencie pas encore son propre corps de celui de sa mère. Les yeux jouent alors un rôle très important dans ce qu'on appelle la différenciation du moi du non-moi. En connectant les sensations aux images, ils permettent à l'enfant de, peu à peu, se vivre comme un sujet séparé[1]. En fait, la communication se déploie dans un espace vibratoire et, dans un tel espace, rien n'est vraiment séparé. Ce que nous “voyons” est le produit des vibrations lumineuses qui relient nos yeux

1. Évidemment, un enfant aveugle se constitue des images aussi, à partir de ses sensations tactiles, auditives, gustatives…

aux objets regardés. Les mots sont des vibrations qui relient les bouches aux oreilles. Et les sensations se déploient aussi dans un espace vibratoire commun qui est le mystère même de la sexualité.

Vu sous cet angle, la communication (les caresses, les paroles, les chants, les regards) repose sur une réalité vibratoire qui se situe dans un espace où la séparation n'existe pas plus que dans la matière subatomique dont nous parle la physique quantique. Sans la mise à distance qu'opèrent l'œil et l'image dans notre fonctionnement cérébral, nous aurions, probablement, le plus grand mal à nous vivre comme séparés les uns des autres. C'est en cela que les images produites par le cerveau du bébé sont ce qui lui permet de pouvoir, peu à peu, se considérer comme séparé de sa mère.

Notre appareil à percevoir et à nous exprimer s'enracine donc, au stade fœtal, dans le musculaire et les sensations, pour s'associer, chez le bébé, aux images, et ne se connecter aux mots que vers trois ans. C'est pour cela que toutes les théories anciennes de l'esprit ne considèrent pas – contrairement à la psychanalyse –que la racine de la conscience humaine se situe dans le registre des mots, mais dans celui des sensations et des images. La Bible n'y fait pas exception, puisque dans la mythologie de l'Arbre de la Connaissance, lorsque Adam et Ève s'enlacent, c'est l'ouverture de leurs yeux découvrant la nudité de leurs jardins intérieurs qui est présentée comme le premier pas de la connaissance humaine.

Quel rapport entre la nudité et la connaissance ?

C'est que cette première structuration de l'esprit, qui ne concerne que les registres des sensations et des images, se retrouve en premier, à l'âge adulte, dans la sexualité. L'acquisition du langage ne la refoule donc pas dans l'inconscient aussi radicalement que l'a formulé Freud, qui y voyait la “barrière du refoulement originaire”. Il ne la repousse qu'à l'arrière-plan de l'esprit où elle reste sous-jacente à la pensée adulte et continue d'y jouer un rôle important. Pour la plupart d'entre nous, cette structure prélangagière de l'esprit œuvre en sourdine, pour n'occuper le devant de la scène que dans les rêves et la sexualité. Mais chez certaines personnes, dont les enfants psychotiques font partie, elle est responsable de la plupart des phénomènes mentaux que la psychanalyse classique n'a pas su expliquer, telles l'hypnose, la voyance, la médiumnité, la duplication de la langue parentale ou la communication d'inconscient à inconscient. »

L'image inconsciente du corps selon Françoise Dolto

« *Est-ce de cette façon que nous influencent les fantômes des ancêtres “mal morts”, dont vous dites qu'ils peuvent venir hanter l'enfant dès sa conception ?*

Oui, la nature télépathique de cette première structuration mentale y joue un rôle important. Pour éclairer ce qu'est un fantôme, il faudrait que je vous parle de tous les enfants autistes qui me l'ont fait toucher du doigt. De Jean-Michel, qui avait dix-neuf ans et qui, mutique comme une tombe, avait, dès sa naissance, radicalement refusé de regarder sa mère dans les yeux. J'ai mis deux ans à comprendre que son refus de s'incarner dans la parole (qu'est-ce d'autre que l'autisme ?) s'expliquait par le suicide, au retour de la guerre de 1914-1918, de ses deux arrière-grands-pères maternels (démobilisés en même temps, les deux hommes avaient, à leur retour, constaté que leurs femmes s'étant, pendant la guerre, à ce point bien organisées entre elles, il n'existait plus aucune place pour eux dans leurs foyers). Je devrais vous parler aussi de Claude, une fillette qui sortait à volonté de son corps et qui m'y a confronté, en pleine séance, au moment de la mort de son père. Vous parler du petit Pierre, qui souffrait d'une grave phobie des fleurs. Bien qu'il s'en soit guéri avec moi, cette phobie serait restée une énigme si, des années plus tard, je n'avais appris que ses parents ignoraient tout bonnement qu'il existe un quelconque rapport entre faire l'amour et avoir des enfants.

Nous y revenons... Il y avait donc un lien direct entre cette incroyable ignorance des parents et la pathologie de l'enfant ?

Bien sûr. Pierre est l'un de ceux qui me l'ont appris. Comme ses parents l'avaient conçu dans l'ignorance de ce “trou mental”, ils lui avaient permis de s'incarner dans un corps physique, mais pas dans un corps psychique autonome, ce qui est normalement l'enjeu de la structuration œdipienne. L'absence de pensée dans laquelle ils l'avaient conçu avait donc plongé cet enfant dans une mortelle atrophie, une régression sans fond manifestée dans la spectaculaire phobie des fleurs dont il souffrait et qui dénonçait la “virginité mentale” de ses parents.

Vous disiez que la petite Claude pouvait “sortir de son corps à volonté”. Était-ce pour échapper à cette atrophie ?

Vaste question que celle de cette fillette qui disposait d'une extralucidité de voyant et sortait de son corps à volonté. Cela risque de nous amener à confronter la théorie freudienne à celle, beaucoup plus ancienne, des corps subtils de la vision taoïste. La première à avoir parlé d'un cas de sortie du corps, à une époque où le terme d'OBE (*Out of Body Experience*) n'était pas encore entré en France, est Françoise Dolto.

Je résume : un matin, Françoise Dolto voit débarquer chez elle un de ses anciens analysants, totalement exténué. Après avoir accouché d'une petite fille, sa femme s'est retrouvée dans le coma et il semble qu'elle puisse, au mieux, en ressortir paralysée. L'homme ne supporte pas cette idée et déclare qu'il “préférera la tuer” plutôt que de la voir survivre diminuée. Alertés, les parents de la jeune femme sont arrivés à la clinique, mais la mère n'a pas pu entrer dans la chambre de sa fille. Désespéré, le beau-père a alors avoué à son gendre un lourd secret de famille : qu'à la naissance de chacune de leurs deux filles (mais pas à celle de leurs deux fils), il avait fallu interner quelque temps son épouse, celle-ci devenant folle à la vue d'un bébé de sexe féminin.

Le jeune père rapporte donc à son ex-psychanalyste

le récit de son beau-père sur cet événement jusque-là tenu soigneusement secret. Françoise Dolto conseille alors à son client de commencer par se reposer, puis d'aller tout raconter à sa femme, sans tenir compte de son coma. Ce qu'il fait. Lorsqu'il a achevé son récit, assis au chevet de sa jeune épouse inconsciente, celle-ci se réveille et sort de son coma, aussi fraîche que la Belle au bois dormant !

Quelques jours plus tard, la rescapée va voir Françoise Dolto pour la remercier et lui raconter comment le récit de son mari était venu éclairer ce qu'on lui avait caché de sa propre naissance et la libérer de la prison mentale où l'avait précipitée son coma. Elle lui explique qu'elle a vécu toute cette histoire, consciemment, mais d'un poste d'observation assez étrange puisqu'elle se trouvait “hors de son corps”, collée dans un coin du plafond. De là-haut, elle voyait son corps inanimé, autour duquel on s'affairait, qui lui semblait “aussi plat qu'une feuille de papier”. Ensuite, quand son mari lui a raconté le secret de sa propre naissance, la jeune femme a réintégré son corps, en tombant dans une obscurité très douloureuse dont elle est ressortie en regonflant cette “forme raplapla”, comme l'écrit Françoise Dolto [1]. Mais à l'époque, à l'École freudienne de Paris [2], où elle avait présenté ce cas, nul n'était en mesure de la comprendre et encore moins de la suivre sur un sujet aussi nouveau. Personne n'avait entendu parler de NDE (*Near Death Experience*) et d'OBE et les analystes ne disposaient

1. *Séminaire de psychanalyse d'enfants*, t. I, Le Seuil, 1982.
2. Fondée et dissoute par Jacques Lacan.

d'aucune grille de lecture permettant de comprendre des choses aussi incroyables.

Comment Françoise Dolto elle-même interprétait-elle cette histoire ?

Pour elle, une telle expérience faisait forcément référence à ce qu'elle baptisait l'*image inconsciente du corps*[1], cette mémoire affective qui est une sorte d'armature immatérielle dont dépend toute l'expression corporelle de l'individu, mais qui n'est pas assujettie au corps physique et peut s'en séparer, comme dans l'autisme et la schizophrénie. Dans ce cas, c'était l'*image inconsciente du corps* de la jeune femme qui était parasitée par un *fantôme*, ou si vous préférez, par un non-dit transgénérationnel dont avaient déjà souffert sa mère et probablement sa grand-mère. »

Le processus qui explique le « moi-maman »
ou le « moi-papa »

« *Les mêmes mécanismes pourraient-ils expliquer les sorties de corps et la télépathie ?*

Oui, si l'on associe cette capacité de l'*image inconsciente du corps* de se séparer du corps physique à ce qu'on appelle l'*activité mentale originaire*. Piera Aulagnier en a proposé un premier modèle en 1975, dans *La*

1. *L'Image inconsciente du corps*, Le Seuil, 1984.

Violence de l'interprétation[1], que j'ai repris et développé, dans *Et l'enfant créa le père*[2], pour montrer qu'il s'agit de l'activité mentale qui permet à l'enfant de dupliquer la langue de ses parents mais aussi les fantômes dont ils ont eux-mêmes hérité.

Freud a défini deux processus psychiques : le processus primaire, qui est la langue du désir sexuel, des fantasmes et de la créativité artistique, et le processus secondaire, qui est la faculté de jugement, la logique et la raison. Or, ces deux processus se construisent en se superposant à une activité mentale antérieure qui, pour Freud, est refoulée sous la “barrière du refoulement originaire”, mais sur laquelle il n'a rien dit. C'est celle-ci qu'on appelle l'*activité mentale originaire.* Comme Piera Aulagnier a longtemps travaillé à Sainte-Anne avec des psychotiques, elle y a vu l'activité psychique à l'œuvre dans la folie. L'*originaire* est donc pour elle une activité mentale qui confond les espaces corporels et mentaux, en n'ayant apparemment pas d'autre but que de se mirer elle-même dans son propre fonctionnement. C'est l'activité mentale qui explique que le bébé puisse considérer le sein comme faisant partie de son propre corps, qu'un schizophrène puisse confondre son propre corps avec celui des autres, ou qu'un paranoïaque puisse attribuer aux autres ses propres idées. Or, comme il n'existe rien dans la pathologie qui n'ait aussi une fonction dans la normalité, il s'agit d'une activité mentale bien plus importante que ce qu'en a perçu Piera Aula-

1. PUF, 1975.
2. Voir le chapitre « L'imagerie mentale et l'identification », *op. cit.*

gnier. Bien qu'il s'agisse d'une activité mentale inconsciente, c'est celle sur laquelle repose tout le registre de l'identification, de la communication et du “grandissement”.

À l'orée de la vie, l'*activité mentale originaire* est celle qui permet au bébé d'être tour à tour, comme je vous le disais, “moi-papa” ou “moi-maman” et de dupliquer la langue de ses parents. Mais à l'âge adulte, elle reste celle par laquelle nous *intégrons* psychiquement tout élément nouveau. Il s'agit là d'un fonctionnement continu, sans fin, dans lequel la psyché se construit comme le corps, en puisant en permanence des matériaux à l'extérieur de soi. Chaque fois, par exemple, que nous lisons un livre nouveau ou entendons quelque chose qui nous intéresse, nous ajoutons quelques matériaux supplémentaires à notre potentiel psychique. Ce travail est la plupart du temps inconscient, mais si l'on y est attentif, on s'aperçoit qu'en parlant, nous réutilisons tous des mots, des tournures de phrases ou des attitudes mentales qui nous viennent de quelqu'un d'autre.

Chez le nourrisson, l'*activité mentale originaire* construit les fondations de ses structures mentales. En lui permettant d'être tout à la fois lui-même et ses parents, elle rend son cerveau capable de glaner chez eux les matériaux dont il a besoin pour se doter d'une structure mentale autonome. Elle offre ainsi à l'enfant la possibilité de ressentir et de vivre tout ce qu'eux-mêmes vivent, ce qui les anime ou les hante, c'est-à-dire le meilleur et le pire des “boîtes noires” dont ils ont hérité de leurs ancêtres, généralement en toute inconscience. Ces “boîtes noires” contiennent des dons, des talents ou des grâces, mais aussi les inaccomplissements, les non-dits et les secrets qui engendrent les fameux fantômes. C'est ainsi que l'appareil psychique en train de se bâtir peut rencontrer, dès le stade fœtal, des manques, des vides ou des traumatismes que, là encore, Françoise Dolto est la première à avoir su repérer. La *duplication originaire* qui construit les fondations du psychisme humain n'est donc pas sans danger. Car, comme l'a très justement remarqué Piera Aulagnier, bien que l'activité mentale originaire ait un aspect magique, elle ne dispose que d'une très faible mobilité, ne permettant au bébé que de "s'autoconstruire" ou de "s'autodétruire" dans les structures mentales de ses parents[1]. Ce qui fait, par exemple, que lorsque le sein maternel est porteur d'un fantôme, le bébé y réagit par de l'anorexie (le rejet de toute nourriture) ou de la toxicose (des coliques qui le vident et le déshydratent). Ce qui, dans les deux cas, représente un risque de mort.

Là encore, le travail avec les enfants psychotiques

1. Les récentes découvertes sur les « neurones-miroirs » apportent à la théorie du processus originaire un substrat psycho-physiologique. Ainsi, lorsqu'un chimpanzé voit un congénère manger une banane, les mêmes neurones « s'allument » dans son cerveau, avec à peine moins d'intensité que dans celui du singe qui agit. Le processus s'étend à nous : si vous vous imaginez jouant au foot ou embrassant quelqu'un, les neurones qui s'activent sont les mêmes que si vous le faites vraiment. Les neurones fonctionnent par résonance, mais pour eux, réel et imaginaire se confondent. Fait capital selon les psychiatres, qui rejoignent ici la vision de Didier Dumas : si, pour certaines raisons, le processus mimétique ne se met pas en place au début de la vie d'un individu, celui-ci devient autiste, schizophrène ou pervers, ne ressentant rien des sensations d'autrui. Le neurone-miroir serait à la base de l'empathie. De la relation. De la compassion. De la culture.

nous a apporté des éléments cruciaux. Ce que nous appelons psychotique n'est en réalité rien d'autre que le retour de processus mentaux qui, à l'origine, sont ceux du bébé. Je pense que les fondateurs de la psychanalyse auraient abouti aux mêmes conclusions que nous s'ils avaient pu explorer un peu plus profondément la psyché du nourrisson que ne l'ont fait Freud et Lacan. Tous deux n'ont, en quelque sorte, considéré l'enfant qu'à partir de dix-huit mois, quand il est déjà capable de dire “maman” et “papa”. De plus, les mots “grand-père” et “grand-mère” sont inexistants dans l'œuvre théorique de Freud. La filiation transgénérationnelle est une question qu'il s'est posée au tout début de ses recherches, dans les lettres à son ami Fliess. Mais lorsqu'il s'est mis à architecturer sa théorie, il a totalement rejeté cette façon de considérer la maladie mentale. Ce n'est qu'avec l'apparition de son cancer qu'il s'est mis à y repenser, dans ce qu'on pourrait appeler “l'esquisse d'une troisième topique”. Considérer, en effet, comme on le fait d'habitude, l'œuvre de Freud en deux topiques (deux grandes élaborations théoriques), revient à éliminer de son œuvre les propos transgénérationnels qu'il a tenus plus tard, dans ses derniers écrits, alors que son cancer à la mâchoire se déclare et qu'il se replie sur lui-même. Il délègue les affaires courantes à ses disciples, n'assiste plus à aucun congrès et n'écrit plus une ligne pendant près de dix ans, pour ne reprendre la plume qu'en 1932, avec *Les Nouvelles Conférences*, *Moïse et le monothéisme* et *Analyse terminée, analyse interminable*.

Durant cette longue retraite, Freud ne s'est pas contenté de se tourner les pouces. En l'appelant Sigmund, sa mère l'avait en quelque sorte prénommé "victoire de la bouche" (*Sieg* : la victoire, et *Mund* : la bouche). Il a donc repris activement son autoanalyse et il est certain pour moi qu'il a compris beaucoup plus de choses qu'on ne l'a cru sur le fantôme maternel responsable de son cancer. Il n'en a rien dit car, comme je l'explique dans *Hantise et clinique de l'Autre*[1], il lui fallait protéger ses deux demi-frères qui avaient émigré à Manchester pour y devenir des faux-monnayeurs. Mais autrement, on ne comprend pas pourquoi il présente, dans les écrits qui succèdent à cette longue retraite, une conception transgénérationnelle des traumatismes précoces, totalement différente de ce qu'il écrivait avant que son cancer ne se déclare. Comme, par exemple, dans le *Moïse* : "En étudiant les réactions aux traumatismes précoces, nous sommes fréquemment surpris de constater qu'elles ne tiennent pas exclusivement aux événements vécus, mais qu'elles en proviennent d'une façon qui conviendrait bien mieux au prototype d'un événement phylogénétique ; elles ne s'expliquent que par l'influence de cette sorte d'événements. Le comportement d'un enfant névrosé à l'égard de ses parents, quand il subit l'influence des complexes d'Œdipe et de castration, présente une multitude de réactions semblables qui, considérées chez l'individu, paraissent déraisonnables et ne deviennent compréhensibles que si on les envisage sous l'angle de la phylogénie, en les reliant aux expériences faites par les générations antérieures[2]".

1. Aubier, 1989.
2. *Moïse et le monothéisme*, Gallimard, 1948.

Sous cet angle, avoir réduit l'œuvre de Freud à deux topiques fait qu'il a fallu attendre Françoise Dolto pour entendre un psychanalyste dire que la psychose de l'enfant ne pouvait se comprendre qu'en la considérant sur trois générations. »

Nettoyer son arbre généalogique avant d'enfanter

« *De tout ce que vous venez de dire, il apparaît crucial qu'avant d'enfanter – avant de concevoir –, la femme et l'homme qui nourrissent ce projet aillent explorer leur généalogie, pour nettoyer leurs arbres respectifs de leurs charges négatives, de leurs fantômes !*

C'est un peu ce que faisaient à leur façon les anciens Chinois qui assignaient un serviteur à scrupuleusement noter l'heure et le jour de leurs ébats sexuels. Ils pensaient que la date de conception de l'enfant déterminait son “ciel antérieur”, une notion qui englobe ce dont nous venons de parler : le vécu fœtal et l'héritage ancestral de l'individu. Contrairement au monde chrétien, qui a associé la sexualité au diable, les taoïstes la considéraient comme la première prévention de la maladie. Ils cultivaient donc, non seulement un art de l'alcôve qui reposait sur une fabuleuse connaissance de l'énergétique, celle de l'acupuncture et de l'alchimie sexuelle qui y est associée. Mais ils combattaient aussi la “maladie des ancêtres” grâce à des rituels d'exorcisme qui se pratiquent toujours à Taïwan et qui sont, pour eux, aussi efficaces que l'est, pour nous, l'invention de la psychanalyse et de toutes les thérapies plus récentes, qu'elles s'en réclament ou s'en démarquent. Cette prolifération de thérapies nouvelles, qui n'a fait que s'accentuer depuis les années 1970, vise, il me semble, à contrebalancer les dangers dont sont porteuses d'autres avancées, comme celle de la procréation médicale assistée qui, ne centrant la sexualité que sur la mère, tend à nous la présenter comme une mécanique dont la science détiendrait le dernier mot, ou celle de l'avancée des techniques et de la richesse des biens de consommation qui nourrissent les croyances matérialistes et déboîtent l'homme de son passé ancestral. C'est ainsi que je comprends l'engouement actuel pour la psychogénéalogie.

Dans Et l'enfant créa le père, *vous soutenez que, pour que l'enfant puisse grandir de façon équilibrée et devenir tout simplement un être humain, sa psyché doit intégrer à la fois le sexe et la mort. Pourquoi dites-vous que cette intégration passe surtout par les maladies ?*

Les autistes, par exemple, ne sont quasiment jamais malades. Mais si l'on parvient à briser leur isolement ou à les sortir de ce qu'on pourrait appeler leur “immortalité fœtale”, ils se mettent alors généralement à attraper toute la série des maladies infantiles. Ce qui pose une question que la plupart des thérapeutes négligent : celle du rôle que jouent les maladies dans notre construction mentale. Essayons de schématiser cela. Pour le bébé, les parents sont les dieux qui lui ont donné la vie. Or, en grandissant, il commence par découvrir que ce ne sont que des demi-dieux, puisqu'ils ont dû se mettre à deux pour le fabriquer. La découverte de la sexualité est un premier choc, une première chute dans l'idéalisation des parents. Mais ce n'est pas la plus lourde. Celle qui plonge l'enfant dans une véritable déprime arrive plus tard, lorsqu'il découvre que ses parents ne sont ni des quarts, ni même des seizièmes de dieux, puisqu'ils ne savent pas ce qu'est la mort et ne peuvent rien lui en dire.

Cette découverte fait que l'enfant ne peut plus, comme avant, idéaliser ses parents. Elle provoque donc un effondrement, une dépression, dans laquelle la maladie s'engouffre. Du même coup, les parents redoublent de tendresse et de sollicitude pour leur petit malade. Cela renoue les liens affectifs sur une nouvelle base, dans laquelle l'enfant comprend que, sur terre, on ne sait pas ce qu'est la mort, mais qu'on lutte ensemble contre elle (représentée par la maladie) en nous aimant davantage. Résultat : chaque maladie infantile fait faire un bond de maturation psychique à l'enfant et c'est ainsi, de maladie en maladie, que s'opère l'intégration de la mort.

Mais cette maturation ne change rien au fait que, selon vous, la dimension fœtale demeure éternellement présente en nous quand nous faisons l'amour ?

En effet, la sexualité repose sur une temporalité intérieure, un *temps personnel* qui, n'étant pas réglé sur celui des horloges, effectue une sorte de remontée du temps : lorsqu'on tombe amoureux, on retrouve les affects de l'enfant œdipien. Dès qu'on se touche, on le fait avec sa peau de bébé. Et dans l'orgasme on retrouve le mystère de l'atemporalité des énergies fœtales. L'*image inconsciente du corps* y joue un rôle central, car c'est elle qui mémorise toutes nos expériences affectives et sensorielles passées. Par exemple, le fait d'éprouver du plaisir en s'embrassant sur la bouche, autrement dit la résonance érotique entre la bouche et l'entrejambe, provient d'une mémoire sensitive corporelle qui s'est constituée dans notre vie à l'époque fœtale. C'est la mémoire qu'a constituée l'activité orale et urétrale du fœtus, qui avale de grandes lampées de liquide amniotique qu'il expulse par les voies urinaires, en constituant ce que Françoise Dolto a appelé les "images de communication archaïque orale et urétrale". À cet âge, ces orifices ne servant pas encore de portes ou de serrures entre le dehors et le dedans, le soi et le non-soi, le fœtus ne perçoit pas de différence entre l'interne et l'externe. Il ne perçoit qu'un seul corps constitué de lui-même et de sa matrice. Ce qui explique que lorsque l'orgasme réactualise les énergies fœtales, les amants se perçoivent comme ne formant plus qu'un seul corps de jouissance.

Cela dit, comme Freud ne situe pas l'origine des désirs et pulsions sexuelles au stade fœtal, mais dans le rapport du bébé au sein, pour arriver à clairement saisir cette dimension fœtale de notre construction sexuelle, il m'a fallu commencer par assimiler l'essentiel de la vision taoïste du monde et du corps humain, qui est très différente de la nôtre, puisque les dimensions immatérielles du corps et de ses organes y occupent plus de place que ses formes matérielles. »

Nos quatre corps dans la vision taoïste

« *Pourriez-vous nous résumer cette vision et ce qu'elle apporte à notre propos ?*

Tout d'abord, les taoïstes ne situent pas l'esprit dans notre seule tête, ni dans des concepts non localisables dans le corps, comme le moi, le ça et le surmoi de la psychanalyse freudienne. Ils le situent dans tout le corps, mais en attribuant à celui-ci une structure beaucoup plus complexe que nous.

Dans la médecine chinoise, le corps a une anatomie matérielle semblable à la nôtre, celle des *zang* et des *fou*, les organes et les entrailles. Mais ceux-ci sont étroitement imbriqués dans une anatomie immatérielle, celle d'organes imperceptibles, comme le *cœur central et vide* (le siège de l'esprit), le *triple réchauffeur* (l'appareillage du renouvellement énergique) ou les *méridiens* à travers lesquels circule le *qi*, le souffle, responsable des pulsions et des désirs sexuels. La médecine chinoise considère donc le corps physique comme inextricablement imbriqué aux “corps subtils” des autres traditions. Cela, par la théorie du *yin-yang*, dans laquelle il ne peut jamais y avoir de *yin* sans *yang*, ni de *yang* sans *yin*.

Toutes les grandes traditions chamaniques considèrent que nous sommes constitués de plusieurs corps. Dans cette optique, un corps est un ensemble de même nature, comme lorsqu'on parle d'un corps d'armée. Le taoïsme en distingue trois. Ce sont les “trois trésors” de la médecine chinoise : *jing*, l'eau et les essences qui constituent le corps physique ; *qi*, le souffle qui l'anime et le rend désirant ; *shen*, l'esprit ou, plus exactement, l'univers où résident les esprits du corps qui sont encore plus nombreux que les organes et ne sont pas soumis aux lois du *yin* et du *yang*. Ces trois niveaux de l'existence correspondent grosso modo aux trois corps de la pensée tibétaine, que la théosophie a fait entrer en Occident et auxquels un certain nombre de gens ont ajouté un quatrième corps, notamment Rudolf Steiner, fondateur de l'anthroposophie.

En réalité, nous disposons d'une douzaine de corps, mais les quatre premiers ont une importance particulière, car ils correspondent aux quatre niveaux de la vie dont dépend la conscience : la constitution physique, la perception des êtres et des choses, la faculté de se les représenter et de mémoriser, et le sens que nous leur attribuons. C'est la "théorie des quatre corps[1]", à laquelle se réfère le néochamanisme occidental, que Dan van Kampenhout et Ivana Caprioli ont introduit dans notre Jardin d'idées. Les thérapeutes qui s'y réfèrent sont de plus en plus nombreux. Cette théorie est, par exemple, longuement exposée dans l'un des livres de canalisations angéliques de Marie-Lise Labonté[2], où l'on trouve des choses aussi belles que dans les *Dialogues avec l'Ange* de Gitta Mallasz.

Le premier de ces quatre corps (ou "quatre côtés de

---

1. Cf. Didier Dumas, « Architecture et construction des souffles de l'orgasme », *Quel corps ?*, avril 1995, malheureusement épuisé mais chargeable d'un clic sur votre ordinateur dans le site du Jardin d'idées (http://www.jardindidees.org ; voir aussi le chapitre « Le plaisir sexuel et la symphonie de l'orgasme », dans *Et si nous n'avions toujours rien compris à la sexualité ?*, *op. cit.*

2. *Les Anges Xéda*, éd. Louise Courteau, 1992.

la conscience incarnée") est le corps physique. Comme il est fait de molécules, nous pouvons l'appeler *corps moléculaire.* C'est le seul dont les frontières soient visibles, et c'est aussi pour l'instant le seul que reconnaît la science.

Le deuxième corps est fait de cette "énergie" très particulière qui différencie un corps vivant d'un paquet de viande. On l'a baptisé *corps éthérique* au XIXe siècle, parce qu'à l'époque ce mot sonnait scientifique : on pensait alors que le vide était rempli d'*éther.* Aujourd'hui, nous pensons le vide autrement : comme constitué d'une multitude de particules virtuelles. À mon sens, il faudrait donc simplement l'appeler le *corps de vide*, puisque c'est uniquement parce qu'il y a du vide dans la matière que les choses peuvent bouger, s'animer, vivre. L'acupuncture, qui agit sur ce corps-là, l'a bien compris : l'idéogramme que les Chinois utilisent pour désigner un point d'acupuncture signifie vide, caverne, grotte. C'est de ce corps de *qi*, de *souffle* ou d'*énergie* que dépend tout le registre de la perception et des cinq sens. Le *corps de vide* se perçoit et s'exprime à travers ces vibrations particulières que sont les sensations. En psychanalyse, il est ce que j'appelle la "peau de sensations", notre enveloppe énergétique et sensitive.

Corps moléculaire et *corps de vide* sont des enveloppes purement terrestres, celles dont on se sépare en mourant.

Le troisième corps, le *corps astral*, est l'enveloppe mentale qui permet à l'esprit de se remémorer le passé et d'imaginer le futur. Il a été appelé ainsi parce qu'il permet de se projeter, par la seule pensée, jusqu'à l'autre bout de l'univers ou dans les astres. Il est constitué de tout ce qui est de l'ordre de la représentation : les mots, les couleurs, les images visuelles, acoustiques, tactiles, l'ensemble de tout ce que nous avons élaboré au cours de notre existence pour nous représenter le monde. C'est le *tselem*, le “vêtement de l'âme” de la mystique juive, que la mort emporte avec elle. On l'appelle également le *corps émotionnel*, car il est le siège des affects et des émotions qui animent notre rapport aux autres et à l'univers. C'est un corps assez semblable à l'*image inconsciente du corps* de Françoise Dolto, qui est aussi la mémoire spatiotemporelle de nos affects et de nos émotions. Un psychanalyste serait donc tenté de l'appeler *corps de représentations*. C'est à bord de ce corps que nous nous embarquons pour le monde des rêves… ou pour vivre une NDE ou une OBE !

Mais la représentation n'est pas le plus étrange des mystères mentaux. Le plus étrange est que nous puissions donner un sens aux choses et au monde ! La représentation seule peut être absurde – sinon, la folie n'existerait pas. D'où le quatrième corps qui organise le sens.

Le *corps de sens* correspond à ce que les psychanalystes appellent la construction du sujet ou du je. D'autres l'appellent le *corps mental*, tout en reconnaissant qu'il ne s'agit pas à proprement parler d'un corps, mais plutôt de ce qui structure les trois autres. C'est donc tout à la fois celui du sens et celui des structures. Du sens : des directions de l'existence, celles qu'elle prend ou celles que nous lui donnons. Des structures : des liens qui organisent et architecturent la vie, c'est-à-dire autant ceux qui sont nécessaires à la santé de nos organes et de nos cellules que ceux qui nous relient les uns aux autres et font de nous des êtres communautaires.

Dans l'œuvre de Rudolf Steiner, c'est un corps qui se constitue dans les rapports du moi et du soi. Pour lui, c'est l'instance que la vie terrestre aurait pour but de construire, et cette construction serait celle à bord de laquelle nous pourrions nous déplacer après la mort… à condition que ce corps soit suffisamment construit.

La construction de ce *corps de sens* est donc, en fait, tant pour Freud que pour Steiner, le premier objectif de la vie. Or, le processus de base de cette construction est en réalité étonnamment simple : il repose sur le couple plaisir-déplaisir. Chez le bébé, en effet, va dans le bon sens, donc *a du sens*, tout ce qui fait plaisir. À l'inverse, ce qui cause du déplaisir lui signale qu'il rencontre quelque chose qui va dans un sens inverse à celui de la vie, ce qui le met en danger d'involution. C'est ainsi qu'en luttant avec fureur contre le plaisir, notamment sexuel, et en le qualifiant de péché, les curés et les ayatollahs ont littéralement entravé, pendant des siècles, l'évolution spirituelle des humains.

Pourriez-vous préciser ?

Un jour, à l'hôpital, j'ai eu envie de faire un peu de sociologie et j'ai demandé à tous les enfants psychotiques dont je m'occupais : “Comment ta maman t'a fait ?” 90 % des gosses ont répondu : “À l'hôpital”, et 10 % : “À l'église.” Et quand j'ai demandé : “Et papa ?", ils ont répondu : "Papa gagne de l'argent." D'habitude, quand on demande à un enfant de décrire sa famille, il dit : "1) papa, 2) maman, 3) moi". Les enfants psychotiques répondent : "1) maman, 2) moi, 3) papa". Bref, pour un enfant psychotique, il y a la reine mère au centre du monde, et puis à côté, une sorte de grand frère/prince consort qui rapporte de l'argent : le père.

La complicité qui s'est instaurée au XIXe siècle entre les médecins, les prêtres et les mères et qui a, peu à peu, repoussé les pères au fond de leur bureau, en les dégageant de leur rôle d'éducateurs, est fondée pour les religieux sur l'argument que l'enfant appartient à Dieu avant d'appartenir à son père. À partir de là, le moyen le plus efficace d'éliminer sournoisement les pères a été de dénier tout droit d'existence légale au plaisir que procure leur sexe. Chose plus grave, les religieux et les médecins se sont alors associés pour faire croire aux parents que la masturbation engendrait les pires maladies. En matière de sexualité, notre héritage est à mille lieues du point de vue taoïste. Ce n'est qu'avec l'arrivée de la psychanalyse que notre société a pu commencer à comprendre qu'en réprimant ainsi le plaisir sexuel, et surtout en en cachant la vérité aux enfants, on sapait très sérieusement tout le potentiel évolutif et spirituel de notre espèce. La Chine ancienne prônait l'inverse, car on y considérait que, sans sexualité, l'esprit ne pouvait pas s'épanouir. Or, le point de vue biblique est exactement le même, puisque c'est ce que dit la mythologie de l'Arbre de la Connaissance qui associe la connaissance à la sexualité et la présente comme le premier pas de toute évolution mentale et spirituelle.

À notre époque, les médecins perpétuent sans même s'en rendre compte ce jeu pervers d'élimination du père avec le “mirage du bébé-éprouvette” d'une façon souvent aussi sournoise que l'a fait la médecine du XIXe siècle. Un article déjà ancien de Joachim Marcus-Steiff publié dans *La Recherche*[1] avait fort bien analysé en quoi la procréation médicalement assistée ressemblait à un jeu de passe-passe. Par exemple, les statistiques officielles ne tenaient tout simplement pas compte des femmes qui, une fois fécondées artificiellement, font tout pour avorter ! Or, si une femme consulte pour réparer son corps sans trop y croire et que, se retrouvant enceinte, elle se rend soudainement compte qu'elle porte un enfant sans savoir avec qui elle va l'élever et qu'il risque de ne pas avoir de père, on peut comprendre qu'elle puisse alors avoir envie d'avorter. Ces techniques médicales qui sont intéressantes en soi demeurent donc néanmoins absurdes dès que les médecins oublient qu'un enfant s'accueille tout d'abord dans un nom, et que les femmes doivent prendre ce genre de décision avec un homme et non avec eux. La procréation médicale assistée se limite donc, pour le moment, à appliquer à des femelles humaines des techniques inventées pour les moutons ou les vaches ! Alors qu'un être humain se construit d'abord dans le langage… Même s'il faut remarquer que le langage de la parentalité est truqué, puisque les parents n'arrêtent pas de dire qu'ils “font des enfants”,

1. Octobre 1990.

alors que leur rôle est d'en faire des adultes ! Donc, arrêtons d'infantiliser nos enfants, en gémissant ou en hurlant au hooliganisme parce qu'à l'adolescence ils “naissent” véritablement à eux-mêmes ou à leur *corps de sens* ! »

CINQUIÈME PARTIE

Cosmos

J'ai vu mourir un homme jusque-là sain de corps et d'esprit. En six mois de temps, c'était fini. La force qui l'emportait était colossale, inexorable, désespérante.

Quand il fut parti, je me suis rendu compte que seule une force au moins aussi grande avait pu le maintenir debout, de l'heure de sa naissance à celle de sa disparition. Sa vie durant, elle l'avait habité. Mais lui avait erré, en toute inconscience, face à l'effroyable tornade entropique, qu'il ne percevait pas, ignorant tout du bras de fer cosmique qui se jouait à travers lui.

Reste calme, mon ami. Va à ton pas. Sens ! Vois ! Entends ! Et réapprends le geste de découper dans l'étoffe du monde la ligne ronde du prochain horizon. Toi qui as eu la chance de prendre forme humaine, ne gâche pas cette sublime occasion.

1

J'ai passé un milliard d'années dans ton ventre

Phylogenèse et ontogenèse

Le dîner avait joyeusement commencé. Dans l'une des grandes salles de l'abbaye romane où se déroulait le festival, les organisateurs avaient installé une dizaine de tables rondes autour desquelles les conférenciers et une partie du public partageaient un repas essentiellement fait de fleurs – chou aux capucines, asperges aux pétales de roses, cœurs d'artichauts au pollen d'acacia, vanille à la lavande… Une idée de l'intendante qui avait compris à sa manière l'appel de l'organisateur du festival : « Il faudra que la tendresse des conférences déborde jusque dans les cuisines ! » Et chacun de s'extasier sur son assiette – se demandant quand même si tout cela était mangeable. Puis les sujets de conversation s'égaillèrent comme une troupe de marsouins sur mille sujets plus ou moins directement liés au thème de la réunion : la tendresse dans les cycles de la vie.

Au bout d'un quart d'heure de rires et de chuchotements éparpillés, le Pr Jean-Pierre Relier prit sur lui de tousser une fois ou deux, puis éleva la voix pour inviter la dizaine de personnes assises à la même table que lui à rassembler un instant leurs conversations de façon plus conviviale. L'atmosphère était bon enfant. Tous acceptèrent de prendre à tour de rôle la parole pour se présenter aux autres et dire en deux mots ce qui les amenait là. Le professeur lui-même n'eut guère besoin de parler longtemps ; il était intervenu lors de la séance inaugurale, et tous savaient qu'il s'agissait d'un éminent pédiatre, spécialisé dans l'accueil des grands prématurés ; un homme qui s'était fait le champion d'une relation mère-enfant ininterrompue, de la conception à la petite section de la maternelle.

Vint ensuite le tour d'Émile, qui était assis à la gauche du professeur et se présenta comme un journaliste enquêtant avec passion depuis des années sur le monde intérieur du ventre des femmes, qu'il appelait « tunnel d'amour » – ce qui en fit s'esclaffer un ou deux. Prirent ensuite successivement la parole : une enseignante, à la recherche de la « juste distance » vis-à-vis de ses élèves ; un jeune gay mal dans sa peau, hésitant à s'engager amoureusement dans la voie où le poussaient ses pulsions ; une chorégraphe spécialisée en psychothérapie corporelle qui, à l'évidence, s'apprêtait à se lancer dans un grand exposé…

Mais déjà, tous les yeux s'étaient tournés vers sa voisine, une femme bouclée et blonde, au teint doré et aux iris clairs, dont le visage ruissela de larmes dès qu'elle prit la parole. Elle s'était mise à parler comme on se jette à l'eau. Sa voix, bien que tremblante, parvint à ne pas s'éteindre jusqu'au bout de sa course : « Je suis venue m'asseoir à votre table, dit-elle en regardant le pédiatre droit dans les yeux, parce que j'ai perdu mes deux petites filles à la naissance, il y a huit ans, et que, depuis... ma vie est en lambeaux... »

Elle dut s'interrompre et baissa les rapidement les yeux en se mordant les lèvres. Une onde de légère nervosité parcourut la tablée, mais le professeur conserva un regard tranquille, invitant la jeune femme à poursuivre. Elle se reprit, avec un sourire volontaire : « Une péritonite m'avait détruit les trompes peu après mon mariage. Pendant des années, avec mon mari, nous avions suivi le calvaire – car c'en est un, je vous l'assure – de la procréation médicalement assistée. Vous voyez de quoi je veux parler... Cinq fois, nous avons effectué le parcours complet. Cinq fois, nous y avons cru. Cinq longues et épouvantables attentes. Cinq échecs. Mais la sixième fut la bonne. Du moins, une dernière fois, nous y avons cru. J'ai vécu ma grossesse quasiment jusqu'au bout. Tout se passait bien. Et tout d'un coup... »

Des larmes affluèrent. Mais elle eut la force de tenir et murmura, en regardant le prof dans les yeux : « Je ne sais pas si je m'en remettrai un jour, monsieur. Perdre son enfant à la naissance est la tragédie la plus absurde qui puisse exister. »

Elle sécha ses larmes avec sa serviette, se redressa et dit finalement au pédiatre : « Je suis venue ici pour savoir quoi faire avec le terrible sentiment d'inutilité qui, depuis ce drame, me ruine. »

L'atmosphère avait changé. Lentement, tous les regards se tournèrent vers le pédiatre. Sa mission semblait difficile. On lisait dans les regards que chacun l'excusait d'avance de ne pouvoir répondre à l'attente désespérée de la jeune femme. Qu'aurait-il pu dire, sinon la renvoyer vers une horripilante « sagesse » ? De toute évidence, cette femme n'aurait jamais d'enfants. Que lui suggérer d'autre sinon le lâcher-prise, difficile à distinguer de la résignation ? Mais le professeur demeura étonnamment calme, et même serein, quand, après avoir longuement regardé la femme blonde, il se mit à lui parler, non comme un sage, mais comme un praticien partageant une réflexion avec laquelle il s'était, à l'évidence, souvent colleté, au corps à corps.

« Voyez-vous madame, commença-t-il en souriant très légèrement, vu du dehors, vu par vous, et par nous tous ici, vos petites filles ont passé dans votre ventre neuf mois – ou huit mois, ou sept, peu importe, disons trois dizaines de semaines. Mais cela reflète une vision extrêmement relative, incomplète de la réalité, et je dirais même fausse, totalement fausse. Vu du dehors, c'est-à-dire de *notre* point de vue, dans *notre* échelle temporelle, votre grossesse a duré huit ou neuf mois. Mais pour vos jumelles, il en a été tout autrement. Vu du dedans, c'est-à-dire de leur point de vue à elles, madame, vos filles ont passé en vous… je dirais entre un et deux milliards d'années ! »

Plusieurs sourcils se levèrent. Tout le monde s'arrêta de manger. La tablée entière était maintenant rivée aux paroles du pédiatre. Où voulait-il en venir ? En face de lui, la femme blonde demeurait parfaitement immobile. Le professeur poursuivit : « C'est le temps qu'il a fallu à la vie pour évoluer des premières cellules vivantes jusqu'à l'humain. Vous le savez sans doute : chacun de nous, après sa conception, a parcouru en accéléré dans le ventre de sa mère toutes les étapes de l'évolution. Nous sommes partis du minéral, pourrait-on dire, pour aboutir à ce que nous sommes aujourd'hui. Extraordinaire, incroyable, fabuleux voyage ! Nous croyons savoir comment cela se passe, mais en réalité, nous fanfaronnons ! Nous n'en savons vraiment pas grand-chose, et même quasiment rien. Nous croyons savoir ce qu'est le temps, et nous disons, très sûrs de nous : “Une grossesse dure neuf mois.” Mais ce qui se passe *réellement* à l'intérieur d'un ventre de femme, l'invraisemblable magie qui s'y déroule pendant la durée d'une grossesse, cette alchimie qui d'un ovule et d'un spermatozoïde va conduire à un être ultrasophistiqué, au fond, tout cela aucune science ne sait le comprendre ni l'expliquer. Le saurons-nous jamais ? J'affirme que ce n'est pas une simple liberté poétique que je prends quand je dis que vos filles ont fait en vous, qui étiez accompagnée de leur père, ce fabuleux voyage de plusieurs centaines de millions d'années. Pour elles, cela s'est *réellement* passé ainsi ! Scientifiquement, c'est une façon d'expliciter la fameuse phrase des embryologistes de la fin du XIXe siècle découvrant, émerveillés, le parallèle entre l'évolution de la personne et celle de la vie sur terre : “l'ontogenèse récapitule la phylogenèse”. »

Il but une gorgée d'eau. Tous l'écoutaient à présent en frissonnant. Il reprit : « Maintenant je vais vous dire, madame, ce que, personnellement, je crois. D'abord, je pense qu'au cœur de chacun de nous palpite une âme et que cette âme voyage. J'ignore tout des lois qui régissent ce voyage. Ce que nous savons, c'est que parfois, une âme vient prendre forme dans le ventre d'une femme. Un jour, deux âmes, dont nous ne savons à peu près rien, ont ainsi élu domicile en vous. Pour quelque mystérieuse raison, peut-être liée à une évolution qui échappe à notre espace-temps, ces âmes jumelles avaient envie, ou besoin, de vivre quelques centaines de millions d'années en vous. Là, bien installées dans votre giron, elles ont traversé tous les états qui vont de l'être unicellulaire à l'être humain. Ce fut forcément une expérience extraordinaire. Forcément une expérience incroyable qui les a nourries, qui les a aidées à avancer plus loin sur leur chemin. Seulement voilà : pour des raisons que j'ignore toujours, et vous aussi semble-t-il, la suite de l'histoire, l'étape suivante, celle que nous appelons fièrement “vie humaine”, n'était pas inscrite dans leur programme, ou peut-être ne les intéressait pas. Après avoir vécu un milliard d'années en vous, ces âmes sœurs ont tiré leur révérence. Elles s'en sont allées voir ailleurs, en quête d'allez savoir quelle étoile. Elles sont parties et vous et votre mari n'avez pas entendu qu'elles vous remerciaient du fond du cœur, qu'elles vous bénissaient secrètement. N'entendant rien, vous avez eu au contraire la sensation que toute cette aventure avait été absurde, inutile, qu'elle n'avait servi à rien. Et vous êtes tombés dans un grand désarroi, dont vous avez pu avoir l'impression que vous ne sortiriez jamais. Ce qui est tout à fait normal. Et pourtant, ma vieille expérience – voilà trente-cinq ans que sont passés entre mes mains des milliers de bébés, souvent minuscules, pesant moins d'un kilo, à la croisée des chemins entre la vie et la mort –, ma vieille expérience m'autorise à vous le dire avec une grande confiance : non, cette aventure n'était pas absurde, madame. Ce fut une grande histoire d'amour, qui a eu un sens très important, pour vous et pour vos deux enfants. Ce sens vous échappe. Il m'échappe aussi. Mais il existe. Nous devons faire confiance à la vie, même si elle nous dépasse infiniment. »

Les dernières phrases du pédiatre avaient été prononcées d'une voix de plus en plus calme. À la fin, il chuchotait presque. Une paix étonnante s'était installée sur toute la tablée. Après un long silence, la femme blonde dit simplement : « Je vous remercie. » Et tous sentirent que quelque chose en elle s'était dénoué en profondeur.

2

Les très grands prématurés

Itinéraire d'un soigneur d'âmes

À l'époque où nous nous sommes rencontrés la première fois, en 1995, le Pr Jean-Pierre Relier dirigeait déjà depuis des années le prestigieux service de médecine néonatale de l'hôpital Port-Royal, à Paris, où il avait succédé au professeur Alexandre Minkowski (1915-2004). La maternité de Port-Royal est l'une des plus célèbres de France – elle joue un rôle phare dans l'enseignement de l'obstétrique et de la pédiatrie néonatale. Professeur d'une pédiatrie en pleine mutation, Jean-Pierre Relier se situe à la charnière entre une médecine ultratechnique et un courant de pensée où l'humanisme s'intègre aux soins, et où la compétence requiert l'amour. Son leitmotiv : le lien entre la mère et l'enfant est primordial ; elle doit l'aimer, l'observer, communiquer avec lui le plus possible, dès la conception.

Le métier de pédiatre néonatal dans un centre pour grands prématurés n'est pas évident. S'occuper de bébés conçus depuis moins de trente semaines et pesant moins de 1000 grammes est une mission très délicate, qui exige un talent spécial. On se trouve à l'amont extrême de l'humain, face au processus mystérieux, vertigineux même, de l'incarnation. Un prématuré de 700 grammes « veut-il » vraiment vivre ? Faut-il mettre au service de sa survie l'énorme arsenal technologique dont disposent les grands hôpitaux modernes, au risque de faire de lui un handicapé grave à vie ? Pour répondre à ce genre de questions, Jean-Pierre Relier fait appel au savoir-faire médical d'avant-garde, mais aussi à la sagesse que lui inspirent les traditions spirituelles, notamment celle des Veda de l'Inde – réflexions multiséculaires sur l'incarnation. « Nous avons parfois l'impression, me confirme le professeur, qu'un nouveau-né prématuré refuse délibérément de survivre. Comme si son âme avait eu besoin de ne s'incarner que le temps d'une grossesse – comme si la suite du programme ne l'intéressait pas pour son évolution personnelle. »

J'ai pu personnellement constater que, lorsque ce grand pédiatre présentait les choses ainsi à une mère qui venait de perdre son enfant à la naissance, il réussissait à faire passer quelque chose d'indéfinissablement fort. Tout d'un coup, la catastrophe la plus absurde du monde semblait prendre un sens et cela changeait tout.

On l'a compris, Jean-Pierre Relier est un médecin atypique, bien que profondément inscrit dans l'institution médicale française. Voici quelques extraits de plusieurs dizaines d'heures d'entretiens que j'ai eus avec ce visionnaire à la fin des années 1990.

Le brusque réveil spirituel d'un champion de la médecine

« *À quoi pense-t-on lorsqu'on tient dans ses mains un bébé prématuré de 800 ou de 900 grammes ? Est-ce bien déjà d'un humain qu'il s'agit ?*

Pr Jean-Pierre Relier : S'il est âgé de moins de trente-deux semaines et pèse moins de 1 500 grammes, on n'a pas toujours le loisir de méditer. Il y a urgence, il faut se décider vite. Pourtant, le sentiment d'émerveillement est toujours présent. Même après quarante ans de pratique, l'incarnation d'une âme demeure un mystère extraordinaire. On a l'impression de se trouver confronté là, très abruptement, à l'une des portes vers l'infini, l'indicible, le divin… appelez cela comme vous voudrez. Le fait de devoir quotidiennement travailler avec ces êtres de l'extrême bord de l'humain vous oblige – en tous les cas m'a personnellement obligé – à réfléchir à ce qu'*humain* veut dire, et à ce que “prendre un corps humain” signifie. Cette réflexion sans cesse renouvelée sur le mystère de l'incarnation m'a ouvert des perspectives spirituelles qui ont changé ma vie.

Vous parlez de spiritualité, mais ce qui frappe le plus quand on arrive pour la première fois dans votre service de néonatalogie, c'est l'arsenal technologique incroyable que la société moderne a mis au point pour tenter de garder en vie ces bébés minuscules. Il y a une telle disproportion entre les deux ! Vous travaillez vraiment écartelé entre la Terre et le Ciel.

Toute la beauté – et la difficulté – de notre métier tient justement à cet écart et à la tentative de trouver un équilibre harmonieux entre ces extrêmes. J'ai été, vingt-cinq ans durant, un praticien passionné. Il était exaltant de jouer, avec le maximum de doigté, sur la palette la plus large des moyens fabuleux mis à notre disposition par la technologie médicale moderne pour tenter d'aider ces petits êtres à rester parmi nous, en tant qu'humains pleins et entiers. Cela aura été l'un des grands bonheurs de mon existence.

Je dois dire que nous étions devenus des sortes de champions en néonatologie, avec des records de plus en plus époustouflants et des bébés de plus en plus petits. Il n'y a qu'à reprendre les résultats moyens obtenus à Port-Royal : avant 1970, 80 % des nouveau-nés de moins de 1 200 grammes mouraient ; après 1980, 80 % survivent. Nous avons carrément inversé les chiffres ! Et les enfants survivent dans de bonnes conditions, même bien au-dessous de trente-deux semaines, c'est-à-dire avant que leurs poumons ne soient prêts à respirer !

Mais voilà que, grosso modo à partir du milieu des années 1980, une franche inquiétude a commencé à me gagner. Jusque-là, la technologie médicale au service de la réanimation des prématurés avait permis des progrès spectaculaires. Il y avait toujours bien sûr quelque chose de brutal dans l'irruption d'un appareillage aussi massif et sophistiqué, dans le monde tendre et chaud de ces petits êtres, qui auraient dû normalement se trouver encore (et pendant parfois des semaines) dans le ventre de leurs mères. Mais au moins, les bénéfices étaient tels qu'on ne pouvait pas hésiter. Rendez-vous compte : de 1970 à 1985, le poids minimal moyen des prématurés que nous avons réussi à sauver est passé de 1 500 à 900 grammes !

Malheureusement, à partir de 1985, nous avons assisté à une double détérioration de la situation. D'une part, un net plafonnement des résultats de cette course au progrès, malgré des recherches de plus en plus intenses, de plus en plus coûteuses, de plus en plus pointues, réservées à un nombre toujours plus limité de cas. D'autre part, une sorte de crispation idéologique des médecins, pour qui désormais la question est devenue de battre des records, encore et encore, quelles qu'en soient les conséquences dans l'avenir des êtres concernés (on parle maintenant de petits de 500 grammes !). Or les effets sont souvent gravissimes. Jadis, un prématuré de trente semaines ou moins n'avait quasiment aucune chance de survivre, et l'on était obligé, d'une certaine manière, de se mettre à l'écoute de cette (toujours mystérieuse) “mère Nature” : que voulait-elle nous dire à travers cet enfant ? On n'avait pas le choix.

Aujourd'hui, sous le prétexte que les nouvelles technologies permettent des prouesses physiologiques et que “la vie est sacrée”, on fonce tête baissée sans plus se *mettre à l'écoute* de quoi que ce soit – certains de mes confrères seraient capables de tenter maintenir en vie des embryons de quelques semaines ! – avec bien sûr le soutien des malheureux parents, dont le désir d'enfant est tel qu'ils sont prêts à suivre la technomédecine jusqu'au déraisonnable. Sans se douter de l'état dans lequel risquent de se retrouver les petits rescapés de ces interventions. Les séquelles qu'eux et leurs parents devront supporter leur vie durant ont franchement de quoi effrayer. Qu'appelle-t-on “la vie” ? Qu'est-ce qu'un “humain” ? À quoi peut et doit servir la médecine ? À maintenir en vie coûte que coûte des êtres totalement handicapés qui souffriront le martyre ?

Et pourtant, que de progrès de toutes parts ! Nous parlons là surtout de ceux qui concernent les prématurés. Mais pour la femme enceinte en général, qui sait mener sa vie elle-même, il y a aujourd'hui un fantastique éventail de méthodes de préparation et un choix inimaginable dans une autre société de mettre son enfant au monde, de l'accouchement naturel à domicile à la superpéridurale en clinique. Il y en a pour tous les goûts et pour tous les cas !

Oui, mais nous vivons une médicalisation croissante de l'accouchement. Désormais, même pendant une grossesse sans problème, la surveillance de la vitalité fœtale nécessite une intervention – qui est souvent une *intrusion* – de plus en plus grande de la technique, dans un univers où, a priori, elle n'a rien à faire. Je crie : casse-cou ! Il m'est souvent arrivé, pour mieux le dire, d'organiser des tables rondes pour débattre, par exemple, du pour et du contre de certaines pratiques obstétriques au moment de l'accouchement. À l'heure actuelle, quand un interne vient en obstétrique dans un hôpital universitaire français, eh bien, on lui enseigne qu'il y a des thérapeutiques *obligatoires*. Pas évidentes, non : obligatoires ! Ainsi, quand une femme vient consulter avec des contractions à trente-deux semaines et donc une menace d'accouchement prématuré, on la met sous perfusion de bétamimétiques, sans se faire le moindre souci. Parce que, pour les Français, il est établi que les bétamimétiques arrêtent les contractions, ce qui n'a pourtant pas été clairement démontré. Je ne vais pas entrer dans les détails, mais il y a des tas d'indications d'interventions médicamenteuses ou instrumentales – comme par exemple le cerclage en cas de béance du col à vingt-deux semaines – qui ne vont pas du tout de soi, mais que la médecine impose pourtant comme obligatoires.

Ici, je ne peux pas ne pas évoquer la péridurale dont vous parliez à l'instant. Au jeune interne qui débarque, on va enseigner qu'il est bon d'"avertir la femme enceinte de la possibilité d'une péridurale". Or, les recommandations de l'OMS sont formelles. Je vous lis :

– *Article 19 :* En dehors des cas où elle serait expressément requise pour traiter des complications, il faudra éviter l'administration systématique d'analgésiques ou d'anesthésiques.

De même qu'il est dit, juste avant :

– *Article 17* : Le recours systématique à l'épisiotomie ne se justifie pas ; d'autres méthodes de protection du périnée devraient être étudiées, et le cas échéant adoptées.

– *Article 18 :* L'accouchement ne devrait jamais être provoqué par commodité.

À l'heure actuelle, tout se passe comme si, au contraire, l'accouchement programmé nous envahissait peu à peu. Il n'est pas encore aussi systématique en France qu'au Japon, mais ça vient. Déjà, la péridurale est devenue le lot commun. Nous nous acheminons à grande vitesse vers des accouchements très *clean*, programmés aux heures ouvrables, évidemment pas pendant les week-ends ! Dans l'intérêt de qui ? Non pas des mères ni des nouveau-nés bien sûr, mais du corps médical ! En Hollande, où 33 % des accouchements sont pratiqués de manière naturelle, à domicile, assistés simplement par des sages-femmes, eh bien figurez-vous que les taux de prématurité, de césarienne et de mort naturelle sont les plus bas du monde !

En somme, après une carrière très "technique", vous rejoignez la position de médecins comme Frédérick Leboyer ou Michel Odent qui, depuis des années, conseillent un retour à un accouchement beaucoup plus traditionnel, qui n'est concevable que dans un monde où la femme (et l'homme avec elle) a réussi à renouer avec son "instinct de mammifère". Un autre monde, donc !

Accouchement plus naturel ne signifie pas forcément accouchement traditionnel. Pas question de renoncer aux fantastiques progrès de la médecine. Il s'agit simplement d'en faire un usage raisonnable, c'est-à-dire *éclairé par la raison*. Cela n'est plus le cas. Toute généralisation est abusive. Proposer comme "allant de soi" un accouchement sous péridurale à une jeune femme qui n'en connaît pas les complications est une attitude irresponsable. Or, cette attitude s'est répandue. Je ne dis certainement pas qu'il faille revenir à la simple médecine d'observation d'antan. Mais il y a un juste milieu que la médecine actuelle déborde systématiquement. Je refuse de considérer que de faire survivre un enfant de 500 grammes soit forcément un résultat positif. Ces enfants vont, dans la plupart des cas, finir par mourir vers l'âge de deux ans, après avoir terriblement souffert et fait souffrir autour d'eux. Du coup, il y a des techniques de soins que je refuse carrément, comme par exemple l'oxygénation extracorporelle qui, appliquée au nouveau-né, peut en effet lui donner une sorte de coup de fouet, mais comporte beaucoup trop de risques de complications cérébrales. À quoi cela rimerait-il si, finalement, tout notre monstrueux arsenal technologique servait à multiplier la mise au monde d'enfants handicapés ?

La marche en avant de la médecine scientifique a certainement quelque chose d'effrayant, mais comment s'opposer à elle sans tomber dans l'arbitraire ? Au nom de quoi peut-on refuser les soins à quelqu'un, fût-ce une personne pesant 500 grammes ?

Nous avons eu à nous poser la question, une fois de plus, il y a quelques jours. Nous venions de recevoir un prématuré très petit, et en très mauvais état. Au cours d'une réunion avec toute l'équipe, j'ai senti que même les jeunes confrères, qui d'habitude “en veulent” à tout prix, étaient sensibles à ce que je disais, tout simplement parce que c'était moi le plus vieux, celui qui a le plus d'expérience. Je leur ai dit : “Rendez-vous compte de ce que la survie de cet être signifierait concrètement : cet enfant sera totalement débile, il n'y aura aucune intégration scolaire possible, aucune intégration sociale, bref, quelque chose de catastrophique." Ils m'ont écouté, mais finalement, ils ont décidé de ne pas en tenir compte et de tout faire pour que l'enfant survive quand même…

Notre nutritionniste a eu fort à faire pour faire grossir cet enfant, et de fait le petit a pris un peu de poids, entamant une courbe de rattrapage. Par contre, son électroencéphalogramme est resté très anormal. Nous nous sommes encore réunis trois fois, et, à la dernière séance, j'ai décidé de mettre le paquet. On sentait un malaise qui commençait à monter entre médecins et infirmières, ces dernières ne voulant plus soigner cet enfant qui, de plus en plus agité, souffrait affreusement pour rien. Cette dernière réunion s'est très mal passée. Il n'a pas été possible de lire un rapport jusqu'au bout. Un médecin a fichu le camp. J'ai eu l'impression que c'était la fin de notre équipe médicale, que je ne pouvais plus assurer la responsabilité d'un service aussi discordant. Les médecins étaient tous d'accord pour une poursuite des soins, sans tenir compte de mon opinion, ni de celle de la neurologue. Les infirmières menaçaient de tout laisser tomber. Finalement, l'enfant est mort. Je crois qu'on aurait pu lui épargner de longues journées de souffrance inutile. Pour moi, respecter la vie d'un enfant, c'est respecter une vie normale, le plus près possible d'une vie naturelle.

Là, on joue sur des paramètres délicats. Laissée à elle-même, la nature peut être impitoyable. Or, l'homme a reçu des outils pour être capable de prendre éventuellement des décisions contre *elle.*

Je ne suis pas un fanatique de la nature, mais ai-je le droit d'accrocher à un cheval une charrette à laquelle il manque une roue ? Je ne peux pas m'empêcher de raisonner comme ça. L'attitude de “Laissez-les vivre” est pour moi totalement hypocrite et lâche. Je trouve irréaliste de dire : “Cette dame qui est enceinte d'un enfant gravement handicapé n'a pas le droit de se faire avorter, car je respecte la nature !” »

L'aimer avant qu'il naisse !

« *Mais Jacqueline Bonheur, cette femme qui a fondé* SOS Enfants sans frontières *et a adopté des enfants handicapés, vous dira qu'ils sont formidables, ces gosses, et que leur naissance a métamorphosé, en bien, la vie de certaines familles.*

Je n'ai évidemment pas dit qu'il fallait tuer les enfants handicapés. Je ne crois en rien de systématique. Je suis fondamentalement choqué par les attitudes systématiques, dans un sens ou dans l'autre. C'est pourquoi je ne peux appartenir à aucun parti politique, à aucune association, ni à “Laissez-les vivre”, ni à “Laissez-les mourir” ! La plupart des groupements que j'ai connus manquent d'une sagesse d'écoute. Je recadre donc mon propos : nous assistons actuellement à une dérive grave de la technomédecine, qui cherche à prolonger à tout prix des enfants prématurés, quasiment condamnés à devenir des handicapés, souvent du pire degré. Par ailleurs, il faut savoir que la majorité de ces prématurés ont des mères en situation difficile – affectivement, socialement, économiquement. Il s'agit, dans un très grand nombre de cas, de femmes en rupture de situation, qu'elles soient immigrées, loin de leur pays, ou soudain sans domicile fixe, au chômage, ou encore en instance de divorce, délaissées par leur homme… Bien sûr qu'il est magnifique de sauver les bébés de ces femmes, j'y ai consacré ma vie ! Mais si, désormais, la technologie médicale nous permet de faire survivre ces derniers bien au-delà de ce que la nature permet en principe, et que nous rendons aux femmes dont je viens de parler des petits gravement handicapés, sous le prétexte que nous appartenons à une "société technologique et de progrès", eh bien je m'insurge, je dis non !

Comment être sûr que l'on agit de la façon la plus juste, la plus éthique ? En choisissant d'aider les uns à survivre et pas les autres, ne s'engage-t-on pas, bon gré mal gré, vers une forme d'eugénisme ?

Certainement pas. Ne nous laissons pas abuser par nos pathologies sociales et par les manipulations verbales de ceux à qui elles profitent ! Vous parlez d'eugénisme. De quoi s'agit-il en réalité ? Regardons clairement de quelles responsabilités nous parlons. L'homme technologique moderne a acquis le pouvoir de faire survivre même des êtres non viables. Or, en soi, sa technologie ne peut pas lui dire où placer la limite, ni à partir de quand il est criminel d'*obliger* un être à survivre. C'est là le rôle de la conscience morale. Il ne s'agit pas d'éliminer des êtres que l'on jugerait non conformes à une norme, mais de ne pas *contraindre* de tels êtres à exister, contre vents et marées. On sait que si l'on arrête la ventilation assistée ou la perfusion, le grand prématuré ne va pas survivre. Bien sûr, l'adulte gravement malade, ou le vieillard grabataire ne survivront pas non plus. Mais telle est bien la question : voilà des années que le débat sur l'acharnement thérapeutique est lancé, notamment concernant les personnes âgées. Et l'on voit peu à peu se dégager une opinion majoritaire, sinon un consensus, autour de l'idée qu'en cas d'agonie irréversible ou de souffrance épouvantable, nous n'avons pas le droit d'imposer à un grand malade ou à un vieillard une survie inutile. Il ne s'agit certainement pas de l'achever, de l'euthanasier, comme certaines associations le réclament, mais de ne pas le prolonger de force artificiellement. La nuance est de taille !

C'est pour cela que l'expression “arrêt de soins” a toute sa valeur. Elle signifie l'arrêt d'une dispense de soins dont les effets pervers deviennent supérieurs aux bénéfices. Contrairement aux apparences, en apportant des soins à telle personne, je peux lui retirer en fait toute autonomie, toute liberté – dont la liberté de mourir. Aujourd'hui, dans cette gigantesque course à l'autonomie individuelle où six ou sept milliards d'humains s'agitent avec plus ou moins de bonheur, nous devons, certes, nous assister les uns les autres, mais cela peut éventuellement consister à nous aider à mourir. La non-assistance à personne en danger prend alors un tour bigrement paradoxal, puisque la mauvaise attitude, l'excès d'autorité, l'égoïsme, l'orgueil deviennent de ne pas assister la personne à partir !

En fait, vous avez commencé à aborder ces graves questions d'éthique médicale et à pousser ce cri d'alarme contre l'abus de technologie en 1993, dans un ouvrage grand public intitulé L'aimer avant qu'il naisse[1]…

Dans ce livre, je me suis avant tout adressé aux mères et aux futures mères, pour leur dire : “Tout se joue en vous et par vous. Il ne faut surtout pas que vous vous laissiez déposséder par qui que ce soit de votre rôle essentiel et fabuleux qui est de donner la vie ! Mais de grâce, prenez conscience aussi de votre immense responsabilité : la vie entière de votre enfant – et donc, d'une certaine façon, notre avenir à tous – dépend en grande partie de la façon dont vous allez vous comporter entre le moment de la conception (et je dirais même avant la conception) et celui de la naissance. Tout tient au lien – biologique, psychologique, spirituel – que vous allez nouer (ou que, pour toutes sortes de raisons, vous *n'allez pas* nouer) avec l'enfant que vous portez en vous.” On parle beaucoup aujourd'hui de génétique. Tel ou tel gène est responsable de telle ou telle maladie. C'est vrai et très intéressant. Mais je suis persuadé que le vécu, notamment pendant la vie fœtale, joue un rôle aussi important, sinon beaucoup plus.

1. Préface du Pr Alexandre Minkowski, Robert Laffont, 1993.

Pour le fœtus, le giron de sa mère représente l'univers. Un univers partiellement indépendant du contexte où cette femme vit. Tout se passe comme si la mère enveloppait l'enfant qu'elle porte d'une sorte de "bouclier protecteur" – sinon, combien de monstres naîtraient, surtout pendant les périodes de guerre ou de terreur !

Vous n'avez pas tort. La femme peut arriver à compenser, surtout *si elle est consciente.* Vous avez l'exemple incroyable des enfants conçus dans les camps de concentration, dont certains y sont nés en bonne santé ! Leurs mères avaient réussi à assumer leur rôle protecteur jusqu'au bout. Ce qui pousse à penser que le fœtus souffre davantage de la pensée négative de sa mère – et plus encore de la pensée absente, de l'indifférence – que de son stress physique. D'une certaine façon, l'agression est inévitable et la psychanalyste Martine Leibovici parle même d'"angoisse structurante". Mais l'angoisse peut devenir délétère pour l'enfant si elle est grave et surtout chronique, durable, parce que la mère est alors trop préoccupée par son problème personnel et ne peut plus du tout penser à son enfant. »

L'embryon est un bolide cosmique

« *Cela dit, l'enfant est porteur d'une vie partiellement indépendante de sa mère aussi. Quand on regarde un grand prématuré, même bien portant, on est frappé par le décalage entre sa totale faiblesse apparente et la force de la vie qui, à travers lui, tient le cap malgré tout, avec quel entêtement !*

Un cap maintenu, au départ, par une énergie fantastique, c'est vrai. D'une intensité dont nous avons du mal à nous faire une idée. Ce que les biologistes et particulièrement les embryologistes appellent la “vie” (dans un sens beaucoup trop restrictif à mon avis) commence au moment de l'union de l'ovule et du spermatozoïde, union qui débouche, on le sait, sur la formation d'un embryon. Or, la croissance de ce dernier est d'abord d'une puissance physique phénoménale, colossale. Écoutez bien ceci : si la croissance de l'embryon se prolongeait chez le fœtus, donc pendant les neuf mois de la grossesse, le crâne du nouveau-né, arrivé à terme, occuperait à peu près le volume de la Terre ! Heureusement, dès la neuvième semaine, début de la période dite fœtale, l'environnement, les stimulations périphériques – olfactives, tactiles, puis auditives –, autrement dit l'acquis, interviennent pour moduler, pondérer, différencier l'explosion créatrice de l'inné, canalisant la formation des différents organes. C'est comme si l'âme, désireuse de s'incarner, arrivait d'abord telle une météorite, à une vitesse prodigieuse, pour peu à peu ralentir sa course, à mesure qu'elle entre en contact avec notre monde, par tous ses sens, prenant ainsi progressivement une forme humaine, laissant modeler son programme génétique par son interaction avec le monde.

Or, l'essentiel de cet acquis lui vient comment ? Par l'intermédiaire de sa mère. Baignant dans le liquide amniotique, l'embryon, puis le fœtus, perçoit, je devrais dire goûte, à la seconde près, toutes les émotions de sa mère et la qualité des sécrétions hormonales et neurochimiques que celles-ci impliquent : il réagit et se construit en fonction d'elles. »

Quand l'interrogation du médecin devient spirituelle

« *Dans* L'aimer avant qu'il naisse, *vous passiez en revue toutes les expériences de relation mère-enfant (et donc aussi père-mère-enfant) que vous aviez pu rencontrer au cours de votre longue carrière de pédiatre-néonatologue, parfois pour vous inquiéter, souvent pour vous interroger, presque toujours pour vous émerveiller. Cela dit, même dans vos plus grandes exaltations, vous n'alliez pas jusqu'à y parler d'âme et de désir d'incarnation comme vous le faites aujourd'hui ! Pour vous, c'est devenu tellement évident et important que vous êtes obligé d'en parler, c'est ça ?*

Comme la majorité des Français, je suis né catholique et, bien que très croyant au départ, j'ai tout remis en cause quand la vie active m'a mis face aux contradictions qui opposent la religion et le monde. Plus tard, c'est en grande partie grâce à ma pratique de pédiatre que j'ai retrouvé la foi. Une foi d'autant plus exaltante qu'elle avait atteint l'âge adulte en se frottant à d'autres visions spirituelles, notamment aux Veda de l'Inde, qui jetèrent une lumière formidable sur les très vagues et très pâles idées que l'on m'avait inculquées, au sein de l'Église, concernant l'évolution de l'âme à la recherche de sa nature divine.

Il y a longtemps, par exemple, que je me pose cette

question : à quel moment peut-on dire que l'âme s'incarne ? La réponse ne va pas de soi. Depuis des siècles, les théologiens de toutes les religions nous disent que l'âme (encore faut-il savoir ce qu'on appelle ainsi) pénétrerait le corps physique nouvellement créé à un moment précis. Pour certains, cela se passerait au moment de la conception ; pour d'autres, à tel ou tel moment de la grossesse (selon Ambroise Paré, à douze semaines pour les garçons et à quatorze pour les filles !) ; pour d'autres encore, au moment de la naissance, ou même après la naissance. Personnellement, je serais enclin à penser que l'incarnation de l'âme se fait de manière progressive, en liaison étroite avec l'environnement, dont le plus immédiat est évidemment la mère, base primordiale – je parle bien entendu de la mère dans sa relation, plus ou moins amoureuse, plus ou moins heureuse, avec le père. Puisque la neurobiologie a brillamment prouvé que, dès la huitième semaine, le fœtus se construit en fonction de ce qu'il perçoit par ses fenêtres sensorielles encore balbutiantes, et que son développement dépend donc en grande partie des stimulations extérieures, pourquoi ne pas en déduire qu'on tient là une voie d'accès aux différents "corps" dont parlent les traditions, ces corps que l'âme est censée revêtir pour pouvoir s'incarner ? Le "corps physique" démarrerait dès la conception. Le "corps astral", qui est celui des sensations et des perceptions (et donc du bien-être lié aux sens), ne commencerait qu'à la neuvième semaine. Suivi, quelques semaines plus tard, par le "corps mental", domaine de la pensée, de la réflexion, de l'organisation de la création qui ne devient possible qu'à partir des premières jonctions synaptiques…

L'essentiel dans tout cela est de découvrir et de soupeser notre responsabilité dans l'incarnation des âmes de nos enfants.

Notre influence sur l'environnement, dont dépend l'épanouissement du fœtus, serait donc si grande ?

Oui, et avant même de concevoir l'enfant ! D'où l'importance du couple, de son amour et de son désir d'enfanter. Certaines cultures insistent d'ailleurs énormément sur la nécessité de préparer consciemment le terrain (physique, émotionnel, spirituel) où le futur enfant sera conçu. On nous a souvent parlé d'une tribu du Gabon où, à partir du moment où un homme et une femme ont décidé de faire un bébé, tout un rituel se met en place. Par exemple, l'homme s'oblige, pendant plusieurs jours, à ne marcher que sur les talons (cherchant ainsi à se détacher de la terre et à se rapprocher du ciel). La civilisation de l'Inde a développé un savoir immense sur la question, insistant particulièrement sur l'environnement où baigne le couple qui conçoit un enfant. Certains traités ayurvédiques évoquent dans le détail les effets bénéfiques (sur la femme, l'homme et leur futur enfant) d'éléments de beauté comme les bijoux, les parures, les fleurs, les musiques, les parfums. Pour les fondateurs de l'hindouisme, beauté, harmonie et amour étaient indispensables pour faciliter au maximum la nouvelle incarnation – je dois dire que les Veda me sont une source d'enseignement inépuisable dans l'exercice de mon métier.

Les Occidentaux connaissent bien, évidemment,

l'importance du placenta dans la croissance fœtale, l'importance de la bonne santé de la mère, le danger des maladies, des médicaments, des intoxications... En revanche, ils ont tendance à ignorer, ou à tenir pour négligeable, le rôle d'une pensée lumineuse, d'un comportement harmonieux, d'un beau décor, d'une ambiance joyeuse ou tout simplement de l'amour dont la mère et le père nourrissent leur futur enfant. Tellement d'humains naissent par hasard, au gré d'étreintes tièdes, ou occasionnelles, ou routinières, bref, inconscientes !

Et quand l'union de l'ovule et du spermatozoïde a lieu dans un tube à essai ?

C'est un sujet de préoccupation. Avec la fécondation *in vitro*, on touche à la substance même de l'individu. Et on le fait, à mon sens, en dépit des règles les plus élémentaires de prudence. Par exemple, aller ponctionner, chez le père, des spermatozoïdes à des stades différents de maturité relève, selon moi, d'un jeu d'apprenti sorcier. Le spermatozoïde a résolument besoin de maturer tout au long de son trajet dans le canal déférent, de passer dans la prostate, etc., avant de s'en aller tenter de féconder l'ovule de la future mère. Sans cette maturation, on risque fort de créer un être frappé de tares dont nous ne savons encore rien. J'ai souvent demandé à mes confrères qui pratiquent la fécondation *in vitro* s'ils suivaient de près l'évolution des enfants qui en étaient issus. Ils m'ont toujours assuré que oui, mais je n'ai jamais lu le moindre rapport sur le sujet – de toute façon, seule une étude à long terme aurait un sens. Je pense que ces nouveaux moyens de procréation doivent être utilisés avec une extrême prudence et qu'il ne faut jamais négliger de conseiller à la femme (dans le ventre de qui on va implanter un œuf fécondé) de se mettre dans un contexte de recueillement, dans un état d'affectivité particulier. Certains conseillent même aux parents de faire l'amour après l'opération, comme s'ils étaient en train de concevoir leur enfant normalement.

Pour autant, une conception mûrement menée peut éventuellement déboucher sur un enfant débile, et inversement le fruit d'un viol ou d'une fornication lamentable sur un génie, non ?

C'est parfaitement imaginable. Dès sa conception, tout être jouit d'une liberté et d'une individualité irréductibles. Et l'on découvre alors que la question est en réalité la suivante : “Quel but poursuit cette âme qui s'incarne ?” Ici, très vite, les mots nous manquent. Tout ce que nous venons de dire n'aurait guère de sens dans une vision purement matérialiste du monde ; mais même dans une vision spiritualiste, nous sommes contraints de rapporter à notre façon terrestre de raisonner une logique sans doute tout autre dont nous ne savons rien, ou presque. Les choix d'une âme en évolution se situent, je crois, à un autre niveau que celui que nous élaborons avec nos intellects. Heureusement, dans la pratique, la question peut se poser autrement : comment nous mettre à l'écoute de ce bébé en gestation ?

Nous le rappelons souvent dans nos réunions d'information, surtout quand, sous l'influence d'un courant de pensée assez américain, nous entendons parler d'une possible "éducation du fœtus" (notamment par le biais de musiques et de rythmes, qui pourraient, par exemple, accélérer les liaisons synaptiques dans le système nerveux du fœtus et le rendre "plus intelligent"). Or, il faut le répéter : il ne s'agit pas tant d'influer sur l'incarnation en cours, c'est-à-dire de la manipuler, que de se mettre à son écoute, à son service, ce qui est très différent.

Heureusement, même à notre époque un peu déséquilibrée, beaucoup de femmes enceintes savent tout cela, plus ou moins consciemment. Un moment de repos, un sourire intérieur, la lecture muette d'une comptine, toutes sortes de petits dialogues avec l'enfant qu'elles portent en elles, sont largement aussi bénéfiques que, par exemple, une perfusion de bétamimétiques pour éviter un accouchement prématuré ! L'objectif est de les aider à rendre cette "vague intuition" de plus en plus consciente.

L'haptonomie, la sophrologie, le yoga ne visent pas à autre chose. Je ne crois pas qu'il y ait une technique meilleure qu'une autre ; tout l'intérêt de ces approches réside dans la prise de conscience par la mère de son rôle essentiel dans la croissance harmonieuse du bébé qu'elle porte et qui n'est pas "son objet", mais un être cosmique qui l'a justement choisie, parmi les milliards de femmes qui peuplent la planète, pour être sa mère.

Vous croyez donc que l'âme choisit son "point de chute" ?

À un degré ou à un autre, oui. Peut-être ce choix s'établit-il à très long terme – comme un plongeon comportant plusieurs réincarnations, en ricochets, dont chacune ne sera pas totalement lucide sur le coup, mais dont l'ensemble aura été voulu à un moment donné. Précisons au passage que la réincarnation me semble une évidence – ce qui m'a valu jadis les foudres de mon maître, Alexandre Minkowski, pionnier génial, mais totalement matérialiste. Moi, franchement, je ne vois pas comment une âme pourrait évoluer, si elle ne se réincarnait pas une myriade de fois. Il doit, certes, exister une infinité d'autres plans d'existence que le plan matériel terrestre, mais notre bonne vieille Terre me semble une “planète école” digne de plus d'un séjour !

Dans votre pratique clinique, toutes ces notions vous sont présentes à l'esprit lorsque vous vous occupez d'un prématuré ?

Oui. Cela rend notre métier d'autant plus passionnant. Et d'autant plus délicat. Surtout, bien sûr, quand il s'agit d'un prématuré très petit (moins de 1000 grammes, voire moins de 700 grammes), ou quand apparaissent des signes de délabrement cérébral majeur. Plutôt que de nous retrancher derrière la “loi” qui, en Occident, interdit d'interrompre la “vie” (au sens matérialiste moderne), nous réfléchissons alors à ce que représente véritablement la mort ou la survie physique dans des conditions de handicap catastrophique.

Lorsqu'on en arrive à ce stade de réflexion, il nous semble impossible de ne pas faire intervenir la finalité de cette vie venue se confier à nous, médecins-réanimateurs. Cette âme a en quelque sorte accepté de "vivre sur terre" quelque temps, grâce à ce corps physique qu'elle a choisi, peut-être en parfaite connaissance de ce qui se préparait. Et voilà qu'apparaît, dès la naissance, un dysfonctionnement grave. Se pose alors toute une série de questions difficiles. Si certaines âmes pourraient bien bénéficier d'un handicap pour évoluer de façon positive – vous vous rappelez cette phrase d'un "ange" en conversation avec Elisabeth Kübler-Ross : "Je me réincarnerai en enfant mourant de faim, afin d'agrandir ma compassion" – beaucoup d'autres semblent terriblement gênées par le même handicap ! Faut-il poursuivre les soins ? »

Quel protocole, face à un prématuré en détresse ?

« *On conçoit dans quel embarras vous et votre équipe devez alors vous trouver. Que fait-on concrètement ?*

Sans doute pourrions-nous simplement en référer à un comité d'éthique, comme il est d'usage dans certains pays, en particulier aux États-Unis. Cette attitude nous semble trop rigide et assez mal adaptée aux besoins du nouveau-né en détresse. Certains comités d'éthique ont l'habitude, sinon l'obligation, de demander aux parents le consentement pour poursuivre ou arrêter les soins. Cela me paraît inhumain. Il est impossible pour des parents d'apprécier froidement tous les facteurs qui interviennent dans la décision, et il me semble impensable de leur faire supporter, toute leur vie, le poids d'avoir décidé soit de faire survivre un handicapé grave, soit de tuer leur enfant. Celui-ci doit donc être d'emblée considéré comme un être humain à part entière, avec son propre corps et sa propre âme qui, du fait de sa maladie, est confié, ou plutôt est venu se confier aux soins d'un groupe de soignants apte à apprécier au mieux de la décision à prendre.

Concrètement, toute l'attitude du personnel "responsable" de l'enfant sera dictée par le principe de base : "Faire ce qu'il y a de plus approprié pour faciliter l'évolution de cette âme devenue actuellement, et pour un temps plus ou moins long, un être humain." Toute la difficulté est donc d'évaluer, de connaître les "besoins" de cette âme, besoins différents d'un individu à l'autre. L'homme occidental a essayé de simplifier cet aspect de la vie en faisant de chaque fœtus ou nouveau-né un "citoyen à part entière" avec ses droits et ses obligations. Il est probable que les "besoins" de cette âme, à ce stade de son périple, dépassent nos imaginations d'adultes modernes, limitées par une éducation restrictive.

Pour nous aider dans notre tâche, nous disposons de trois canaux de communication :

1) Le dialogue avec les parents, évidemment fondamental ;

2) L'examen médical de l'enfant, notamment au niveau du cerveau – les données électroencéphalographiques et échographiques révélant parfois des dégâts qu'un examen clinique, souvent inutile, et une relation personnelle médiocre avec le nouveau-né ne permettaient pas de soupçonner ;

3) Enfin, et surtout, la communication avec l'enfant. Les infirmières de Port-Royal vous diront que cette

communication ne peut s'établir d'une manière directe qu'une fois passée la phase aiguë de la maladie, car celle-ci épuise l'enfant et interdit le contact. C'est une communication qui s'établit peu à peu, au fil des jours.

Il y a un autre type de communication avec l'enfant *in utero*, une relation que je dirais "abstraite". Elle est plus courante, bien que plus subtile, aux marges du subconscient. C'est parfois une pensée : celle de cette maman qui réussit à faire bouger son fœtus de cinq mois dans son ventre, juste en lui disant : "Tu me fais mal tu sais, ça serait bien si tu changeais de position." C'est parfois une intuition poétique : celle de cette infirmière qui, à l'arrivée d'un prématuré malade, chuchote : "Il n'est pas encore vivant !" Nous abordons ici un aspect de la relation où la sensibilité de chacun est totalement variable. Beaucoup, surtout les médecins, se refusent à reconnaître cette possibilité de communication et de perception, obsédés qu'ils sont par les machines, la biologie, l'imagerie diagnostique qui, sans doute, fait des progrès tous les jours, mais ne dit rien sur la souffrance, la détresse, ou au contraire l'optimisme, l'enthousiasme, la volonté de vivre à tout prix. Quoi qu'il en soit, cette communication existe et beaucoup en tiennent compte.

Quand elle amène l'équipe de soignants à conclure que le nouveau-né ne semble pas avoir l'intention de s'attarder sous forme humaine, n'y a-t-il pas une impression de gâchis, de non-sens épouvantable ?

Pas forcément, non. Vous savez, la vie fœtale représente une existence en soi, une existence fantastique, plus extraordinaire, peut-être, que l'existence que nous connaissons ensuite entre le moment de notre “naissance” et celui de notre “mort”. Imaginez ça : en neuf mois, nous passons du stade du protozoaire à celui de l'humain ! On peut donc fort bien concevoir qu'une âme ait besoin, à un moment de son évolution cosmique, de passer par le ventre d'une femme, pour connaître une incarnation fœtale, mais que cette âme n'ait pas l'intention de pousser le jeu plus loin. Il est possible d'imaginer des morts de nouveau-nés qui ne soient pas absurdes. Cela ne fait, certes, pas partie de la vision que les gens ont des choses actuellement. Il arrive que tel ou telle de nos contemporains ait sa vie littéralement détruite par un enfant mort-né. D'autres parviennent à traverser le même enfer en transfigurant la leur. Laquelle des deux issues vous semble la plus absurde ?

Il n'y a d'ailleurs pas que les familles que le fulgurant passage d'un prématuré non viable peut aider à évoluer. Les équipes médicales aussi reçoivent d'incroyables leçons. Quand vous voyez le branle-bas que cela peut représenter : une équipe obstétricale, une équipe de transporteurs du Samu, une équipe d'accueil, une équipe de surveillance de l'enfant en réanimation néonatale, avec infirmières, médecins, aides-soignants et tout le tralala… et au centre de tout ça, quoi ? Un vermisseau de moins d'un kilo qui, au bout d'une semaine, vous tire sa révérence. Quelquefois, la leçon est tellement extraordinaire qu'on a l'impression que c'est le prématuré en visite qui a tout manigancé.

Comme s'il avait une conscience, avec une mémoire ?

Je crois qu'il en a une ! Mes propos vous paraissent sans doute étranges, surtout venant d'un pédiatre qui dirige un important service hospitalier, à Paris, dans la France d'aujourd'hui, et qui enseigne à la faculté de médecine, ainsi que dans des écoles de sages-femmes et de puéricultrices. Mais je ne fais que tirer les conclusions humaines d'une pratique clinique extrêmement concrète.

L'un des moments clés de mon évolution, et de celle de beaucoup de mes confrères, date de la parution, en 1983, d'un gros livre collectif, mené par Marie-Claire Busnel et Étienne Herbinet, intitulé *L'Aube des sens*[1]. Il s'agissait de la première table ronde, en France, sur les capacités de perception du fœtus. Pour nous, néonatologues, ce fut une révolution. On nous apprenait qu'on était en train de découvrir que, bien avant d'être "viable", le fœtus sentait, goûtait, palpait, entendait... Jusque-là, nous nous comportions vis-à-vis de lui comme s'il s'agissait d'un être fondamentalement insensible, presque un objet. Et pourtant, je vous parle là d'une histoire qui se passait une bonne dizaine d'années après la grande envolée de la néonatalogie française. C'est dire combien nous étions restés aveugles, et s'il nous a fallu du temps pour commencer à comprendre quelque chose à l'aventure incroyablement subtile de la vie fœtale et de l'enfantement.

Pourquoi avons-nous été (et sommes encore) si

1. Coll. « Les Cahiers du nouveau-né », Stock, 1983.

lourds et si lents ? L'une des explications est tellement grosse que nous ne la voyons pas, alors qu'elle crève les yeux – ce n'est pas le moindre paradoxe de toute cette histoire et ça explique bien des choses. Figurez-vous que l'enfantement est un processus éminemment féminin ! Or, les savants et les médecins qui s'escriment à l'étudier et à l'encadrer sont, dans leur écrasante majorité, des hommes. Certes, c'est général à toute la médecine, mais avec un accent particulier autour de l'obstétrique et de l'accouchement.

Je ne vous apprendrai rien en vous rappelant que, jusqu'à récemment, la civilisation occidentale est restée patriarcale. À partir de la fin du Moyen Âge, la condition des femmes a même connu une régression, à mesure que les guérisseuses, désormais considérées comme sorcières maléfiques (par l'Église, puis par l'Université), ont été exclues de la scène thérapeutique. Reléguées à leur simple rôle de génitrices – et plus du tout de créatrices –, les femmes ont été dépossédées même du contrôle de leurs grossesses et de leurs accouchements ! Heureusement, cela fait un moment que la roue a tourné et que l'évolution a permis l'accession de la femme à des responsabilités sociales de plus en plus importantes, notamment dans le monde de la médecine. En pédiatrie-néonatologie, à l'heure actuelle, 95 % des internes que je vois passer dans mon service sont des femmes. C'est même ahurissant. Au prochain semestre, je vais avoir un homme, un seul, et pendant les cinq derniers semestres, je n'ai eu que des femmes.

C'est un grand changement. Et cependant, une donnée demeure : rarissimes sont les femmes en gynéco-obstétrique. Les médecins-accoucheurs sont des hommes. Comme si, pour une femme, mettre au monde l'enfant d'une autre femme était plus difficile que pour un homme… »

Pourquoi les accoucheurs connus sont-ils des hommes ?

« *Pourtant, pendant des millénaires, les femmes se sont aidées à accoucher entre elles. Et les sages-femmes ? Et les matrones ?*

Pendant des millénaires, le travail de la matrone a consisté à aider la parturiente à “mettre bas”, c'est-à-dire à mener au mieux son accouchement *par elle-même* ! C'était la mère qui gérait son accouchement, aidée, certes, par d'autres femmes, mais l'essentiel reposait sur elle. Dans le monde moderne, tout cela a été jeté cul par-dessus tête, puisque la naissance et l'accouchement ont été de plus en plus médicalisés. Or, dans le cadre de cette médecine désormais omniprésente, je constate que les femmes sont nettement moins attirées par l'obstétrique que les hommes. L'explication me semble claire : vous savez, cela peut être très violent, la pratique obstétricale ! Poser un forceps, prendre une décision péremptoire et radicale de faire une césarienne… On est loin de la pratique millénaire de la matrone ! C'est très dur, pour une femme, d'aller couper un utérus – cet utérus que, dans la tradition juive et musulmane, on appelle le “muscle de l'émotion et de l'amour maternel” !

Les femmes, en revanche, *accompagnent* souvent bien mieux que les hommes. Vous le constaterez aussi bien au chevet des naissants que des mourants, où la pratique thérapeutique (ou simplement palliative, soulageante et consolante) demande surtout de l'intuition, de la sensibilité. C'est clair : la femme est spontanément beaucoup plus efficace et active dans l'accompagnement et l'écoute. Je le vois, par exemple, dans le groupe de prière auquel je participe et qui se réunit tous les quinze jours avec des malades. C'est vrai quand ces derniers sont en phase terminale. Mais c'est vrai aussi avec les prématurés. Je vais dire une grosse banalité : la femme a une douceur et une gentillesse spontanément beaucoup plus grandes que l'homme. Cela se voit tout de suite quand l'une de mes collègues examine un nouveau-né. Nous avons aussi des puériculteurs hommes en néonatalogie, et ils sont excellents, mais il y a quand même toujours une différence…

Vous avez répondu à une question que je me posais depuis des années : pourquoi, au début de la vie, ne trouve-t-on que des accoucheurs hommes – Lamaze, Leboyer, Minkowski, Odent, Relier... –, alors qu'en fin de vie, dans l'accompagnement des mourants, on ne connaît que des femmes – Kübler-Ross, Saunders, Salamagne, Sebag-Lanoé, de Hennezel, etc. ? Cela dit, la matrone pouvait être très directive. Mais quand l'homme médecin arrive, c'est avec toute une instrumentation, et donc...

C'est vrai aussi. Et j'avoue que cette prédominance des hommes en obstétrique est devenue plutôt gênante pour faire passer des idées nouvelles. Le monde obstétrical français est particulièrement en retard, de mentalité souvent très macho. Quand un accoucheur comme Serge Bizieau, de Villeneuve-la-Garenne, que j'estime très en avance, essayait de défendre des idées simples pour que la grossesse et la naissance se déroulent le plus naturellement possible (évitant au maximum les agressions thérapeutiques, qui sont légion – de la prévention de l'accouchement prématuré par les bétamimétiques, à l'injection de corticoïdes pour essayer de faire maturer le poumon du nouveau-né, en passant par l'utilisation d'antibiotiques de façon un peu anarchique), eh bien, il se faisait traiter d'"écolo", ce qui, chez pas mal de médecins, constitue encore une injure méprisante. Mais attention aux confusions : je suis pédiatre, certainement pas accoucheur, pas plus qu'Alexandre Minkowski ! C'est amusant : dès qu'un médecin s'occupe de la femme enceinte ou du fœtus, pour le grand public, il prend illico la casquette d'accoucheur. Pendant toutes les années où Minkowski a dirigé le service de néonatologie de Port-Royal, les gens ont cru qu'il dirigeait la maternité. C'est une constante : j'ai récemment été invité à un congrès à La Baule, où l'on m'a présenté comme "un grand gynécologue-accoucheur de Paris".

La différence est-elle si importante ?

Au sein de notre pratique, elle est souvent capitale. Prêtez-moi quelques minutes d'attention, vous comprendrez mieux comment fonctionne la grosse machine médicale qui, de plus en plus, gouverne nos débuts de vie.

Certains médecins sont *gynécologues* : spécialisés dans le corps de la femme, ils s'occupent de toutes les anomalies des organes génitaux féminins, de la puberté à la ménopause. Parmi ceux-là, certains sont exclusivement médecins (ils n'opèrent pas), tandis que d'autres, purement chirurgiens, vont opérer – un fibrome, une grossesse extra-utérine... Encore que, dans ce dernier cas, on empiète déjà sur la partie obstétricale.

Le *gynécologue-accoucheur* (ou *gynécologue-obstétricien*, c'est pareil) s'occupe uniquement de la grossesse, puis, éventuellement assisté d'une *sage-femme*, de l'accouchement. On est rarement "*obstétricien pur*" : chez la femme enceinte, celui-ci ne s'occupe *que* du fœtus.

L'*obstétricien* s'intéresse donc au ventre de la femme enceinte et à l'enfant *in utero*. Cela dit, dès que la grossesse dépasse trente-quatre semaines, ou dès qu'il y a menace d'accouchement prématuré, l'obstétricien aime avoir l'avis du *pédiatre*, à qui il va par exemple demander : "Est-ce qu'on peut sortir l'enfant maintenant ?" Une bonne collaboration obstétrico-pédiatrique est donc à souhaiter pour une naissance idéale.

Mais dès l'instant où l'enfant est né, tout change : c'est maintenant au *pédiatre* ou à la *sage-femme*, ou aux deux, d'intervenir – l'obstétricien, lui, n'ose généralement plus toucher à un seul cheveu du gamin ! C'est extraordinaire. Certains obstétriciens que je connais sont capables d'interventions fantastiques sur un fœtus *in utero* – comme de l'intuber, de lui faire une ponction, de lui mettre un cathéter –, mais une fois l'enfant sorti de l'utérus, ils vous diront : "Ah, je ne sais plus rien faire !" Et cela, même s'il s'agit d'un prématuré de vingt-cinq semaines, c'est-à-dire d'un petit en état encore totalement fœtal. Cette cloison entre le statut du fœtus et celui du nouveau-né peut s'avérer problématique…

Ces séparations ne sont-elles pas arbitraires ?

Oui, finalement, elles reposent sur des réflexes corporatistes et non sur une réflexion éthique ou philosophique… Mais finissons notre tour de piste. Le *pédiatre*, lui, s'occupe de l'enfant – officiellement de zéro à quinze ans et trois mois pour les filles, un peu plus pour les garçons. Parmi les différentes sortes de pédiatres, le *néonatologue* est celui qui se consacre au nouveau-né. Or, du fait de la fantastique progression des techniques de réanimation des prématurés, ce *pédiatre-néonatologue* va être amené à s'occuper d'enfants de plus en plus jeunes, et même, finalement, de fœtus ! Quand vous devez vous occuper d'un prématuré de vingt-cinq semaines, il s'agit en réalité bien de ça. La physiologie de cet enfant est complètement différente de celle d'un enfant de trente-deux, trente-huit ou quarante semaines. Pour bien remplir votre rôle de thérapeute, il vous faut donc bien connaître la physiologie fœtale, en particulier le développement pulmonaire. Malheureusement, en France, il est très difficile de faire à la fois de la clinique et de la recherche en matière de physiologie fœtale. C'est pourquoi notre patron, Alexandre Minkowski, nous encourageait à partir nous spécialiser à l'étranger. Personnellement, je suis allé aux États-Unis, en 1970, pour faire deux ans de recherche à l'université Van der Bildt de Nashville. Je dois dire, hélas, que peu de mes confrères français se donnent cette peine...

Pour achever notre panorama, vous avez ensuite la *sage-femme*, dont nous avons dit qu'elle assistait la femme enceinte au moment de l'accouchement, mais qui sait aussi s'occuper du nouveau-né pendant les huit ou dix premiers jours de sa vie – une part importante de sa formation est consacrée à la pédiatrie.

Enfin, tout en aval, la *puéricultrice* s'occupe uniquement de l'enfant, et pas du tout de la mère.

Vous, en fait, vous avez réussi à vous trouver à la confluence de tous ces métiers !

Oui, je me retrouve quelque part entre l'accoucheur, le pédiatre, le biologiste fœtal, le biologiste néonatal, la sage-femme, la puéricultrice... Cela a rendu mon travail d'autant plus passionnant. Et d'autant plus grand mon sentiment de responsabilité et mon besoin de tirer les sonnettes d'alarme et de crier quand j'ai l'impression que la situation dégénère... »

*

Avec un courage rare, se souciant peu du qu'en-dira-t-on, qui compte tant pour la plupart de ses confrères (et pour la plupart d'entre nous), Jean-Pierre Relier n'a cessé, depuis 1993, de « tirer les sonnettes d'alarme et de crier », parce qu'il lui semble que, désormais, trop souvent, la situation dégénère. La proportion des nouveau-nés prématurés ne cesse d'augmenter. En Occident, elle a crû en moyenne de 15 % en quinze ans, atteignant 7,5 % des naissances en 2005. Mais ce chiffre peut dépasser 10 % dans certaines zones ou régions. Les causes sont multiples. L'âge de la mère (moins de dix-huit ans ou plus de trente-cinq ans). La précarisation du mode de vie des populations défavorisées. Le stress général, notamment au travail. Certains troubles de santé spécifiques (tels que diabète, toxémie, infections pouvant contaminer le liquide ou les membranes amniotiques). La toxicomanie, l'alcoolisme... Mais aussi la fécondation *in vitro*, en particulier parce qu'elle augmente les risques de grossesses multiples.

En 2002, pour mieux faire passer son message d'alerte, le professeur Relier a publié un roman, *Adrien ou la colère des bébés*[1], où il développe amplement les arguments évoqués ci-dessus, avec d'autant plus de liberté qu'il s'agit d'une fiction... Cela dit, il est évident que l'une des difficultés majeures de ce grand pédiatre à être entendu par ses pairs tient au fait, essentiel pour lui, qu'il intègre son discours médical à une vision spirituelle. Une anecdote à ce sujet. Mon fils aîné était en quatrième ou cinquième année de médecine, au CHU de Cochin, quand il m'apprit que le professeur qui devait leur donner le cours d'éthique (deux ou trois heures pour toute l'année, une sorte de petit supplément d'âme facultatif) était justement Jean-Pierre Relier. Sachant que je connaissais et appréciais cet homme, mon fils fit l'effort d'assister au cours, que la plupart de ses copains avaient décidé de sécher. Or, ce que leur dit Relier lui parut très étrange, pour ne pas dire incongru – et plu-

1. En collaboration avec Julia Pinchbeck, Robert Laffont, 2002.

sieurs étudiants quittèrent d'ailleurs l'amphi en rigolant. Qu'est-ce que le prof leur avait donc dit de si bizarre et rigolo ? Simplement ceci : qu'un jour, devenus médecins, ils tiendraient éventuellement entre leurs mains la vie d'hommes, de femmes et d'enfants, et qu'ils se demanderaient alors peut-être (car c'est ainsi depuis l'aube des temps) : « D'où vient cette vie ? Et où va-t-elle ? »

Rien de plus.

Mais nous vivons à une époque si coincée, que même une question aussi simple paraît étrange, pour ne pas dire déplacée, à des étudiants en médecine. Alors imaginez leur réaction si le professeur leur avait dit : « En service de néonatologie, nous tentons d'entrer en contact avec les grands prématurés, pour savoir s'il s'agit d'âmes désireuses de rester parmi nous, ou pas » !

La civilisation moderne a encore beaucoup de chemin à faire pour arriver au niveau où étaient parvenues l'Égypte, l'Inde, la Chine ou la Grèce. Les questions que se pose Jean-Pierre Relier sont universelles et éternelles. Et incontournables. Même si nul ne peut jurer posséder les bonnes réponses.

[illegible]

temps passé, plus nous savons que la Déclaration des

3

Voyageurs cosmiques

Et vous allez où, comme ça ?

Chaque naissance est particulière. On voit des femmes mettre au monde en souriant de petits êtres semblant sortir du quinzième round d'un match de boxe – ceux-ci ont les yeux gonflés et mettront un bon moment à vous regarder. Et d'autres femmes, écumantes, éreintées, donnant finalement vie, après une terrible bataille, à un bébé rose et frais, qui vous fixe aussitôt de son regard d'obsidienne. C'est vertigineux. Depuis quel rêve me regardes-tu, toi qui montres pour la première fois au jour ton habit de chair ? Ou serait-ce moi qu'un brouillard sépare du réel ? Viens-tu vers moi, en t'élevant dans la conscience, petit bout d'humanité ? Ou dois-tu au contraire ralentir et descendre de quelques marches pour m'atteindre, comme me le suggèrent plusieurs hypothèses troublantes ? En ce cas, d'où descendrais-tu donc ? De quel dénivelé, nous séparant dans quel ordre de réalité ?

Partons du plus basique, du plus consensuel. Plus le temps passe, plus nous savons que la Déclaration des droits de l'homme n'est pas seulement un manifeste moral, une bonne intention, un humanisme volontariste, mais une observation attentive du réel, une constatation, une anthropologie : chaque naissance et chaque humain qui en est issu *sont* bel et bien uniques et plus irremplaçables qu'une ultraprécieuse machinerie. Pourquoi ? Le physicien Ivan Havel, frère de Václav Havel, le président tchèque, nous raconta un jour de juin 1993, dans un congrès de psychologie transpersonnelle, à Prague, l'histoire d'une particule. Il l'avait choisie sans masse, pour qu'elle puisse voyager vite ; c'était un photon, un grain de lumière, auquel il faisait traverser le cosmos. Ça prenait des milliards d'années. Pendant la traversée, que rencontrait ce photon ? La plupart du temps le vide, et il rebondissait sur les courbures de l'espace-temps. De temps en temps, la particule pénétrait un nuage d'hydrogène, sur quelques milliards de kilomètres. Elle devenait alors une boule de flipper, ricochant sur des milliards de milliards d'autres particules pendant quelques millions d'années. Rarement, très rarement, elle était aspirée, puis projetée en geyser par un nuage d'hydrogène effondré en soleil. Beaucoup, beaucoup, beaucoup plus rarement, elle rebondissait sur une planète dure. Et nettement moins souvent encore, elle se trouvait happée à l'intérieur des nanocannelures internes d'un chloroblaste, dans l'océan ectoplasmique d'une cellule végétale, à laquelle elle fournissait l'énergie nécessaire à la fabrication du sucre. Mais *infiniment* petite était la probabilité pour que ce photon éclaire un jour cette forme étrange, à la fois molle et rayonnante, qu'on appelle un *humain*. Nous sommes une forme d'organisation phénoménalement rare dans le cosmos. Et prodigieusement sensible et complexe.

Le physicien Ivan Havel ne tirait aucune morale de son histoire. Mais tout le congrès de psychologie transpersonnelle le faisait à sa place. Par exemple le physicien David Bohm, que nous vîmes à cette occasion une dernière fois tenter, de façon plus fiévreuse qu'à l'accoutumée, de faire sentir à son auditoire, « de l'intérieur », « comme une musique », ce qu'il entendait par « ordre impliqué », cet ordre auquel l'avait fait aboutir la mécanique quantique, dont il était l'un des connaisseurs. Un ordre en quelque sorte « replié au fond des choses » et dont notre univers ne serait qu'une « explicitation », c'est-à-dire en fin de compte, peut-être, une « explication », et dans le discours du physicien devenu sémanticien, les mots se mettaient alors à interagir de façon étrangement directe avec les particules, comme pour mieux nous montrer que rien ni personne n'est séparé du reste, bien que chacun ait plutôt tendance à se croire tout seul, au fond.

Une autre réponse venait du biologiste Rupert Sheldrake – c'était l'époque où il commençait à renoncer avec humour à être reconnu comme le Newton du troisième millénaire (ce que la validation de sa théorie des champs morphiques lui vaudrait), et décidait pragmatiquement de l'expérimenter à l'anglaise, sur des histoires d'animaux domestiques en résonance avec leurs maîtres, ou sur des histoires de sœurs communiquant entre elles et devinant (plus de deux fois sur trois) laquelle des cinq autres appelait au téléphone. Et il y avait dans ces histoires, apparemment dérisoires, quelque chose qui expliquait le rapprochement entre les êtres et entre les formes, des lois d'affinité cosmiques aussi fortes et insaisissables que celles qui règlent la gravitation.

Jill Purce aussi apportait sa réponse. Chamane, professeur de chant harmonique, ancienne élève de Stockhausen et des maîtres de chant tibétain, elle aidait déjà des hommes et des femmes regroupés en chorales à entrer en résonance sonore avec leurs arbres généalogiques, sur plusieurs générations, dans des musiques d'interférences ancestrales, dont notre vieux monde moderne n'a pas idée – Jill nous renvoie de l'humanité une image incroyablement riche, dense, revigorante. Pourquoi sommes-nous, humains, une forme d'organisation cosmique si précieuse ? Pourquoi le moindre d'entre nous est-il un joyau rarissime dans l'immense univers ? Pourquoi chaque naissance est-elle un prodige ? Pourquoi les sages taoïstes ont-ils raison de dire : « Ô toi qui as eu la chance de prendre forme humaine, ne gâche pas une aussi rare occasion » ? Occasion de quoi ?

De trente-six manières, un réseau mondial de chercheurs nous donnait, ce jour-là, une réponse fantastique : nous sommes la porte vers un autre univers. Un univers contenu à l'intérieur de celui que nous croyons connaître. Ou le contenant. Ou les deux. Nous sommes la porte vers les mondes intérieurs. Celle par laquelle nous pouvons découvrir et vérifier que les psychés communiquent les unes avec les autres et que la conscience individuelle, si elle sait franchir le bouchon de l'ego, peut s'étendre à toutes les formes existantes… suivant des règles précises, dans de fort complexes combinaisons de responsabilité.

Le plus fameux de ces chercheurs était le psychiatre

Stanislas Grof, le fondateur même de la psychologie transpersonnelle, revenu dans sa ville de Prague, vingt-cinq ans après son départ pour les États-Unis. Nous l'avons déjà rencontré dans le chapitre consacré à Alexandro Jodorowsky (page 342). C'est lui qui, après avoir testé la « thérapie par LSD » sur lui-même, puis avoir aidé des dizaines de patients psychiatriques à se servir de l'hallucinant outil pour tenter de guérir, avait élaboré sa théorie des quatre « matrices périnatales fondamentales » (MPF), à la fin des années 1960. Rappelons que, selon cette théorie comme selon beaucoup d'autres, toute notre vie est influencée par le moment de notre naissance qui nous a le plus marqués. Or, ainsi que l'ont relevé d'innombrables écoles de psychothérapie, le fait de revivre ce premier choc aide à défaire l'ancrage de tous les traumas qui, depuis notre naissance, sont entrés en résonance avec lui, y accrochant des grappes entières (des « constellations ») de torsions psychocorporelles, de nœuds névrotiques, de fêlures pouvant conduire à la psychose.

Résonnez-vous surtout avec la MPF 1, quand tout baignait encore dans l'eau utérine, mais que le monde externe vous était totalement étranger ? Ou avec la MPF 2, quand l'absurde s'est abattu sur vous, en vous comprimant dans un espace fermé où l'univers entier soudain vous trahissait et semblait vouloir vous anéantir ? Avec la MPF 3, quand vous avez été compressé davantage encore, avec une violence inouïe, au point que l'heure de votre mort semblait vraiment venue, votre corps tout entier éjecté à travers le vagin de votre mère ? Ou résonnez-vous davantage avec la MPF 4, quand votre première bouffée d'air a correspondu à la fois à une séparation atroce, à une pesanteur paralysante et à une libération inespérée ?

Tout son travail ultérieur, à l'hôpital de Baltimore, dans les années 1970, avec des personnes en fin de vie – d'abord avec la thérapie par LSD, puis, après l'interdiction de celle-ci, avec la technique de la respiration holotropique –, confirma Grof dans ses hypothèses. Il était possible de faire resurgir une mémoire fœtale, de provoquer une expérience de régression totale et une remontée à la conscience de « souvenirs », non verbalisés, s'exprimant par gestes, rythmes, secousses, fous rires, cris, borborygmes, saccades, extases, vomissements, pleurs, éjaculations, hurlements… Et aussi peintures, modelages, sculptures, collages, danses, mimes… ; enfin et surtout des récits. D'incroyables récits. Semblant remonter à l'âge du fœtus, voire de l'embryon et rapportant de ces abysses des données étonnamment sensées.

Mais l'affaire ne s'arrêtait pas là, puisque d'autres ressentis et récits semblaient se référer à des souvenirs plus anciens encore, remontant au-delà de la conception elle-même. À des « vies antérieures » ? Oui, mais il y avait aussi des souvenirs plus fous : d'avoir été un animal, une plante, un rocher, un cours d'eau, une météorite, un nuage d'hydrogène… Comme si la conscience traversait tout ça – du moins comme si elle aimait se dire qu'elle pouvait habiter tout ça !

À partir des années 1980, le schéma de Grof convergea avec d'autres modèles, élaborés par beaucoup de psy audacieux, parfois casse-cou, travaillant à la réhabilitation des techniques d'initiation qui, dans les différentes cultures du monde, avant la nôtre, ont toujours fait passer les êtres en quête d'eux-mêmes à travers l'expérience décisive d'une « mort-renaissance ». Expérience à l'issue de laquelle, en principe, les sujets ont nettement moins peur de mourir, donc moins peur de vivre. Et nettement moins peur de vivre, donc moins peur de mourir. Dans la plupart des visions qui émanent de ce type d'expériences, la mort ne s'oppose plus à la vie, mais à la naissance. Ce seraient deux passages, symétriques. L'un des thérapeutes qui a insisté le plus récemment sur cette symétrie est Bernard Montaud.

La Near Birth Experience selon Bernard Montaud

Entre autres techniques, cet ancien kinésithérapeute du Rhône et de l'Isère a mis au point, lui aussi, une forme de *rebirth*, fondée sur une technique baptisée « psychanalyse corporelle ». Pendant quinze ans, avec son groupe de travail, œuvrant sur un impressionnant réseau de plusieurs milliers de personnes à travers la France, Bernard Montaud a fait ainsi régresser des centaines de patients. Et, lui aussi a vu se dégager, dans le matériau composite de ces expériences souvent explosives, des figures intelligibles et utiles à la thérapie.

En miroir de la fameuse NDE (*Near Death Experience*[1], ou expérience de mort imminente), Montaud a

1. Les chercheurs des différentes branches de l'International Association for Near Death Studies (IANDS) disent couramment qu'il n'existe pas de corrélation entre la survenue d'une NDE et tel ou tel type de population. Je n'ai pas effectué moi-même d'étude statistique sur le sujet, mais j'ai été frappé, au cours de mes pérégrinations, de constater le grand nombre de cas de femmes

conceptualisé, à partir des expériences se déroulant sous ses yeux et dans les récits qu'en faisaient ses patients après coup, un concept qu'il a appelé NBE : *Near Birth Experience* (expérience de naissance imminente). Celle-ci comporte une donnée essentielle : autant les personnes ayant vécu une NDE rapportent le souvenir d'avoir vu – stupéfaits – leur conscience considérablement s'élargir, avec l'impression d'une intensification formidable, et même indicible, de leur vigilance, de leur capacité à percevoir, de leur présence, à soi et aux autres, autant ceux qui reviennent d'une NBE disent avoir senti leur conscience poussée à se refermer, à s'obscurcir, à se protéger, à mesure qu'ils quittaient le monde utérin pour pénétrer le nôtre. Comme si la fameuse « lumière » qui éclaire la conscience de celui qui se trouve au bord de la mort rayonnait aussi à l'intérieur de la matrice – et se trouvait peu à peu voilée à mesure que se déroule la naissance.

En réalité, comme beaucoup de chercheurs posant une hypothèse de départ et essayant ensuite expérimentalement de vérifier si les faits la valident, Bernard Montaud, kinésithérapeute cherchant à améliorer les conditions de l'accouchement, avait été frappé par l'idée d'une « tombée de voile » au moment de la naissance. C'est son amie Gitta Mallasz qui l'avait mis sur cette voie, en commentant avec lui les *Dialogues avec*

---

ayant vécu cette expérience en cours d'accouchement, du moins parmi celles qui m'ont été personnellement rapportées. Cela m'a, au minimum, rappelé à quel point l'enfantement est une épreuve intense, puissante, dangereuse, qui fut fatale à des millions de femmes à travers les âges.

l'Ange[1], cet enseignement spirituel venu de Hongrie, où il est dit :

> ENTRE LA NAISSANCE ET LA MORT
> S'INTERPOSE UN ÉCRAN
> QUI FAUSSE VOTRE VUE.

Pendant des années, cette phrase avait hanté le thérapeute. Ce n'est qu'après moult séances de psychanalyse corporelle, aidé notamment par le médecin-accoucheur Hugues Reynes, qu'il eut la certitude d'avoir compris de quel « écran » voulait parler la voix inspiratrice des artistes hongrois. Et quel « géant » – un mot qu'il emploie souvent pour qualifier le fœtus – cet écran venait masquer, blinder, tasser, rabougrir, parfois de façon infâme.

Pourquoi ce rabougrissement ? Pour que le fœtus puisse pénétrer dans notre monde, où nous le percevons alors, avec une tranquille certitude, comme un « pauvre petit bébé » de rien du tout.

Dans le schéma de Bernard Montaud[2], la naissance se déroule en sept étapes et, comme chez Stanislas Grof ou chez Leonard Orr[3], le fait d'être plus marqué par

---

1. *Dialogues avec l'Ange*, *op. cit.*, régulièrement réédité depuis 1976, rassemble des textes inspirés à un groupe d'artistes hongrois pendant la Seconde Guerre mondiale. Tous sont morts en déportation, à l'exception de Gitta Mallasz, seule non juive. L'enseignement hautement spirituel qui s'en dégage est une invitation à l'incarnation la plus joyeuse et la plus libre.

2. *L'Accompagnement de la naissance*, Édit'as, 1997.

3. En 1962, alors qu'il traverse une période suicidaire, Leonard Orr fait spontanément une régression fœtale dans sa baignoire et en tire une façon de s'explorer et de sortir de la dépression. Douze ans plus tard, il en fait une méthode pour ses étudiants en psychologie,

l'une ou l'autre détermine pour une bonne part la façon dont vous réagirez ensuite au cours de votre existence. C'est au cours des trois dernières étapes que tombe l'écran, le rideau, la « cataracte spirituelle » qui, à la fois, nous protège et nous aveugle…

1) La première étape du modèle de Montaud est celle de la « décision de naître ». Tout se passe comme si, à un certain moment de sa gestation, généralement au bout de neuf mois, le fœtus – ce géant sublime, en liaison directe avec le cosmos entier, dont il a intégré toutes les formes d'intelligence, minérale, végétale, animale… – pouvait jouer un rôle actif dans le déclenchement de sa propre naissance (ce que confirment des données physiologiques récentes). Mais pas forcément : certaines personnes, en séance de psychanalyse corporelle, donnent l'impression d'avoir au contraire violemment résisté à leur sortie de l'utérus, percevant comme un danger de mort. L'influence de cette étape serait déterminante dans notre façon de nous positionner plus tard, en général. « Avec la vie » ou « contre elle ».

2) La deuxième étape s'appelle « le long couloir du ventre ». Où il est surtout question d'endurance, d'opiniâtreté, de ténacité… ou de découragement, de démission, d'abandon. Et là encore, le passage laisserait des traces indélébiles, dans le corps et la psyché.

3) La troisième étape est celle des « points de blocage ». À un moment donné, même si la mère parvient

---

le *rebirthing* – en baignoire, puis en piscine, et enfin à sec – où il utilise en particulier certaines techniques respiratoires pour se rappeler sa naissance et « renaître ». Dix millions de personnes dans le monde auraient connu cette expérience à ce jour.

à s'ouvrir au maximum, le corps du bébé bute, par un bout ou un autre, par une épaule ou une hanche, contre un dernier barrage. Les éléments que recueille Bernard Montaud sur cet épisode lui donnent à penser que l'enfant, dans sa conscience encore « cosmique », passe alors par une phase terrible. Il a l'impression qu'il va déchirer sa mère au point de la tuer et se retrouve donc devant un dilemme : l'un des deux doit mourir, elle ou lui ? Si la plupart des fœtus survivent et naissent, c'est que la vie commence par un choix égotique obligé.

4) Les « modalités de la sortie » constituent une quatrième étape, variée, multifactorielle, diffuse, marquant notre existence entière par la façon que nous avons d'aborder la nouveauté, le vide, l'inconnu, la création.

5) C'est avec la cinquième étape que commence la véritable tragédie. L'enfant est maintenant hors du ventre maternel. Et il perçoit TOUT. Sa conscience en est encore au stade que décrivent les rescapés des NDE (vous n'avez jamais entendu ça ?), quand ils disent : « C'était fou, je flottais hors de mon corps, que je voyais meurtri et inanimé, et tous ces gens autour, qui criaient. J'avais envie de les consoler, mais ils ne me voyaient pas. Alors que moi, je lisais en eux comme dans un livre. Je ressentais leurs émotions, comprenais leurs croyances, leurs pensées – même ceux qui étaient dans les pièces voisines ! Je voyais très bien lesquels avaient vraiment du chagrin et ceux qui faisaient semblant, ou même qui se réjouissaient secrètement. »

Eh bien, ce serait la même chose pour le nouveau-né, avancent Montaud et son groupe de psychanalyse corporelle : l'être qui, à ce stade, est encore un « géant », capterait sans problème tout ce qui se passe dans la tête et le corps du gynécologue, de la sage-femme, de l'infirmière, de toutes les personnes présentes, à commencer par sa mère et son père (même si ce dernier est absent), et la nature précise des relations entre ses parents lui serait aussitôt transparente. Résultat ? Eh bien, il paraît que c'est tout simplement atroce.

Un cauchemar : sur quelle monstrueuse planète a-t-il atterri ? La petitesse, la médiocrité, la vulgarité, l'égoïsme, la méchanceté, le manque d'intelligence, de générosité, d'humour de l'humain moyen, quand on le regarde « cosmiquement », sans ses maquillages et ses béquilles, sont paraît-il tels que le nouveau-né reçoit un choc épouvantable. Là encore, la comparaison avec les rescapés des NDE n'est pas inutile. C'est une chose frappante que, souvent, la personne qui revient des bords de la mort découvre que son échelle des valeurs a été bouleversée (notamment parce qu'elle a compris que tout ce qu'elle faisait aux autres, elle se le faisait en réalité à elle-même). Le retour dans la vie normale peut s'avérer difficile, sinon insupportable, pour une personne qui a trop changé : elle devient difficile à vivre pour les siens, éteignant à tout propos la télé (« qui ne diffuse que des idioties »), critiquant du matin au soir le comportement des uns et des autres, qu'elle jugera « antiécologique », ou « pas assez compassionnel », ou « monstrueusement matérialiste », ou « gravement égoïste »... Le retour à la vie « normale » prend du temps pour les rescapés des NDE. Le nouveau-né, lui, n'a aucune marge de manœuvre. Il doit s'écraser. Or, son innocence et sa surprise sont infiniment plus grandes que celles desdits rescapés. Aussi, s'il ne veut pas devenir instantanément fou...

6) À ce moment, la démence peut tout bonnement s'installer. Il doit affronter la sixième étape appelée « Tout voir à la folie ». La plupart des nouveau-nés réussissent pourtant à ne pas se couper du monde en devenant fous et traversent rapidement cette étape, pour passer à la suivante…

7) L'écran tombe enfin sur le petit humain, marquant la dernière étape du processus. Elle s'intitule : « Moins voir pour moins souffrir. » Le géant disparaît. Ses grands organes sensoriels, ses grandes émotions et ses grandes pensées aussi. Laissant place à de petits organes, de petites émotions et de petites pensées, les seuls avec lesquels un être peut vivre parmi les humains, du moins au stade où nous en sommes encore aujourd'hui.

L'ensemble de ces sept étapes constitue, dans le modèle de la psychanalyse corporelle, un « cycle traumatique » auquel l'individu va définitivement s'attacher, jusqu'à sa mort. Ce sera, au tréfonds de lui-même, sa façon la plus « authentique » de se définir et il influencera toute son existence – avec des effets évidemment très différents selon que, s'explorant lui-même, il parvient à comprendre ce qui l'a ainsi déterminé et trouve comment s'y adapter, ou que, pour toutes sortes de raisons, il en demeure ignorant.

À quoi correspond la traversée du Léthé ?

Comment réagissez-vous au scénario qui vient de vous être présenté ? Certains diront que c'est de la pure projection, du fantasme, de la science-fiction. D'autres adhéreront à un bout du scénario. D'autres à sa totalité. Comme souvent, la vérité a des chances de se trouver quelque part au milieu. L'une des vertus indéniables de la démarche de Bernard Montaud est d'inciter les parents (de façon concrète, suivant un parcours minutieusement fléché dans son livre) à accompagner la grossesse comme un phénomène sublime et sacré, et à accueillir l'enfant comme un personnage extraordinairement beau, important, précieux – ce qu'il est assurément, au moins potentiellement et symboliquement –, alors que trop souvent notre société nous pousse à vivre tout cela sur le mode de la banalité.

Se pourrait-il que le « traumatisme de la naissance », maintes fois décrit par les psy, d'Otto Rank à Stanislas Grof, soit en fait, derrière ses apparences psychologiques (la séparation d'avec le paradis utérin maternel), surtout une question spirituelle ? En l'admettant, les modernes renoueraient à leur manière avec de très anciennes coutumes. Car la plupart des cultures avant nous ont dit et cru des choses semblables. Peut-être pas sur l'« horreur » qu'est censé ressentir le nouveau-né en découvrant le monde humain, mais certainement sur l'« écran » qui nous tomberait dessus au moment de naître, nous faisant oublier la mémoire de tout ce que nous aurions pu connaître jusque-là. L'idée fut souvent exprimée de façon poétique. Les Grecs anciens voyaient l'âme du futur humain traverser le Léthé, le fleuve qui vous rend amnésique. Les religions du Livre disent qu'un ange pose son index en travers de la bouche du nouveau-né, pour tout lui faire oublier – ce qui lui laisse cette petite rigole que nous portons sur la lèvre supérieure. Mais soulever cet écran, déchirer ce voile, se réveiller de cette narcose, a toujours été décrit par les grandes traditions spirituelles comme extrêmement utile, bien que terriblement difficile.

Pour les plus élaborées de ces anciennes approches, en Asie notamment, la perte de contact avec notre essence profonde au moment de venir au monde serait une condition *sine qua non* pour pouvoir nous constituer un ego et vivre en humain. Au moment de naître, à la place du trou insupportable de la perte et de l'oubli nécessaire, se constitue notre « personnalité », que nous prenons ensuite pour notre vraie nature, alors qu'elle n'en est que le bouchon, le colmatage, l'écran protecteur, soulageante mais à jamais mensongère. Cela dit, toutes les déchirures et tous les masques ne sont pas identiques. Dans la tradition de l'ennéagramme – dont George Ivanovitch Gurdjieff disait qu'elle était « à la fois le mouvement perpétuel et la pierre philosophale » –, il existe neuf grandes familles d'écrans[1]. Neuf familles de perte recouvrant neuf types d'ego – caricaturés sous les traits suivants : êtes-vous plutôt du type 1 (mû par le désir d'être parfait, refoulant toute colère), du type 2 (désirant avant tout être aimé, jusqu'à vous mettre à la botte d'autrui), du type 3 (leader, ultra-attentif à votre image), du type 4 (à la recherche d'émotions fortes par peur de ne pas exister), du type 5 (comprenant si bien tout le monde que vous n'avez plus

1. Concernant l'ennéagramme, j'ai été particulièrement intéressé par la version qu'en donne dans *Les 9 visages de l'âme* (Payot, 2004) Sandra Maitri, formée par vingt années de pratique avec Claudio Naranjo, le psychiatre à qui le mystique bolivien Oscar Ichazo avait transmis sa version modernisée de cet « outil millénaire ».

d'opinion), du type 6 (vous protégeant des émotions derrière votre mental), du type 7 (craignant tant la souffrance que vous prenez la vie comme un jeu), du type 8 (cherchant indéfiniment à prendre votre revanche), ou du type 9 (cherchant perpétuellement à réconcilier tout le monde, quitte à disparaître) ? Ce sont en réalité neuf illusions, mais aussi neuf façons de retrouver, au prix d'une redoutable épreuve d'introspection, notre « essence », ou potentialité intrinsèque – car le masque de notre personnalité, s'il est forcément mensonger (l'identité ne figurant que le manque), donne aussi, en négatif, l'empreinte de la blessure initiale qui en dit long sur nous. Pour ceux qui font l'effort de tenter de soulever leur masque, il y aurait donc neuf types de chemins pour retrouver la Lumière…

La Lumière ?

C'est apparemment celle dont parlent les rescapés de NDE. Celle aussi où Bernard Montaud imagine que flottent les consciences des futurs nouveau-nés. Une lumière qui ne serait pas celle que nous connaissons, faite de photons et de rayonnement électromagnétique – celle-ci, c'est au contraire en sortant du ventre de sa mère que le nouveau-né la voit (celle de la chanson de Jean-Jacques Goldman : « Puis j'ai vu de la lumière, alors je suis sorti » !). De cette « Lumière » qui n'est pas de la « lumière », toutes les traditions spirituelles parlent. Celui qu'elle baigne connaît « l'amour et la connaissance » à l'état absolu. Le maximum concevable.

Que nous chante-t-on là ?

Amour et connaissance est le titre du premier livre de spiritualité qui m'ait frappé, à vingt-deux ans, de la plume du païen américain Alan Watts[1]. Je n'en avais gardé que deux ou trois notions simples, dont personne ne m'avait jamais parlé jusque-là. Que le taoïsme existait, par exemple. Qu'il y avait une façon d'être qui s'appelait lâcher-prise. Que ça ne s'opposait pas au fait d'être traversé d'énergie. Ni de compassion. Bien au contraire.

Points de vue juif et chrétien

Le non-hasard des reportages m'a fait rencontrer plusieurs fois des gens comme le responsable bouddhiste de Karma Ling, Lama Denys, ou le rabbin Marc-Alain Ouaknin, ou le prêtre chrétien orthodoxe Jean-Yves Leloup, ou le maître soufi Faouzi Skali. Quand il devenait question des limbes et des mondes antérieurs, eux d'ordinaire si prolixes, créatifs, pédagogues, devenaient prudents. Sobres. De quoi parle-t-on ?

Marc-Alain Ouaknin, par exemple – qui veut « érotiser la spiritualité » (p. 318) – est un surdoué fascinant qui peut vous embarquer sur n'importe quelle piste de la Kabbale et vous faire planer un bon moment : les chiffres, l'alphabet hébraïque, les exercices respiratoires du « yoga juif[2] », les résonances entre le judaïsme et la psychanalyse… Sur l'embryon ? Il me dit qu'une certaine tendance mystique juive serait favorable à un maximum de naissances. Parce que chaque

1. Merci « Hyma la Hyène », la rubrique que Patrick Rambaud tenait dans le premier *Actuel*.

2. « Le yoga juif », *Nouvelles Clés,* n° 47.

âme nouvelle est une étincelle de plus dans la rédemption du monde. Un certain nombre d'âmes est prévu à la création de l'univers et le rôle de l'humain est de déployer un maximum d'incarnations. Il faut donc faire naître des âmes. « Un peu comme dans le Tsimtsoum, me dit Marc-Alain Ouaknin : l'Infini s'est finitisé dans l'humain, et c'est en faisant des enfants que l'humain redonne à l'Infini son statut. »

« Faire naître » des âmes ? Mais existaient-elles avant cette naissance ? Dans une autre enquête, un autre grand rabbin kabbaliste, Adin Steinsaltz, nous avait confié des visions prodigieuses à ce sujet[1]...

Dominique Godrèche : « *Quel rapport entre l'incarnation d'une âme et l'hérédité biologique de sa famille ?*

Rabbin Adin Steinsaltz : Mon apparence physique correspond à mon héritage, ainsi que ma façon de parler, de bouger... Mais mon âme, ma personne basique, n'a pas forcément de rapport avec ma famille ; elle peut lui être liée, ou lui être totalement étrangère. L'âme est inconsciente. Et ce qui nous arrive se situe donc à la limite de la conscience : parfois, nous ressentons une attirance pour telle personne, pas forcément de nature sexuelle ; il s'agit plutôt d'une grande proximité ou familiarité : car nos âmes sont liées, même si nos hérédités et nos éducations sont différentes. La relation

1. Extrait d'une interview réalisée par Dominique Godrèche, publiée dans l'ouvrage collectif *Enquête sur la réincarnation*, coll. « Essais Clés », Albin Michel, 2001.

vient d'une incarnation antérieure, dont on ne se souvient pas. Quelquefois, ça se mélange très bien, mais parfois ça ne fonctionne pas du tout : j'ai eu une éducation d'un type, mais mon âme est différente. Et ce bagage est difficile à rejeter. Donc je continue à enseigner comme professeur à la faculté, car ma famille et mon hérédité me le commandent, mais profondément, je souhaiterais être cordonnier – c'est ce qui me rendrait vraiment heureux, car c'est le lieu de mon âme !

Il faudrait donc, si je voulais être vrai avec moi-même, suivre mon intuition plutôt qu'obéir à la voie biologique ?

D'une certaine façon, ces deux voies marchent ensemble. De même que chaque langage a sa propre culture, avec ses manques et ses richesses (en français, parfois, on ne peut traduire toute une notion par un seul mot), de même, l'âme apparaît dans un corps qui ne comprend pas et ne sait pas réagir, car il est construit dans un format différent. Que se passe-t-il lorsqu'une âme humaine transmigre dans le corps d'un chien ? C'est encore plus douloureux ! Et quand une âme d'homme se loge dans un corps de femme ! C'est aussi très compliqué, car l'âme n'a pas d'organe sexuel, mais elle voit cependant les choses à sa façon… il se produira donc un clash dans une personne au corps de femme et à l'âme masculine : elle se sentira confuse, car elle ne comprendra pas ce qui se passe en elle. On peut aussi se sentir appelé à faire certaines choses, à cause de l'incarnation antérieure, mais sans savoir pourquoi.

Où est la solution ?

Nous passons notre vie à essayer de résoudre cela ! Selon la vision juive, la difficulté réside dans le fait que nous n'avons pas toujours une âme complète transmigrée, mais juste une partie d'une âme : la même âme peut en effet aller se loger dans deux ou trois personnes différentes, c'est comme une équipe. C'est pour cela que certaines personnes se sentent très liées : elles sont en fait les branches d'une même âme ; malgré la distance qui les sépare, elles gardent une grande affinité et restent en contact, même si elles ne se sont pas physiquement rencontrées. Et parce que la plupart d'entre nous ne connaissent pas les caractéristiques de notre incarnation, ils ne savent pas ce qu'il doivent faire. Aussi, la chance de la réparation nous est-elle accordée, mais ce n'est pas toujours facile. L'âme est comme un puzzle.

La notion de teshouva, *le* “*retour*”, *cher au judaïsme, est-elle liée à la migration des âmes ? Il s'agirait alors d'un retour vers un lieu où vous réalisez une partie de votre être ?*

Toute la notion de transmigration des âmes fait, d'une certaine façon, partie de *teshouva.* Vous n'avez pas fait quelque chose que vous devez faire ? Donc on vous renvoie au charbon, et c'est *teshouva.* On vous donne une seconde chance. Vous êtes né dans ce monde, sans connaître vos devoirs, et vous devez faire le juste choix : par la logique de la transmigration, vous allez sentir certaines attirances qui correspondent aux besoins de votre âme. Ces sentiments vont grandir et devenir importants. Je prends mon cas : je regarde un livre de prières, et il y en a avec lesquelles j'ai un rapport immédiat, d'autres non. La différence ne se situe pas tant dans le contenu : je ressens en fait la nécessité de réaliser quelque chose que j'ai raté avant, et c'est la raison pour laquelle j'éprouve un lien particulier, qu'il me faut accomplir dans le présent. »

*

Revenons à l'embryon, dans son utérus. « Selon le Talmud, dit le rabbin Marc-Alain Ouaknin, l'embryon lui-même est un “livre replié dans le ventre de la mère”. Embryon se dit *Ubbar*, même racine que hébreu (*ivri*), qui est une forme grammaticale signifiant « être traversé par ». *Anni Uver* = Je passe. *Anni Ubbar* = Je suis traversé. *Ivri* = le passeur. Hébreu = celui qui passe. *Avar* = Le passé. L'embryon est “passé” par quoi ? Par la vie ! »

Le chrétien Jean-Yves Leloup avait eu les mêmes mots, quelques années plus tôt, quand je lui avais amené une amie, que sa course échevelée dans le parcours de la fécondation *in vitro* avait rendue folle. Au sens propre : elle s'était retrouvée atteinte de bouffées délirantes monstrueuses et enfermée à l'hôpital psychiatrique. Après des années de marathon éreintant, de journées et de nuits à l'hôpital, de traitements hormonaux, de prélèvements d'ovule et de spermatozoïdes se succédant dans une chosification croissante de l'amour, elle n'avait abouti qu'à des échecs répétés, vécus par elle et son mari comme autant de défaites. Elle était sur le point d'abandonner, quand éclata une grande victoire : douze ovules fécondés, qui tenaient bon dans leurs pipettes ! Douze ovocytes, dont neuf rapidement congelés – en réserve « au cas où… ». À l'hôpital, l'ambiance était rigolarde, on lui disait : « Félicitations, madame ! On peut dire que vous êtes notre meilleure pondeuse ! » Sans rire : on lui faisait ce genre de remarques. Oh, c'était dit gentiment. On peut quand même rigoler un peu de temps en temps dans la vie, non ?

On lui implanta dans l'utérus trois ovocytes, dont deux devinrent des embryons. Des jumelles. Mon amie les reçut en elle, au comble du bonheur. De l'enfer, elle passait directement au paradis. Et les papillons se mirent à voler autour d'elle comme jamais quand elle se promenait dans la forêt de Fontainebleau. Mais au sixième mois, tout s'est arrêté. Les petites sont mort-nées un jour de juillet. Peu après, les bouffées délirantes ont commencé à emporter la jeune femme désespérée : le premier d'une épouvantable série d'épisodes psychotiques. Ce n'est que des années plus tard qu'elle s'est rendue avec son ex-mari – il avait divorcé à cause du choc – à l'hôpital de la Pitié-Salpêtrière pour demander que l'on décongèle les neuf embryons restants. Qu'on les « réduise », selon le terme technique. Ça a donné neuf minuscules cristaux de glace, qui en cinq secondes se changèrent en neuf gouttelettes de rosée, sur une paillasse de marbre blanc. Ils avaient la gorge serrée, ils ont pleuré. Bouleversée, la chef de service les a reçus avec chaleur et leur a appris que leur démarche était rare. La plupart des parents donnent l'autorisation de la « réduction des embryons surnuméraires » par téléphone. Il ne faut pas être trop sensible, ça peut vous jeter en clinique psychiatrique, ces trucs-là !

Jean-Yves Leloup a donc expliqué à cette femme que le mot « embryon » avait la même racine que « hébreu » – *ivri* – et signifiait « l'allant-devenant », « celui qui passe ». Il lui précisa que le fait de bloquer le mouvement d'un être, par exemple par cet « arrêt sur image » très spécial que constitue la congélation d'un embryon, surtout menée par des gens assez peu conscients (et même totalement inconscients) de certaines dimensions essentielles et subtiles, comportait le risque de conduire à la folie.

Or, toute la question de l'enfantement n'est-elle pas justement de résister à la folie ? De favoriser l'inverse, d'injecter du sens. Ou plus modestement d'aider du sens à éclore. Que souhaiter de mieux à une nouvelle vie, sinon qu'elle puisse se dire, au moment de mourir, que son existence a eu un sens ? « Quel sens aura ta vie, toi qui viens de naître et qui serres déjà mon index de toutes tes forces dans ta minuscule main ? Auras-tu la force de te forger un sens par toi-même ? »

Nous avons évoqué le psychiatre Viktor Frankl, dans le chapitre consacré à l'haptonomie (p. 161). Frankl fut l'un des grands résistants juifs au cours de la Shoah. Son arme principale, c'était ça : le sens. Ceux des déportés qui, par une sorte de miracle, parvenaient à continuer à donner un bout sens à leur vie, avaient plus de chances d'échapper à l'anéantissement et à l'avilissement que tous ceux qu'aspirait le siphon noir de l'absurde.

Un autre psychothérapeute, qui poussa dans la même

direction que Frankl, est Paul Diel – dont l'avenir dira certainement qu'il fut un visionnaire, lui aussi. Diel déclinait les différents degrés de désirs, depuis la faim d'une amibe, attirée par un jus de protéine, jusqu'au désir de se « fondre dans l'un » du grand mystique, en passant par la foire bariolée de nos désirs modernes. Derrière ces myriades de soifs à étancher, le thérapeute autrichien installé à Paris invitait ses patients et ses élèves (ça se passait à la Sorbonne, dans les années 1950 et 1960) à faire le tri, à classer et, peu à peu, à remonter le cours de leurs désirs fondamentaux, les rendant toujours plus rares, plus précieux, plus ambitieux. Avec finalement, tout au bout, pour ceux qui avaient assez de ténacité, un grand « désir essentiel » ramassant tous les autres en un même élan. Une seule motivation. La motivation, ce moteur central, dont Paul Diel fit l'axe de son modèle[1].

« Quels seront ta motivation et ton *désir essentiel*, petite grenouille qui ne veut pas dormir seule et crie pour que je la porte, mais qui, affalée sur mon épaule, s'écroule illico dans un sommeil bienheureux ? Si je ne craignais pas d'être aussitôt pris en flagrant délit de "personnalité n° 7" – celle qui, dans l'ennéagramme, désigne la personne qui refuse de souffrir à tel point qu'elle décide de voir toute la vie comme un "grand jeu" –, je te parlerais d'un jeu, justement, que nous avons inventé avec une bande d'amis. Le *Jeu du Tao*[2],

1. *Psychologie de la motivation*, Petite Bibliothèque Payot, 2002.

2. Patrice Levallois, Daniel Boublil et Sylvain Michelet, Albin Michel, 2003.

qui aide les gens à clarifier leurs désirs, et donc à remonter vers leur “désir essentiel”. »

Sauf qu'à présent, l'heure est venue d'aborder un sujet bien trop grave pour que le verbe jouer puisse être utilisé d'une quelconque manière.

4

Avortement, geste sacré ?

Adieu bel amour, fais bon voyage !

Impressionnant : malgré la pilule, malgré le stérilet, malgré les préservatifs, le nombre des avortements en France reste non seulement étonnamment élevé, mais il croît en valeur absolue, passant d'environ 163 000 cas officiels en 1976, à 215 000 en 2006 (il faut, paraît-il, grossir ces chiffres d'au moins un tiers pour atteindre une approximation de la réalité). Pourtant, selon les observateurs compétents, la tendance à avorter serait en baisse, lente mais régulière. Pourquoi les chiffres nous feraient-ils croire le contraire ? D'abord parce que les Françaises font beaucoup d'enfants et de plus en plus : 2,07 enfants par femme en moyenne en 2006, c'est le record absolu d'Europe[1]. Or, si l'on rapporte le nombre des avortements à celui des fécondations, il apparaît qu'en moyenne les Françaises de quinze à quarante-

1. La tendance nataliste n'a cessé de se confirmer depuis 1993, année où la natalité avait touché son plancher, avec un indice de fécondité de 1,66 – contre 1,94 en 2005.

quatre ans mettent fin à un peu moins d'un cinquième de celles-ci par voie d'avortement, et que cette proportion est en baisse constante depuis le vote de la loi Veil, en 1976. Cette année-là, chaque Française avortait en moyenne 0,67 fois dans sa vie ; dix-huit ans plus tard, en 1994, elles ne le faisaient déjà plus que 0,52 fois chacune…

Il y a cependant des contre-tendances. La plus importante est celle-ci : les femmes non mariées ont une propension beaucoup plus grande à avorter que les femmes mariées quand elles se retrouvent involontairement enceintes (de deux à sept fois plus selon les âges). La proportion des femmes non mariées se trouvant en augmentation constante dans notre société, l'avortement, globalement en baisse, garde donc suffisamment le vent en poupe dans certains secteurs pour que l'on soit certain que cette façon violente et traumatisante de réguler les naissances ne disparaîtra pas de sitôt.

Peut-être ne disparaîtra-t-elle jamais. Peut-être est-ce une donnée anthropologique incompressible.

Comment réagir de façon humaine face à cette donnée universelle redoutable ?

Revenons un instant sur « l'affaire Data », ce médecin italien qui s'était mis en tête de bâtir, seul avec son équipe de l'Institut de physiologie humaine de Chieti, un utérus artificiel – c'était il y a plus d'un quart de siècle, au début des années 1980 (voir p. 347), mais les données humaines n'ont pas changé. J'ai dit combien cette information choqua tous ceux à qui je la rapportai. Très vite, une incohérence me frappa dans notre commune révolte contre les folies du physiologiste italien. Ce qui nous choquait le plus était évidemment que des fœtus humains puissent être transformés en cobayes. Que ces fœtus soient les fruits de grossesses interrompues ou ratées aggravait un dossier déjà lourd. Mais là, quelque chose me chiffonnait. Nous étions tous des « progressistes », nous avions pour la plupart milité pour (ou sympathisé avec) le MLAC (Mouvement pour la libération de l'avortement et de la contraception), nous savions avec certitude que l'irrésistible libération de la femme passe forcément par sa pleine liberté de disposer de son corps et de ses « productions » – de même que, philosophiquement, nous défendions le droit pour chacun de vivre et de mourir comme bon lui semblait, à la seule condition de ne pas nuire à autrui (notion qui s'étendait certes plus loin que nous ne le pensions, à l'époque, la nuisance incluant une responsabilité morale, ou spirituelle, vis-à-vis de l'autre, dans un va-et-vient fort complexe que nul n'a si bien décortiqué qu'Emmanuel Levinas).

Bref, nous étions choqués. Certes, la plupart des femmes présentes avaient avorté au moins une fois dans leur vie et la plupart des hommes, dont moi-même, avaient participé à ces actions à titre de « pères ». Grâce à Simone Veil et à l'aspect libertaire de l'esprit libéral, la législation française avait heureusement changé, quelques années plus tôt. Loin des « faiseuses d'anges », à la réputation (justement ou injustement) trouble, nous étions libérés de la nécessité « d'aller en Angleterre », ou « en Suisse », la honte au front, la peur au ventre et le porte-monnaie à sec, et nous nous sentions libérés, apaisés, profondément raisonnables. La nouvelle méthode anglaise Karman par aspiration permettait de résoudre les grossesses non désirées très tôt, avec une sobriété particulièrement remarquable…

De problème métaphysique, nous n'en ressentions aucun. Si l'idée ancienne, reprise par la psychanalyse, qu'enfanter c'est d'abord laisser éclore un désir d'enfant entre un homme et une femme (« et pourquoi pas aussi entre deux femmes, ou entre deux hommes ? » ajoutions-nous d'ailleurs aussitôt), à l'inverse, le non-désir d'enfant réduisait le projet à néant et l'ovule fécondé à sa simple réalité matérielle : quelques nanogrammes d'ectoplasme, pas même un vertébré. Et même plus tard, une fois une ébauche de vertèbres apparue, l'embryon, voire le tout jeune fœtus, qu'était-ce d'autre, hors du désir parental, qu'une hydre d'eau douce, un poisson ou un mammifère très primitif ? Tel était – et demeure pour une grande part – notre credo collectif, dans les sociétés occidentales du début du troisième millénaire, égalitairement partagé entre hommes et femmes « éclairés ». La question de savoir ce que devenaient ensuite, après l'interruption de grossesse, les « hydres d'eau douce », les « poissons » ou les « mammifères très primitifs », nous ne nous la posions pas vraiment. Quelle importance cela aurait-il pu avoir ?

Et pourtant voilà : cette belle sérénité volait en éclats sitôt que je racontai le projet du Pr Data à mes amis. Pas simplement parce qu'à l'évidence ce savant était assez dérangé et que, loin de travailler à libérer l'humanité, il s'acharnait au contraire à inventer de nouvelles formes de souffrance, inimaginablement inédites. Plus viscéralement, c'était le sort des avortons manipulés qui nous devenait soudain cher. Mais en vertu de quelle soudaine modification de leurs statut ou nature ? Fruits d'avortements « libres et émancipés », ils n'étaient que de simples objets. Objets d'expérimentation, ils devenaient illico sujets de sollicitude. Il fallait une certaine aptitude à manier la casuistique pour démêler rationnellement l'imbroglio.

Troublé, je renvoyais mes interrogations à mes amis et à ceux qui, m'entendant parler de Data, me demandaient instamment de me taire. Beaucoup jugeaient mes questions « typiquement réactionnaires » et certains n'hésitaient pas à me qualifier de pétainiste – rappelons que, sous le règne du chef de la France de Vichy, l'État faisait guillotiner les « faiseuses d'anges ». Je ne désirais, quant à moi, faire guillotiner personne et m'interrogeais sur l'étrangeté de la vie, décidément grandissante à mesure que l'on vieillit. Ainsi, parmi ces mêmes amis qui me traitaient, plus ou moins gentiment, de facho, parce que je m'interrogeais sur notre effroi face aux expériences pratiquées sur des avortons, plusieurs entretenaient les meilleurs rapports avec les bouddhistes, notamment tibétains, dont ils se disaient « philosophiquement proches » ; or, les bouddhistes tiennent sur l'avortement un discours très réservé.

Un point de vue bouddhiste

Voici quelques fragments d'une conversation, tenue en 2007, avec Lama Denys Rimpoché, fondateur de l'Institut Karma Ling, en Savoie, et supérieur du Sangha Rimay, une communauté bouddhiste intégrée à la culture française, devenue officiellement congrégation en 1994. Cet homme très actif dans le dialogue interreligieux est à l'initiative de nombreuses rencontres inter-traditions, dont celle où, aux côtés du Dalaï-Lama et de représentants de toutes les grandes religions, il invita des chamanes du monde entier – un événement qu'avec Alain Grosrey nous avons raconté dans *Le Cercle des Anciens*[1]. Cet esprit éclairé offre ce qu'il y a de plus ouvert et profond dans la vision bouddhiste du monde…

« *Que dit l'enseignement bouddhiste de l'avortement ?*

Lama Denys : D'abord, c'est une question très grave et très délicate. Le premier précepte de l'éthique bouddhiste est : "Ne pas prendre la vie." Or, dès la conception, il y a apparition d'une vie. Même exécuté dans les premiers jours, un avortement détruit une vie et il y a donc une infraction à la conduite juste. Il est toujours mauvais de détruire la vie. Même en termes de contraception, on encouragera toujours les méthodes qui agissent avant la fécondation, plutôt que celles qui empêchent l'ovule fécondé de nider.

Ensuite vient la question de savoir ce qui est détruit comme vie et c'est là le plus délicat. Il est absurde de dire qu'à partir du moment où, comme dit le Dharma, "les trois gamètes sont réunis", on se trouve en présence d'un être humain ou d'une conscience humaine. On est, certes, face à une potentialité de vie, humaine à terme, mais pas encore à un être humain. On envisagera donc

1. Albin Michel, 1998.

la question comme celle de l'*émergence d'un potentiel*. La conscience humaine, l'humanité de la forme de vie qui est en train d'émerger, se développe au fil de l'embryogenèse. C'est pourquoi, dans les premières étapes de celle-ci, tout en maintenant qu'il est négatif de prendre la vie et que toute forme d'avortement est à proscrire, du point de vue bouddhiste, cela ne relève pas de l'ordre de l'homicide.

Pourquoi parlez-vous de "trois gamètes" à propos de la fécondation ? Quel serait le troisième ?

Dans la vision bouddhiste, pour qu'un embryon humain puisse se former, il faut qu'au gamète rouge féminin (l'ovule) et au gamète blanc masculin (le spermatozoïde) vienne se joindre un troisième élément, le "gamète bleu" de la "conscience de renaissance". Dans les visions orientales populaires ou naïves, cela rejoint la notion d'âme, qui transmigrerait de vie en vie, se réincarnant et se désincarnant, comme une petite boule de lumière indestructible, qui changerait d'habitacle, mais perdurerait de corps en corps. Du point de vue des enseignements profonds du Dharma, c'est une vision inexacte, car nous considérons qu'il n'y a pas d'âme. Entendons-nous bien : il n'y a pas d'âme en tant qu'entité autonome, indestructible, permanente, une telle entité est ce que le Dharma nomme l'ego ou le soi. Pour le bouddhisme, l'"âme éternelle" est l'illusion de l'ego, dont l'ambition est toujours de perdurer. Or, l'ego n'est pas éternel, l'âme ne l'est pas non plus. Par contre, il y a la conscience et le Dharma considère une continuité de la conscience, de vie en vie. Ainsi, la “conscience de renaissance” représente une continuité d'information : au sens de données, et également au sens de ce qui “met en forme” aussi bien la conscience que ses expériences. Cette continuité d'informations, de tendances formatrices, est synonyme de *karma*. Il s'agit de comprendre que la vie est un processus cyclique de naissance et de mort, comme la graine donne un germe, qui pousse en arbre, qui fait un fruit, qui donne une graine, qui redonnera un autre arbre, etc. Il y a continuité, mais sans individualité réelle. L'impression d'ego est réelle comme impression, mais illusoire comme réalité. C'est une impression illusoire.

À qui s'adresse-t-on réellement quand, dans le Livre tibétain des morts, *on dit à celui qui vient de mourir à peu près ceci : “Ô fils, ou fille, très noble, tu n'as pas su trouver la libération, car tu n'étais pas prêt à reconnaître la splendeur lumineuse de la Suprême Vacuité et tu vas donc être attiré par les* ternes lumières, *c'est-à-dire notamment attiré par les couples qui font l'amour, et tu vas donc bientôt te retrouver dans la matrice d'une femme ; alors, reste calme et demande à tous les boddhisattvas, tous les saints, de te guider vers la meilleure matrice possible ?”*

Il y a plusieurs enseignements essentiels dans ce que vous évoquez. Le premier est d'accueillir la Lumière sans peur, d'être capable de s'abandonner complètement à la Lumière, de s'évanouir en sa clarté plutôt que de chercher refuge dans l'obscurité relative de pâles lueurs.

Ensuite, il y a la dynamique de la conception qui se développe, informée par les tendances karmiques. Le paradigme de base pour cette conception est cognitif, c'est l'enseignement bien connu des “douze facteurs interdépendants”, qui expliquent la renaissance de la conscience et de ses mondes dans la multiplicité de leurs états. Les enseignements traditionnels sont symboliques, c'est-à-dire polysémiques, chacun pouvant le comprendre selon sa maturité. La vision de la renaissance comme réincarnation est très réductrice, dans une direction animiste, comme s'il y avait une âme. Rationalisée par des Occidentaux, qui ont une éducation bouddhiste secondaire, elle conduit à de graves erreurs. Ce n'est pas que la vision soit totalement fausse, mais c'est comme quand, en mathématiques, on dit : “Tout se passe comme si.” Tout se passe comme si l'on s'adressait à la personne défunte, dont l'“âme” perdurerait. En réalité, pour les bouddhistes, ce qui transmigre, ce n'est pas un individu, mais un flux, un courant, une continuité d'informations qui modèle la conscience dans ses expériences de sujet et d'objets. Ce qui va vers une nouvelle matrice féminine, c'est cette “conscience de renaissance”, appelée *bardoa*, littéralement “la conscience du *bardo*” (ou de l'état intermédiaire).

De quelle façon comprendre cette continuité sans entité, sans individualité réelle ? Je pourrais vous répondre comme le fit un moine indien bouddhiste, Nagasena, à qui le roi helléniste du Gandhara, Milinda, ou Ménandre, demanda un jour : “Qu'est-ce qui continue d'une vie à l'autre ?” Nagasena lui répondit : “Grand roi, veuillez considérer ce qui se passe la nuit aux portes de votre palais. Les gardiens du premier quart montent la garde avec leurs flambeaux ; jusqu'à la relève des gardiens du second quart, qui allument leurs flambeaux à ceux des premiers avant de monter la garde à leur tour ; puis arrivent les gardiens du troisième quart qui, eux aussi, allument leurs flambeaux à ceux des gardiens du quart précédent ; et quand vient l'aube, ceux du quatrième quart allument de nouveau leurs flambeaux à ceux du troisième quart et veillent jusqu'au lever du jour. Eh bien, grand roi, à votre avis, le feu qui brûle dans les flambeaux des gardes du quatrième quart est-il le même ou est-il différent de celui qui brûlait dans les flambeaux des gardes du premier quart ?"

Le roi, formé à la logique, répondit : "Voyons, il me semble que ce n'est pas vraiment le même feu… mais ce n'est pas non plus un feu vraiment différent."

Et Nagasena de conclure : "Eh bien, grand roi, exactement de la même façon, la personne qui continue d'une vie à une autre vie n'est ni la même personne, ni vraiment une autre personne."

Revenons donc, s'il vous plaît, à votre approche de l'avortement. Vous disiez qu'au début de l'embryogenèse, ce ne serait pas un homicide ?

Je disais d'abord que l'avortement est un acte à éviter le plus possible, car c'est toujours prendre la vie. Mais il ne s'agit pas toujours de prendre une vie humaine. Il n'y a pas lieu d'en faire un interdit absolu en le considérant dans tous les cas comme un homicide. Tant que l'on a affaire à un embryon très peu développé, la vie en question, la conscience présente, n'est pas encore vraiment humaine. Avorter peut être légitime dans certaines circonstances et jusqu'à un certain point, à condition que ce soit une solution de moindre violence, pour le bien de tous ceux concernés, et non pas une question de confort égoïste. Il peut arriver, en effet, que la perspective d'une naissance constitue une violence plus importante que le fait d'interrompre le nouvel embryon de vie – notamment pour la mère ou pour le futur humain lui-même, s'il s'avère par exemple qu'il devrait naître très gravement handicapé. La question change quand il ne s'agit plus de l'embryon, mais du fœtus, c'est-à-dire au-delà d'une dizaine de semaines. Il est bien sûr hors de question d'autoriser ce qui serait un meurtre. Cela dit, à partir de quand considère-t-on que l'on est véritablement en présence d'une conscience humaine ? C'est extrêmement délicat, dans la mesure où il s'agit d'un processus d'évolution continue. Dans ces questions de bioéthique, il est important d'avoir des repères sains et que les décisions se prennent collégialement au sein d'une cellule à la fois familiale, médicale et éthique.

La limite de l'humain est une question des plus subtiles. Ainsi, si l'on pousse aux limites, la distinction entre l'intelligence humaine et l'intelligence d'un chimpanzé, ou d'un bonobo, ne se manifeste clairement qu'au bout de quelques années, avec des performances qui, les premiers temps, sont identiques dans les deux espèces. Alors quel délai ? Il est impossible de donner une durée précise. D'une façon générale, je trouve que notre législation française actuelle en la matière est assez satisfaisante.

Si l'on poursuivait dans la logique du Livre tibétain des morts, *ne faudrait-il pas célébrer un rituel d'avortement, où l'on dirait en gros : "Ô fils ou fille très noble, désolé, mais tu n'as pas atterri dans la bonne matrice, il va hélas te falloir rebrousser chemin. Nous prions pour que tu fasses un bon voyage !"*

Ce que l'on nomme le *Livre tibétain des morts*, qui fait partie de la tradition dont je suis un détenteur, est, comme nous le disions, symbolique et polysémique. Là, vous forcez le trait dans une direction anthropomorphique et animiste. Mais cela peut s'avérer une bonne chose dans certaines circonstances ! Vous pensez bien qu'en tant que responsable spirituel d'une communauté, je suis régulièrement confronté à des questions de cet ordre. Il est alors conseillé à la femme et à toutes les personnes concernées de nourrir, à l'égard de cette vie et de ce potentiel d'humanité, une attitude de compassion, de non-violence. S'il est impossible à une femme de garder cette vie qui a pris germe en elle, quelles qu'en soient les raisons, eh bien, qu'elle s'en sépare avec douceur, bonté et, comme vous le dites, en formulant des prières et des souhaits, pour la continuation et l'évolution positive et heureuse de ce flux de vie – et de la vie en général ! Cette attitude est très importante et elle peut être ritualisée dans des expressions qui permettent de la vivre pleinement, profondément.

Une vulgate courante de nos jours voudrait que l'incarnation de la conscience qui nous traverse soit le résultat d'un choix. Nous aurions choisi notre nais-

sance... Mais un sage africain, le musicien Ray Lema, m'a dit un jour en riant : "La plupart du temps, la conscience choisit sa matrice de réincarnation comme un ivrogne choisit son bar !"

C'est une bonne image pour exprimer une pulsion sans liberté. La vision traditionnelle du karma enseigne la façon dont la vie renaît : ce n'est pas du tout le fait d'un choix délibéré. Cela se passe sans liberté, guidé par les informations, les tendances formatrices qui se trouvent dans la *conscience de renaissance.* Ces informations induisent un nouvel état de conscience dans une matrice, dans tel ou tel monde. C'est pourquoi il est dit que l'on renaît "sous le pouvoir du karma" et pas du tout sous celui de son bon vouloir, comme on choisirait dans un catalogue ! Ici, le point important, qui est la base d'une éthique fondée sur la responsabilité personnelle, est de comprendre que l'on récolte ce que l'on sème, que l'on ne récolte rien qui n'ait été semé et que tout ce qui a été semé se récolte forcément. Il y a une rétribution, un rapport de cause à effet inéluctable. La question délicate restant ce qu'est le "on", pronom indéfini, que nous comprenons comme nous l'a présenté Nagasena dans l'exemple que nous discutions précédemment. Ainsi, du point de vue éthique, il y a responsabilité individuelle : nous sommes responsables, ce qui est aujourd'hui est déterminé par ce qui fut fait hier, et ce que nous faisons aujourd'hui va déterminer ce qui sera demain. Dans l'instant présent, nous sommes conditionnés de façon relative, ce qui veut dire aussi que nous bénéficions d'une relative liberté. Nos parts respectives de liberté et de conditionnement sont plus ou moins grandes, mais notre responsabilité est toujours fondée dans cette “liberté relative”, dont nous jouissons à l'instant présent. Ainsi, avons-nous tous la capacité de transformer la trajectoire de notre vie, pour le meilleur ou le pire. C'est ce qu'on nomme l'*intelligence du karma.* »

« La vie n'est pas sacrée en soi ! »

Interrogés sur le même sujet, au cours de cette enquête, la plupart de mes interlocuteurs éclairés parviennent en fin de compte à peu près à un résultat équivalent, même s'ils passent éventuellement par des chemins très différents. Ainsi Catherine Dolto, que nous avons rencontrée dans la seconde partie de ce livre, où elle nous a longuement présenté la méthode haptonomique (p. 172), nous a-t-elle, lors du même entretien, tenu sur l'avortement quelques propos très clairs, mais soulignant toute l'ambiguïté de la situation…

« *Vous dites souvent, comme le faisait Françoise Dolto que, dès la conception, il y a un sujet humain, à qui la mère et le père peuvent s'adresser, par la pensée, la parole, le geste. Comment parvenez-vous à concilier cette conviction avec le principe même de l'avortement ?*

Catherine Dolto : Il n'y a, en effet, pas d'autre solution que de voir dans l'embryon, dès le départ, un être qui est sujet de son histoire. Mais de là à dire : “Toute vie est sacrée et donc la vie d'un embryon constitué de quelques cellules vaut celle de sa mère ou d'un enfant déjà né", il y a un pas que je ne franchis pas. Je pense que seule la femme elle-même peut savoir si elle se sent capable d'accueillir un enfant en elle. Aucune loi extérieure ne peut le lui imposer. Il faut donc assumer que toute femme peut décider de ne pas laisser vivre un enfant *in utero*.

Cela fait partie des questions "politiquement difficiles", non ?

C'est difficile uniquement si l'on refuse de voir que l'humain est un être de contradictions et qu'il doit s'assumer comme tel. D'un côté, je peux m'adresser à l'enfant que je porte en moi, alors qu'il vient d'être conçu ; de l'autre, je dois admettre qu'un "enfant né" et un "enfant pas encore né", ce n'est pas la même chose ! Il ne faut pas tomber dans l'*affectolâtrie*. Dans ma pratique, je reçois de très beaux témoignages de dialogues que des femmes ont avec l'enfant de trois, quatre, cinq semaines qu'elles portent en elle. Et en même temps, je pense qu'on a le droit de faire une IVG[1] et j'assume cette contradiction.

Pour moi, nous n'avons pas à sacraliser "la vie" en soi. Une femme a le droit de s'adresser à l'embryon qui a commencé à grandir en elle et de lui dire, en toute conscience : "Je ne peux pas t'accueillir. Je ne peux pas prendre la responsabilité de t'obliger à démarrer ton

1. Interruption volontaire de grossesse.

existence en catastrophe, en te soumettant à un contexte matériel ou psychologique insupportable, ou en t'abandonnant, etc. Donc, le plus grand geste d'amour que je puisse faire pour toi comme pour moi, c'est d'interrompre cette vie maintenant. Ce n'est vraiment pas facile pour moi, mais je le fais, paradoxalement, par amour de la vie, par amour pour toi, et parce que cet amour est plus fort que l'idée qu'il faudrait que tu vives à n'importe quel prix." Je pense que le fait d'assumer un avortement de cette façon-là peut s'inscrire dans une approche constructive de la vie. Cela se rapproche d'une démarche qui, elle, s'impose assez spontanément, quand on a affaire à une interruption de grossesse d'ordre purement médical. Les parents veulent alors parfois "rencontrer" l'enfant qui ne naîtra jamais vivant. Et il y a des moments de joie dans ces rencontres. Ils savent qu'il va mourir et ils lui tiennent en quelque sorte la main jusqu'au bout, comme à un enfant très malade. Cet accompagnement est très important pour l'avenir des parents et de la fratrie née ou à naître.

Ce que je trouve criminel par contre, ce sont les avortements où l'on agit comme si on éliminait du bifteck, du rien du tout. Je pense que c'est dommageable pour une femme de le vivre ainsi.

Tout ne dépend-il pas pour une large part de l'âge de l'"enfant pas encore né" ?

Les avortements tardifs, c'est évidemment tout autre chose ! Nous parlions là des stades embryonnaires. Le fœtus, c'est une autre histoire. Pour moi, dix semaines après la conception, on atteint une limite – c'est même déjà tard. Au-delà de douze semaines[1], l'avortement non médical devient pour moi impensable. Cela dit, même en deçà de cette limite, il faut rappeler combien est fausse l'ancienne rumeur médicale prétendant que l'enfant *in utero* ne sentirait pas la douleur – et même le nouveau-né ! On dit officiellement que l'enfant *in utero* ne ressent pas la douleur avant vingt-cinq semaines. Pourtant, ils réagissent et cherchent le contact bien avant. Dans le doute, il faudrait donc, pour les avortements tardifs, réfléchir à un endormissement préalable du fœtus. Qu'on lui fasse une injection de morphine, pour qu'il parte dans un endormissement très doux. Il paraît que c'est réactionnaire de dire des choses pareilles, cela m'est égal. Dans un livre à venir, je dis combien je trouve idiot le systématisme des positions extrémistes, aussi bien celle du "droit absolu des femmes contre celui des enfants *in utero*", que celle du "droit absolu des fœtus contre celui des femmes". »

De la différence entre vouloir et désirer

Bien d'autres thérapeutes, dont on ne peut douter ni de l'éthique ni de la capacité de discernement, tiennent des discours proches, ou complémentaires, de celui de

1. Depuis juillet 2001, le délai maximum légal pour pratiquer un avortement en France est passé de dix à douze semaines. C'est l'un des délais les plus courts du monde, donc l'un des plus respectueux du fœtus. À l'autre extrême, dans des pays comme la Chine ou le Japon, l'avortement peut se pratiquer jusqu'à la fin de la grossesse.

Catherine Dolto. Marie de Hennezel, par exemple, dont on ignore généralement qu'avant d'être l'une des grandes dames de l'accompagnement de la fin de vie, elle travailla dans une association qui s'occupait de la naissance. Créée au moment du vote de la loi Veil sur l'avortement, cette association regroupait des psychologues dont la mission était d'écouter des femmes en détresse, souhaitant subir une interruption de grossesse. Pendant sept ans, Marie écouta ainsi des centaines de femmes. « Peu à peu, dit-elle, j'ai appris la différence qui existe entre "vouloir" et "désirer". Chez beaucoup de ces femmes, un conflit évident opposait la volonté et le désir. Certaines, par exemple, souffrant de stérilité, avaient absolument *voulu* un enfant qu'en fait elles ne *désiraient* pas. En soins palliatifs, c'est-à-dire à l'autre bout de la vie, j'ai retrouvé la même problématique contradictoire. Certains vous disent : "Je veux mourir", mais continuent de vivre, habités par une énergie vitale impressionnante. Alors que d'autres, qui disent : "Je ne veux pas mourir", se laissent partir en quelques jours[1]. »

Dans l'avortement, l'enfant, le désir parental, la psyché de la femme, la naissance et la mort se trouvent associés de façon si inextricable qu'il est très difficile d'opter pour une position tranchée. Tout l'être maternel se trouve engagé dans une sorte d'impasse d'où ne semble pouvoir l'arracher aucune pensée objective. Si

1. Didier Dumas, déjà, nous avait parlé (p. 406) de ces femmes qui, après le marathon de la procréation médicalement assistée, ayant réussi à se retrouver enceintes – enfin ! –, entreprennent une démarche pour se faire avorter, à la stupéfaction de leur entourage.

bien que certaines femmes, à mon avis en avance sur leur temps, se sont senties poussées à concevoir une spiritualité de l'avortement et à réfléchir à la nécessité d'élaborer des rituels pour marquer la prise de conscience et le deuil de celle qui avorte. J'ai été particulièrement frappé et ému par une approche québécoise, bien exprimée dans le livre *L'Enfant, l'amour, la mort. L'avortement, un geste sacré,* de Ginette Paris, psychologue, thérapeute, écrivain et enseignante à l'université de Montréal[1]. C'est de ce livre qu'est tiré le sublime témoignage qui suit. Ce témoignage provoqua un frisson d'intolérance chez certains « modernistes » français, qui m'insultèrent publiquement quand je l'ai publié, en 1990, dans les pages du magazine *Actuel*[2]. Je suis toujours très ému de lire ce texte aujourd'hui, et heureux de pouvoir le partager avec vous.

La plus belle des lettres d'adieu

> « Quand je me suis réveillée ce matin-là avec le bout des seins qui me piquait et comme une subtile pesanteur dans le bas du ventre, je savais déjà que j'étais enceinte. C'était la première fois que ça m'arrivait involontairement. Je n'ai pensé qu'à ça nuit et jour pendant deux semaines : je voulais tout peser, tout imaginer, toutes les solutions et sous tous les angles en soupesant les énergies, le support, les finances disponibles et même seulement possibles. J'arrivais toujours à la même conclusion : seule avec deux enfants, sans aide aucune de leur père, je n'aurais pu accepter un troi-

1. Nuit Blanche Éditeur, Québec, 1990.
2. N° 131, mai 1990.

sième enfant dans les mêmes conditions qu'au prix d'un héroïsme coûteux et douteux. Je donnerais la vie au prix d'y engloutir le peu d'énergie qui n'était pas déjà mangé par mon gagne-pain. Je donnerais la vie au détriment de mes deux petits qui avaient encore bien besoin de moi. Et en dernier lieu, mais quand même, en brisant un élan créateur dans ce travail que j'adorais, qui me nourrissait, qui était, et est encore maintenant, ma contribution au monde.

Finalement, la décision était claire, le rendez-vous pris, mais je ne m'en consolais pas. Plusieurs fois par jour, au moment le plus inattendu, des larmes montaient toutes seules, que j'avais de plus en plus de peine à cacher ou à justifier pour mes enfants trop petits pour comprendre. J'avais le cœur déchiré.

Paradoxalement, pendant cette période de réflexion, de projections, de calculs, de décisions, mon cœur s'occupait à faire ce qu'il avait fait pour mes deux autres petits : aimer ce bébé accroché quelque part dans mon ventre. J'avais de longues conversations muettes avec lui : pourquoi était-il venu ? Pourquoi cet absurde échec de contraception ? Et pourquoi surtout ces vagues d'amour pour lui alors que je m'apprêtais à lui refuser le gîte et par le fait même la vie ? Des vagues d'amour tellement physiques que je n'avais aucun contrôle sur elles : elles me submergeaient quotidiennement, comme des montées de lait à la fois douloureuses et sensuelles. Je ne pouvais que m'y glisser, fébrile et amoureuse, ronde sans rondeurs encore, un peu ivre comme au début d'un amour. Mais pourquoi le quitter alors ? Pourquoi refuser cela ? L'absurde déchirure de l'avortement m'était intolérable. C'est dans ma plus profonde unité intérieure que je devais aller chercher la réponse.

Pendant l'une de ces inexplicables conversations amoureuses, j'ai eu le sentiment que je portais en moi quelqu'un qui, une autre fois, était mort dans l'oubli le plus total, anonyme, loin des siens. Et c'est ce que je pouvais lui donner. Je ne sais pas d'où m'est venue cette idée et ça m'importe peu : elle donnait un sens à ce que je vivais et me permettait de m'abandonner tout entière à ma décision comme à mon amour.

Ce que j'ai fait… jusqu'à la veille du rendez-vous. La séparation approchait et me déchirait le cœur. Je pleurais tellement ce soir-là, j'avais l'impression d'une digue lâchée, d'un réservoir sans fond. Je me demandais : “Qu'est-ce que je pleure ? la mort d'un enfant ? la cruauté de mon geste ? cet enfant que je ne connaîtrai pas ?” Une image s'est imposée soudainement au travers des larmes : c'est que j'avais peur d'être une mauvaise mère pour ce bébé-là. Mais les mauvaises mères, si elles existent, ne s'inquiètent pas de blesser leurs petits. Non, je n'étais pas une mauvaise mère. Au contraire, je donnais à ce bébé le plus beau de moi-même, comme je l'avais fait pour les deux autres d'ailleurs. C'est venu tellement fort, comme une certitude, qu'une grande paix m'a envahie et je me suis endormie, avec encore quelquefois des sanglots qui me restaient d'avoir tant pleuré. Je me suis réveillée ainsi, calme, triste et sereine, et je suis allée rencontrer Michelle qui m'accompagnait pour l'avortement. Je me sentais débordante d'amour. Mon tour venu, je me suis étendue sur la table, les pieds sagement dans les étriers, prête à laisser partir mon petit amour. Mais dès que le médecin a touché au col de mon utérus avec la première tige de métal, je me suis mise à avoir une nausée terrible, des sueurs aigres, et tout a basculé vers l'arrière, toute la pièce est devenue noire sauf un petit cercle vacillant où je cherchais les yeux de Michelle pendant que sa voix m'appelait de si loin, à travers un sifflement strident. J'étais en train de faire un choc vagal, une violente réaction du corps à ce qu'il juge être un danger mortel.

Je me suis longuement demandé pourquoi j'avais fait ça alors que j'étais tellement en paix avec ma décision. Je me suis rendu compte que si ma tête et mon cœur acceptaient l'avortement, mon utérus, lui, le considérait encore comme un danger mortel et il protestait de toutes ses forces pour essayer de protéger son petit pensionnaire. Je me suis sentie très fière de mon utérus d'avoir fait un si bon travail. Quand tout ça s'est calmé, l'intervention a repris doucement : une tige puis une autre. Respire, respire, respire. Dis oui, dis oui. Et quand la machine s'est mise à faire son horrible et absurde bruit, je lui ai parlé : “Adieu mon bébé, je t'aime, bon voyage ! Adieu mon beau petit amour !” Et je l'aimais. Et je pleurais. Le médecin et les autres ont aussi pleuré, ce qui est rare, paraît-il. Puis la machine s'est tue. C'était fini. Encore un peu de bruit de la petite cuiller qui va vérifier s'il ne reste rien. Mon bébé est vraiment parti. Le lendemain, la vie reprenait son cours. Mais curieusement, à plusieurs reprises, des amis rencontrés me demandaient : “Qu'est-ce que tu as ? Tu es tellement radieuse, tu resplendis.” J'avais que je venais de me faire avorter, de vivre un grand amour impossible, et une grande réconciliation avec moi-même. Mais c'était mon secret et mon cadeau. Je pleure encore sept ans plus tard en écrivant cela. Comme je pleure chaque fois que j'ai l'espace nécessaire pour penser à lui. Jamais de regret, de remords ou de culpabilité. Juste de vraies larmes de peine. Mon amour est encore vivant, mais il est loin de moi. Et je suis sa mère. »

Moi aussi, je pleure chaque fois que je lis ce texte. Il arrive qu'il n'y ait rien d'autre à faire que de pleurer, devant ce qui nous traverse et nous dépasse trop.

5

Enfanter et créer

La femme est un tunnel d'amour

L'humain est un bolide cosmique. Comme tout corps physique existant dans l'univers et utilisant plus que de l'hydrogène et de l'hélium, il est fait de poussières d'étoiles. Organisées autour d'une double molécule spiralée d'ADN, ces poussières prennent la forme incroyable d'un être vivant. De tous les prodiges du vivant, l'humain est le plus fantastique[1]. En lui s'effectue l'émergence d'une nouvelle sorte d'état, en autocréation de plus en plus rapide et de plus en plus consciente.

À l'état de germe, ce bolide est accueilli dans un réceptacle tout aussi prodigieux que lui. La matrice de sa mère. C'est là qu'il connaît d'abord une folle crois-

1. Il me semble que le vivant se distingue du non-vivant, quoi qu'en disent, dans une approche spinozienne et moniste du réel, nos amis biologistes Albert Jacquard et Henri Atlan (par exemple dans *Le monde s'est-il créé tout seul ?, op. cit.*). Par rapport à l'inerte, le vivant ne représente-t-il pas un bond différenciateur énorme, d'une octave plus élevée dans la gamme de la conscience, de la volonté, de l'autodétermination ?

sance. Rappelons les estimations hallucinantes des biologistes. Selon eux, parti d'une cellule, l'embryon atteindrait une taille comparable à celle de la planète Terre si cette croissance se prolongeait au même rythme pendant les neuf mois de la gestation. L'indispensable ralentissement, au bout d'une petite dizaine de semaines, quand il passe du stade d'embryon à celui de fœtus, est à la fois provoqué et accompagné par l'ouverture progressive de ce que nous appelons « fenêtres sensorielles », par quoi le bolide va entrer en contact avec le « réel ». Cette *réalisation*, qui va permettre au nouvel être de pénétrer dans notre monde, s'effectue au gré d'un processus complexe, où nous commençons tout juste à comprendre, notamment grâce à des chercheurs comme Boris Cyrulnik, que l'inné et l'acquis sont en boucle interactive dès la fécondation[1].

Boris Cyrulnik nous apprend que les notions mêmes d'inné et d'acquis sont des vues de l'esprit : elles sont tellement mélangées qu'en fait elles n'existent pas séparément. L'enfantement d'un nouvel être se fait dans un couplage indémêlable de ses gènes et de son environnement. « Un jour, aime à dire le fameux neuropsychiatre avec un sourire en coin, un spermatozoïde de votre père est entré dans un ovule de votre mère et ça ne pouvait donner qu'un être humain – ni un lapin, ni un vélomoteur –, mais certainement pas vous ! » Pas vous ? Non, parce que « vous » est une combinaison singulière, qui dépend de son histoire (rigoureusement unique dans l'univers) au moins autant que de son tremplin biochimique. Autrement dit, dès la première seconde, le milieu

1. *De chair et d'âme*, *op. cit.*

où se déplace le bolide est aussi important que la combinaison génétique qui a amorcé son irruption dans le « réel ». Dans l'ébauche de l'être à venir, la matrice de la mère, son giron, son ventre, au centre d'elle-même, joue un rôle aussi important que le « programme » de l'œuf fécondé qu'elle accueille. Cet accueil, que le mâle ne connaîtra jamais, et qui est évidemment à la source d'une initiation et d'une puissance féminines prodigieuses…

C'est Élisabeth D. Inandiak qui m'apprendra que, pour de nombreux musulmans, notamment en Indonésie, où elle vit, la fameuse *Fatiha*, la sourate d'ouverture du Coran, est parfois appelée *Umm al-Kitâb* (« Mère du Livre ») et que son premier verset – *Bi ismi Allâhi Ar-Rahmâni Ar-Rahîmi* –, habituellement traduit par « Au nom d'Allah, le Tout Miséricordieux, le Très Miséricordieux », renvoie à une notion autant féminine que masculine : au point que, dans la langue arabe, *Rahîm* (la miséricorde) désigne aussi la matrice, l'utérus !

Le ventre de la femme est le plus fantastique laboratoire alchimique que nous connaissions dans l'univers. Et si c'était lui, le véritable « athanor », que recherchent les quêteurs de Graal depuis la nuit des temps ? Un tunnel d'amour par où il est obligatoire de passer pour entrer dans notre monde.

Un laboratoire secret, où se trame l'évolution…

La caverne de nos métamorphoses !

J'en ai déjà parlé en introduction, repensez-y trente secondes : si nos ancêtres animaux sont progressivement devenus humains, passant du stade de préhominien au stade d'australopithèque, puis de celui d'*Homo habilis* à celui d'*Homo erectus*, etc., où pensez-vous que se sont concrètement effectuées ces mutations successives ? Quels qu'en aient été les mécanismes moteurs (hasard, ou nécessité, ou logique interne, etc.), le lieu, lui, est évident : c'est le ventre féminin. Tout comme il est évident que ce ventre continuera d'abriter les mutations à venir ; même si, dans la boucle « inné/acquis », ou « nature/culture », ou encore « inconscient/conscient », la part du second terme continuera certainement d'aller croissant, avec des bébés de plus en plus prématurés, potentiellement de plus en plus aptes à intégrer l'esprit de la culture dans leur chair – en asymptote avec quelle limite ?

Une véritable espèce *Homo sapiens sapiens* remplacera-t-elle un jour l'*Homo sapiens demens* actuellement au pouvoir dans notre biosphère ? L'utérus artificiel dont nous parle le Pr Henri Atlan, à supposer qu'il puisse jamais fonctionner un jour, apportera-t-il une perspective dans ce sens, accélérant en quelque sorte le processus évolutif de manière endogène ? Je ne parviens pas à y croire une seule seconde. Mais après tout, ce n'est que ma croyance. Aucun humain n'a de prise (pour l'instant) sur notre évolution collective, et celle-ci se nourrit de toutes les circonstances, aussi bien de nos inventions qu'éventuellement de nos maladies. Le Pr Jean-Pierre Relier nous a énoncé les nombreuses causes pathologiques de naissance prématurée dans la société actuelle (immigration vécue dans la panique, vie précaire, stress général, hoquets d'une procréation médicalement assistée débutante). Mais qui sait si ces problèmes ne contribuent pas eux-mêmes, dans les profondeurs de notre inconscient collectif, à engendrer une humanité dont nous n'avons aucune idée ? Vers quels prochains horizons nous entraînera cette évolution ? Qui pourrait prétendre le savoir ? Et qui aurait la faiblesse de s'en croire propriétaire ? Le processus ne fait que passer par nous, c'est-à-dire par le rêve des couples (dans l'ordre du désir), et par le ventre des femmes (dans l'ordre de la réalisation).

Sans doute connaissez-vous le fameux poème de Khalil Gibran :

Vos enfants ne sont pas vos enfants
Ils sont les fils et les filles de l'appel de la Vie à elle-même
Ils viennent à travers vous, mais non de vous,
Et bien qu'ils soient avec vous, ils ne vous appartiennent pas[1].

Créer, c'est accepter d'être traversé(e)

La vision de Gibran nous concerne sans doute autant collectivement qu'individuellement. Elle m'est soudain revenue à l'esprit, alors que je m'entretenais avec l'actrice Juliette Binoche, à l'époque où celle-ci était enceinte de son second enfant, sa fille Hannah. Partie sur autre chose, notre conversation avait rebondi sur un simple petit mot : créer.

« *À quoi vous fait penser le verbe* créer *?*

Juliette Binoche : Je baigne dedans, je suis enceinte ! Je crée, ou plutôt *un enfant* se *crée à travers moi.* Plus

1. *Le Prophète*, Casterman, 1995, Le Livre de Poche, 1993.

que jamais, j'ai l'impression d'être un vase ! Le réceptacle où les choses se font. La grossesse vous fait vraiment comprendre que la création se fait à travers vous. Tout comme notre propre corps, notre visage, se crée à travers nous, à travers nos actes, à travers le temps. Nous nous créons au fur et à mesure de notre vie, de nos expériences, de nos passages intérieurs et extérieurs, des kilomètres parcourus, des salades avalées… et aussi des crèmes qu'on s'est mises sur la figure. Mais je crois que les pensées et les sentiments qui sont passés à travers nous nous forment davantage que les brûlures du soleil ou le manque de sommeil. Quelqu'un qui vit avec une pensée heureuse, un sentiment de joie partagée, transforme ses rides, son regard. Nous avons donc la grande responsabilité de laisser nos gestes et sentiments nous créer nous-même. Tout comme nous pouvons laisser un autre se créer à travers nous, en devenant mère.

C'est étrange de sentir que, finalement, la création d'un être est très simple. Il suffit juste d'être là, apparemment sans rien faire, sinon de vivre avec l'enfant, de se nourrir, de dormir, d'écarter les dangers. On a une grande responsabilité et en même temps, on n'en a aucune ! C'est la magie de la vie. On ne sait pas pourquoi, mais ça a lieu. C'est en quoi toute création est incroyable et nous laisse dans l'étonnement et le questionnement. Comment se peut-il que je sache créer un enfant ?

Les mêmes mots pourraient-ils s'employer pour la création artistique ?

Oui, bien sûr, la création est comme un besoin de se dépasser, d'aller vers un ailleurs, un meilleur, un dedans que l'on extériorise ! Je crois qu'il y a toujours l'idée d'un *passage à travers soi*. Et en même temps, la création est poussée par le désir, c'est-à-dire, généralement, par le manque. Les plus créatifs sont souvent ceux qui ont le plus manqué, pendant leur enfance surtout, évidemment, et qui ressentent une frustration dans leur vie parce qu'ils n'ont pas encore trouvé l'endroit où ils voudraient aller, ne se sont pas encore accomplis, sont toujours dans la recherche d'un au-delà d'eux-mêmes.

Mais il n'y a pas de création s'il n'y a pas un rêve avant. Dans ses *Rencontres avec Bram Van Velde*[1], Charles Juliet demande à l'artiste comment lui viennent ses tableaux. Il répond : “Après un silence, dans le silence.” C'est de ne rien faire qui lui permet de créer. Je crois me souvenir qu'il lui est arrivé de passer des mois sans rien faire d'autre que de marcher, à retenir, à retenir, à retenir, jusqu'au moment où enfin quelque chose d'essentiel, puisé au fond de lui, venait à la surface, qu'il se mettait à peindre.

Le silence et la retenue, cette espèce d'énergie que l'on prépare, sont en amont de toute création. Moyennant quoi, je crois que n'importe qui, à n'importe quel niveau, dans n'importe quel métier, peut être créateur. Si nous savions plus souvent prendre ce temps de retrait et de silence, de soi à soi, les choses seraient beaucoup plus belles, les paroles, les gestes – et la communication se ferait mieux.

Une image qui me vient en vous parlant est celle du

1. POL, 1998.

saut à la perche. Pour passer cette barre inimaginablement haute, ce bond fascinant vers le ciel, il faut à l'athlète un temps très long de concentration sur lui-même – sans parler des années d'entraînement pour en arriver là. Et quand brusquement il est dedans, il y est vraiment. Ce n'est plus le moment de réfléchir, mais d'agir. On retrouve ça dans toute création, y compris au cinéma. Le moment de la préparation est essentiel. On peut se parler, s'agiter, se poser toutes les questions qu'on veut… mais avant la création elle-même, il y a toujours, me semble-t-il, besoin d'un moment de silence, qui n'est malheureusement pas toujours respecté par les réalisateurs sur les tournages. Ensuite, dans l'action, il est trop tard et on ne sait jamais si ça va “prendre” ou pas. Le moment où la création se met en œuvre est toujours étonnant, comme hors du temps. On est totalement surpris par ce qui se passe. C'est là que l'on s'aperçoit de ce que je disais tout à l'heure : on ne crée pas, la création passe à travers nous.

D'où la nécessité de ne pas être trop plein de soi-même, pour que le canal soit libre ?

Vous connaissez l'histoire du chercheur spirituel boulimique qui court de stage en stage, s'empiffrant d'enseignements de toutes sortes, et qui débarque un jour, enthousiaste et toujours curieux, chez un maître du thé qu'il bombarde de questions. Le maître ne dit rien. Mais au moment de servir son thé au disciple, il remplit sa tasse, en le regardant dans les yeux, la remplit, la remplit, la remplit jusqu'à ce qu'elle déborde sur la table, puis sur les genoux du bavard, dans ses chaussures… et ça ne s'arrête pas, jusqu'à ce que l'élève furieux demande au maître pourquoi il agit ainsi. Le maître répond alors : “Si votre tasse avait été vide, j'aurais pu la remplir.” Le visiteur bavard était comme ces gens qui enfilent les histoires d'amour les unes après les autres, sans laisser de véritable place à l'autre. Une relation amoureuse a besoin de silence en soi. Une vie d'amour aussi. Je suis heureuse que le fait d'attendre un enfant me fasse prendre une année sabbatique…

Une année où l'action passe au second plan ?

Il s'agit plutôt d'une autre action. Quand j'attendais mon premier enfant, Raphaël, j'ai beaucoup peint. Et là, de nouveau, j'ai très envie de peindre. Mais je crois que le rythme de la création change au fil de notre évolution personnelle. Quelqu'un de vingt ans a un tel besoin de s'exprimer, de sortir de l'enfance, il fonce dedans ! Alors qu'après trente-cinq ans, il y a un changement. En réalité, la créativité que l'on a, adulte, est la prolongation des jeux de l'enfance où, déjà, il s'agit d'inventer d'autres mondes. Enfant, le jeu m'a sauvée de la tristesse. Jouer, pour moi, était une manière de transformer la réalité – pour la supporter. Aujourd'hui, si je m'interroge sur ma vie professionnelle, c'est qu'on ne peut continuer à être créatif dans la routine, ce serait la mort ! Créer, c'est transformer ce que j'ai reçu, pour le redonner. Offrir au monde quelque chose qui m'apporte à moi-même, à ma vie et à celle des autres. Ça ne doit pas juste être un bon filon pour passer agréablement son temps. Je crois que le besoin de création est un appel. Il faut savoir écouter et entendre cette voix-là. »

La voix des « femmes sans »

Et quand une femme n'entend pas cette voix ? Ou quand elle l'entend, mais que celle-ci lui dit de *ne pas* faire d'enfant ?

Madeleine Chapsal a écrit un livre assez abrupt sur ce thème, *La Femme sans*[1], où elle raconte son histoire et celle d'autres femmes qui n'ont pas enfanté… et souffrent : surtout du regard des autres, demeuré incroyablement persécuteur, même dans notre monde *libéré*. « Or, se défend la romancière, la femme *sans* est indispensable à une société. Elle a un rôle, une fonction : elle gère, éduque, informe, elle est la confidente des couples et surtout des enfants. Et puis elle crée : nos plus grandes artistes étaient et sont souvent des femmes *sans*. Continuer à la persécuter ou à la rejeter comme aux temps anciens relève de l'antiféminisme primaire et va contre le bonheur de tous. »

J'ai eu envie, pour terminer cette très longue enquête sur l'enfantement, de rencontrer une *femme sans* sereine. Une femme connaissant, parmi ses qualités, le sentiment maternel, et se sentant heureuse, bien que n'ayant jamais enfanté. Une femme étonnamment rayonnante, Perla Servan-Schreiber, connue notamment pour avoir

1. Fayard, 2001.

conçu le nouveau magazine *Psychologies*, avec Jean-Louis, son mari[1].

« *Quel regard pose sur l'enfantement une femme qui n'a pas eu d'enfant ?*

Perla Servan-Schreiber : Ne pas avoir d'enfant fut un choix, essentiel et central dans ma vie. Peut-être parce que je suis orientale, j'ai envie de parler d'une “heureuse fatalité”. J'ai toujours fait les choses avec une espèce d'évidence et de légèreté. C'est une grâce, une très grande chance, que la vie m'a offerte. Je savais que je pouvais avoir un enfant, puisque j'ai été enceinte une fois et que je me suis fait avorter sans hésiter un quart de seconde, en remerciant la science médicale, parce que je n'étais absolument pas prête et ne ressentais nulle envie de faire un enfant, surtout avec l'homme concerné. Vouloir un enfant, en soi, n'est pas un désir suffisant pour vous faire passer à l'acte, il faut le vouloir avec un certain homme. C'est une histoire qui se joue à deux. Je suis étonnée que l'on demande généralement à une femme si elle a eu “envie d'avoir des enfants”, et non si elle a “rencontré un homme qui lui en a donné envie”. Comme si nous étions la Vierge Marie et que l'enfantement n'était qu'une question d'entente entre soi et soi. Non, c'est une histoire de rencontre avec un homme.

Cela dit, pour moi, ce fut d'abord bien autre chose : je ne voulais surtout pas connaître le sort de ma mère !

---

1. Perla Servan-Schreiber est aussi l'auteur de plusieurs livres, dont *La Féminité*, Stock, 1994.

La lecture de Simone de Beauvoir fut pour moi une révélation : une femme est d'abord un être humain, jouissant d'une créativité et d'une liberté, comme un homme – et enfanter n'est vraiment pas une obligation. J'avais dix-sept ans. J'en ai cinquante-neuf au moment où je vous parle et *Le Deuxième Sexe*[1] reste le livre de ma vie – même si, relu aujourd'hui, j'y trouve aussi des âneries. À l'époque, il m'a aidée à sauver ma peau, comme si quelqu'un avait mis en mots ce que je ressentais dans ma chair, légitimant le fait que je n'avais pas envie d'être enceinte, de mettre un enfant au monde, d'être mère.

La mienne n'avait été *qu'une* mère. Elle avait fait tout son possible pour ses six enfants, mais, avec la meilleure volonté du monde, elle ne nous avait montré qu'un visage en larmes, quasiment en permanence, ne vivant rien d'autre de sa vie de femme. Le sacrifice permanent dont elle nous donnait le spectacle m'a marquée au plus profond. Du coup, pour moi, la définition d'une femme ne comprenait tout simplement pas la fonction de mère ! L'enfant, pour ma mère, représentait l'obstacle rédhibitoire qui l'empêchait de s'en aller. Il lui arrivait de nous dire : “Si vous n'étiez pas là, mes enfants, je serais partie !” J'en concluais qu'un enfant est ce qui bloque une femme et l'empêche de vivre. Il aurait fallu être folle, dans ce contexte, pour désirer faire comme elle. En fait, c'est un peu comme si elle m'avait empêchée de choisir. Les psychanalystes disent que pour une femme, mettre au monde son premier enfant, c'est symboliquement prendre la place de sa

1. Coll. « Folio essais », Gallimard, 1986.

propre mère. Je ne voulais certainement pas prendre la place de la mienne et cela a déterminé mon démarrage dans l'existence. Mais à aucun moment, par la suite, je n'ai regretté mon attitude, ni ressenti de nostalgie.

Il m'était indispensable de me sentir libre au point de pouvoir, en une seconde, prendre mes deux bras et mes deux jambes et partir, sans avoir à m'encombrer de qui que ce soit. Comme ces juifs russes qui ne jouent que du violon, parce que c'est plus facile à emporter qu'un piano. Pourquoi ai-je toujours gardé en moi ce besoin de pouvoir partir à tout instant ? Pas uniquement parce que je suis juive… Même si la culture juive marocaine où j'ai grandi a constitué le contexte social où l'oppression dont je vous parle prenait racine.

C'était l'aliénation la plus totale. Mon destin était tracé : à partir de l'âge de quatorze ans, les hommes avaient commencé à demander ma main à mes parents et ceux-ci ne faisaient que repousser l'échéance, parce que nous venions d'une famille d'aristocrates et de rabbins, pauvre mais érudite, où l'étude compte beaucoup, en me laissant agir à ma guise jusqu'au bac. Pour eux, c'était une concession énorme. Ensuite, je devais y passer à mon tour. J'ai quatre frères et une sœur plus âgée que moi, qui, elle, s'était mariée à dix-sept ans. Elle a eu des enfants et a été malheureuse toute sa vie. À soixante-dix ans aujourd'hui, elle a conservé un tempérament miraculeusement paisible, mais son histoire de femme et d'épouse est un échec absolu, avec un interdit concernant l'idée même de divorce et dans une dépendance économique complète vis-à-vis de son mari.

En fait, l'objectif communautaire était double : nous transformer le plus vite possible en femmes résignées, s'occupant de leurs enfants… mais aussi de leurs parents. Rapidement, ma propre mère est en quelque sorte devenue ma fille, elle-même n'ayant évidemment pas de métier. J'ai certes assumé très tôt cette exigence sociale vis-à-vis d'elle, dès que j'ai pu gagner ma vie. Mais la confusion de ce renversement des rôles m'a longtemps fait souffrir. Nous n'avions aucune liberté… et une responsabilité écrasante. Je trouve que les sociétés qui exercent une telle pression sur leurs enfants ont quelque chose d'incongru, de violent et même d'obscène.

Dans ce contexte, nourrir l'ambition de devenir une femme libre "à la Beauvoir" était un sacré défi. Cela reste aujourd'hui le rêve impossible de centaines de millions de femmes sur terre...

Pour ma génération et dans ma culture, cela avait vraiment un sens. Nous ouvrions un chemin exaltant. Quand je suis arrivée à Paris, j'avais vingt-deux ans et ce fut un bonheur extraordinaire de me retrouver dans une ville où personne ne me connaissait. Quant à ma vie sentimentale, je fais partie de cette génération de femmes qui a commencé à vivre sa sexualité dans l'angoisse la plus horrible de se retrouver enceinte et qui, très vite, a eu la chance de découvrir l'une des plus extraordinaires inventions du XXe siècle : la pilule contraceptive ! Bien sûr, je mentirais si je disais que je suis devenue une femme libre dans l'absolue facilité. Mon corps réagissait par des somatisations étranges. Pour régler mes problèmes de culpabilité vis-à-vis de mes parents et de mon milieu, il ne m'a pas fallu moins de dix années de psychanalyse…

Quand j'ai eu la chance de rencontrer l'homme de ma vie, j'avais quarante-trois ans. Si j'avais alors eu envie d'avoir un enfant, c'eût été limite, mais encore jouable, vu les progrès de la médecine. Lui-même était déjà plusieurs fois père et la question ne s'est donc pas posée, de son côté. Si je lui avais dit : “J'aimerais que nous ayons un enfant”, je ne suis pas sûre de ce qu'il aurait répondu. Enfin… tel que j'ai appris à le connaître depuis, j'ai le sentiment qu'il aurait tenté l'aventure, malgré certaines réticences d'ordre rationnel. Mais trouver ma place dans une famille déjà nombreuse m'a suffi. D'autant qu'une autre singularité de mon aventure est que j'ai vraiment l'impression d'avoir été mère, et plusieurs fois !

Je ne sais au juste comment l'exprimer. Je n'ai jamais porté d'enfant et pourtant, c'est une impression tout à fait physique, charnelle, animale. Je me suis d'abord beaucoup occupée de mon petit frère, qui a sept ans de moins que moi. C'était le mode de fonctionnement normal des familles traditionnelles – rien à voir avec un abandon parental. Mon frère aîné s'est ainsi occupé des études de mon frère cadet, et moi de celles de mon jeune frère, mais avant cela, je l'ai lavé, torché, promené, nourri, bref, éduqué. Je me souciais de lui, je m'en soucie d'ailleurs toujours ! Bien sûr, il n'est pas sorti de mon ventre, et je sais que ça change tout, mais j'ai vécu la responsabilité d'un enfant, mettons comme si je l'avais adopté.

J'ai vécu d'autres expériences similaires, notamment avec une nièce, qui n'avait pas du tout été abandonnée non plus, mais qui m'avait en quelque sorte choisie comme seconde mère. Aujourd'hui, elle a cinquante ans et nous sommes devenues des amies, mais je continue à me préoccuper d'elle comme si elle était ma fille. Un certain sentiment maternel m'habite d'ailleurs où que j'aille. C'est une impression qu'apparemment beaucoup de gens ressentent à mon contact et qu'ils me renvoient. Ma vie entière est ainsi : je me sens toujours à la fois dedans et dehors, en dehors de l'idée de mère et bien dedans.

De ce point de vue très particulier, comment regardez-vous les maternités des autres femmes ?

Impossible de généraliser. Certaines sont visiblement très heureuses, d'autres pas du tout. Je vois des femmes que la grossesse rend sublimes, d'autres qu'elle rabougrit. Certaines veulent "faire leur bébé toutes seules". D'autres vous disent : "C'est l'aventure de ma vie, j'ai toujours rêvé de ça et avec cet homme-là en particulier !" Moi, si j'avais voulu avoir des enfants, j'aurais sans doute connu, comme toutes les futures mères, un certain nombre d'angoisses – qu'il ne soit pas beau, ou pas normal, etc. –, mais je crois surtout que j'aurais voulu en avoir un de chaque homme que j'ai aimé ! Comme une offrande.

J'observe tout cela sans jugement. Je suis cependant frappée par le fait que, pour la grande majorité, le comportement "naturel" est de faire des enfants, alors que, sincèrement, j'ai le sentiment d'avoir été très "naturelle" moi aussi. C'est mon naturel à moi, même s'il est beaucoup plus rare. Mais la plupart des femmes ne l'acceptent pas et leur regard sur ma trajectoire est généralement difficile à supporter. Très peu d'entre elles, d'ailleurs, osent aborder le sujet en ma présence. Comme si cela leur faisait peur. Je crois que pour beaucoup, on touche à un tabou. Choisir une vie sans enfant leur paraît monstrueux.

Les médias en rajoutent. Dans la trilogie de “la maman, la madone et la putain”, j'ai l'impression que nous sommes sortis d'une phase “putain” pour entrer dans une phase “maman”. La féminité repasse par la maternité. Pour être femme, il faut être mère, même quand on est une star. Aujourd'hui, toutes les stars sont systématiquement photographiées enceintes. Je trouve cela excessif et, pour tout dire, régressif. Quand on sait quelle lutte acharnée ont dû fournir – et doivent encore fournir – les féministes du monde entier pour que la condition féminine sorte de la soumission, je trouve décevant qu'il faille automatiquement en repasser par là. Que c'est compliqué, décidément, de se libérer !

Et puis, je suis impressionnée par le nombre de femmes qui font des enfants sans trop savoir pourquoi. Ou qui hésitent, flottant dans une indétermination molle. Quand elles n'en font pas, elles ne savent pas non plus en donner la raison. C'est l'un des paradoxes de l'époque où nous sommes entrés avec la pilule. Autrefois, la situation “normale” était de se retrouver enceinte après avoir fait l'amour. Aujourd'hui, la normalité, c'est la stérilité. Enfanter est devenu l'affaire d'un choix, schématiquement celui d'arrêter la pilule. Mais ce passage à un enfantement choisi, voulu, conscient, nous fait sortir d'une spontanéité aussi ancienne que notre espèce et se colleter avec ça n'est pas une mince affaire.

Il faut désormais tenir compte de dizaines de paramètres : “Ce n'est pas le moment, je n'ai pas d'appartement”, “Ma carrière commence à peine…”, “Avec toute cette pollution, ai-je le droit de mettre un enfant au monde ?”, sans oublier le “Je crois que je n'ai pas encore vraiment rencontré l'homme qu'il me faut”.

La médicalisation croissante de la naissance vous semble-t-elle un phénomène secondaire ?

C'est au contraire très important. Ça correspond à une demande des femmes, c'est un marché. La demande d'*enfant à tout prix* croît, donc l'offre va suivre. C'est d'ailleurs dans le prolongement de ce que je vous disais à l'instant : il y a actuellement dans notre société une demande d'une impatience incroyable. Allez voir René Frydman, à l'hôpital Béclère : elles font la queue par centaines en disant qu'elles sont stériles ; et quand le gynécologue leur demande depuis combien de temps elles essayent d'avoir un enfant, c'est parfois moins d'un an !

Ce sont souvent de fausses stérilités, ou des stérilités provisoires. Là, l'enfant devient objet de consommation, quasiment de caprice. J'ai envie d'un sac Vuitton, d'une paire de chaussures Prada et d'un bébé-éprouvette. C'est une pulsion qu'il serait intéressant d'analyser. Je pense qu'on y découvrirait un vrai fossé entre le vouloir d'enfant (superficiel) et le désir d'enfant (profond). Pour celles qui sont réellement stériles, le travail d'un Frydman est évidemment magique. Mais aujourd'hui, ça devient une marchandise.

C'est peut-être l'une des raisons qui ont poussé ce matérialiste athée à ouvrir sa maternité aux religieux, pour contrebalancer le côté chosifiant de la procréation médicalement assistée...

Aujourd'hui, nous savons heureusement séparer le sacré du religieux. Chacun peut cultiver en soi un sentiment spirituel, de l'ordre de l'éthique ou de la transcendance, ou simplement de l'ouverture à l'autre, à l'inconnu. Beaucoup de gens sont sans religion, mais, hélas, sans sacré non plus. Quand il s'agit d'une femme et qu'elle décide de faire un enfant, ce vide peut laisser libre cours à une pulsion qui ressemble à un caprice très terre à terre. Alors que, pour moi, enfanter est l'acte le plus sacré qui soit. »

*

Peu de temps avant d'achever ce livre, j'ai vu *Le Premier Cri*, le très beau documentaire que Gilles de Maistre a tourné aux quatre coins du monde. Des ventres de femmes, ronds comme la planète (et comme la lune !), renfermant le même fabuleux mystère, quelles que soient la couleur, la culture, la richesse de ces femmes. Mexicaine se préparant à enfanter dans la mer, bombant son gros ventre vers des dauphins visiblement très intéressés. Canadienne accouchant au milieu des chants de sa communauté hippie. Amazonienne, dont la mère couvre le corps de dessins magiques dans la forêt. Japonaise enceinte retrouvant les coutumes ancestrales dans la maternité où elle est née. Sibérienne transportée d'urgence en hélicoptère à travers le blizzard pour subir une césarienne à l'hôpital de la ville. Indienne se baignant dans le Gange avant d'accoucher dans la rue, sous la tente d'une matrone aux gestes précis. Touareg perdant son nouveau-né dans la nuit et le sable, au milieu du désert… Et aussi, servant de contraste, Vietnamiennes accouchant, dix par dix, dans « la plus grande maternité du monde », dans une fièvre si affolante qu'on se demande comment ils font pour ne pas confondre les bébés. En réaction à cette industrialisation, *Le Premier Cri* prône le retour à des formes de naissance naturelle – fût-ce « au risque de mourir », comme le dit explicitement la femme canadienne, fière de tenir sa vie librement en main. Pour la femme touareg, c'est implicite et fatal : son bébé meurt et le sacrifice d'une chèvre par son mari, *in extremis*, n'y change rien : « On est si loin de tout, dans le désert », dit-elle…

Monté parfois comme un clip, avec des séquences très courtes, passant à grande vitesse d'une femme à l'autre, d'une culture à l'autre, d'un continent à l'autre, ce film somptueux et rare peut donner le vertige. Naissances, naissances, naissances… Dans le monde actuel, environ quatre-vingt-quatorze millions de femmes sont enceintes à tout instant, et à chaque seconde qui s'écoule naissent entre quatre et cinq nouveaux bébés. Soit en moyenne cent trente-six millions cinq cent mille humains de plus chaque année ! Chacune de ces femmes enceintes, chacun de ces ventres, chacune de ces naissances, chacun de ces nouveau-nés est sacré et mérite des chants d'allégresse. Faut-il pour autant impérativement enfanter ? Et faut-il, pris dans une sorte de « mécanique spirituelle », faire le plus d'enfants possible – comme dans ces familles québécoises, dont les dernières victimes atteignent aujourd'hui (heureusement) le grand âge, où, poussée par l'Église, chaque femme faisait entre vingt et trente enfants !?!

La tête nous tourne de plus belle.

Enfanter ou ne pas enfanter ?

À mesure que la rédaction de mon enquête s'achève, me revient, tournant en boucle dans mon esprit, un épisode de l'aventure que nous conta Gitta Mallasz avant de mourir[1] et auquel il a déjà été fait allusion au début de la quatrième partie (p. 306). J'aimerais y revenir.

La scène se passe fin 1943, la Seconde Guerre mondiale fait rage et dans le caisson pressurisé qu'est devenue la Hongrie, mise momentanément hors jeu par son alliance avec Hitler, se déroule depuis quelques mois une expérience spirituelle des plus improbables : débordant de joie au bord de l'enfer, une inspiration poétique et prophétique, que le monde connaîtra plus tard, rassemblée dans le livre *Dialogues avec l'Ange*[2].

On est le 22 octobre et, comme tous les vendredis après-midi, l'inqualifiable phénomène se reproduit : Gitta Mallasz, Lili Strausz et Joseph Kreutzer, des artistes qui ont fui Budapest, où l'antisémitisme s'intensifie, posent des questions à leur amie Hanna Dallos, qui donne des réponses si fulgurantes et si puissantes qu'elle-même a commencé par dire : « Attention, ce n'est plus moi qui parle ! » Comme souvent, c'est Gitta qui pose ses questions la première. Impétueuse, débordant

---

1. Patrice Van Eersel, *La Source blanche*, Grasset, 1995.
2. *Op. cit.*

d'énergie, celle qui fut dix ans plus tôt une championne de natation adulée des Hongrois est aussi une grande séductrice, pour qui beaucoup de jeunes gens ont perdu la tête. Mais la quête spirituelle où elle se trouve à présent plongée bouscule ses habitudes. Toutes ses valeurs de star sont remises en question. Et ce jour-là, elle pose une question qui lui brûle les lèvres : « Qu'est-ce qui a corrompu la vie sexuelle de l'homme ? »

Qui lui répond ? La légende, à laquelle j'adhère profondément, dit que c'est la voix de son ange, descendu sur la terre en guerre par la bouche de Hanna. Et la réponse est celle-ci :

Sois attentive ! La Force sacrée dont tu parles
a été donnée par le NOUVEAU
L'homme a reçu ce « plus »
qui comble le manque sur terre,
non pour faire beaucoup de corps –
mais pour faire l'HOMME
Il n'est pas besoin de beaucoup d'hommes –
Mais de l'HOMME

L'inspiration créatrice de Hanna Dallos proclame que la sexualité humaine n'a pas pour fonction sacrée la seule reproduction, mais aussi autre chose… Quoi ? Quelque chose que nous ignorons et qu'elle appelle l'*HOMME*. Une entité à la fois très proche de nous et très mystérieuse, dont nous serions porteurs – j'allais dire « enceints » –, quasiment à notre insu, et qui nous dépasserait infiniment. Un projet incommensurable : devenir le pont entre la Terre et le Ciel, c'est-à-dire entre la Force créatrice et la Création.

Comme l'ont fait remarquer les femmes qui ont parlé

dans ce chapitre – qu'elles soient biologiquement mères, comme Juliette, ou qu'elles le soient seulement sur le plan symbolique, comme Perla –, le processus sublime et incroyable, qui nous habite, est que nous puissions créer, c'est-à-dire que la création puisse passer par nous. Même un athée l'admettra : de tous les êtres que nous connaissons dans l'univers, seul l'humain est créateur, sans doute parce que lui seul parle. Certes, nous sommes aussi des créatures, c'est-à-dire des êtres mortels, soumis à des lois nous déterminant totalement. Mais c'est justement là notre fabuleux privilège et notre étonnante responsabilité : nous sommes à la fois animal et ange, ce qui nous appelle à remplir une fonction cosmique unique.

Laquelle ?

L'enseignement spirituel de ces *Dialogues avec l'Ange*, qui donnent envie d'apprendre le hongrois tant la poésie de leur inspiration directe semble avoir été brûlante, ne fait que reprendre là ce que disent les plus grandes traditions, notamment bibliques : notre mission est de prolonger la création, l'univers tel qu'il fut jusqu'à nous, en nous créant nous-mêmes, c'est-à-dire en choisissant de nous accomplir…

… ou de refuser de le faire.

Autant cette création – jamais achevée – de l'« humain s'accomplissant lui-même » passe évidemment par le fait de donner vie à de nouveaux êtres, sans quoi le jeu s'arrêterait tout bonnement, autant quiconque le désire peut y participer sans enfanter une seule fois – ce qui fut le cas des quatre protagonistes des *Dialogues* –, en se créant lui-même et en participant à la création de l'autre.

Mais on grimpe là à des hauteurs où l'oxygène devient rare et où nous, humains de base, sommes vite gagnés par un vertige supérieur à tous les autres. Pour moi, qui ne sais pas très bien à quelles réalités supérieures ces grandes paroles font allusion, j'ai fait l'expérience d'une certitude simple : enfanter, c'est-à-dire donner naissance à des enfants, puis tâcher de les élever le mieux possible, a été la plus naturelle et la plus belle des tâches de création auxquelles il m'ait été donné de participer. Et je ne remercierai jamais assez le Ciel, la Terre, la Vie et les Femmes – moitié du Ciel, moitié de la Terre – de m'avoir permis de la connaître.

BIBLIOGRAPHIE

Atlan, Pr Henri, *L'Utérus artificiel*, Le Seuil, 2005.

Aulagnier, Piera, *La Violence de l'interprétation*, PUF, 1975.

Baader, Birgit, *Geburt. Die Wiederentdeckung des weiblichen Weges*, Atmosphären, Munich, 2005.

Badinter, Élisabeth, *L'Amour en plus*, coll. « Champs », Flammarion, 1999.

Bergeret-Amselek, Catherine, *Le Mystère des mères*, Desclée de Brouwer, 1996 (revu en 2005).

Bonnet del Valle, Muriel, *La Naissance, un voyage – ou l'accouchement à travers les peuples*, L'Harmattan, 2000.

Busnel, Marie-Claire, et Herbinet, Étienne, direction de l'ouvrage collectif *L'Aube des sens*, coll. « Les Cahiers du nouveau-né », Stock, 1983.

Canault, Nina, *Comment le désir de naître vient au fœtus*, Desclée de Brouwer, 2001.

Cardin, Hélène, Moisson-Tardieu, Marie-Thérèse, et Tournaire, Michel, *La Péridurale*, Balland, 2006.

Chapsal, Madeleine, *La Femme sans*, Fayard, 2001.

Chaumette, Paloma, *Parents et sage-femme : l'accompagnement global*, Yves Michel, 2005.

Chopra, Deepak, *La Maternité, une aventure fabuleuse*, Guy Trédaniel, 2006.

Collectif, *Histoires de naissance. Les usagers de la maternité de Pithiviers parlent*, Épi, 1985.

Colonna-Césari, Christine, *La Grossesse du père*, Chiron, 1990, Médicis, 2003.

Cyrulnik, Pr Boris, *De chair et d'âme*, Odile Jacob, 2006.

Didierjean-Jouveau, Claude-Suzanne, *Les 10 plus gros mensonges sur l'allaitement*, Dangles, 2006.

Diel, Paul, *Psychologie de la motivation*, Petite Bibliothèque Payot, 2002.

Dieux, Magali, DVD : *Naître enchantée*, Corps et voix/ Magloo Production, 2005.

Dohmen, Brigitte, Gere, Corine, et Mispelaere, Christiane, *Trois fées pour un plaidoyer. L'éloge d'une naissance amoureuse et consciente*, Amyris, Bruxelles, 2004.

Dolto, Dr Catherine, Faure-Poirée, Colline (co-auteur), Mansot, Frédérick (illustrations), *La Naissance* (album pour enfants), Gallimard Jeunesse, 2005.

Dolto, Dr Catherine, DVD : *L'Haptonomie périnatale*, coll. « Circo », Gallimard/CNRS, 2007.

Dolto, Dr Françoise, *Séminaire de psychanalyse d'enfants*, t. I, *Françoise Dolto*, Le Seuil, 1982.

Dolto, Dr Françoise, *L'Image inconsciente du corps*, Le Seuil, 1984.

Dolto, Dr Françoise, *Les Étapes majeures de l'enfance*, coll. « Folio », Gallimard, 1998.

Dumas, Didier, *L'Ange et le Fantôme, une introduction à la clinique de l'impensé généalogique*, Minuit, 1995.

Dumas, Didier, *La Sexualité masculine*, Albin Michel, 1990, rééd. coll. « Pluriel », Hachette Littératures, 1999.

Dumas, Didier, *Sans père et sans parole. La place du père dans l'équilibre de l'enfant*, Hachette Littératures, 1999.

Dumas, Didier, *Et l'enfant créa le père*, Hachette Littératures, 2000.

Dumas, Didier, *Et si nous n'avions toujours rien compris à la sexualité ?*, Albin Michel, 2004.

Feuga, Pierre, *Chemin des flammes*, Trigramme, 1992.

Filliozat, Isabelle, *Fais-toi confiance !*, Jean-Claude Lattès, 2006.

Flaumenbaum, Dr Danièle, *Femme désirée, femme désirante*, Payot, 2006.

Frydman, Pr René, *L'Irrésistible Désir de naissance*, PUF, 1986.

Frydman, Pr René, *Dieu, la médecine et l'embryon*, Odile Jacob, 1997.

Frydman, Pr René, *Lettre à une mère*, L'Iconoclaste, 2003.

Frydman, Pr René, *Naissances*, L'Iconoclaste, 2006.

Frydman, Pr René, et Schilte, Christine, *Devenir père*, Hachette, 2008.

Garland, Dianne, *Waterbirth : An Attitude to Care*, Books for Midwives, 2000.

Gaubert Edmée, *De mémoire de fœtus. L'héritage familial s'inscrit dans nos cellules dès la conception*, Le Souffle d'Or, 2001.

Griscom, Chris, *Ocean Born : Birth as Initiation*, Light Institute, 2006.

Hamoniaux, Loredana, *Le Yoga, le bébé et la tortue*, Dervy, 2005.

Haussaire-Niquet, Chantal, *Le Deuil périnatal. Le vivre et l'accompagner*, Le Souffle d'Or, 2004.

Hennekein, Éric, *Si tu n'arrives pas à être enceinte... je te dirai pourquoi. Savoir libère la grossesse*, Dervy, 2004.

Imbert, Dr Claude, *L'avenir se joue avant la naissance*, Visualisation Holistique, 1998.

Jodorowsky, Alexandro, *L'Arbre du dieu pendu*, Métailié, 1998.

Karmiloff-Smith, Pr Annette, et Karmiloff, Kyra, *Tout ce que votre bébé vous dirait... s'il savait parler*, Les Arènes, 1998.

Labonté, Marie-Lise, *Les Anges Xéda*, Louise Courteau, 1992.

Lou Matignon, Karine, *Et pour vivre, on fait comment ?*, Fayard, 2005.

Leboyer, Dr Frédérick, *Pour une naissance sans violence*, Le Seuil, 1975 (revu en 2006).

Leboyer, Dr Frédérick, *Shantala*, Le Seuil, 1976 (revu en 2006).

Leboyer, Dr Frédérick, *L'Art du souffle*, Dervy, 2006.

Liedloff, Jean, *Le Concept du continuum. À la recherche du bonheur perdu*, traduit par Véronique Van den Abeele, Ambre, 2006.

Maitri, Sandra, *Les 9 visages de l'âme*, Payot, 2004.

Mallasz, Gitta, « scribe » des *Dialogues avec l'Ange*, Aubier-Flammarion, 1976 et 1990.

Martino, Bernard, *Le bébé est un combat*, TF1 éditions, 1995.

Mayol, Jacques, *Homo delphinus*, Glénat, 1986.

Mehl, Dominique, *Enfants du don. Procréation médicalement assistée : parents et enfants témoignent*, Robert Laffont, 2008.

Midal, Fabrice, *Introduction au tantra bouddhique*, Fayard, 2008.

Montaud, Bernard, *L'Accompagnement de la naissance*, Édit'as, 1997.

Morgan, Elaine, *Les Cicatrices de l'évolution*, Gaïa, 1994.

Odent, Dr Michel, *Genèse de l'homme écologique*, Épi, 1979.

Odent, Dr Michel, *Votre bébé est le plus beau des mammifères*, Albin Michel, 1990.

Odent, Dr Michel, *Naître et renaître dans l'eau*, Presses-Pocket, 2006.

Odent, Dr Michel, *Césariennes : questions, effets, enjeux. Alerte à la banalisation*, Le Souffle d'Or, 2005.

Orr, Leonard, *Le Yoga de l'immortalité*, Ronan Denniel, 2005.

Ouaknin, Marc-Alain, *Méditations érotiques*, Petite Bibliothèque Payot, 2003.

Paris, Ginette, *L'Enfant, l'amour, la mort. L'avortement, un geste sacré*, Nuit Blanche Éditeur, Québec, 1990.

Poitel, Blandine, *Les 10 plus gros mensonges sur l'accouchement*, Dangles, 2006.

Rank, Otto, *Le Traumatisme de la naissance*, Payot, 2006.

Reich, Dr Wilhelm, *Psychologie de masse du fascisme*, Payot, 1998 (orig. allemand : *Massenpsychologie des Faschismus*, 1933).

Reich, Dr Wilhelm, *La Révolution sexuelle*, Christian Bourgois, 1982 (orig. allemand : *Die Sexualität im Kulturkampf*, 1936).

Relier, Pr Jean-Pierre, *L'aimer avant qu'il naisse*, préface du Pr Alexandre Minkowski, Robert Laffont, 1993.

Relier, Pr Jean-Pierre, *Adrien ou la colère des bébés* (en collaboration avec Julia Pinchbeck), Robert Laffont, 2002.

Romey, Georges, *L'IVG à cœur ouvert. Guérir la plus intime des blessures par le rêve éveillé libre*, Quintessence, Aubagne, 2006.

Sarkissof, Dr Jean, *À la recherche d'un sourire perdu*, Éditions de la Matze, Sion, 1985.

Sidenbladh, Erik, *Les Bébés de l'eau. Une méthode révolutionnaire pour l'accouchement dans l'eau et l'entraînement des bébés en piscine*, Robert Laffont, 1983.

Simonnet, Dominique, *Vivent les bébés ! Ce que savent les petits d'homme*, Le Seuil, 1986.

Texier, Martine, *Accouchement, naissance : un chemin initiatique*, préface de Richard Moss, Le Souffle d'Or, 2002.

This, Dr Bernard, *La Requête des enfants à naître*, Le Seuil, 1982.

This, Dr Bernard, *Naître et sourire*, Flammarion, 1983.

This, Dr Bernard, *Le Père : acte de naissance*, Points-Seuil, 1991.

Uvnäs Moberg, Pr Kerstin, *Ocytocine : l'hormone de l'amour*, préface du Dr Michel Odent, Le Souffle d'Or, 2006.

Van den Peereboom, Ingrid, *Peau à peau. Technique et pratique du portage*, Jouvence, 2006.

Veldman, Pr Frans, *Haptonomie. Science de l'affectivité*, PUF, 1990.

Verny, Thomas, *La Vie secrète de l'enfant avant sa naissance*, Grasset, 1981.

Yates, Suzanne, *Shiatsu for Midwives*, Books for Midwives, 2003.

Zwang, Dr Gérard, *Le Sexe de la femme*, La Musardine, 1997.

REMERCIEMENTS

À Jean-François Bizot, pour m'avoir appris le métier de journaliste et envoyé en reportage sur les routes des naissances du monde ; à Marc de Smedt et aux éditions Albin Michel, pour avoir patienté pendant douze ans que je termine ce travail ; à Catherine Roynette, pour avoir transcrit une bonne part des entretiens ; au groupe Dire Straits, pour leur chanson *Tunnel of Love*, ainsi qu'à Wolfgang Amadeus Mozart et aux chanteurs de flamenco Bebo et Cigala, dont les musiques ont accompagné la fin de cette écriture.

Table

Du même auteur :

AU PARTI DES SOCIALISTES,
en collaboration avec Jean-François Bizot et Léon Mercadet,
Grasset, 1975.

VOYAGE À L'INTÉRIEUR DE L'ÉGLISE CATHOLIQUE,
en collaboration avec Jean Puyo, Stock, 1977.

SACRÉS FRANÇAIS !, Stock, 1978.

LA SOURCE NOIRE, Grasset, 1986 ; Le Livre de Poche, 1990.

LE CINQUIÈME RÊVE,
éd. Grasset, 1993 ; Le Livre de Poche, 1998.

LA SOURCE BLANCHE,
Grasset, 1995 ; Le Livre de Poche, 1999.

RÉAPPRIVOISER LA MORT.
AVÈNEMENT DES SOINS PALLIATIFS EN FRANCE,
Albin Michel, 1986 ; Le Livre de Poche, 2001.

LE CERCLE DES ANCIENS,
en collaboration avec Alain Grosrey, Albin Michel, 1998 ;
Le Livre de Poche, 2001.

J'AI MAL À MES ANCÊTRES,
en collaboration avec Catherine Maillard, Albin Michel, 2002.

TISSEURS DE PAIX, Le Relié, 2005.

LE LIVRE DE L'ESSENTIEL,
collectif dirigé par l'auteur,
Albin Michel, tome I, 1995, tome II, 1998, tome III, 2005.

LE JEU DU TAO,
en collaboration avec Patrice Levallois, Daniel Boublil
et Sylvain Michelet, Albin Michel, 2003.